中国式幸福

李新玉 ◎ 著

作家出版社

此小说谨献给那些执着追梦且富有浪漫情怀的五〇后和六〇后以及渴望了解他们父母的八〇后和九〇后的儿女们!

目录

引　子 ………… 001
第 一 章 ………… 004
第 二 章 ………… 035
第 三 章 ………… 079
第 四 章 ………… 091
第 五 章 ………… 109
第 六 章 ………… 128
第 七 章 ………… 153
第 八 章 ………… 168
第 九 章 ………… 184
第 十 章 ………… 201
第十一章 ………… 219
第十二章 ………… 232
第十三章 ………… 245
第十四章 ………… 259
第十五章 ………… 272
第十六章 ………… 302
第十七章 ………… 327
第十八章 ………… 352
第十九章 ………… 368

引 子

　　古隆中，一片春意盎然的景色。

　　三个中年女人，边走边快乐地聊着天，来到了古香古色的茶亭。尽管每人体态略显臃肿，眼角处多了几条淡淡的皱纹，但她们依旧衣着时尚，仍可见各自年轻时的迷人风姿。

　　王玲，披肩的烫发，时尚得体的黑色西装裙，上身是黑色高领开司米毛衣，一条橙色丝巾点缀，简单、雅致、时尚。

　　季冰，简单的发髻，灰色长裤，白色衬衣，一条淡粉色的披肩，温柔、恬静、女性。

　　田小溪，精干的短发，一身天蓝色的休闲运动装，气质、活力、阳光。

　　远处，一辆黑色小车开了过来，缓缓停下。钟南，五十多岁，穿着一身白色运动服，精干潇洒，风度翩翩，潇洒地将车门打开。

　　周玉梅，身着墨绿色连衣裙，配有一条长长的珍珠项链，米色长薄绒巾披在肩上，高贵、洋气、国际范。右手拉着8岁的小女儿安琪，活泼伶俐，身后跟着儿子彼得，17岁，一米七的个头，穿了一件圆领红色T恤和牛仔裤，从车里钻出来，向大家挥手。钟南溺爱地拍了拍儿子的肩膀："Behave（不许捣乱）！"

　　大家看到周玉梅一家，都高兴地走上前去，相互寒暄，抢着要看看周玉梅的宝贝女儿安琪，好不快乐。

　　咖啡和茶已经散发着幽幽的香味，精美的小点心和各类水果分别装在不同的盘中，大家热情交流、感慨岁月。

季冰感慨地说："时间真快，一晃都三十多年了。"

周玉梅颇有感触地附和道："就是，不敢想呀！"

就在这时，王玲看见远处一辆黑色奥迪车，笑着看了一眼季冰："瞧，来了。"大家往远处望去……

王飞，"奔六"，蓬松的银发梳理成大偏分，驼色的毛衣外套，风度翩翩，笑眯眯地走过来向大家问好！第一眼就看见了周玉梅，热情地问道："你好啊，老来得千金，必须特别祝贺啊！"说着，将手中的浅灰色毛衣递给季冰，关心地说："穿上，小心着凉。"随后径直朝周玉梅走来，向小女孩伸出双手："来，让叔叔抱抱！"

周玉梅笑着说："都这么大了，抱得动吗？"

王飞俏皮地说："必须抱得动！"说完高兴地抱起孩子，高高举起，"叫什么名字？"

"安琪。"小女孩笑着说了自己的名字。

王飞高兴地说："嗯，小天使，真好！长得也漂亮！和妈妈小时候一模一样，漂亮！"

季冰笑着对玉梅说："怎么样？让女儿认个干爹吧？"

周玉梅有意看了一下钟南，然后俏皮地说："那要看她爸爸是不是同意？"

王飞笑着对钟南说："没问题吧？"随后又对手中的小女孩说："没问题吧？"女孩笑了，紧紧搂抱住王飞，亲了一下他。

王飞兴奋极了，高兴地说："看，女儿和我多亲啊，小天使同意了，我又多了一个女儿了！"边说边高兴地抱着孩子转圈……

周玉梅关心并带有一点调皮的口气说："放下吧，挺沉的，别闪了老腰，那我可就没法向季冰交代了。"说完，向季冰眨了眨眼。

大家都笑了。

茶厅内一处，田小溪静静地从手提包里拿出了一张照片，"五朵军花"刚刚佩戴上红领章和红帽徽时的合影照。一张老照片一下把大家带回到三十多年前。

季冰激动地说:"真好,你还留着呢!"

王玲也非常感慨地说:"看看我们那时多清纯!"

大家你一言我一语兴奋地评论着。

这时,在茶厅内另一处,彼得一直在翻弄着周玉梅的手包,也看到了一张老照片,左看看右看看,突然兴奋地大叫起来:"你们看,我爸爸和妈咪当冠军的照片!"

大家争先恐后地过来,周玉梅、季冰、钟南、王飞看到照片,脸上快速掠过一丝不自然,立刻都大笑起来……

第一章

20世纪70年代末。

中国南方一个城市,湖滨市。

一月初的一个早晨,天刚蒙蒙亮,星星还高高挂在天空,静静地眨着眼睛,闪闪发着亮光。

操场上,整整齐齐排列着六辆解放牌军用卡车。许多家长在为即将入伍参军的孩子们送行,一张张稚嫩无邪的脸庞兴奋激动,都在向爸爸妈妈挥手道别。

那时候,最时髦的事就是当兵。穿上绿军装,成为一名兵,特别是一名女兵,是年轻人最大的梦想,特别在十六七芳龄,绿色的军装配上红领章,红帽徽,那就是最美、最让人羡慕的标志!

在送行的人群中,一个女孩梳着两条小辫子,个头不高,小脸蛋红扑扑的,带有几分土气,但又显得灵活机敏,像个运动员,看上去与向父母告别的其他孩子略有几分不同。她身边只有一位穿着朴实的中年妇女,整齐的短发,身穿深蓝色对襟中式棉衣,一个劲儿往女孩背包里放煮鸡蛋,并小声嘱咐道:"在外面,照顾好自己,听领导的话,和同志们搞好团结。"女孩认真地回答说:"记住了,妈妈!"

六辆解放牌军用卡车在山路上盘旋行驶。

车内不时传出叽叽喳喳的说笑声。

一会儿,大家唱着"我爱北京天安门";

一会儿唱着"大刀向鬼子们的头上砍去";

一会儿又唱着"北京的金山上"……

每个人的脸上都透着清纯、阳光、调皮、兴奋、激动，虽然互不相识，但共同熟悉的歌曲自然而然将大家连接起来。经过12小时翻山越岭，长途跋涉，六辆解放牌军用卡车开进了一个山峦起伏、积雪环绕的军营。

"小兵们"兴奋地跳下车。

一个扎着两条小刷子辫、清秀伶俐的女孩，第一个从大卡车上跳了下来，深深吸了一口新鲜空气，然后转身帮助其他人下车。

紧接着，一个瓜子脸、短头发、甜甜微笑的女孩，有些害怕地对刚跳下车的那个女孩说："可以扶我一下吗？"

还没等扎着两条小刷子辫的女孩转过身来，那个小脸蛋红扑扑，像运动员的女孩，轻盈地从卡车上跳了下来，然后有礼貌地对瓜子脸女孩说："来！我扶你！"

就在这时，一个梳着马尾辫的瘦瘦女孩，一个劲儿在叫："谁来扶我一下啊？"

像运动员的女孩马上伸过手去，几乎是抱着这个梳着马尾辫的女孩下了卡车。刚准备往前走时，身后又传来"可以扶一下我吗？"她回头一看，一个圆圆脸上有两个小酒窝的女孩，几乎是车上最后一个人了，便赶紧跑过去说："伸手，慢点！"车上的女孩跳下了车说："谢谢你。我叫田小溪，叫我小溪就好。"像运动员的女孩也笑着答道："不客气，我叫周玉梅，那，那就叫我玉梅吧。"

这时，那个瓜子脸的女孩，面对大山，激动地说："啊，新的生活、军营生活，开始了！"

女孩们到新兵连的头三天，对军营生活的一切感到新鲜好奇，特别是穿上绿色军棉衣、军棉裤，戴上军棉帽，穿上大头棉鞋，你看看我，我看看你，都觉得好可爱啊！可是没过一周，各种状况开始出现，笑声和叽叽喳喳声没有了，有的流眼泪，有的说想家，有的早上不起床，有的站队不听招呼……

新兵连王连长，对这批小兵是又生气、又喜欢、又无奈。

"嘟嘟，嘟嘟！"

"集合！"大家从各自宿舍出来，疲沓地跑向操场。

"一班，报数！"

"二班，报数！"

"三班，报数！"

"报告连长，一排集合完毕！"

"报告连长，二排缺5人。"

"报告连长，三排缺3人。"

"全体都有，立正，向右看齐，向前看！稍息！"

"怎么搞的，8分钟了，二排长、三排长赶快去找人。"

这时，从新兵连营房，一会儿跑出一个扣衣扣的，一会儿跑出一个梳头的，一会儿跑出戴帽子的……还有的帽子掉了，又返回捡帽子，一幅尴尬狼狈场面。王连长看着这一切，一句话没说。不知过了多久，各排总算集合齐了，王连长气得脸都快成紫色了。

寒风一个劲儿在吹着，大家你看我，我看你，有的吐舌头，有的知道王连长生气了，即便觉得很冷，也不敢说话，只是相互用眼神示意"站好""别说话"。

过了好一会儿，王连长走到大家面前，左右环视，想说点什么又咽了回去，突然严肃宣布："全体都有，立正，解散。"

瞬间，原本严肃安静的队伍，又叽叽喳喳起来，有的抱怨，有的发牢骚……王连长看着这一个个散漫娇气的小兵，听着抱怨议论声，心里暗暗想"这群兵可怎么带呀！"片刻后，王连长果断吹响哨子，并大喊道："各排注意，紧急集合！"伴随着急促的哨音，王连长迅速跑向营房前空地，表情严肃，看着手表。

营房内叫喊声一片，那个瘦瘦女孩的马尾辫全散了，大大的棉军帽下的小脸皱成一团："要干吗呀？这么做是不对的。"在旁边的那个圆圆脸的女兵小声示意"别说话！"就在抱怨声中，小兵们又跑步来到营房前站好了队伍。

"立正，向右看齐，向前看，稍息，立正！"一个个头较高、梳着短发、十分精干，显然是新兵连的头，跑向王连长："报告连长，新兵连集合完毕，应到60人，实到60人，请指示。"

王连长走到队伍前，环视全连，然后果断发出命令："全体都有，目标后山山头，向右转，跑步走！"大家不约而同相互看了一下，又看了一下身后的不算高也不算低的山头，"天呀"，不由分说，整个队伍朝后山方向进发。

这次紧急集合和野外短途拉练让这些女兵没了面子。整个队伍狼狈不堪，掉队的一大群，最后能够跟着王连长回到操场的只有16人，其中包括像运动员的女孩，还有扎着两条小刷子辫和瓜子脸的女孩，她们俩全程一直紧紧跟着像运动员的女孩。但脸上有两个小酒窝和梳着马尾辫的女孩不知落后在什么地方了……王连长对这16人提出表扬，宣布原地休息。扎着两条小刷子辫的女孩大方地对像运动员的女孩说："你真棒！像个运动员，认识一下吧，我叫王玲，你呢？"

"我叫周玉梅。"像运动员的女孩有些腼腆地说。

瓜子脸的女孩在一旁也跟上来说："你跑得真快。我叫季冰，今天多亏有你带跑，要不我肯定坚持不下来，以后我就跟着你跑，这样一定不会掉队。"

王玲也大方地对季冰说："我叫王玲，我们也认识一下吧。"

季冰也微笑着说："我叫季冰，很高兴认识大家。"

三人相互介绍后，都很高兴认识了新战友。

王连长站在操场中央，看着大喘气的，喊肚子痛的，边跑边抱怨的……那个梳着马尾辫的最后一个回到操场，喘着气说："怎么能这么安排呢？事先也不通知？这么做是不对的。"旁边圆圆脸的女孩一个劲儿向她示意："别说了。"

梳马尾辫的女孩叫张小樱，瘦小的个子，一对小眯眯眼，不修边幅，说话从不拐弯抹角，也不善于变通，喜欢无拘无束；酷爱数学，办事说话如同做数学题，有一说一，有二绝不说三；任何时候从不考虑照顾别人的感受，可爱，有时也可恨，她有一句经典的口头禅："这么做是不对的。"任何时候都是别人的错，常常让人哭笑不得，水瓶星座，后来大家送她一个外号："小朋友"。

王连长严肃地看着这一个个"残兵败将"，在寒风中，等她们自觉站好队伍。

这时，一位年轻女干部走了过来。她是新兵连的冯指导员，三十出头，中等个头，精干麻利，梳着一条马尾辫。手里拿着一本花名册，在王连长耳边小声说了几句话，然后走到队伍前："全体都有，立正，讲评。今天我们是两次才集合起来，第一次集合时间用了8分16秒，这还是在白天，如果在夜晚或战时，你们早已全都成俘虏了。"大家听到这儿不以为然地笑了起来。

"笑？笑什么？好笑吗？这不是开玩笑，大家一定要明白，我们现在是军人！军人，必须能够召之即来，来之能战，战之能胜。军人，肩负着保家卫国的使命，不是花瓶。每一个人都要珍惜军人的荣誉，尽快做好两个转变，一是从普通学生向军人的转变，二是从普通百姓向军人的转变，早日成为一名合格的军人！解散后，回去用5分钟时间整理内务，然后按班进行认真总结，解散。"

周玉梅，像运动员的女孩，因为有两个永不褪色的红脸蛋，小辫子也扎得超土气，说话还带有浓重的陕川口音，大家送了她一个"小土妞"的外号。她朴实、阳光，乐于助人！这次短途拉练一路领先，让大家刮目相看。狮子星座。

王玲，扎着两条小刷子辫的女孩，个头不高，总是笑眯眯的，有着可爱迷人的性格，平时话不是太多，但她那一对丹凤眼总好像在告诉大家她心中的小秘密。天秤星座。

季冰，那个瓜子脸的女孩，巨蟹座，聪明伶俐，有些小心机，善于经营各种关系，脸上总是挂着甜甜的微笑，十分招人喜欢，还似乎让人隐隐感觉到她身上具有一种淡淡的母爱精神。

自从王玲和季冰与周玉梅第一次短途拉练认识后，慢慢地，她们三人走得越来越近。

圆圆脸上有两个小酒窝的女孩叫田小溪，是个才女，完美主义者，标准的处女星座，喜欢画画，常常用手中的画笔表达自己的情感。慢慢地,她与周玉梅、王玲、季冰也熟络起来。由于总是关心梳着马尾辫的张小樱,被大家开心地称她是张小樱的"阿姨"。而张小樱在新兵连只听田小溪"阿姨"的话,所以每当遇到事,大家都会异口同声对她说:"找'阿姨'去解决!"慢慢地,就连新兵连的冯指导员也习惯将"小朋友"与"阿姨"联系在一起,还正式命令田小溪负责带张小樱。也就是这样,张小樱也就稀里糊涂被"阿姨"带进了"五朵军花"。

这五个同龄但不同星座,性格各异,但都单纯、阳光、率真、淘气的女孩,常常一起出入,互相帮助,形影不离,慢慢成为女兵连一道亮丽的风景线,被称为"五朵军花"。

按照要求,大家迅速整理内务,然后按班集中进行总结。

张小樱不服气,总结会刚开始,就抢着举手要求发言:"应该事先通知一下,哪能这么折腾人,刚解散几分钟又集合,这么做是不对的。还有被子干吗还要叠成豆腐块?不理解。"张小樱一股脑全是问题,而且还都是别人的错。

田小溪在一旁小声对张小樱说:"你理由太多,你知道现在你已经是一名准军人了吗?必须雷厉风行,令行禁止,明白吗?"

王玲忍不住笑着说:"照'小朋友'的说法,以后敌人进攻前,需要先通报一下,'注意了,我们要进攻了',是吗?"大家都笑了。

周玉梅在一旁一句话没说,只是看着这些可爱的小伙伴。

一个多月过去了,经过严格艰苦的训练,这支女兵连开始有兵的样子了,"五朵军花"的淘气也不时给紧张的训练带来快乐的气氛。

一天,阳光明媚。按照训练课目:正步训练。王连长严肃地走到队伍前:"稍息,立正,今天训练课目:正步。基本要领:左脚向正前方踢出约75厘米(腿要绷直,脚尖下压,脚掌与地面平行,离地面约25厘米),适当用力使全脚掌着地,同时身体重心前移,右脚照此法动作;上体正直,微向前倾;手指轻轻握拢,拇指伸直贴于食指第二节;向前摆臂时,肘部弯曲,小臂略成水平,手心向内稍向下,手腕下沿摆到高于最下方衣扣约10厘米处,离身体约10厘米;向后摆臂时（左手心向右，右手心向左），手腕前侧距裤缝线约30厘米。行进速度每分钟110—116步。明白了吗？"

"明白！"全连齐声答道。

"最后再强调一点，正步是一种队伍行进的步法，主要是军人在阅兵分列式和其他礼节性场合行进中采用。目的就是展示军人行进所特有的雄壮与威严。我军历来重视正步的训练，认为这是建立军队纪律性和体现军威的重要形式。以班为单位，开始训练。"王连长强调了正步训练的重要性。

两个小时的训练过去了，王连长下达命令"休息15分钟"。

即刻，一片叫声，"累死了！""我的腿呀！"张小樱坐在草地上一动不动。

冯指导员看着大家的狼狈样子，忍不住地笑了。突然灵机一动，大声招呼："咱们来玩'老鹰抓小鸡'的游戏，怎么样？""好！"一阵响应，许多人腿一下子不疼了，朝冯指导员跑来。冯指导员成了母鸡，大家立刻排成一排，成为冯指导员身后的小鸡，王玲自报当老鹰，一场"老鹰抓小鸡"的游戏在训练场快乐展开，瞬间，所有疲劳、腿疼、叫苦声都消失了。王连长看着心里暗暗佩服："还是冯指导员有办法。"

周玉梅在踢毽子，各种花样让大家看得眼花缭乱，都叹服这个"小土妞"。季冰在一旁鼓掌加油，田小溪拿出随身携带的小画笔，将这生动活泼的训练场景素描了下来。

这时，"小朋友"跑来找"阿姨"，小声耳语。田小溪听后笑了，然后以"阿姨"的身份召唤大家说："大家注意了，'小朋友'要给大家出数学题了，喜欢数学的赶紧过来，答对的有奖，过时不候！"大家一听都好奇地跑了过来。

张小樱兴奋地看着大家，提高嗓门说："这将是一道高深数学题，答对的有奖励。对了，告诉大家一个小秘密，听说今晚吃包子，所以奖励就是包子了。"大家一阵欢呼！

"安静！安静！我开始了，听好！在新兵训练场地附近，有一棵很高很大的柳树，树上有6只麻雀，叽叽喳喳地叫着。这时，从远处又飞来7只。突然，有一个小男孩拿着弹弓，悄悄地朝树上一只麻雀打去，你们知道发生什么了吗？这只麻雀不幸中弹身亡，从树上掉到了地上。现在请问大家，这时树上还有几只麻雀？"

一个个头瘦高、帽子显然太大、看上去有点邋遢的小兵，张红，马上举手大声说："还剩12只。"在场的人一下子全都笑了起来，张小樱开心地宣布结果："张红今晚不仅没有包子吃，还负责拖整个楼道。"

张红一脸困惑问道："6+7-1不就是12吗？"大家又是一阵大笑。

张小樱俨然像个老师："现在请'阿姨'公布标准答案并做解答。"

田小溪十分配合"小朋友"，清了一下嗓音说："张红的加减法没有问题，但'小朋友'的问题是树上还有几只？张红审题不清，想想看，一个石头子飞过去，麻雀难道不会全飞走吗？"

张红明白了，大叫起来："哎呀，这哪是数学题呀，不算，不算。"

王玲笑着对张小樱说："'小朋友'，这哪是数学题，分明是脑筋急转弯。"

季冰与王玲小声耳语后大声说："'小朋友'，我出一道高深的脑筋急转弯，答对的今晚两个包子，否则代替张红拖楼道。"

"好吧！那就让季冰出一道高深的脑筋急转弯题。"张小樱无奈地笑着说。

季冰大声说道："听好了！我们新兵连，经过一段时间手榴弹投弹训练，大家都有很大的进步。可是，在投弹训练课目结业时，王玲投出去的手榴弹没响，为什么？"

张小樱抢答道："嗨，这还不容易，王玲没拉弦呗。"

季冰即刻回答："错！"

周玉梅也好奇地问："肯定是没拉弦啊，难道还能有什么吗？"

季冰看了大家一眼，得意地宣布："王玲同志使用的是教练弹。所以，张小樱同志，请代替张红同志负责拖楼道吧！抱歉了！"大家都笑了，张小樱也哭笑不得！

王连长和冯指导员看着这群天真活泼的小兵，脸上禁不住流露出了喜欢和羡慕的目光。冯指导员感慨地对王连长说："才一个多月，进步真大，开始有兵的样子了！"

王连长点头同意，但也有些担心地说："下一阶段，按训练大纲，我们将进入射击训练阶段，不知情况会怎么样？"

冯指导员信心满满地说："没问题，个个都会是好样的！"

晚上，熄灯号响起，一天紧张训练后，大家都感到很疲劳了，但又不得不讨论半夜是否会有紧急集合的问题。

"我反正不脱衣服了，要不动作慢又该拖大家的后腿了。"

"我觉得今晚不会，这周已经三次了。"

平时"五朵军花"是大家的风向标，她们的一举一动都会给大家重要暗示。这时，大家发现周玉梅和王玲早已进入梦乡，"阿姨"正准备躺下，因此，大家相互看看，也陆续脱衣服躺下了。只有张小樱还在犹豫，因为平时动作最慢，一到紧急集合就紧张，所以，当兵快两个月了，几乎天天和衣而睡，就这样，每次还总是倒数几位中的一员！田小溪翻过身看见张小樱还在犹豫，便笑着说："'小朋友'，根据'阿姨'今天的判断，连长和指导员今天情绪很好，特别是你今天表现不错，给紧张的训练营造了快乐的气氛，怎么也该让你睡一次安稳觉了，安心睡吧！"张小樱天真地问："真的吗？"田小溪假装大人口气说："季冰站岗，有情况她肯定会提早通报我们的，更何况还有'阿姨'呢！"说完，田小溪就睡了。张小樱还是犹豫不决，最后依旧和衣躺下。

整个军营安静了下来。

钟表指向 10 点、11 点、12 点……张小樱也慢慢地进入了梦乡。

第二天凌晨 4 点 30 分，季冰在困意中隐隐看到远处两个人影，警觉起来："口令！""长江！"季冰发现是王连长和冯指导员，立刻意识到有情况，说时迟，那时快，王连长吹响哨声："全连注意，紧急集合！"随后就见王连长站到营房前的操场中央，看着手表……冯指导员一个个宿舍急促敲门："紧急集合！""紧急集合！"季冰完全清醒了，坚守在自己的岗位上，机警地巡视着周围的一切。

各宿舍内一下子响动起来。

周玉梅、王玲迅速地起身、穿衣、打背包。

张小樱跳下床，边打背包边小声说："'阿姨'你又失算了，幸亏我没脱衣服。"

大家都在紧张地打背包、背挎包、整理军容风纪，周玉梅和王玲背上背包，对田小溪和张小樱说："快！我们先走了！"

田小溪帮助张小樱整理背包后说："走！"俩人一起冲出了宿舍门，其他人也都陆续冲到了操场。季冰看见张小樱今天又提前了许多名次，高兴地笑了。

"全体都有，向前看齐，向前看，稍息，立正！报告连长，全连集合完毕，请指示！"

"同志们，后山小屯村发现敌情，我连接到上级命令，前去增援当地民兵。向后山小屯方向，跑步前进！"王连长直接下达命令出发。

全连女兵先是跑步前进，随后改为急行军，整个女兵连穿越在山间小道上。慢慢地，开始有掉队的，有气喘吁吁的，有实在走不动的……

天渐渐亮了，大部队跟着王连长整齐急行军回到营房前操场中央，放下背包，原地休整。最后三位是张小樱在"阿姨"和冯指导员的陪同下到达操场。张小樱的背包全散了，几乎是"阿姨"抱着军被，拉着"小朋友"回到操场，样子狼狈极了。

王连长点评，表扬了动作迅速、背包打得结实的周玉梅、王玲、季冰等，对背包没打结实的不点名提出严厉批评，要求练习叠被子和打背包，并严肃说："整理床铺，把军被叠成豆腐块，作为军人，这是一天的第一项任务，完成好这项任务会使你一天都有精气神，同时，它会强化一个事实，那就是：生活中的小事同样重要，做好了小事，才有可能把大事做好。打背包同样如此，一个军人如果连背包都打不好，如何体现军人风姿？如果希望做一个真正的军人，希望成就更大的梦想，那就从每天整理床铺、把军被叠成豆腐块、把背包打结实开始。"说完，宣布解散。

刚解散，"小朋友"就流下了眼泪，难过地说："我怎么总是这么笨呀。"田小溪一边劝张小樱，一边往宿舍走："别哭，咱们练习打背包去。"

时间过得很快，两个多月过去了，这支原本散漫、娇气的女兵连有了很大的进步，集合站队迅速整齐，队列行走齐刷刷，站立时如同正在成长中的小松树，坐下时则像一台台小座钟，王连长和冯指导员看在眼中，乐在心里。很快，新的训练课目又要开始了，实弹射击！

王连长一步一步介绍步枪知识和射击要领："最后，我再强调四点：1.握枪时手要均匀用力，枪柄卡在虎口内，放松食指。2.手腕及大臂要挺直，以大臂带动小臂。3.瞄准及瞄准区域，晃动中眼睛、缺口、准星三点成一线。50米胸环靶，瞄准10环圆圈的下沿。4.击发要领，食指均匀正直扣压扳机，有意预压，无意击发；射击时的呼吸，击发前吸气，击发时屏住呼吸，击发后呼气。"

这些女兵第一次摸枪，一些人个子与步枪长短差不多，举枪自然十分吃力，这让王连长十分担心射击分数会影响整个新兵训练总成绩。

大家一次又一次在寒冷的北风中苦练卧姿、跪姿和立姿射击要领和动作。最后，王连长和冯指导员根据训练情况，决定将整个实弹射击课目集中在卧姿上。经过两周苦练，第一次实弹射击的日子到了。

全连列队来到靶场，每人3发子弹。看着手里的真子弹，每人表情异常紧张严峻。王连长反复强调："严格按规定动作要领操作，一定先不要随意打开保险！"

周玉梅和田小溪在训练中表现出情绪稳定，动作麻利，胆大心细，因此被安排在第一和第二进行实弹射击。

周玉梅似乎一点都不害怕，卧倒后，迅速做好一切射击准备。

王连长下令"射击"时，周玉梅屏住呼吸，稳稳地射出了第一枪！子弹飞出去了，周玉梅也闭上了眼睛，大出了一口气。

"8环！"大家欢呼起来。

"太棒了！"王连长也很高兴，再次提醒动作要领，然后发出口令："注意，准备，射击！"

"砰！"周玉梅第二发子弹射出。大家等待着报靶，不一会儿，报靶员跑出坑道，做手势示意，大家几乎不相信报靶员报出的成绩，赶紧问连长："几环？"王连长和冯指导员兴奋地异口同声说："10环！太棒了！"

"哇，10环？太不可思议了，小土妞，你真可以啊。"张小樱大叫起来。王玲看着周玉梅，送上了由衷的赞美和鼓励："玉梅，你真棒！"

"周玉梅，就这么打。"王连长接着鼓励周玉梅，然后发出命令："准备，射击！"

"砰！"几乎还没等王连长的话音落定，周玉梅枪膛上最后一发子弹就"嗖"的一声飞了出去。报靶员再次报来了让全场再次欢呼雀跃的消息："9环！"

全场沸腾了，"第一次就这么好的成绩！""'小土妞'真厉害！"周玉梅迅速起身离开射击位置，似乎这时才明白自己刚才真动枪、动真枪了！

"第二名，田小溪，准备！"

"到！"田小溪答到后迅速到达射击位置，按照规范动作要领，卧倒，均匀用力握枪，枪柄卡在虎口内，放松食指，两眼平视前方，做好射击准备。

"准备，射击！"随着王连长的命令，"砰！"从田小溪的枪膛里稳稳地飞出了第一发子弹。

"10环！"报靶员报出了更加令人振奋的成绩。

"第一发就是10环，太棒了！"

"'阿姨'，你超棒！"张小樱叫道。

大家激动地议论着，王连长挥手让大家安静，就在这时，第二发子弹飞了出去！

"10环！"报靶员再次送来振奋人心的成绩。

"哇！又是一个10环，太好了！"田小溪扭过头向大家微微笑了一下，然后又认真调整了一下姿势，做好了第三发子弹的射击准备，"嗖！"的一声，田小溪干净利落地射出了第三发子弹！很快，远处报靶员举出"9环"，全场一片沸腾！

"3发29环！"田小溪看了一下王连长，王连长向她伸出了大拇指！

紧接着，王玲，3发25环；季冰，3发22环。"吃鸭蛋"的也大有人在，甚至许多人还是闭着眼睛扣动的扳机。张小樱"剃了光头"！

第一次实弹射击成绩出来了，10人取得优良成绩，及格的人数很少，完全没上靶的占一半以上。讲评会上，王连长让周玉梅和田小溪介绍各自第一次实弹射击的体会。

周玉梅站起来说："我刚开始很害怕，反正就是心里反复想着连长平时教导的动作要领，嘿，还是让小溪说吧。"说完就坐下了。

王连长接着让本次实弹射击优胜者田小溪给大家讲体会。在热烈的掌声中，田小溪脸一下子通红，不好意思地站起来，微微一笑说："我也没什么好说的，关键就是要握好枪，眼睛、缺口、准星三点成一线。"说到这，稍稍停顿了一下，调皮地说，"嘿，谁让我是'阿姨'呢，总得有'阿姨'的样子吧！"一句话逗得大家全乐了。

"你只是'小朋友'的'阿姨'，怎么这还扩大化了。"王玲的一句话又逗得大家一阵乐。

最后，王连长严肃地对大家说："同志们，你们现在是兵，是战士，是军人，战士、军人如果不会打枪，还能称为战士、军人吗？不要笑，现在，我需要严肃地告诉大家，刚接到上级指示，对新兵训练结束时不合格者，一律退兵。"

"退兵？"

"什么意思呀？"

站在一旁的冯指导员，严肃地走到队伍前："全体都有，立正，向右看齐，向前看，稍息！三个月的训练很快就要结束了，也很快就要举行阅兵式了，你们怎么还如此松松垮垮，这怎么行？军人要有军人的样子，否则就是对军人称号的玷污！你们是小兵，从不同的小家，来自五湖四海，走进了军队这个大家庭，成为一名战士，肩负保家卫国的使命，不是嘻嘻哈哈来镀金的。这三个月新兵训练，虽然每个人都在进步，但距离真正军人的要求和标准差得很远。因此，上级指示，经过三个月新兵训练不合格者，一律退兵！"

冯指导员停顿环视四周，接着说："这是很严肃的事，不是儿戏！大家不要认为好笑。我和王连长商量过了，在最后一段训练中，我们会更加严格要求，希望大家刻苦训练，一定争取在最后一次的实弹射击中取得好成绩，在新兵训练结业阅兵式上展现出我们应有的军人风姿！"

冯指导员看着朝夕相处两个多月的全连女兵，最后有些动情地说："我和王连长不希望你们中任何一位被退兵。我们希望每个人都成为合格的兵，真正的军人！我们老兵有句话，一日军营缘，终生战友情！我们已经朝夕相处快三个月了，是战友了，我们每个人都要珍惜'军人''战友'这神圣的称谓，因为它将伴随我们一生！"听到这里，大家一下子都变得严肃起来，第一次对"军人""战友"开始有了真正的认识。

晚上，"五朵军花"第一次将五只"战友"的手紧紧握在一起，表示永远在一起，一个人都不能被退兵……

"不合格即退兵"如同一剂强心针，每个人都铆足劲苦练本领，一时间，新兵营充满团结、紧张、严肃、认真的气氛。很快，最后一次实弹射击的日子到了。

清晨，蓝天白云，朝霞普照。

早饭后，整个新兵连集合完毕，雄赳赳、气昂昂，充满青春活力的女兵们，英姿飒爽，迈着坚定整齐的步伐向实弹射击场走去。

嘹亮的《我是一个兵》响彻云天。

"一、二、三、四"……

抵达射击场，按班各就各位。

王连长正式宣布："此次实弹射击就是一场射击大比武。"这一消息激发了每个人的斗志，各班排进行战前总动员。

实弹射击马上就要开始。每个人领取9发子弹。大家信心满满，上子弹的动作熟练麻利。

"嗖嗖……嗖嗖——"的射击声和报靶员一次又一次给大家带来的欢呼声使靶场生龙活虎，一片喜人的景象。

田小溪首先取得高水平成绩——86环!

季冰兴奋地说："今天感觉真好!"

王玲高兴地跳起来："今天实弹射击的成绩太给力了。"

周玉梅胸有成竹地说："我们应该都会成为真正的军人，终生的战友!"

大家都非常兴奋!

张小樱到达射击位置，表情严肃认真，迅速子弹上膛，动作规范，一步一步按要求进行，嘴里还在小声背诵着动作要领。很快，张小樱的9发子弹全部射出!周玉梅、王玲、季冰，特别是"阿姨"，都急切地等待报靶。

报靶员报靶："张小樱，成绩，9发子弹，83环。"

季冰吃惊地喊出来："什么?张小樱，83环?"

王玲完全无法相信："没报错吧?"

周玉梅默默不语。

田小溪十分惊讶。

张小樱更是有些蒙："83环?是……是……是我的靶吗?"

大家一片惊讶呼叫声，要求重新报靶，冯指导员大声说："重报三号靶!"

报靶员又进入坑道，不一会儿，亮出："三号靶,9发子弹,83环!"

"83环!张小樱真神了!"一片欢呼叫好声。一向射击优秀的"阿姨"更是为"小朋友"取得好成绩高兴。

实弹射击结果，除公认的"神枪手"田小溪取得86环的好成绩外，周玉梅84环，王玲81环，季冰79环，张小樱确实给大家一个大大的意外惊喜，83环。冯指导员在讲评时，非常高兴地表扬了全连的进步，并要求大家继续刻苦训练，争取圆满完成阅兵式任务。

食堂为大家加餐，庆贺实弹射击取得好成绩！"五朵军花"举杯发誓都不上退兵名单，成为终生的"战友"！大家特别祝贺"小朋友"的迅速成长和进步。

很快，开始准备阅兵式训练，仅剩下15天时间。对于阅兵式，大家既期盼，又害怕。期盼的是阅兵式之日就是戴上红领章和红帽徽之时，为了这一天，每个人都很刻苦训练，希望早日真正成为一名合格的女兵！但又害怕，万一不顺利，上了退兵名单，那就太没面子了。带着这种纠结复杂的心情，大家相互鼓劲加油，刻苦训练，很快进入最后3天阅兵训练的冲刺。

寒风中，练习正步的女兵们，英姿飒爽；

宿舍内，豆腐块军被，有棱有角；

拉练时，绿色背包，方正结实；

营区里，井井有条，整洁干净……

田小溪在黑板报上，用强劲有力的黑体字写了一句话："战友们，在阅兵式上展示我们的风采吧！"

早晨，大家排着整齐的队伍，唱着响亮的《中国人民解放军军歌》，等待一个庄严的时刻。9点整，发放红领章和红帽徽仪式开始，每个人从冯指导员手中领到盼望已久的红领章和红帽徽。穿上标准佩戴有红领章的军装，戴上配有红五星的军帽，大家纷纷第一时间跑到镜子前，无法形容有多高兴了。"阿姨"帮助"小朋友"整理军帽，周玉梅和王玲相互整理军容风纪，王玲帮助季冰调整红领章的准确位置，你看看我，我看看你，甜蜜地笑了，约定周末一起去照相馆合影留念，记录下这个"梦想"开始的神圣庄严时刻。

全连兴奋地来到操场集合。王连长和冯指导员看着这支清纯、阳光、淘气、活泼、可爱的女兵队伍，一群自由散漫、骄娇二气的女孩子，经过3个月严格训练，成为今天这支英姿飒爽的女兵队伍，充满喜悦与自豪！王连长和冯指导员分别一一认真检查每一个人的军容风纪，王连长走到张小樱面前，张小樱立正，给王连长敬了一个标准的军礼。

远处，一辆吉普车开了过来，在操场一旁的马路边停下。一位英俊潇洒的年轻军官从车里走出来，站在杨树旁，高兴地看着这一支英姿飒爽的女兵队伍。

队伍中的王玲，一眼就看到了这位军官，情不自禁挥了挥手。那个军人在远处也挥了挥手。站在王玲旁边的周玉梅好奇地小声问道："谁呀？"王玲兴奋地小声说："我哥哥。"张小樱十分惊讶："你哥哥？也是军人？还是四个兜干部？"季冰情不自禁说道："好英俊啊！"王连长严肃地警告："队伍中不要说话。"

队伍整齐地走到操场中间，阅兵前最后一次训练正式开始。

整个新兵连英姿飒爽，整齐的队伍正步行进。

王连长："同志们好！"

女兵连洪亮地回答："首长好！"

王连长："同志们辛苦了！"

女兵连洪亮地回答："为人民服务！"

王玲的哥哥，王飞，某部队地勤技师，22岁，一米八二的个头，英俊潇洒。驻地离妹妹训练地约4小时车程，正好有公差，就拐道来看看在新兵连训练的妹妹。看完阅兵训练，王飞情不自禁鼓起掌来，向妹妹投去赞美的目光。

司机笑着问道："王技师，挥手的是你妹妹吧。"

王飞自豪地回答道："对，变化真大，完全变了个人，军队真是个大熔炉呀！"

司机又问："她们训练快结束了吧。"

王飞看着远处的妹妹，脸上露出满意的微笑："对，很快就要阅兵和分配了。"

王连长："讲评，稍息。今天整体情况不错。3天后就要接受正式阅兵了，大家必须全力以赴，保证圆满完成新兵训练任务。现在原地休息15分钟，然后我们再全流程来一遍。解散。"

王玲按捺不住兴奋，跑到王连长面前："连长，我哥哥来了，我就过去打一个招呼，可以吗？"说着，向哥哥的方向指了一下。王连长看了一下手表："去吧！掌握好时间。"王玲又小心翼翼地指着身边自己的好朋友："她们可以陪我一起去吗？"王连长看了一下"五朵军花"："快去快回！""是！"王玲高兴地边回答边向周玉梅、季冰、田小溪、张小樱说："走，陪我去见我哥哥。""五朵军花"高兴地一起向王玲哥哥方向跑去。

王玲远远地向哥哥招手："哥哥，哥哥！"王玲兴奋地最先跑到哥哥身边，撒娇地说，"哥，怎么才来看我！"

哥哥高兴地说："嗯，长高了，有点兵样了。"

王玲撒娇地说："腿可酸了。"然后指着一起跑过来的朋友说，"哥哥，她们都是我的好朋友。"季冰跑在最前面，田小溪拉着张小樱的手，周玉梅蹲下系鞋带。

王玲指着季冰说："她叫季冰。"季冰笑着说："你好！"眼睛一直盯着王飞，一脸羡慕。

王玲指着田小溪和张小樱："这是'阿姨'和'小朋友'。"田小溪和张小樱几乎异口同声："讨厌。"

哥哥大方地问候大家："你们好啊！"

王玲朝着系鞋带的周玉梅说："快点！"然后向哥哥介绍道："她叫周玉梅，运动健将，连长和指导员经常表扬她。"

"周玉梅？"哥哥一愣，抬头注视着跑过来的女孩。这时，周玉梅像只小燕子，一路小跑飞奔过来。王飞两眼紧紧注视着这个女兵。周玉梅一脸兴奋，当看到王飞时惊呆了："你？""怎么会是你……流氓？"

王玲左看看，右看看："什么？什么流氓？你们认识？"大家全愣住了。

自从白天见到王飞，周玉梅就再没有说一句话。

晚上，躺在床上，紧闭双眼。

大家都在小声议论，不知怎么回事。季冰小声问王玲："怎么回事呀？他们认识？"王玲说："我也不知道，我哥哥什么也不说。"

在床上的周玉梅，脑子就像过电影一般，回想起了自己的中学时代……

在学校运动会上,周玉梅奋力奔跑,获得女子60米冠军;

又一次矫健的飞跑身影,再次获得女子100米冠军;

全场群情欢呼,身穿同队运动服的王飞热情帮助刚跑下来的周玉梅。

一会儿,王飞上场了,全场屏住呼吸,看着场上激烈的比赛。

王飞第一个冲向终点,获得男子100米短跑冠军,全场一片沸腾。

一会儿,男女混合400米接力开始。

周玉梅和王飞代表"八一中学",充满朝气地站在跑道上。王飞是第一棒,周玉梅最后一棒。

发令员:"各就各位,预备,砰!"

六条跑道上飞出矫健的身影,全场"加油!加油!"

想到这里,周玉梅在床上不由自主地手舞足蹈动起来。

朋友们在一旁看到此景,都傻了。

张小樱好奇极了:"什么情况?"

季冰也特别不解:"到底怎么回事?"

王玲在猜:"好像认识我哥哥。"

田小溪似乎蛮有把握地说:"看起来,一定有情况,需要'阿姨'来破案了。"

大家紧紧盯着周玉梅。

周玉梅又翻了一下身,继续自己的梦幻……

王飞、周玉梅和其他一个男生、一个女生一起站在了冠军台,接过奖状。王飞看着身边的女孩,特别兴奋。

王飞和周玉梅在领奖台合影,也就是故事开始时,周玉梅儿子从她手提包翻出的那张照片。

周玉梅梦到这里,露出了微笑,而在一旁观察她的王玲、季冰、田小溪、张小樱等一群女兵更加奇怪了。

张小樱好像发现了什么:"她一定在做梦,而且是噩梦加美梦。"

季冰非常不解地问道:"为什么呢?"

田小溪胸有成竹地说:"什么为什么,'小朋友'这回是对的,而且一定与今天见到的那位……有关系。"

王玲急了，问道："到底怎么回事？真急人。"

田小溪神秘地小声说："别急，谜底很快就会揭晓。"

突然，周玉梅的面部表情又严肃起来……

傍晚，八一中学操场，训练刚刚结束，周玉梅背起书包，准备回宿舍。

王飞急着背上书包，追赶上周玉梅问今天训练累吗，周玉梅点了点头。王飞从书包里拿出当时非常稀罕的巧克力给周玉梅。周玉梅看了一下："谢谢，你自己吃吧。"王飞十分坚持说："我有，这是专门拿来给你的。"王飞突然抓住周玉梅的手，将巧克力放到她手里，"拿着，周玉梅，我喜欢你。"周玉梅惊讶地看着王飞，赶紧将手抽出来："流氓！"说完便跑走了。

周玉梅在床上突然挣扎，嘴里嘟囔："流氓！流氓！"

在一旁的朋友们再次愣住了，相互看着："什么情况？"

第二天，雄壮的《中国人民解放军军歌》在操场响起。军区领导在阅兵主席台上就座。远远地，王玲和季冰看到了三个月没有见面的父亲。原来，季冰父亲是军区政工干部，陪同军区领导出席今天的阅兵式，王玲父亲是军区领导。

周玉梅、田小溪、张小樱相互看了一眼，知道了王玲的身份，军队子弟，而且还有一个四个兜的干部哥哥。同时，还知道季冰也是部队孩子，投去了羡慕的目光。

王连长和冯指导员认真检查全连每一个人的军容风纪，然后带领这支朝气蓬勃的女兵连，意气风发地步入阅兵场。

阅兵式开始，"一、二、三、四"口令声响起。在坚定、稳健、有力、有节奏的步履声中，女兵连英姿飒爽地通过阅兵式主席台接受首长检阅。

"同志们好！"

"首长好！"

"同志们辛苦了！"

"为人民服务!"

"唰唰……唰唰……唰唰",整齐的脚步声响彻天空,不断引起阵阵热烈掌声。

阅兵式成功了,赢得热烈反响和好评。

阅兵会餐后,王玲和季冰被大家"委派"去打探是否"退兵"以及对阅兵式的评价和分配情报。王玲和季冰约上三位好朋友,一起来到了部队招待所。首长们看到这些茁壮成长的小兵,特别是王玲爸爸和季冰爸爸,看着女儿健壮结实,脸也晒黑了,非常高兴。

王玲向爸爸介绍了自己的战友,好朋友。张小樱毫不畏惧,一个箭步走上前去,敬了一个标准军礼:"首长好!我实弹射击9发83环,应该是合格的军人了吧,不会被退兵吧……"王玲爸爸有点纳闷:"退兵?"王玲赶紧解释说:"我们前一段被告知,不合格就退兵。张小樱特别努力,爸爸,不会退了吧。"

王玲爸爸理解了,大笑起来,但马上又严肃地说:"你们今天在阅兵式上表现不错,但三个月的训练只是一个开始,要想成为真正的军人,必须苦练本领。军人肩负着保家卫国的使命,我今天很高兴看到你们的进步,也希望你们不要辜负了我们这些老军人的期望。今天你们刚刚戴上红领章和红帽徽,一定要珍惜,珍惜军人这个神圣的称谓。""五朵军花"认真听着,频频点头。

王玲爸爸接着说:"工作分配马上就要开始了,一定要正确对待。军人的天职就是服从命令听指挥。不管分配到哪里或干什么,都要坚决服从!"

张小樱着急问道:"我们几个会在一起吗?"

季冰父亲在一旁严肃地说:"服从分配!"季冰父亲是政工干部,说话常常如同"训话",严肃地说:"你们今天只是万里长征刚刚迈出的第一步,阅兵式上看到了你们的进步,有兵的样子了,首长很高兴。但是,你们离真正军人的要求还差得很远。一定要在部队这个大熔炉里,好好磨炼,要有一不怕苦、二不怕死的革命精神,同时还要有'革命战士一块砖,哪里需要哪里搬'的思想准备。"刚说到这儿,大家不约而同向季冰看了一眼，季冰撒娇地说："刚见面就开始上政治课了。"一句话，逗得大家都乐了。

但是，关于是否"退兵"，两位父亲守口如瓶。有趣的是，两位父亲都知道田小溪是神枪手，鼓励她找机会参加军区射击比赛。随后也祝贺张小樱在最后一次实弹射击中有出彩的表现。张小樱听到表扬，异常兴奋："谢谢王伯伯，谢谢季叔叔，哦，不对，说错了，应该是，敬礼，首长！"说完，立正敬礼。王玲、季冰、田小溪都忍不住笑了，周玉梅在一旁一句话也没说。

"五朵军花"离开了招待所。走在路上，季冰还记得周玉梅和王飞的事，又好奇地问周玉梅到底是怎么回事。田小溪神秘地说："玉梅，我猜呀，一定在什么地方碰到过，他对你非礼了，对不对？"张小樱也跟着一乍一惊说："对，'阿姨'说得对，要不你昨天那个吓人劲，有点闹鬼的感觉……"周玉梅看了一下大家，严肃又无奈地说："讨厌！"王玲一声没吭，默默地走着。

大家见"五朵军花"回来了，赶紧聚合起来打听"退兵"的事。当知道没有探听到任何消息时，不免有些失望。张红急着问："难道一点消息都没探听到？"

张小樱受到首长的表扬，有些得意，便说："没问题，肯定不会退兵了。"但看见张红焦急不安的样子，突然来了"坏点子"，马上一本正经地说，"不过听说啊，退不退兵需要经过一次数学考试。"

张红着急地问道："数学考试？为什么？不过我不怕。"

张小樱笑了："张红，你不怕考数学？"

大家见张小樱又在与张红逗乐，全都笑了。田小溪有点看不下去了："'小朋友'，我说你就别吓唬张红了，行吗？"

张红还是有点信以为真地问道："是真的要考吗？什么时间？"

王玲笑着对张红说："张红呀，出题人和判卷人都是'小朋友'，明白了吗？"大家一下子全都笑了。

就在大家还在担心是否退兵时，"五朵军花"已经开始议论分配的事了，她们太想在一起了。军区范围内有三所医院，加上通信团和部队卫生所，到底会怎么分配？从小在部队长大的王玲和季冰，知道女兵基本上不是卫生兵就是通信兵，而对于在县城长大的周玉梅和来自地方的孩子田小溪和张小樱，她们认为"服从分配"是军人的天职，没什么可考虑的。张小樱只是希望不被退兵就行。季冰开玩笑地对张小樱说："有'阿姨'在，你不用怕。"张小樱却非常天真地说："不过呀，我现在好像刚刚明白，应该是有你和王玲在，我才不用怕，对吧？"季冰和王玲异口同声惊讶地喊道："小樱，你可真行啊。"田小溪在一旁开着玩笑说："现在你们总算知道了吧，张小樱就是个势利眼。"大家都笑了，张小樱一个劲儿想解释自己……

王玲看周玉梅一直没有说话，便问道："玉梅，你有什么想法？"张小樱抢答道："那还用说吗，革命战士一块砖，哪里需要哪里搬。"王玲忍不住笑着说："'小朋友'，要是你的这个表现让季冰爸爸知道了，一定又要夸你了，你看，思想觉悟高，射击水平也好，没准你马上就会被列入我军后备政工干部苗子队伍了。"季冰接着说："对，对，对，小樱，前途无量！"

熄灯号响了。

冯指导员到各房间查房，告诉大家："都好好睡个觉吧！"张小樱怀疑地看着冯指导员，冯指导员笑着说："小樱这三个月真够辛苦了，今晚好好睡个安心觉吧。"说完就走了。

冯指导员走后，大家都迅速睡下了，只有张小樱还在纠结："嘿，嘿，你们说今晚真的没事？"田小溪看着一脸纠结的张小樱说："睡吧，明天就该分配了。新兵训练都结束了，你还担心什么，好好睡个觉，明天听候分配。"

张小樱一个人自言自语道："我总觉得今晚最有可能紧急集合，你们想想，任何一次战争都是在人们最麻痹的时候爆发的，何况今天领导都在，夜间紧急集合也是阅兵的一个重要组成部分。对了，我想，今晚一定会紧急集合！你们不信算了，反正我认为一定会，越是在人们放松的情况下，越是需要加强警惕，必须做好一切战斗准备！"就在张小樱一个人自言自语时，整个宿舍早已安静，大家都进入了甜蜜的梦乡。张小樱有些无聊,干脆打好背包,和衣躺下,两眼望着屋顶发愣,慢慢地,也和衣睡着了。

凌晨,天刚蒙蒙亮,月亮还挂在远远的天空。

初春的早晨,空气十分清新。王玲在寒风中,精神抖擞。突然两个人影出现,王玲敏锐意识到"又要紧急集合了"!说时迟,那时快,只见王连长和冯指导员向王玲默默地挥了挥手,然后轻手轻脚地来到了营房前,露出一种特别不忍心吹响哨子,但又必须如此的表情。冯指导员微微一笑,向王连长点了点头。王连长整理了一下自己的军容风纪,吹响了紧急集合的哨音!"新兵连,全体注意,紧急集合!"

许多人直觉地立刻从床上坐起,但仍有些怀疑:"这是真的吗?"就连平时反应最快的周玉梅也愣了一下。只有张小樱迅速起身,跳下床去,禁不住地有些得意地小声说:"我说什么来着,越是庆祝胜利的时候,越是需要防范敌人发动进攻。你们不听'老人言'呀,对不起了,我去参加战斗了!"刚要走,又严肃认真地整理军容风纪,将头发全部塞进帽子里,十分精干,然后对还在紧张打背包的田小溪说:"'小朋友',需要'阿姨'帮助吗?"田小溪哭笑不得,边忙着打背包边说:"你赶紧参加战斗去吧!"

张小樱又看了一下周玉梅和季冰,刚想说什么,就被周玉梅打住:"赶紧参加战斗去!祝贺你今天第一名!"

张小樱环视了一下大家,严肃地宣布:"那我就参加战斗去了!"说完就第一个冲出宿舍门,第一个来到操场中央,严阵以待!

王连长和冯指导员看到第一个冲出来的是张小樱,露出了非常吃惊的表情。

张小樱全副武装,抬头挺胸,站在操场中央,那种第一的感觉真的好极了!

王连长和冯指导员对视地笑了,王连长感慨地说:"我们的军队真是一个革命的大熔炉啊!个个都是好样的!"

三个月的新兵训练正式结束了。

分配命令大会上,女兵们个个英姿矫健,表现出军人无条件服从命令听指挥的庄严与神圣。

分配命令下达,"五朵军花"分开了。

周玉梅、季冰和张小樱三人分配到野战医院,地点在偏僻的山区,条件艰苦;

王玲分配到疗养院,主要接受部队人员定期休养;

田小溪分配到军区总医院,地处城市,环境和条件都很好。

分别前,"五朵军花"一起来到照相馆,留下了"战友合影"。随后,又一起来到"古隆中",相互勉励,按照冯指导员说的,定下一个终生约定:一日军营缘,终生战友情!五人坐在一起,回顾3个月、12周、92天朝夕相处的时光,从互不相识,到结成战友,难舍难分……

季冰打破沉默:"我们还在一个军区,会经常见面的。当然,我和玉梅、小樱在一个单位,虽然偏僻点,但……"说到这儿,季冰哭了。

周玉梅接着说:"没事,我们三人会互相帮助的。"

张小樱难受地说:"'阿姨',你真的就这么狠心扔下我……"

田小溪拉着张小樱的手说:"说什么呢,'阿姨'已经和她俩严肃谈话了,一是要代理'阿姨'的职责,关心照顾你;二是不许欺负你,放心吧,如果她们做得不好,及时写信向'阿姨'报告。"张小樱一下子来劲了,对周玉梅和季冰说:"你们听见了吧。"

季冰擦了眼泪,突然改变话题问大家:"嘿,你们都想干啥?电话员?卫生员?还是……"

王玲认为没什么选择答道:"分到医院,那就是卫生员。"

周玉梅情不自禁地说:"我从小就害怕血……"

张小樱对田小溪说:"'阿姨'你会画画,应该成为军中女画家。"

田小溪看着大家,拿出"阿姨"的样子说:"我们刚当兵,一切服从分配吧。"

"五朵军花"几乎异口同声:"革命战士一块砖,哪里需要哪里搬!"

季冰笑着看大家，逗乐地说道："看不出来呀，最近个个都在大踏步进步啊。"

好朋友们相互鼓励，谈着各自的革命理想，那就是：干出成绩，立功嘉奖，早日入党提干，比比谁最先由两个兜的军装换成四个兜！梦想，就这么简单明白直接；幸福，就是一个目标，努力实现了就幸福！

分别的日子，"五朵军花"依依不舍，再次将五只手紧紧地握在一起。

王连长和冯指导员看到大家基本都能正确对待分配，十分欣慰。

王连长对大家说："在部队好好干，我和冯指导员希望早日听到你们立功受奖的好消息！"

冯指导员看着大家，挥手致意："常来信！"

周玉梅、季冰和张小樱再次坐上解放牌军用卡车，经过四个多小时的长途跋涉，来到了位于山沟里的野战医院。

一路上，三人一句话没说。

野战医院大门口，大红标语，"热烈欢迎新战友！"看到院领导和夹道热烈欢迎的队伍，周玉梅、季冰、张小樱相互提醒："赶紧整理军容风纪。"

张小樱发出感慨："这里就是我们今后生活战斗的地方。"

周玉梅和季冰相互看了一眼："一起加油！"

周玉梅分配到政治处当放映员。

季冰分配到麻醉科当卫生员。

张小樱分配到电话班当话务兵。

老同志热心传帮带，使她们迅速掌握了基本技能，很快各自开始单飞了！

毕竟是十几岁的孩子，对于一直生活在城市的季冰和张小樱，突然来到偏远的山区，马车和驴车随处可见，清晨缕缕炊烟从山林中缓缓上升，公鸡鸣叫，一片乡村景象，充满新鲜好奇感，但这些对于在县城长大的周玉梅则十分亲切。

张小樱不知从什么时候起，对蚂蚁产生了浓厚兴趣，常常独自一人在地上一蹲就是一两个小时，津津有味地看着蚂蚁筑巢、觅食、打架，有时甚至挖开土壤查看蚂蚁洞里面是什么样的，还不时一遍又一遍统计蚂蚁数量。

一天中午，天阴沉沉的，好像要下雨。

张小樱昨晚夜班，睡了一上午。中午吃完饭后，独自一人又来到了办公楼附近的小山坡上的一棵大树下，开始聚精会神地观察计算地上密密麻麻排成长队的蚂蚁。她数着蚂蚁，但一次又一次失败，因为数着数着不知从哪儿又冒出一群，不得不琢磨是不是可以用更有效的方式……张小樱跑前跑后，不断顺着蚂蚁长长的迁移队伍，试图找到源头。蚂蚁在树干和地面上川流不息地忙着搬运食物，但似乎总是沿着一条固定的路线来回运动。"这些蚂蚁是怎样在巢穴和食源之间开辟道路的呢？"张小樱十分好奇这个问题。

一会儿，张小樱好像发现了什么，自己笑了起来："原来你们的首领在这呀，哈哈，总算找到了！一定是这个家伙，什么级别呀？怎么发出命令号召了这么多大大小小的蚂蚁们一起行动的？太有领导力了。"一边自言自语，一边细心观察着这长长的、来来回回忙碌的蚂蚁队伍。在一堆小草旁边，突出地面的沙状的巢穴，许多蚂蚁争先恐后往里挤。"这洞会有多大？里面到底会有多少蚂蚁？它们怎么居住？平躺着？还是一只背一只？还是……有意思，太有意思了。"张小樱在蚂蚁洞口做了一个记号，就离开了。

晚饭时，张小樱绘声绘色地向周玉梅和季冰讲述自己的重大发现，而且描绘出了一幅诱人的画面，一下子把周玉梅和季冰的好奇心挑逗起来了，她们决定饭后实地参观考察。

三人一阵兴冲冲来到了张小樱做了记号的小山坡。一阵雷声，一场暴雨很快就要降临，长长的蚂蚁队伍更加忙碌搬运食物。张小樱带着周玉梅和季冰来到她重大发现的地方，将带来的馒头渣沿着蚂蚁的路线边走边撒。顿时，蚂蚁们如获至宝，纷纷赶来抢夺。只见一只体形大、腹部圆圆的蚂蚁似乎在做调解分配工作。一会儿，蚂蚁们就十分有序地开始搬运了。周玉梅和季冰在张小樱的解说下，看得津津有味，慢慢三人来到洞穴口。突然张小樱小声说："看，这些大蚂蚁显然是蚂蚁官，在这坐享其成。"

周玉梅若有所思地说："是啊，大千世界，所有动物都有一套属于自己的特殊生存方式。蚂蚁们不容易，小小的身躯任何时候都会遭到生命危险，但它们好像还是很乐观，很勤奋，真有点生命不息，辛劳不止呀！"

季冰突然想起什么，兴奋地说："对了，你们听过蚂蚁和大象的故事吗？小时候我爸爸讲的。"

张小樱马上说："你爸爸讲的故事，我们必须听，快讲。"

周玉梅看了一下季冰，笑了。季冰清了一下嗓子："好，那我就给你们俩讲讲我爸爸当年给我讲的故事！听好了，可逗人了。很久以前，在一个小村庄的小路上，一头大象走累了，蹲下休息。大象的一只脚不幸踩到了一个大大的蚂蚁窝上，一些没有被压死的蚂蚁纷纷奋力往外爬，有的爬到了大象身上。慢慢地，爬到大象身上的蚂蚁越来越多，因为这些小蚂蚁觉得大象软软的，好舒服！可是呀，密密麻麻的蚂蚁在大象身上，大象不舒服啊，浑身痒极了，于是就不得不站起身来，使劲儿抖了抖肥大的身子。你们知道吗，一个可怕的情况出现了，那些正在享受的小蚂蚁被这一突然的震动，纷纷给震落到了地上，蚂蚁们被摔得哭天喊地，'好痛啊！''哎哟！'这时，大象脖子上还剩一只坚强的蚂蚁，它小小的身躯紧紧地抱着大象的脖子。这时，那些摔掉在地上一个劲儿喊痛的小蚂蚁看到了，忍住疼痛，齐声大喊：'掐死它！掐死它！'"

季冰还没说完，周玉梅和张小樱已经笑得直不起腰了。

季冰仍然一本正经地讲着故事："还没完呢。过了好一会儿，从大象身上掉下来的蚂蚁们不甘心啊，忍着疼痛，合计怎么报复一下大象。一只小蚂蚁认为自己想出了好点子，自告奋勇要为大伙儿报仇。它费尽全力跑到大象前面，钻进一个小土坑，并将自己一条小细腿露在外面。不一会儿，一只小兔子过来，看见这个情景十分不解，便问小蚂蚁：'你这是要干什么？为什么把一条小细腿露在外面？'蚂蚁左右看了看，十分警觉地小声对兔子说：'嘘！别出声，老子要为我哥们儿报仇，绊大象这个龟儿子一跤！'"

季冰讲到这时，周玉梅和张小樱早已笑得前倾后倒了。

张小樱笑着说："别说了，我肚子都笑痛了，你爸爸怎么会讲这样的故事呀，笑死了。"

周玉梅趴在季冰身上，笑得直不起腰来："太逗了！看来你爸爸也不总是那么严厉的嘛。"

周玉梅、季冰和张小樱虽然离开了家，离开了城市，但她们慢慢在熟悉、习惯偏远的、单一的军营生活，同时也在发现乐趣，丰富自己的生活。

周玉梅分配到政治处，协助刘干事做宣传工作，包括放电影、组织重大活动演出、广播、摄影、办宣传栏、管理阅览室，其中最简单但又是最艰难的一项工作，常常也是让周玉梅最哭笑不得，连吃饭睡觉都紧张的任务，就是负责全院的作息：吹号！

在部队，所有作息时点都是用军号，当然不是吹军号，而是准时无误地播放军号唱片。听起来似乎不是一件艰难的事，不就是放个唱片吗？！对不起，千万别轻看这项工作任务，除了周玉梅本人一天24小时需要绷紧时间弦外，还需要在每一个时点，必须在大唱片上准确无误地将唱针放到需要的唱道上，这可真的不是一件容易的事。

当时战士不允许戴手表，周玉梅每时每刻都背着军用书包，里面装着一个闹钟，时刻提醒吹号的时间！好长一段时间，周玉梅都会在凌晨神经质般地醒来，早早来到广播室，两眼紧紧盯着闹钟，守候着吹号的唱片机，直到在钟表秒针指向6点时，准确无误吹响嘹亮的起床军号。

一天清晨，天刚蒙蒙亮，周玉梅又突然从床上惊坐起来，一看闹钟，才4点18分，便又躺下了，想再睡一会儿。刚翻了个身，却又不放心地转过身来看闹钟，希望再确认一下自己没看错时间。再次躺下后，又细细一想，离吹起床号时间已经不到两小时了，经过一番思想斗争，最后决定干脆起床。

周玉梅是个很有责任心的人，对工作认真，对自己要求严格。洗漱完毕后，整理军容风纪，将闹钟放进军书包，轻手轻脚走出宿舍。

来到广播室，打开窗户，清新空气扑面而来，新的一天又开始了。紧接着，开机预热机器，打扫卫生，很快一切准备就绪。

半个小时过去了，周玉梅突然感觉有点困意，趴在桌子上。

闹钟"嘀嗒、嘀嗒"一分一秒地走着……

天慢慢亮了，而周玉梅却不知不觉进入了梦乡……

窗外，不远处的马路上，出现了一些上早班和下夜班的人们，大家都在议论：

"怎么今天没听见吹号？"

"今天还出操吗？"

此时闹钟已经指向6点19分了……

张小樱急匆匆跑来，大声喊道："玉梅，周玉梅，周玉梅同志，你怎么睡过了，吹号！快！"张小樱急促的叫声将熟睡的周玉梅一下子惊醒，她抬头一看闹钟："坏了！"

张小樱在一旁着急催促，周玉梅跑到唱机处，十分懊恼说："怎么办？都晚了19分钟了，出操也晚了4分钟，怎么办？"张小樱只是催促说："你就赶紧吹吧，还发什么呆呀。"

就在这时，刘干事喘着大气跑来，进门就说："怎么搞的？"

周玉梅看着刘干事，胆怯地小声说："我起早了，后来有点困，就趴在桌子上，谁知就睡着了……"

刘干事带着湖江口音，着急又无奈地说："赶快吹号。"

周玉梅和张小樱几乎异口同声说："吹什么？"

"……"刘干事看了一眼自己的手表，立刻做出了决定："出操号！"

周玉梅立即拿起唱针，迅速精准并小心翼翼将唱针放到"出操号"唱道，就在这时，站在周玉梅身边的张小樱"阿嚏"一声，正好碰到周玉梅右手，唱针一下子抖到"紧急集合"唱道，即刻，全院响起了嘹亮的"紧急集合军号"。

刘干事更着急了："怎么搞的？怎么放紧急集合号？这可麻烦大了。"

周玉梅使劲瞪了一眼张小樱，张小樱非常无奈地往旁边挪动着自己的脚步，嘴里小声说："对不起。"

刘干事看着张小樱，生气地说："闲人怎么可以随便进出工作重地呢？"

这时，政治处余主任也来了，生气地问道："什么情况？"由于大家一时乱了阵脚，"紧急集合军号"还一直在嘹亮地反复吹着。当余主任急促问怎么回事时，张小樱在一旁小声提醒说："赶紧关机器。"在一边接受批评的周玉梅立刻反应过来，赶紧拿起了唱针。

刘干事非常自责地向余主任报告："主任，放错了号，我的失误，我的失误。"余主任看了看周玉梅和张小樱："胡闹！"

刘干事送走余主任，返回来严肃地说："还站着干什么，放点音乐吧，以后不许再犯这样的错误了，认真检讨。"说完没好气地走了。刘干事一走，周玉梅和张小樱你看看我，我看看你，哭不是，笑不是。张小樱看着自责的周玉梅："赶紧放音乐呀，还发什么呆呀。"周玉梅好像突然清醒过来，赶紧从许多唱片中熟练地找出一张音乐唱片放在唱机上，轻快的音乐缓缓响起……

窗外的马路上，一些认为紧急集合、急急忙忙往操场跑的人显然是得到了吹错号的消息，三三两两、指指点点、边走边说边看……周玉梅突然想起了什么，对张小樱说："你真讨厌，早不打喷嚏，晚不打，怎么就这么火上加油呢？这么做是不对的。"张小樱十分不好意思："唉，是，对不起，你说我怎么就……"

周玉梅在政治处例会上受到了严厉的批评。一向好强的周玉梅，在会上眼泪不停地往下流，哽咽地保证以后一定更加严格要求自己，绝不再犯类似错误。考虑到工作需要，领导特批周玉梅可以戴手表。张小樱听说后，难过地问周玉梅："玉梅，你家是农村的，买得起手表吗？"说这话时，季冰一个劲儿给张小樱使眼色："太直了，伤人！"

第二章

部队，如同一个"革命大家庭"，大家相互帮助，团结友爱，紧张有序，严肃活泼。很快，"五朵军花"分别被选派参加不同的培训班学习。

季冰和王玲选送进入护校学习两年。

田小溪参加全军一年药剂师培训学习。

张小樱参加军区六个月通信兵训练班。

周玉梅参加军区六个月放映员培训学习。

她们从单纯、天真、阳光、活泼的学生，经过部队的培养和锻炼，变成了拥有技能的护士、药剂师、话务员和放映员。一晃三年多时间过去了，每个人都在成长和进步，但无论怎样，她们依旧调皮、淘气……

电话班内，总机台一会儿红灯亮起，一会儿绿灯亮起，一会儿多个红灯和绿灯同时交替亮起，一片繁忙，但张小樱忙碌且熟练有序接转着每一个电话。

傍晚，机房的门被慢慢推开了，两个调皮的头伸进了门缝。正在聚精会神、认真紧张接转电话的张小樱，完全没有听见和发现。

"喵，喵，喵喵"，周玉梅学着猫叫，季冰忍不住"扑哧"笑出了声。张小樱扭头看到这两个调皮的好朋友来了，有点严肃地说："又在捣什么鬼，进来吧！路上没看见宁秘书吧。"

季冰有点漫不经心地回答道："嘿，没有！你呀，也别又说'机房重地，闲人免进'。"

周玉梅附和着说道："就是，我们可不是闲人。我今天送片子顺道进城，买了几包五香豆，专门来给你一包。"

季冰笑着说："这次的五香豆好吃。小樱，你吃五香豆，我帮你值班。"

张小樱看了她们俩一眼说："你们俩今天又有什么小九九吧。"季冰和周玉梅笑着表示就是想练练手。张小樱不相信，笑着说："这样吧，冲着买五香豆时想着我，今天批准季冰给家里打一个电话，玉梅呢，你上次给'阿姨'电话了，今天就给王玲打一个吧，但必须遵守规定，每人3分钟。"季冰和周玉梅高兴地异口同声回答："是，严格遵守规定！"两人一阵兴奋，互相抢着都要先打，最后还是周玉梅先接通了王玲医院的总机："一内科吗？请找王玲。"就在这时，几个来电显示的小绿灯同时亮起来，周玉梅手忙脚乱。与季冰在一旁吃五香豆的张小樱赶紧过来相助，并示意周玉梅去隔壁房间的单机上接。季冰动作快，赶紧跑到隔壁房间联通了电话："王玲，是我，玉梅马上过来。"周玉梅跑进来接过电话，季冰返回机房，看着张小樱熟练解决了刚才的一阵忙乱，佩服地说："还是你熟练呀！毕竟是经过专门训练的，厉害！让我练练呗。"一边夸奖张小樱，一边将她拉起来，自己坐到了机站台上，戴上耳机，模仿着张小樱的样子，当起了话务员。张小樱没有忘记隔壁通电话的周玉梅，看了一下闹钟，大声喊道："超时了，遵守规定。"周玉梅回答道："马上，再两句话。"

季冰坐了一会儿，一个电话也没有，看到门后一盆泡在水里的衣服，便让小樱赶紧去洗衣服。这一说提醒了张小樱，便对季冰说："真是，我赶紧把衣服洗了，都泡了大半天了，有事叫我。"就在这时，周玉梅走进机房，看到张小樱端起一盆衣服，说："我可没超时，刚好3分钟。你快去洗衣服吧，这里有我们俩呢，放心吧。"张小樱被推出了机房门，周玉梅和季冰高兴极了。周玉梅让季冰先接通自己家，然后再接通王玲，自己去隔壁房间接着聊，季冰愉快地同意了。

王玲又接到了周玉梅的电话，高兴地说："你们干吗呢，刚才怎突然断了？"

"没事，今天小樱值班，我和季冰把她支出去洗衣服了，季冰在和她妈妈通电话。"周玉梅说道。

王玲好像突然想起了什么："对了，玉梅，告诉你件事，我哥说他近日要到你们医院去看望他们单位一位住院的战士，不过我吧，怎么就觉得我哥是以此为借口去看你的。"周玉梅一听又说这事，便说道："讨厌，你什么意思呀？"

王玲还是想探个究竟："嘿，到底怎么回事啊？都三年多了，一直是个谜。我问我哥好多次，他什么都不说，就像江姐似的，你就告诉我呗。"

周玉梅听到这儿，不由自主地说："真的没什么，不过，你觉得你哥哥好吗？"

王玲听周玉梅问这个问题，立刻回答道："废话！我哥特好！特保护我。告诉你，一次，我上学路上，我们班上几个男生有意在路上拦我，还有一个男生送我巧克力，里面有一张小条，说喜欢我，我告我哥后，你猜怎么着？"

周玉梅急切问道："怎么着？"

王玲接着有声有色地说："我哥说人家喜欢你，这没事，但不可欺负你。后来，他找到那几个男生，教育了他们一顿，告诉他们'我不在时，你们不许欺负我妹妹'，还对那个给我巧克力的男孩说，'巧克力以后你就自己留着，保护好我妹妹就行了。'"

周玉梅好奇地问道："什么叫他不在？"

王玲答道："嘿，我们家那会儿在场站，偏僻，我爸爸妈妈商量后，送我哥哥到城里'八一中学'住读，我妈妈当时可舍不得了，还经常偷着掉眼泪呢，我还说我妈妈偏心眼呢。"

周玉梅情不自禁地说："哦，原来是这样。"

王玲好奇地问："什么这样呀？你早就认识我哥？"

周玉梅没有接王玲的话，问道："那你哥后来到哪儿去了？"

王玲不解地说："后来，什么后来去哪儿了？"

周玉梅发现自己说漏了嘴,便搪塞说:"哦,没什么,随便问问。"

"哦,我哥不知怎么回事,有一段时间吧,情绪突然特别不好,成绩也下降了,假期回家也不和我玩了,成天关在自己的房子里。一天,突然向我爸爸提出不想上学了,要去当兵。正好赶上招兵,就当兵去了。"王玲讲述着哥哥的往事。

"哦,原来如此。"周玉梅情不自禁地说了一句。

"什么原来如此?什么意思呀?"王玲好奇地追问道。

"哦,没什么!"周玉梅敷衍回答道。

王玲还是好奇,继续追问:"你还没告诉我,你是不是认识我哥呢?"

周玉梅只好说:"都是'八一中学'运动队的。"王玲吃惊地问道:"什么?你也是'八一中学'的?你不是什么陕川农村的吗?怎么又成'八一中学'的了?"

周玉梅有意岔开话题说:"哦,对了,我告诉一件事,季冰可坑人了,你知道杨凌吧,就那个海州女兵,和季冰一个科的,你们也是护校同学。季冰老给我讲她爱巴结护士长,两面派呀,我吧,原来跟杨凌关系还行,可季冰老在我面说,那我必须坚定与朋友站在一边,为朋友必须两肋插刀啊,我就不理杨凌了。嘿,你说该不该生气,我前天看着她俩在去吃饭的路上,手拉着手,有说有笑,而我现在和杨凌见面时反倒别扭,气死我了。"周玉梅一通抱怨。

"你呀,真是村里出来的小土妞,在部队都三年多了,怎么还没有进步呢,哈哈,看来季冰一定会在你前面穿上四个兜军装。"电话里传出了王玲的笑声。

"说什么呢?谁在说我的坏话呀。"季冰悄悄进来了,出现在玉梅身边,假装掐着周玉梅的脖子,开玩笑地说。

"王玲,救命呀,有人偷听我们说话了,救命啊!"周玉梅笑着喊。

电话里再次传出王玲的笑声,季冰和周玉梅打闹着,周玉梅继续笑着说:"我为朋友两肋插刀,最后我被出卖了,太悲哀了。"

"对了，对了，对了，有一重要消息。"王玲好像突然想起了什么，急于告诉好朋友，周玉梅和季冰争着抢话筒："什么消息？"

"你们在山沟里，消息不灵通，听说可能会允许军人报考地方大学。"王玲说。周玉梅听到这个消息，急切地问道："什么？什么？你再说一遍？"

"我听说啊，可能允许军人报考地方大学。"王玲重复说了一遍。

"是吗？真的假的？你从哪儿听说的？有什么具体说法吗？"周玉梅一直勤奋努力，各门成绩优秀。当兵后，在政治处工作使她有更多机会关注国家大事，改革开放的大潮，正在催生国家恢复高考制度，特别是每次放电影前都有"新闻简报"，唐闻生、王海容那端庄大方的举止形象深深刻入她的心中，她敬佩这样的职业女性，在内心深处萌生了一个大于"早日提干，穿上四个兜军装"的遥远梦想，那就是渴望有一天自己能够成为像她们那样的人，虽然不知道这种职业叫"外交官"，但有着一种深深的仰慕……所以，平时更加注意读报学习，跟踪了解国家大事和世界大事，对什么是改革开放，改革开放将给普通人和整个社会带来什么契机和变化，作为军人，如何理解改革开放大潮的影响等等，开始有了许多理解，所以当听到军人有可能允许报考地方大学的消息时，周玉梅格外用心，再一次追问："王玲，你从哪儿听说的？有什么具体的说法吗？"

"我上周日回家，听我爸爸在电话里和别人提到这事，知道你和小樱学习好，就多问了我爸爸几句。你们可能有希望，我和季冰都刚从护校学习毕业，估计没可能，要早知道就不去上护校了。"

周玉梅一下兴奋起来，马上又问道："王玲，你先帮我们再多了解一点情况，有什么具体规定？有正式文件吗？拜托了。"

"对了，让季冰问问她爸爸，消息应该更准确。"王玲提议道。

季冰在一旁赶紧说："行，我再给我家打个电话，问问我爸爸。王玲，咱俩刚学回来，帮帮她俩，如果她俩考上大学，那也是我们'五朵军花'的荣耀，对吧，先挂了。"

周玉梅马上帮助接通季冰家，季冰戴上耳机："妈妈，还是我，找爸爸。"电话里传来一位妇女和蔼的声音："怎么了？有什么事吗？不是刚刚打过电话了吗？不要总打电话，这样影响不好的。"

"知道，不过这次是有重要事，找一下爸爸，需要问一个事。"季冰说。

"喂，冰冰，什么事？"话筒里转出了厚重的西山口音。季冰一听是爸爸，马上问道："爸爸，是不是允许军人报考地方大学？有这个事吗？"

季冰爸爸十分疼爱女儿："噢，消息挺灵通嘛，你刚刚上过护校，不可能考虑马上再报考大学，过两三年后看看有没有机会上军医学校吧。"

"不是我，是我的好朋友，周玉梅和张小樱，其中一个就是您还表扬过的射击手张小樱，刚才我们和王玲通电话，她告诉的消息。"季冰强调道。

"哦，是有这个说法，但正式文件还没有下来。"季冰爸爸回答道。

"那就是说有这个可能？对吗？"季冰继续问道，周玉梅在一旁把耳朵使劲往季冰耳机处挤，争取听到一点及时准确的消息。

"现在都还不清楚，一切以正式文件为准，军人在任何情况下都要遵守纪律，明白吗？"季冰爸爸明确提出了要求。

"知道了！爸爸，您什么时候来呀？来的时候一定多给我带点好吃的。"季冰语气一转，开始撒娇了。

"你要严格要求自己，以后不要总给家里打电话，注意影响。"季冰爸爸再次嘱咐道。

"知道了，我还要和妈妈说一句。"季冰说。

"冰冰，天气冷了，一定多穿点，晚上睡觉一定盖好被子。上次捎去的军毯晚上一定盖上，山区冷。"季冰妈妈接过电话，提醒女儿照顾好自己。

"好，好，下次爸爸来时一定给我多带些吃的。"就在季冰继续和妈妈电话聊天时，周玉梅早已兴奋不已。就在这时，张小樱推门进来了，皱着眉头说："怎么回事？打了多久啊？太违反规定了。"周玉梅按捺不住内心的兴奋,神秘地告诉张小樱:"好消息,很可能允许军人报考地方大学,这可是最新消息。"

"什么?什么?你说什么?"张小樱喜欢数学,对数学可以说是"痴迷"。当兵后成为话务员,用数学方法将有序接线进行计算,形成一套优化方法,受到上级表彰。她一直希望有报考大学的机会,还不时说"如果没机会报考大学,就准备复员"。所以当她听到这个突如其来的消息,也就顾不得还在与妈妈聊天的季冰,而是一个劲儿追问周玉梅。

周玉梅兴奋地说:"小樱,你看,我们经常来与外界联系有多重要啊,要不我们在山沟里,什么消息都不知道,就可能落后。实话告诉你吧,由于你去洗衣服了,我们趁机又给王玲打了个电话,因为她值夜班,所以时间充裕,使得她有可能及时给我们透露了这个消息,然后季冰就又给她爸爸打了电话,你知道吗,季冰还特别告诉她爸爸是你关心上大学的事。今天季冰有功,下次给她增加3分钟表示奖励。"

"真的?我们都可以报名?什么时候?怎么报?可以像地方那样,随便报考任何大学的任何专业吗?"张小樱的情绪显然被这个好消息调动起来了,完全不管仍在打长途电话的季冰。

"都还不清楚,只是一个消息,这不季冰还在了解情况吗?"周玉梅对张小樱说,也在试图帮季冰解围。

张小樱看见季冰还在通话便说:"赶紧问正事,什么时候开始报名?怎么报?具体点……"

"好的,妈妈,那我下次再打电话,挂了!"季冰似乎根本没有听张小樱的话,挂了电话后,十分从容,看着张小樱,调皮地说:"看看,我们来多重要呀,下次还让不让我们来了?"

张小樱无可奈何地说:"让,让,让,可你干吗挂了,还没问什么时候开始报名,怎么报呢?"

季冰来劲了,开始讨价还价:"这样,你答应以后每两周允许我给家里打一次电话,就告诉你情况。"

张小樱无奈地说:"行,但千万不能让宁秘书发现。"张小樱看来是真想知道相关消息,也就不顾做事认真,遵守规定的要求了。

季冰伸出手:"光说不行,拉钩。"周玉梅也附和着说:"对,拉钩。""好,好,好,拉钩!"张小樱无奈地伸出手指与俩人拉钩。季冰和周玉梅大声说着拉钩协约:"拉钩上吊,一百年不许变,谁要变了谁就是小狗。两周一次,一次5分钟,不,8分钟。"张小樱是学数学的,对什么都是一本正经认真,没等拉完钩,就急着说:"5分钟!这是规定!必须的!快说,什么时候开始报名?怎么报?"周玉梅和季冰对视一笑,异口同声:"不知道!"

"讨厌,你们俩真讨厌。"张小樱追打着周玉梅和季冰。经过一阵打闹,周玉梅严肃地对张小樱说:"好了,别闹了,现在还没有具体的消息,先抓紧复习吧。"季冰也补充道:"对了,一切等正式文件,我爸爸专门叮嘱的。"张小樱好像觉得自己被"骗"了,半天什么都不清楚,便说:"拉钩不算。"周玉梅和季冰异口同声说:"不能变,不许耍赖!"

突然,机房门开了,宁秘书进来了,一脸严肃:"怎么回事啊?机房重地,怎么这么热闹?"

大家一下安静下来,季冰忙说:"对不起,对不起,我们就是来看看小樱,她告诉我们她有点不舒服。"边说边朝周玉梅和张小樱一个劲儿使眼色。

周玉梅也赶紧说:"对,我们就是来看看小樱。"季冰笑着对宁秘书说:"宁秘书,我们走了,小樱,多喝水,把药赶紧吃了。"然后拉着周玉梅,边说边往门外走:"宁秘书,再见!小樱,好好休息。"周玉梅也附和着,并向张小樱使了个眼色。俩人一出机房门就乐了,不约而同说:"小樱又该挨批了!"

这批单纯、阳光、快乐的女兵,一起出发,比学赶帮,朝着梦想的目标努力。季冰、王玲在护士学校学习期间,连续两年都被评为"优秀学员";张小樱则因为工作认真,受到一次嘉奖表彰;周玉梅连续三年被评为"学雷锋标兵";而田小溪则成了大家都熟知的"追星人",也就是今天年轻人说的"明星粉丝"。"五朵军花"都悄悄铆着劲，看谁先提干穿上"四个兜"的军装，这在当时是最直接、最简单的"幸福"标志。实现了目标就是最大的幸福！

田小溪爸爸是中学美术老师，她从小受家庭环境熏陶，喜欢画画，特别是油画。田小溪人如名字，就像一股细细的小溪，清澈、恬静、透明，平时话不是太多。新兵训练时，自称是张小樱的"阿姨"，给大家带来了许多欢乐。由于擅长绘画，也能写一手漂亮的美术字，很快成为军中活跃分子，经常被政治处叫去帮助工作。

一年培训学习后，田小溪成了手疾眼快、做事麻利的药剂师，同时也把药房布置得井井有条，经常受到领导表扬。业余时间里，田小溪迷恋上了郭凯敏和唐国强这类奶油小生演员，《大众电影》更是她爱不释手的读物。

晚上，田小溪值夜班。整理归类各种工作后，坐下来，从抽屉中拿出最近一期《大众电影》，轻松愉悦地翻看起来。

"取药！"一位中年护士在药房取药窗口喊道，而聚精会神看《大众电影》的田小溪，仿佛正在另一个世界，完全没有听见……窗外护士急了，使劲敲着窗户，大声喊道："取药！"

田小溪被窗外声音"震醒"，不好意思地将手中的《大众电影》往抽屉里一塞："哦，对不起！"伸手取过处方，赶紧取药。中年护士有些不满地说："年轻人，这样不好，影响工作！"田小溪不好意思地听任批评，并一个劲儿说："对不起！"很快，田小溪将药取好，递给窗外的中年护士，再次真诚说："对不起！"中年护士拿过药，嘴里不停唠叨："工作时间，不好好工作，三心二意，不像话，追什么明星，异想天开，白日做梦！"从窗口目送中年护士离去，田小溪长叹了一口气，不由自主地小声说："完了，又该挨批了，真倒霉！"

田小溪正在郁闷，政治处乔干事来了。乔干事是医院政治处干事，过去一直苦于在单位里找不到有共同语言的人。自从才女田小溪分配到医院，乔干事可开心了，除了一些大活动借调田小溪帮忙外，还经常一起切磋书画。所以，常常在田小溪值班时，找机会来聊聊天。

乔干事来到药房取药窗口："小溪，今晚值班呢？"

田小溪没好气:"是呀,又要倒霉了。"

乔干事十分好奇:"怎么了?"

田小溪无奈地说:"咳,不说了!乔干事,您有事吗?"

乔干事笑着说:"我最近在创作一幅油画,想让你提提意见,可以进去吗?"

"进来吧。"田小溪一听说切磋油画,心情立刻好起来了,马上打开药房门,乔干事进来后,将自己新近创作的油画展开。看到一幅讲述春天故事的油画初稿,田小溪兴奋惊讶地说:"哇,好棒了!没听您说过呀,都快完成了?"

"我最近一直在画,前后用了两个多月的时间了,总觉得不理想,这不想请你提提意见,我想拿这幅油画先在咱院'三八妇女节'时展出,然后争取参加今年军区画展。所以,我想邀请你参与这幅油画的创作,太多地方需要加工、提升,怎么样?"可以看出来,乔干事十分认真,希望听到田小溪的意见。

"真棒,这幅油画,主题突出,色彩清晰,层次清楚,嗯,我喜欢!您都快完成了,我还有用武之地吗?"田小溪一边欣赏一边评价,然后也幽默地回答乔干事的邀请。

乔干事笑着说:"太有用武之地了,目前只是一个架子,有太多需要提升完善的地方,我已经江郎才尽了,所以想请你参与啊。"田小溪高兴地答应了。

清晨,周玉梅挤出时间,在办公楼附近的小树林里朗读外语。远处可以看见一些早起出来散步锻炼的休养员,在周玉梅身后不远处,走过来一位中年人,高大的身材,两道浓浓的剑眉,古铜色的皮肤,文质彬彬,亲切地问道:"小同志,早上好啊!在学英语呢,难得!难得呀!"周玉梅抬起头看到这位陌生的休养员,礼貌地点了点头。

"你是哪个科的呀?"陌生人没有要马上离开的意思,微笑着问道。

"政治处。"周玉梅回答道。

"你为什么要学外语呀?准备考大学吗?"陌生人又追问了一句。

"嗯。"周玉梅笑着回答后走开了。没走几步,不自觉地转过身来，看到那位陌生人还在目送着自己，不由轻轻举起手向陌生人友好地招了招手，陌生人也向周玉梅招手微笑示意。

早餐后，周玉梅早早来到了阅览室。打开窗户，迎着灿烂的朝阳，听着窗外小鸟的欢快叫声，心情好极了！她麻利地开始拖地、擦桌子，打扫阅览室的卫生，准备迎接新的一天。自从周玉梅内心深处萌动了一个新的梦想后，便开始默默努力，她深知这个梦想很遥远，只能藏在心底，默默努力！

周玉梅是个要强的女孩。初中前，一直在陕川县城与未随军的妈妈一起生活，聪明懂事，举止打扮就是个"小土妞"。初中后，来到"八一中学"住读，勤奋努力，是短跑冠军。刚当兵时，梦想简单明确，努力工作，早日提干！随着改革开放的大潮，特别是听说军人有可能允许参加地方高考消息后，通过银幕反复看到职业女性形象后所萌生的梦想火花悄悄被点燃。她分秒必争，带着英语单词本，随时记背；晚上吹过熄灯号后，更是挑灯夜战；早晨提前吹军号一小时就起床晨读……

不一会儿，周玉梅将阅览室收拾得明亮整洁干净。

休养员们在医生上午查房或做完当天治疗后才会来到阅览室，所以，周玉梅可以利用这段时间学习。

阅览室墙上的挂钟指向了上午10点30分，休养员陆续来到阅览室。有的看报，有的翻阅杂志，有的还书，有的借书，周玉梅有序热情地工作着。

周玉梅被早上做的一道数学题难住了，反复演算，结果都不对，在她工作桌旁的纸篓里，草稿纸已经堆成了一个小山包。两位休养员与周玉梅很熟悉，开始帮助演算。慢慢地，越来越多的人加入演算队伍，整个阅览室成了复习教室。一位休养员突然想起了什么，高兴地说："对了，我们科前两天住进了一位高级工程师，听说是京城著名大学毕业的，那可是咱们国家顶尖大学，他人特好，我可以去问问他，一定有解。"其他几位帮助解题的休养员立刻催促他赶紧去请教，大家都想印证自己的思路和算法。

一位高个子休养员说:"快去请教一下,看看我的路子是不是对的。"这是王机械师,平时什么事都知道,因此,大家都叫他"老牛"!

阅览室里,大家还在继续争论着,各自提出各自的思路,但与标准答案就是对不上。不一会儿,去请教工程师的休养员回来了:"告诉你们,工程师说,王机械师的思路是对的,他认为书中的标准答案有可能是印刷错误。"王机械师听到这话特别得意:"我就认为我算得没有问题。""'老牛'就是'老牛'啊!"有人开玩笑表扬"老牛"。"不会吧,书还会有错。"也有不服气的。

"工程师在做治疗,上午可能过不来了,但他看了题后说王机械师的算法是对的。"跑去问工程师的休养员又强调了一遍。

中午饭时间到了,大家各自带着疑问走了。附近科室护士跑来叫周玉梅接电话,说是政治处来的,有急事。周玉梅赶紧跑去接电话。

"喂,我是周玉梅。"周玉梅拿起电话说。

"周玉梅,今晚有跑片,下午需要维修放映机,你在阅览室贴个通知,下午阅览室暂停开放。"刘干事说。

"明白。什么电影?"周玉梅问道。

"《尼罗河上的惨案》。"刘干事回答道。

"真的?太好了!"周玉梅放下电话后,周围的护士和休养员忙问什么电影,周玉梅神秘地说:"《尼罗河上的惨案》。"说完就赶紧往阅览室跑去。回到阅览室,周玉梅按照刘干事的要求,写了一张通知,贴在了阅览室门上。然后,整理复习资料,有序装进书包,锁上阅览室的门,朝办公室走去。

王玲下夜班,休息半天后,下午拿着脸盆,里面放着换洗的内衣、香皂、梳子、拖鞋,走在去洗澡堂的路上。王玲披散着头发,端着盆子路过篮球场,几个休养员在打篮球。王玲有意顺着篮球场边走,马上就要走出篮球场范围了,突然,身后飞来篮球,"砸"在背上,幸亏脸盆在手里拿得稳,否则脸盆里的东西该撒一地了。王玲十分生气,转过身来大声说:"讨厌!"就在这时,一位个子不高、机灵精干的小伙子,显然是在奋力追球,一个箭步冲到了王玲跟前,连连道歉:"对不起,对不起,对不起。"生气的王玲与救球的小伙子四目相对。他,二十三四岁的样子,小平头,穿着一身蓝色运动服,满脸通红流着冒热气的汗水,一副无辜请求谅解的表情,看着一脸气恼正要发火的王玲,双手抱着篮球。不知何故,看着眼前这位汗流浃背、浑身充满活力的小伙子,王玲刚想发火,突然间变成了"没关系"。

小伙子连连道歉:"不好意思,真的不好意思!"就在转身要跑回篮球场时,大胆地冲王玲做了一个滑稽的表情。然后,一个箭步,机灵地拍着手中的篮球,远远地将手中的篮球投向篮板。

"好球!"

"漂亮!"

王玲的目光几乎顺着小伙子矫健的身影移动,篮球被小伙子远远投入了篮网。

周玉梅在放映室认真检查保养放映机。刘干事在一旁忙着写电影海报,不时对周玉梅说:"机器检查完后,准备好银幕,今晚在操场放,人一定很多。另外,与小车班联系好,跑片。"

"明白。"周玉梅做事有条不紊,利落能干,自然也是刘干事的好帮手。刘干事交代给她的事,总会有圆满的答案。因此,今天跑片,按照刘干事的布置,周玉梅正一项一项抓落实。

天气寒冷,加上六级西北风,周玉梅和刘干事费了很长时间才把银幕在操场挂好。随后,周玉梅将电影海报张贴在了操场的公告栏上。一下子,全院沸腾了。

"今晚有新电影,外国的,《尼罗河上的惨案》。"

"早点吃饭,好去占个好位置。"

晚上需要值夜班的人,知道有好电影,都有些不高兴,年轻护士想方设法找老护士调班。

麻醉科里,大家都在议论电影的事。季冰看到电影通知后,高兴极了,因为今晚不值班,而杨凌的不开心全写在了脸上,因为值夜班。

季冰善于处理人际关系,但在好朋友面前,也常常"八卦"。下班后，季冰高兴地跑到电影组，看见周玉梅刚挂完银幕回来，脸蛋通红，关心地说："辛苦了！冷吧，要不要喝点热水？听说今晚又是跑片，不过没关系，我给你准备夜宵。"周玉梅边干着手中的活边说："对！跑片，还挺远的，三家连着，我们是第二家。"季冰突然有些按捺不住得意地说："嘿，你说我是不是应该高兴，杨凌今晚夜班，气死了，我真高兴！""嗯。"周玉梅只是"嗯"了一声，没说什么。

"你听见我说话了吗？杨凌夜班，你说我是不是该高兴。"季冰又说了一遍。

周玉梅仍忙着干活，看了一眼季冰，微微一笑："听见了，不就是你得意今晚没夜班，可以看电影了，杨凌有夜班吗？"

"对，她现在正忙着找人换班呢，反正我不会干的。"季冰像孩子一样，眉飞色舞地说着，好像特别解气似的。

"是吗？我呀，猜想没准某人一会儿就会去做好人，替人家值夜班。"周玉梅有意漫不经心地说。

"你说谁呢？你说谁呢？指桑骂槐。"季冰开始追打周玉梅，俩人又开始了一阵小小的玩笑打闹。

"我说什么了？你这么做贼心虚。"周玉梅笑着说。

"谁做贼心虚了？你坏！再不为你们打探情报了。"季冰又拿打探高考情报的事"要挟"周玉梅。

刘干事进来了，对周玉梅说："都准备好了吗？赶紧去吃饭，然后去跑片，今天很冷，风又大，路上一定注意安全。"

"知道了，刘干事。那我现在就去吃饭了。再见，刘干事。"周玉梅麻利地回答刘干事。

"再见，刘干事。"季冰也有礼貌地向刘干事道别。

俩人走出放映室，边打边闹朝食堂走去。

食堂里，基本都是上夜班的人在吃饭。一见周玉梅来了，有的在抱怨自己夜班，有的询问什么时候还可能再放，一片热闹景象。季冰表现出得意的样子，见人就说："我今晚没夜班，是陪周玉梅一起来吃饭的。她马上要去跑片。今晚三家转，我们是第二家。"

就在这时，杨凌来了，满脸不高兴。杨凌，瘦高个子，丹凤眼，平时总要表现出海州市人娇滴滴的样子，经常还会操着普通海州话，有意给人一种"海州小姐"的感觉。她和季冰同时上护校，毕业后同时分配在手术室。季冰动作麻利，聪明能干，而且肯吃苦，常常被杨凌嫉妒。可杨凌也有自己的小手段，常常能讨护士长喜欢，说话办事慢条斯理，时不时还会送上一点海州小礼物。因此，季冰不得不经常与杨凌"斗智斗勇"。

杨凌看见得意的季冰，没有理睬，径直打饭去了。季冰笑眯眯地走上前去试图安慰杨凌："今晚是跑片，三家呢，看看这糟糕的天气，在操场看，人都要冻死了。"杨凌看了一眼季冰，什么都没说。季冰感到有些没趣，但她是一个能拉开面子的人，做人办事比较圆滑，不喜欢树敌，因此还是笑眯眯的。周玉梅看到这一幕，灵机一动，心想"小小折腾"一下季冰，也算是"小小报复"一下季冰曾让她有过的尴尬，便大声对杨凌说："杨凌，刚才季冰告诉我，她怕冷，不想看电影，你们海州人肯定喜欢看外国电影的，要不你和季冰换个班呗。"季冰听到这目瞪口呆，狠狠地掐了周玉梅一把。

周玉梅忍着疼大声笑着说："杨凌，季冰还不好意思。"周围的人都明白了，也跟着大笑起来，有的甚至跟着起哄。

"季冰人特好，总是助人为乐，杨凌你还不赶紧谢谢人家。"

"就是，季冰上次还帮我值了一次周日的班呢。"

杨凌脸色一变，笑着说："冰冰，你同意了？那你今晚替我，你周日的班我值。"

"季冰，学习雷锋好榜样！"周玉梅鼓掌唱起了"学雷锋"的歌，引起大家一阵鼓掌欢笑。手术室李护士长来了，听见大家在热闹地议论晚上电影的事，季冰要主动替班，接着就说："季冰确实不错，好几次都是主动替班，大家应该向季冰学习。杨凌，还不赶紧谢谢季冰。"李护士长这么一说，季冰简直就是有苦难言，生气地斜了一眼周玉梅。

"谢谢，冰冰，谢谢！我周日替你。"杨凌顺着李护士长的话，对季冰连声道谢。

周玉梅拍了一下季冰的肩膀，得意地笑了："季冰，学习雷锋好榜样！我得赶紧吃饭跑片去了。"说完，就插队买饭，然后迅速与其他人一起坐下吃饭聊天了。

夜幕降临，北风呼呼地吹着。人们穿着军大衣，戴着围巾和口罩，早早来到了操场。有人用小板凳占位子，有人甚至放砖头占位子……

周玉梅穿着军大衣，戴着军棉帽，全副武装，和刘干事一起将放映机推到了操场中央，架起了机器，并调整好了放映机的焦距，将导片凳子放在放映机的后方，一切准备就绪。刘干事将唱片机打开，轻松的音乐响起。顿时，操场上一片热闹景象。

周玉梅对刘干事说："刘干事，我走了。"

刘干事说："路上一定注意安全。"

周玉梅一溜烟坐上已经在操场边等候的三座军用摩托车，麻利地将棉帽护耳放下来，戴上口罩，"突突，突突"，摩托车眨眼工夫风驰电掣，迅速消失在夜幕中。

季冰十分无奈地拿着上夜班的东西，行走在去科室的路上，心里真有一股说不出的苦涩。一路上，人们跟她打着招呼："值夜班呀，倒霉！""又上夜班呀，辛苦！"季冰哭笑不得，心里暗暗想："你这个小土妞，不够意思，等我跟你算账。"来到科室，楼道一片冷清，大家基本都去看电影了，季冰心里默默希望今晚最好没有手术，这样就可以从窗户处"听"电影了。

放映时间快到了，操场上早已是人山人海，一片嘈杂声。

在给休养员留出的专门座位区，一位身穿灰色呢子大衣的中年人，围着一条深灰色的长围巾，跟着身边帮助拿椅子的护士，正在朝休养员座位区走动。他高大的身材，两道粗粗的眉毛有力有神，彬彬有礼与周围的人小声说"对不起""劳驾""抱歉，过一下"。

护士将手中的椅子放在了预留的座位处，安排这位中年人坐下，并告诉说："钟工，电影结束时，我来接您。"

"谢谢啊，小郭。"这位钟工有礼貌地致谢。护士微笑着挥挥手，意思是"您客气了",然后朝医疗楼走去。

不一会儿,操场上响起了一片欢呼声,紧接着就是一片安静,全场大灯慢慢暗了下来,电影开始了……

季冰听到电影响声,赶紧收拾好了一切,急速来到六楼的窗户处,朝操场方向眺望……

北风"呼呼"地吹着,但电影场的人们都被电影中的惊险情节和外国片中的风情深深吸引……悬念情节出现:"谁是凶手?"

全场大灯亮起,"跑片未到,请大家在座位上休息等候。"刘干事遗憾地向大家报告。话音未落,场上一片遗憾和着急的议论声,许多人站起身来向大门口方向望去,期待着跑片的摩托车出现……

季冰趁机跑回值班室环顾,一切平安无事,心里暗暗庆幸。

王玲宿舍内,四张单人床,各自整齐干净,只是每人的床头、墙壁和书桌各显风采。此时,王玲双手背在头后,躺在床上,两眼看着天花板发呆……

一会儿,烦躁不安地翻来覆去……

一会儿,两眼放光,似乎在遐想着什么……

同房间的杨平在看书,但被王玲的躁动闹得有些无法安静下来,不得不站起身来,走到王玲床前,左看看,右看看:"怎么了?遇到啥事了?怎么有点异常呢?"

"讨厌!"王玲说后就翻过身去。

"怎么了?有情况?嗯,年轻人偶尔出现一点状况都是正常的,说出来就会好的。"杨平爱摆出一副"老师"的架子,说话也常常是慢条斯理的。

"你真讨厌,走开!"王玲烦躁地说。

"怪了,上午还好好的,下午出去洗个澡回来就出状况。嗯,一定是遇到什么事了,对吧,说说看,这个,这个,嗯,说说看,帮你排除万难,争取胜利。"杨平仍有耐心地劝说着。

杨平,长得有些纠结,高高的个子,说话时半边脸的表情异常丰富,由于经常写点散文诗歌抒发情怀,所以被大家认为是最有小资情调的现代女兵。她还是个热心人，总喜欢帮助大家排忧解难，说话时总爱摆出一副"老师"的样子，"这个啊""嗯"便是她的口头禅。

"你讨不讨厌呀，哪儿凉快待哪儿去！"王玲有些不耐烦了。

"一定是有情况了，情绪躁动是第一表现，我没说错吧。"杨平自言自语道。

"杨平，你烦不烦呀，一边儿去。"王玲真烦了，一屁股坐起来，严肃烦躁地大声说。

"好的，惹不起，少安毋躁。"杨平说完就回到了自己的书桌旁又开始看书了，嘴里还小声说："有情况，一定是有情况。"然后，小声善意地、自言自语地说："一定要小心，马上就是要提干的关键点了，要稳住哦。不过，你倒是点踩得不错，现在开始有情况，一提干就可以进入名正言顺的阶段，嗯，不错。"

王玲躺下闭上眼睛，脑海中还是无法控制地出现了下午在操场上的一幕……

篮球从天空中飞来……

"讨厌！"

一个个头不高但机敏灵巧、眼睛不大但炯炯有神的小伙子一个矫健的身姿冲到面前……

"对不起！"俏皮、淘气、笑眯眯的表情，抓住篮球离开时的"鬼脸"，远距离空中投篮……王玲有一种从未有过的莫名其妙的感觉，怪怪的……

放映操场上，仍然一片着急等待的喧闹。有的老人实在耐不住寒风，拉着哄着小孩，拿着凳子回家了；有的休养员扛不住了，在去留之间犹豫；更多人来回在放映机周围转，反复问着同样一句话："跑片怎么还不到？"坐在放映机附近休养员座位区的钟工在与周围人聊天，不时地将大衣领子立起来挡风。大家期盼着摩托声的出现，期待着放映员周玉梅的身影出现……

突然操场外有人大叫："来了！来了！"几乎同一时间，操场上的人齐刷刷地站起来，向大门口方向望去，摩托车声越来越近，寒风中，周玉梅戴着军棉帽、口罩，穿着军大衣坐在摩托车上，一只手还紧紧扶着三盘电影片盒，似乎担心摩托车速太快翻倒，"哧"的一声，摩托车停在了放映机附近，周玉梅麻利地跳下车，抱起三盘电影片盒，迅速跑进了操场。早已在导片机旁等待的刘干事，接过片盒，认真读了一下片盒上的编号，迅速开始倒片，嘴里还在关心地说："辛苦了！"

"没事！"周玉梅边回答边将放映机装片盒打开，时刻准备装片。

刘干事迅速倒完片子，递给周玉梅，周玉梅麻利地开始装片。

"我去关场灯。"刘干事朝场灯总控处跑去。

周玉梅迅速装完了片子，然后又熟练迅速地从上到下检查了一遍，扭头向远处的刘干事示意，场灯和放映几乎同时完美切换。

周玉梅在寒风中，在自己工作岗位上，沉着、镇静、潇洒、麻利……这一切，点点滴滴，一举一动，全都映入了坐在一旁钟工的眼帘，他情不自禁地向这位还一脸孩子气的女兵投去了欣赏、佩服的眼光！

在操场另一边，一辆吉普车旁站着一人，王飞穿着军大衣，戴着军棉帽，在静静地看着整个操场上的中心人物周玉梅。他目不转睛，投来欣赏和喜欢的目光。在一旁的司机，偷偷地笑了。

王玲在恍恍惚惚、半梦半醒中过了一夜。早上起来后，认真细致地梳洗，在小镜子前左照右照。这一切，让一直在一旁观察王玲变化的室友杨平看在眼里，非常自信地认定："有情况了！"

王玲一反常态，没有和同屋的人一起去吃早餐，而是等大家都走了后，独自一人专门绕道经过操场去食堂。不知为什么，当她来到昨天被篮球撞上的地方时，不由得停住了脚步，回头朝篮板方向望去，似乎希望能看到什么……回过头去，一切安静极了，没有人，空空的，突然自己也觉得有些好笑："我来这干吗？"说不清楚，自己默默地有点不好意思地加快步子朝食堂走去。

在妇产科，季冰异常兴奋，因为就在这天晚上，她第一次经历了人生大考——接待了一位难产孕妇，经过异常艰辛，最后终于母子平安。

第一次参与整个新生命艰难诞生的全过程，特别是孕妇失血太多，需要紧急输血，就在孕妇生命垂危之际，季冰的血型正好与孕妇吻合，就在这个生与死的关键时刻，季冰毫不犹豫提出为孕妇献血。当季冰看到自己的鲜血流进孕妇的血管，一个新生命诞生时，季冰被震撼了！突然对生命、对母亲有了全新的认识！特别当第一次抱起一个软软的、小小的生命时，季冰哭了！她觉得自己这次替班太值了！

一夜的忙碌没有使她感到一点疲倦。早上，整理好交班的全部工作后，季冰决定再去看看她亲手协助接生的小生命！走在楼道里，大家都向她投来赞美的目光，季冰一下子成了全院的"中心人物"！

由于头天晚上电影结束时间很晚了，周玉梅几乎半夜才回到宿舍休息，因此对季冰的伟大举动一点都不知道。就在她还在梦乡里时，"砰砰，砰砰！"

"玉梅，周玉梅同志，起来，快开门，重要消息。"张小樱在外使劲敲着门。

"干吗呀，我困着呢，别捣乱！"周玉梅困意十足地说。

"周玉梅同志，快开门，重要消息，特大新闻！"张小樱着急地说。

周玉梅不得不鼓着劲起来，起身跑着去把门打开，然后又转回上床钻进了温暖的被窝里。张小樱一进来就激动地说："你知道吗，季冰成英雄了。"周玉梅以为张小樱又在和她闹着玩，没有理会，继续睡觉。

张小樱突然严肃认真地大声说："周玉梅同志，你好好听着，季冰成了大英雄了！"张小樱特地加了一个"大"字并加重语气以引起周玉梅的反应。周玉梅仍然没有理睬小樱。

张小樱走到周玉梅床头，又小声神秘地说："告诉你，季冰生了……"

"什么？什么？你说什么？"周玉梅一个翻身坐起来，吃惊地问道。

"季冰生了一个女孩。"张小樱神秘地说。

"什么？什么？你说什么？"周玉梅更是惊讶地问道。

张小樱突然意识到自己说错了，赶紧解释说："不是，不是，我说错了，是接生了一个女孩。"

周玉梅突然松了一口气："你吓死我了，真讨厌，说话都说不清楚，怎么当通信兵的。再说一遍，什么情况？"

"哦，不是生孩子，怎么可能生呢？"说到这，张小樱吐了一下舌头，接着说，"是这样的，昨晚季冰不是替杨凌值夜班吗，不巧来了一个难产孕妇，孕妇大出血，差点不行了。就在这个紧急关头，季冰挺身而出，伸出自己的手臂，对了，是右手臂，毫不犹豫地说'抽我的血吧，血型吻合'，就这样，季冰同志的鲜血流进了孕妇的血管……"张小樱似乎完全投入到了讲述的情景中。

"好了，好了，说重点，怎么还表演开了？"周玉梅一边赶紧穿衣服，一边希望知道更多情况。

"季冰献血后，完全不顾个人安危，随即全程投入到接生的战斗中。"张小樱继续有声有色地说着。

"结果呢？"周玉梅着急地问道。

"结果，母子平安，女孩，6.7斤。"张小樱深情地说。

"那季冰现在情况如何？"周玉梅关心地问道。

"哦，季冰同志，经过一夜的紧张战斗，现在已经没事了吧，但成为全院的大英雄。可惜的是，杨凌失去了一次立功表现的机会，可能现在很不高兴。"张小樱八卦了一下。

"哦，这样吧，你等我一下，咱们一起去看看季冰。"周玉梅边说边穿衣服，洗漱，整理军容风纪，然后和张小樱一起朝医疗大楼跑去。

周玉梅和张小樱来到了手术室，看见杨凌在忙碌，相互看了一下，张小樱吐了一下舌头，推了一把周玉梅，意思是"你问"。周玉梅鼓起勇气，轻声问道："请问季冰在哪儿？"杨凌有气无力地说："下班了。"周玉梅对张小樱说："走，咱们去她宿舍。"

杨凌突然有点害怕周玉梅和张小樱白跑，回来再骂她，便小声地说："不过，她可能现在还在妇产科。"周玉梅回头看了一眼杨凌，客气地说："谢谢你了！小樱，走，去妇产科。"周玉梅拉着张小樱的手朝妇产科跑去。

妇产科，安静，干净，整洁。两位正在待产的孕妇在小声交谈，另外三个孕妇站在婴儿房的窗户处向里张望。

周玉梅和张小樱从来没有来过妇产科，第一次进到这里，感到了一丝神秘，更准确的词可能是"恐惧"。她俩轻手轻脚地走进妇产科，小心翼翼来到护士站，发现没有人，便径直朝婴儿房走去。刚到婴儿房，透过整面玻璃墙，俩人第一眼就看到季冰抱着一个小小的婴儿，脸上现出从未见过的慈母般的表情——温柔、和蔼、美丽，她俩惊呆了！震撼了！

季冰在周玉梅和张小樱的陪同下，一起离开了妇产科。在回宿舍的路上，季冰给周玉梅和张小樱绘声绘色地描述着她第一次参与迎接新生命诞生的全过程。周玉梅和张小樱不时发出赞叹、惊叹，还不时"哇"。瞬间，季冰长大了，周玉梅和张小樱对她肃然起敬了许多。

为了表示敬慕之心，周玉梅说："我两个月的津贴贡献出来，给你补补身体。"

张小樱接着说："我特别许可，这一段天天晚上都可以给家里挂长途，无时间限制。"说完，又不得不加一句，"必须是宁秘书不在的时候。"

三人一路有说有笑。见到季冰的人，都是赞美之词。顿时，周玉梅和小樱似乎也感受和分享着"英雄"的气息。正当三人边走边说笑时，迎面王飞和司机走了过来。周玉梅十分吃惊，虽然王玲前两天在电话上告诉过自己，但一大早突然碰上，真有点不知所措。季冰即刻表现出惊喜，问道："你，你不是王玲的哥哥吗？你怎么在这儿？"

王飞大方地说："你们好啊！我们单位一位同志住院，我来看看。"

季冰忙问道："是吗？住哪个科？"

王飞看了一眼身边的战士："是一外科，对吧？"

战士回答道："对，一外科。"

季冰关心地说："哦，你这么早就去科里，太早了，吃饭了吗？"

王飞回答着季冰，但眼睛不时看周玉梅："在招待所吃过了，今天要手术，所以想早点过去。"

季冰有些好奇地问道："谁呀？是做阑尾手术的吗？"

王飞答道："对！"

季冰赶紧表现自己对情况的熟悉："知道了，张建国，对吗，今天他是第一床手术。"

王飞没有回答季冰，反而看着周玉梅："昨晚看了你放的电影，跑片很辛苦啊！"周玉梅刚要回话，却被季冰抢走了话题："你昨天就来了？怎么也没有告诉我们？"

王飞淡淡地回答道："昨晚到的，来时正好赶上看跑片的电影。"王飞似乎有意加重说"跑片"两个字，并一直看着周玉梅。

季冰接着热心地说："王玲应告诉我们一声就好了。这样吧，正好我今天休息，中午我们一起吃面条，我做，怎么样？"

王飞笑着回答："别麻烦了！要不中午一起到招待所吃饭？"

张小樱说："好啊！好啊！正好可以为季冰补补，我们也可以跟着解解馋，对吗？"

王飞答道："好，就这么定了。"

季冰说："好，中午招待所见。对了，如果有什么需要的事，找我，没问题。"

王飞说："好，你们先忙，中午见。"

季冰高兴地说："中午见！"

王飞又看着周玉梅，特别强调了一句："一会儿见！"

田小溪所在的军区总医院开始筹备"三八妇女节"活动，因此又被借调到政治处帮忙。对于写写画画的事，田小溪一是熟门熟路，二是十分喜欢，三是在整个医院里，她认为与乔干事有共同语言。所以，当科主任通知她到政治处帮忙工作，田小溪愉快答应了，并一路小跑来到政治处报到。乔干事看见田小溪来报到了，很是高兴，马上开始工作，首先安排田小溪尽快收集各科室文艺节目的准备情况，并让她准备与自己一起完成一幅"三八妇女节表彰大会"时用的宣传油画。俩人最后决定，在乔干事原油画基础上进行完善创作，交流十分热烈，不时传出开心的笑声。

医院招待所餐厅里，王飞点了四菜一汤，准备客人的到来。小战士在一旁忙着张罗，好奇地问道："王技师，你是不是对那个放映员有兴趣啊？"王飞说："别乱说。"小战士笑着说："我晓得，只是我发现另外一个好像对你蛮有心的。"

王飞说："你懂啥。"小战士说："好吧，那就看你的了。"王飞说："这就对了，别乱说话。"

季冰在宿舍里精心打扮自己，认真梳理完两条小辫子后，开始用军用热水杯平展自己的军装，嘴里还愉快地唱着"在希望的田野上"。军装"熨"好后，麻利地穿上，迅速整理军人风纪，戴上军帽，对面镜子露出了一丝说不清楚的兴奋的微笑。

周玉梅此时正在办公室里忙碌着整理最近刚购买的各种图书，一一登记盖章。

季冰悄悄地推门进来，在周玉梅身后小声神秘地说："还在忙呢？"周玉梅吓了一跳："干吗呀，像个小偷！怎么样？感觉如何？你应该好好休息呀，大英雄！"

季冰笑着说："没事。"周玉梅说："真挺佩服你的。"季冰却颇有感慨地说："我现在想起来都还发抖呢，当女人真不容易。"就在这时，张小樱进来了："季冰来了？够早的，说什么呢？"

"都快到12点了，等玉梅吹完号，咱们就去招待所。老话说，吃饭不积极，思想有问题吗，是不是，玉梅。"季冰高兴地说道。

12点整，嘹亮的吃饭军号响起。随后，周玉梅、季冰和张小樱三人快乐地边走边说笑，不时与路人打着招呼，张小樱还不断追打周玉梅，活泼可爱，在打闹说笑间，来到了医院招待所。

王飞热情地与三位打招呼："来，大家随便坐。"王飞特别看着周玉梅说："坐！"

桌上已摆好四菜一汤，大葱炒鸡蛋、麻婆豆腐、红烧鳜鱼、糖醋藕片、酸辣汤。王飞热情地说："来，别客气，随便吃点。"

季冰有意表现出很熟悉的样子说："太好了，我最喜欢大葱炒鸡蛋,我都饿了。"张小樱没有忘记季冰的"伟大举动",关心地说:"就是,季冰多吃点,好好补补。"

王飞主动给大家夹菜,首先给周玉梅夹了一些鱼。

周玉梅不好意思地说:"谢谢,自己来。"

王飞又给张小樱夹:"来,吃点鱼,好好补补。"

张小樱说:"季冰是我们三人中最需要好好补补的人。"

王飞似乎没有理解张小樱说话的意思,本着一视同仁说:"你们都需要好好补补,来,季冰,来一块鱼。"

张小樱突然意识到,可能王飞根本不知道季冰的"伟大举动",便一惊一乍地大声说:"哎呀,对了,你是不是还不知道啊,季冰昨晚英勇献血,救了一位危在旦夕的产妇,现在已经是我们全院的大英雄了。"季冰也特别希望王飞知道,但又假装拉了一下张小樱衣角,示意别说。

"对,季冰应该多吃点。"周玉梅将王飞夹给自己的一大块鱼夹给季冰。

"别呀,这还好多呢。"王飞说着,然后正眼看了一下季冰:"是吗,英雄啊!难怪上午在科里听到大家都在议论说昨晚一位难产孕妇,是院里一位护士主动站出来献血,就是你啊,不简单,来,再来一块大的。"说着,又夹了一大块鱼给季冰。

四人快乐地交谈着……

下午,周玉梅来阅览室值班,心里惦记着昨天算题时休养员提到的工程师,心想:"一会儿等那位休养员来了,一定让他介绍一下工程师,复习中遇到的问题实在太多,真需要请教他。"很快,阅览室陆续来了一些休养员,有的聊昨晚电影《尼罗河上的惨案》,有的谈论季冰献血救产妇的事,有的还在提算题的事……阅览室是休养员平时除治疗外的一个重要活动场所,特别是周玉梅漂亮、热情、好学、率真、豪爽,自然十分招大家喜欢,所以每当周玉梅值班,阅览室一定人多、热闹、活跃。

工程师来了,刚到阅览室门口,一眼就看见了这个晨读外语、寒风中跑片的女兵，情不自禁地：“哦，原来是这个女兵呀！”

"工程师来了。"一位休养员看到工程师，热情地向工程师打招呼。周玉梅正在与大家交谈，听到"工程师"三个字，不由自主地转过头来。周玉梅闪闪发亮的大眼睛与正在看着她的钟工程师那慈祥的目光碰到了一起："您，您就是钟工程师？昨天指导算题的钟工程师？"

工程师带着浓浓的温城口音，彬彬有礼地说："是的，原来昨天那道几何题是你的问题呀，怎么样，弄明白了吗？昨天我有治疗没能过来，抱歉啊！"

周玉梅更是非常有礼貌地回答道："是我应该去谢谢您！"

工程师笑着问："怎么，我那天早晨看见你读英语？是不是复习准备报考大学呀？"

周玉梅小声地说："我先做准备吧。"

工程师有点不解地问道："什么意思？"

"军人现在还不知道能不能报考。"旁边一位休养员代替周玉梅回答道。

"是吗？军人不让报考大学？"工程师问道。

"不知道，我现在先做准备吧。"周玉梅说。

"哦，是这样，不容易！我看你昨天还坐着摩托车跑电影片，动作熟练、麻利，能吃苦，不简单啊！"工程师情不自禁地表扬道。

"小周去年又是院里'学雷锋标兵'，已经连续三年了。"一位长年住院的休养员在一旁说了自己知道的情况。

"好样的！"工程师一边赞誉，一边似乎更加肯定了自己的判断说，"有什么问题，在我住院期间随时问，我就喜欢爱学习、爱读书的年轻人。"

"太好了！我可有好多问题呢，就是找不到老师请教，总是自己瞎琢磨，特别耽误时间，常常还没有结果。"周玉梅由于高兴，几乎一股脑将自己的烦恼说了出来。

"好，从现在起，你就不用烦恼了，有问题随时问。"工程师笑着说。

"太好了！工程师，您大概会住多久？"周玉梅问道。

"我是来做体检的，时间不会长。"工程师解释道。

"哦！"周玉梅听到这里，不由得表现出了一点失望。

工程师看着眼前这个小女兵，突然有一种特别喜欢的感觉，一直微笑地观察着周玉梅的一举一动和每一个表情。周玉梅看到工程师在细细打量着自己，有点不好意思了："工程师，那我现在就请教您几个英语和数学问题，可以吗？"

"当然可以。"工程师笑着说。

周玉梅很快从军书包中拿出复习资料，书里做着各种记号，书旁边空白处也写得密密麻麻，她十分有序地打开问题的地方，一一请教起来。

其他休养员积极帮助周玉梅办理着借还书的手续，阅览室里井然有序。阅览室墙上的钟表指针走得很快，周玉梅还没有问几道题就到下班时间了。工程师微笑着对周玉梅说："咱们明天继续。对了，我姓钟，就叫我钟工吧。"

"谢谢您，钟工，我叫周玉梅。"周玉梅微笑着说，随后向钟工程师和其他休养员道别，关好阅览室的窗户，锁上门，急匆匆地朝食堂走去。

在筹备"三八妇女节"活动的工作室里，田小溪完全陷入了创作的境界，异常兴奋，充满激情。

夜幕降临，整个办公楼静悄悄的，田小溪十分珍惜自己当兵以来的第一次创作机会。她认真构想，细细琢磨，特别是几次与乔干事的交谈，感觉自己的好多设想与乔干事不谋而合，这让她更加兴奋，心里暗暗想："一定创作出一幅精品来！"

田小溪伏案创作，一会儿站起身来，紧锁眉头，反复思考；一会儿又用手中的画笔做着修改；一会儿嘴里又默默地说："嗯，还行，但色彩嘛，应该再有一点层次感，对，层次感！"

"砰砰，砰砰"，田小溪太投入了，根本就没有听见敲门声。门轻轻地推开了，乔干事走了进来。当看见田小溪在聚精会神创作，就轻手轻脚地走到桌子旁边，将手中的饭盒放在桌子上，然后默默地站在一旁看……

乔干事，江安人，33岁，才子，琴棋书画样样都行。高高的个子，平时穿着十分讲究，每天军装都非常得体笔挺。下班后，常常会穿上一身酒红色的运动服，这在当时是十分时尚的打扮。一对江安一带男人特有的单眼皮眼睛，炯炯有神，皮肤白白的，一副书生气。乔干事能写会画，在院里乃至整个军区都是大名鼎鼎。乔干事也十分有女人缘，还会烧各种味道的鱼，在全院都出了名！当年许多漂亮护士追捧，也有不少花边新闻，最后院里的一位湖江妹子，化验室的胡化验员，歌唱得特别好，而且小巧玲珑，经过风风雨雨，一波九折，浪漫风趣，打打闹闹，生离死别，终于成婚，并很快有了儿子。但是，婚后妻子对他还是一直不放心，常常严加看管，也不时会来点"突然到访""暗中检查""私下打探"……这让乔干事常常头疼、尴尬、难堪。

乔干事观赏田小溪以及她笔下的画，情不自禁地流露出了一声"赞美"。田小溪听到声响，扭头一眼看到了乔干事："乔干事，是您呀，吓死我了！怎么没听见任何声响，您就进来了？"

"你太专注了！我今天做了鱼，专门给你拿了一些，尝尝我的手艺如何。"乔干事一边说一边打开饭盒，一股香喷喷的烧鱼味道一下子让田小溪突然感到"饿了"，将饭盒端起来深深地闻了一下："好香呀！我饿了！太好了，总算吃到乔干事的烧鱼了，我应该算是院里第几号有幸吃到您烧鱼的人啊。"田小溪说完，就动手准备吃饭。

乔干事简单收拾了一下桌子，将装鱼的饭盒放在桌子上，把专门带来的一把勺子摆好。田小溪一点不客气，从乔干事手中拿过勺子吃了起来，嘴里还不停地说："嗯，好吃！好吃！"乔干事看着田小溪狼吞虎咽的样子说："慢点，慢点，小心刺！"

"太好吃了，乔干事，早就听说您鱼烧得好，嘿，这次来帮忙还能有这个口福，太好了！要是在药房，我怎么可能有这个机会呢，您说是不是？太好吃了，以后您多让我帮忙，好不好？"田小溪边吃边说。

"好，说好了，我正缺人手呢。"乔干事笑着说。

"一言为定！"田小溪高兴地说，然后又说，"乔干事，说说您到目前为止对咱们这幅大作的看法。"

乔干事走到正在创作的油画前，颇有感触地说："小溪，我觉得你的思路特别好，刚才看到你创作时的专注神态和样子，特别美，很感慨，本身就是一幅特别美的画……能与你一起合作这幅作品，真的是我的荣幸，而且你给这幅作品带来了生机活力，使浓浓的春意跃然画中，寓意深长！这幅画一定会成功的！"

晚饭后，王玲有点无聊，又有点莫名其妙，六神无主，便在马路上溜达，无意间走到了院内的小卖部，心想"正好买点小吃和日用品"，就走了进去。她买了一些小吃和日用品，付完钱转身正要出门，从小卖部外走进来三个说说笑笑的休养员，无意中发现了几天前在篮球场碰上的那位、这些天一直莫名其妙让她心神不定的休养员，王玲突然感到心脏"怦怦、怦怦"急速地跳动起来，有点不好意思侧着身走了出去。走出门后，又情不自禁扭过头来，正好那个休养员也在看她。当他看到王玲回头，便大方地扬起手微笑示意。这时，他旁边一位年长的休养员开玩笑地说："她就是你这两天在找的护士吧。"那个一直盯着王玲的休养员点了点头。"赶紧的，还愣着干吗，阿米尔，冲呀！"那个年纪较大的休养员模仿着电影《冰山上的来客》中的经典台词，推了一把年轻休养员。年轻休养员笑着说："那我先走了。"这位年轻休养员兴奋地跑出来追上王玲："嘿，你好！那天真的有些不好意思啊。这些天我一直在找你，今天总算找到了。"

"哦，你好！"王玲也有些紧张地说。

"可以问一下怎么称呼你吗？"年轻休养员非常大方地说，还没等对方回答，就自我先介绍了，"我叫李勇，运输机飞行员，现在是二内科病号。其实吧，我身体很好，就是一次飞行中感觉有点头晕，就被送来住院检查了。也好，可以休养调整一下。我说完了，你呢？"

"哦，我叫王玲，一内科护士。"王玲自我介绍道。

"这么说，我们科就在你们科对面，邻居呀。"李勇高兴地说，见王玲有点不自在，不时与来往的熟人打招呼，但又不想马上分手，刚想再说点什么，只听王玲说："对不起，我要去科里了。"李勇马上附和道："正好，我也要回科里，一起走，可以吗？"王玲小声答道："哦！"

初春的夜晚，月色特别好，王玲似乎有意放慢了脚步。是的，这是她生平第一次和异性一起漫步，说不清楚是一种什么感觉，总之从未有过的心跳、害羞……李勇一路兴致极高，侃侃而谈……当他们已走近内科大楼时，李勇大方地说："王护士，你看今天夜色多好，咱们再走走，聊聊天，怎么样？"

王玲内心似乎也特别希望路再长点，而且觉得与李勇的聊天有一种特别的愉悦感，但又怕如此轻易答应是不是太轻浮了点，刚想婉拒，话还没说出口，李勇早已看出了王玲的心思，便大胆调皮地说："请王护士再陪休养员李勇做点餐后运动，向后转，请！"王玲忍不住笑了说："你真贫！"

俩人散着步交谈着，就像是老朋友一般，十分投机，十分开心，不知不觉熄灯号响起了。"哎呀，都吹熄灯号了，你赶紧回病房去，护士要查房了，抱歉。"王玲听到熄灯号时紧张起来，赶紧催李勇回病房。李勇表现出无所谓的样子："嘿，没事，我住一个多星期了，每晚都是我一个人在病房，其他的都是很晚才回来，我是最老实的，没事。""回去吧，也该休息了。"虽然王玲内心也觉得时间走得太快，也特别希望能再聊聊，她实在有一种从未有过的开心，但还是劝眼前这位休养员赶紧回病房。

"好吧，服从命令。"李勇说完后立正敬礼，然后说，"那你也赶紧回宿舍吧，远吗？要不我先送送你？"

"不用了，你赶紧回去，再见！"王玲回答道。

"好吧，你小心，别再见，咱们明晚见，就在这，7点，就这么定了，不见不散！"李勇说完没等王玲说话就一路小跑，还来了个高抬腿动作，然后敏捷地360度转身，做了一个投篮动作后，消失在夜幕中……王玲看着李勇矫健的身影，心头突然出现了一种让自己脸红的感觉："嘿，我这是怎么了？"王玲小声问了一句自己，不好意思地朝宿舍方向走去……

一周后，钟工要出院了！刘秘书提着钟工的行李，陪同钟工与送行的医护人员道谢、道别，然后走到停在医疗大楼门前的吉普车前，刘秘书打开车门，钟工刚要上车，却又停了下来，抬头向图书馆方向望去……跟随钟工多年的刘秘书，了解钟工非常珍视人才，这一段时间对周玉梅的勤奋好学、热情开朗赞不绝口，便说："钟工，是不是要去和小周告个别？"

"对，咱们再去看看小周！"钟工说完便向图书馆方向走去。刘秘书陪同钟工又返回医疗大楼，来到阅览室门口。

周玉梅正在紧张地为排着队等候借书或还书的休养员办理手续。大家看到钟工来了，刚要打招呼，便被他连连摆手示意："别打扰，等她忙完！"钟工在一旁看着这个小女兵的一举一动。周玉梅无意间抬起头看见了钟工，连忙放下手中的一切，跑过来："钟工，今天您要出院了，现在就走吗？"钟工笑着说："是啊，这不来向你说声再见。"周玉梅感激地说："我要谢谢您，您帮助我太多了。"钟工拍了拍周玉梅的肩膀，鼓励道："小周啊，我想，接下来，如果你有什么问题，周末到我家来。总之，积极准备。有句话送给你：'机会总是不会辜负有准备的人的。'努力！加油！"

周玉梅说："记住了，谢谢您了！"

"不用客气，你是个有理想有抱负的人，好好努力！"说着，钟工与周玉梅紧紧握手，并嘱咐刘秘书将家里的电话号码和地址留给周玉梅。周玉梅接过钟工家的电话号码和地址，依依不舍地望着他远去的背影，在图书馆的休养员们也都纷纷起身向钟工招手道别……

"钟工可是咱们国家航空界的一位名人，飞机发动机领域的著名专家，京城著名大学的高才生，了不起呀！"

"是啊，一点架子都没有，特别平易近人。"

"大家风范呀！"

"小周，拜钟工为师错不了，好好努力吧。"

一位热心的休养员对周玉梅说："小周，以后你就抓紧时间复习，图书馆的事我们帮你，放心！"许多休养员也都很喜欢这个单纯活泼、勤奋好学的小周，都希望她能"梦想成真"！

就在这时，身穿白大褂的季冰急匆匆跑进来神秘地说："最新消息，正式消息，军人允许报考地方大学，有正式文件了。"

"真的？"周玉梅情不自禁地叫了起来。

"就是先跑来告你一声，抓紧。另外，晚上到我宿舍去，我妈妈让工作组的人带了好多好吃的，走了。"季冰说完就跑走了。

周玉梅看着墙上的日历："唉，不到三个月的时间了，怎么办？"

田小溪被药房紧急叫回支持一周工作。值夜班时，田小溪打开抽屉，拿出好些天久违的心中偶像照片欣赏起来……不一会儿，拿起画笔，表达自己内心的"梦想"和"遐想"，心里暗暗问："何时才能有幸遇到偶像呢？"

"拿药！怎么又发愣了？"窗外中年护士手里拿着一个取药篮子，在外面叫喊着。

"对不起！"田小溪连忙站起来，迅速核对处方，取药，带着微笑将药递给中年护士，并连连说："对不起！对不起！"护士核实药后，刚要走时，又扭过头对着取药窗口说："小溪呀，别成天做梦了，醒醒吧！"

"连梦都没有了的人，可能更可怜吧！"田小溪小声说了一句，并朝远去的中年护士的背影吐了吐舌头。

"丁零……丁零……"田小溪拿起电话，话筒里传来："院办通知：请各单位做好'三八妇女节'前清洁卫生大扫除，一周后院办将组织评比。""明白。"田小溪放下话筒后，走到靠近门口的一块黑板处，在黑板上写下了"院办通知"四个大字，然后将原本一个普通无趣的"卫生大检查通知"，十分艺术地进行设计，即刻小小黑板上的"通知"变成了一幅艺术作品！

周末，周玉梅早早起床，整理内务，然后将英语、数学、物理三门课的问题，一一分类整理，各类夹着问题的字条在不同书中，分门别类装入军书包。最后整理军容风纪，戴正帽子，高兴地向大院门口的公共汽车站走去。

来到大门口公共汽车站，不一会儿院里一辆吉普车开了出来。由于工作关系，常常取、送、跑电影片，加上开朗的性格，周玉梅与小车班的司机们关系都不错。

司机小罗，川西兵，开朗直爽。小车刚开出院大门，就看见在公共汽车站等车的周玉梅，便停下车，从车窗探出头来："去哪儿？"

"你去哪儿？"周玉梅反问道。

"我去火车站接医务部张主任。"小罗说。

"太好了！我去702厂，可以搭你一段车吗？"周玉梅高兴地问道。

"当然可以哦，快过来，上车吧！"小罗热情地答道。

周玉梅从马路对面跑了过来，嘴里还一个劲儿高兴地说："太有运气了！"

小罗操着川西口音说："你去702厂干啥子事？"

周玉梅调皮地说："保密！"

"对我还保啥子密撒，不就是想考大学吗？以后有需要我做啥子事，吭一声，我支持你撒！"小罗笑着说。

"好嘞！你知道了，我就告诉你吧，702厂的总工程师出院了，他真有学问，帮我解答了好多问题。这不又集中了一些问题，我只好登门请教了。"周玉梅说。

"是这样的呀，好吧，时间还来得及，702厂挺偏僻的，今天我就专门送你去，让你享受一下'院领导待遇'，怎么样？够意思吧！"小罗笑着说。

"太谢谢你了！"周玉梅感谢道。

"考上大学可别忘了我撒！"小罗开玩笑地说。

"不会的！"周玉梅笑着说。

小车一路上轻快地飞驰，经过多处盘山公路，来到了地处山沟的702厂。这是国家将一些大型重要的企业分布建在一些山里，俗称"三线工厂"。在这些企业里，有许多高级人才，钟工程师是飞机发动机领域的重量级人物，温城人，京城大学的高才生，知识渊博，才华横溢，认真严谨，而且平易近人，所有这些都给周玉梅留下了非常深刻的印象。很快到了702厂大门口，周玉梅下车，向小罗道谢，小罗表示"不用客气，有事招呼就好"，说完就朝火车站方向开去了。

周玉梅第一次到刚刚认识不到一个月的钟工程师家，心里不免有些紧张，也不免有些胆怯。来到收发室，周玉梅做了严格的登记。收发室的值班人员拨通了钟工家的电话："是钟工吗？大门口有一位女兵找您。哦，好的，我请她进去了，再见。"值班人员转头对周玉梅说："可以了！请直走，到第6排楼右拐，第2个门，2层，201室，钟工在等候您。"周玉梅有礼貌地说："谢谢您。"道谢后，整理了一下军容风纪，朝钟工家方向走去！

702厂，一排排白色整齐的4层楼依山而建，完全是军队营房的管理形式。马路特别干净，已经落叶的白杨树干在寒风中摇晃着，隐约可以看见远处的另一个大门，两边均有战士持枪把守，想必那是真正的厂区。

周玉梅数着数来到了第6排楼房前。正要右拐时，看见一个瘦高个子男孩，五官端正并带有温城人的清秀，也就十六七岁的样子，穿着一身在当时很时髦的蓝色运动服，运动衣和运动裤的两边有两道白条，显得人修长、帅气，脚上穿着也是在当时非常流行的白色回力鞋。他看到一个女兵正朝自己方向走来时，便十分大方有礼貌地迎上去问道："请问您是野战医院的吧，来找钟工程师，对吗？"

周玉梅有些惊奇，也十分有礼貌地回答道："对，你是……"

"我是钟工程师的儿子，叫钟南，是钟工程师，也就是我爸爸，不，我父亲，让我来接您的。"男孩似乎希望表现出大人的样子来。

"哦，谢谢你！"周玉梅客气地回答道。

"不客气！路还好找吧。"男孩十分有礼貌地交谈着。

"我今天特别幸运，刚出院门，就碰上院里有车去火车站，所以司机就顺道把我送到大门口了。"周玉梅说。

"嘿，您还真有运气呀！说明人缘关系不错啊。万事开头如果如此有运气,那么未来应该一路顺利。"男孩有意表现出大人的样子做着评价。

俩人刚见面没有 3 分钟,似乎已经没有陌生感了,边走边十分自然地攀谈着。不觉间,周玉梅和钟南来到了 201 室。钟南刚要伸手推门,门自动打开,钟工程师已经在门口等候。

钟工身穿米色的开衫羊毛衣,微笑地站在门前迎候客人,"欢迎,欢迎!老于,小周到了!"钟工程师高兴地边说边朝里屋喊道。

一位中年妇女穿着墨绿色的开衫羊毛衣,梳着朴素大方的短发,一看就是知识分子,和蔼可亲地从里屋走出来,操着一口京南口音,笑眯眯地说:"欢迎,欢迎!"这时跟在周玉梅身后的钟南,小声介绍道:"我妈妈。"随后又略带调皮地补充了一句,"大家都尊称她'于阿姨'。"

"钟工好!阿姨好!"当周玉梅听到这里,马上又加了一句,"于阿姨好!"

钟工高兴地说:"来,来,屋里坐,小周,你可是我们家的贵客。"于阿姨热情地说:"快进客厅坐,外面好冷吧!老钟从医院回来就给我们讲了好多关于你的事,鼓励钟南要向你好好学习呢!"钟南听到这里,在一旁朝周玉梅吐了一下舌头,看上去,他好像与周玉梅有一种天然的自然熟!

"钟南,快去把洗好的水果拿给小周阿姨。"钟工刚说到这儿停了下来,看了一眼周玉梅,"你比我们钟南可能就大三四岁吧,虽然穿着军装,已经是解放军了,但可能还是应该叫解放军姐姐,对不对呀?"周玉梅十分不好意思地说:"就叫我玉梅吧。"钟南十分调皮地说:"就是,还什么阿姨,要是没穿军装,我们就是校园的同学,对吧?"于阿姨看着儿子,十分溺爱地轻轻地拍了一下钟南,半带着批评的口吻说:"钟南,对客人要有礼貌啊!"钟工笑着对周玉梅说:"我看就这样,钟南就叫你'梅姐',我们呢,就叫你'玉梅',怎么样?"然后非常民主地看了看夫人和儿子说:"你们不会有不同意见吧。"夫人笑着点了点头,钟南举起右手"同意"。随后,大家一起在客厅沙发坐下。

客厅正面墙上挂着一幅气势磅礴的山鹰油画，下面的一排古董柜上，依次整齐地摆放着各种类型的飞机模型，十分气派！在中间一层，摆放了一些照片，客厅整齐干净，家具不多，但可以感受到主人的品位！茶几旁的一张小方桌上堆满了四五本厚厚的外文专业书，书旁边放着一个放大镜和一个简朴的保温杯，显然那是钟工程师的座位。

"来，玉梅，喝点红茶，暖和一下，外面很冷吧！"夫人端来一杯冒着热气的茶杯，话音未落，钟南抢着说："对了，你们知道这位梅姐今天是怎么来的吗？爸，与您一样的规格待遇，专车送来的。"说到这儿，做了一个鬼脸，笑了。

钟工颇有兴趣地问道："是吗？怎么回事啊？"周玉梅不好意思地说："没有，就是我在大门口等公共汽车时，正好院里有车去火车站接我们院领导，知道我来这儿，就顺道送了一下，不像他说的那么夸张。"

钟南神秘地说："所以说，这是一个好征兆，对不对？"钟工看着儿子与刚见面不一会儿的客人就这么熟了，笑着说："我还真没发现我们钟南的这个交往能力，很强嘛，才多少分钟，好像已经与玉梅很熟悉了，很好。"说着，亲昵地拍了拍坐在自己沙发扶手上的儿子。

"玉梅，一会儿就在我们家吃饭。"于阿姨对周玉梅微笑地说，然后对钟工说："我先出去买点菜。"最后对钟南说："去，你也赶紧去读书了。"钟南好像有些不想离开，看了一下他爸爸，又看了一下周玉梅，然后对妈妈有点"撒娇"地说："我在这儿也是学习，对吧，爸爸？"

钟工笑着让儿子先去读自己的书。钟南老大不情愿地回自己的房间去，关上门前还依依不舍地冲周玉梅使了一个调皮的眼色。

客厅一下子静了下来。钟工戴上眼镜，周玉梅有序地拿出有问题的书本，随后又从军书包里拿出了一个普通而有些陈旧的铅笔盒，从中拿出了一支红色圆珠笔，一支蓝色圆珠笔，恭恭敬敬地准备"上课"。钟工认真看周玉梅的一举一动，脸上露出了一丝满意的微笑，然后关心地问道："这几天复习得怎么样？今天先从哪门课开始？"

周玉梅似乎早已准备好了，顺手打开数学书，书上有好几个大问号，周玉梅刚要指着一个问号处提问，突然想起了什么，立刻显出一脸兴奋："钟工，我差点忘记了，一个好消息，上面已下发正式文件，军人允许报考大学。"

"是吗？有正式文件了？"钟工高兴地问道。

"有！就是时间太紧了，剩下63天时间了，我还有好多章节没复习到呢。"周玉梅说。

"不要紧，我们今天先把你已有的问题解决了，然后我帮你制定一个复习方案，怎么样？"钟工鼓励道。

"太好了！谢谢您，钟工！"周玉梅感激地说。

"不客气，你是个勤奋好学、有理想、有抱负的孩子，我会帮助你成功的！"钟工说完这句话后，又深情地看着周玉梅，握着拳头，坚定地说，"加油！"

周玉梅看着钟工，也坚定地说："我会的，钟工！"

挂在墙上的钟表显示着9点11分，钟工程师开始一门一门功课地辅导，数学、物理、英语……

钟表嘀嗒、嘀嗒走着，一会儿就显示11点10分。于阿姨提着各种新鲜蔬菜水果轻手轻脚进门，然后又轻手轻脚径直进了厨房。

嘀嗒，嘀嗒，钟表显示12点15分，钟工认真细致地辅导解答着周玉梅的每一个问题，时而拿出早已准备好的草稿纸演算分析，时而站起身来取出厚厚的英汉字典查阅解释……

周玉梅时而点头，时而皱眉头，时而露出轻松的微笑……钟南悄悄地从自己的屋子走了出来，站在一边，探着头看。于阿姨正好打开厨房的门到餐厅取盘子，向钟南示意"别捣乱"。钟南猫着腰蹑手蹑脚地随母亲走进厨房，轻轻关上门。厨房里准备了丰盛的饭菜，钟南随手抓了一块刚出锅的红烧肉放进嘴里："香！真香！"钟南细细品味着嘴里的红烧肉，接着又补充了一句："今天咱家像过年啊！"

"你爸爸专门嘱咐的,人家这么小就离开了家,多不容易,就算我们给她加加餐吧!"于阿姨边讲边麻利地开始烧菜了。一会儿,饭菜都好了,然后让钟南去看看他们复习完了没有,准备吃饭!

"好嘞!"钟南说完就开门出去了。

辅导结束了,钟工看见钟南从厨房出来:"我们复习完了,饭好了吗?"

"好了!"钟南答道。

"好,我们准备吃饭!"钟工一边对周玉梅说,一边起身活动腰身。

"钟工,不麻烦了,我回去了!"周玉梅说。

"饭菜都好了,不麻烦,哪能到吃饭点不吃饭,钟南,快去摆桌子。"于阿姨热情地双手端着两盘菜,忙着摆桌子。

"吃饭,吃饭,于阿姨都做好了,玉梅啊,你于阿姨的手艺可好了!一定要尝尝!"钟工笑着说。

"就是,我妈妈已经忙了一上午了,都好了,我来摆桌子。"钟南说。

"对,一起吃饭!"钟工说。

大家坐到了已经摆好的餐桌前,钟工拿出一瓶"桂花酒",一边给大家倒酒,一边高兴地说:"老于啊,刚才玉梅说军队有正式文件了,允许军人报考地方大学了,这可是个好消息,改革开放真的是给年轻人提供了大好的机会,来,我们一起为玉梅加油,祝她考上大学,梦想成真!"

"是吗,这真是个好消息,玉梅,抓紧时间,有问题随时来。"于阿姨边说边扭过头对钟南说:"你也要抓紧啊,你条件这么好,一定要好好向梅姐学习。"

"明白,放心吧!"钟南说。

大家举杯后,钟工和夫人都用放在每个菜盘里的公筷为周玉梅夹菜,然后又都给自己的儿子夹菜。

"嘿,今天怎么了,对我也客气起来了,自己来,自己来!"钟南调皮地说。

"谢谢，谢谢，我也自己来，够了，够了！"周玉梅说。

"玉梅，你们家几个孩子？你是老几？"于阿姨问道。

"我们家三个孩子，我是最小的。"周玉梅答道。

"你是老小啊，那可是妈妈的宝贝，家在哪里啊？"于阿姨又问道。

"陕川县。"周玉梅答道。

"哦，这么小就离开父母，不容易。院里伙食怎么样？习惯吗？来，多吃点。"于阿姨边说边又往周玉梅碗里夹着各种菜。

"谢谢于阿姨，挺好的，谢谢，我自己来！"周玉梅说。

"玉梅啊，你打算报考什么专业了吗？上次在医院听你说是想学英语？决定了吗？"钟工问道。

"我想学外语。"周玉梅说。

"好啊，如果是这样，下面的复习重点需要放在英语、语文、历史和地理方面了，物理、化学可以放下，数学也可以少花些时间，只要保证不拖分就行了。所以要在英语上下大功夫。"钟工说。

"我也是这么想的。"周玉梅说。

吃完饭后，钟南让父母午休，自己代表父母去送梅姐。钟工和于阿姨同意了，并嘱咐钟南一定送到公共汽车站。

周玉梅和钟南走出家门，朝大门口方向走去。钟南高兴地说："你今天到我们家，我爸爸妈妈可高兴了，少见的愉悦心情。"周玉梅说："是吗？给你们添麻烦了。"钟南继续说："什么麻烦，简直就是给我们家带来了欢乐。你可不知道，我爸爸妈妈特别喜欢女孩，小时候，我妈妈一直把我当女孩子打扮，我到5岁还梳着小辫子，唉，我就是个悲惨世界！"周玉梅说："真的？"钟南说："可不是嘛，我5岁前的照片都无法拿出来给人看。"周玉梅看着钟南，不好意思地笑了。钟南说："嘿，不说这些丢人的事了。告诉你，我喜欢物理，立志攻低温超导专业。你觉得怎么样？"周玉梅诚实地说："我可不懂这些高深的物理问题。"钟南笑着说："没关系，女孩子学这些也太辛苦，学外语挺好。"俩人不知不觉已经到大门口了，钟南突然想起什么，假装神秘地说："你知道吗，实际上我们厂离你们医院可近了，有一山间小路，翻过去就是！可是乘公交车就不得不绕一个大圈，下次可以试试山路，怎么样！当然，你一个人不要走，安全第一！"周玉梅这是离开中学后，第一次与一个中学生交往，说不清楚，一种亲切感吧，也许是有许多共同语言。

正好公交车来了，周玉梅上了车，钟南像大人一样，嘱咐着："注意安全，再见！"周玉梅笑着说："回去吧，谢谢你了！"钟南望着车上的周玉梅，挥着手，目送着启动后离去的公交车："再见！下次见！"看着远去的公交车，说不清楚为什么，钟南高高地跳了起来，做了一个漂亮的投篮动作。

周玉梅在办公室，季冰急匆匆跑进来，气喘吁吁地说王玲哥哥受伤了，正在一外科手术。周玉梅关心地问什么情况，严重不严重，然后对季冰说："给王玲打电话。"

张小樱头天晚上值夜班，还在睡觉。周玉梅和季冰走进张小樱的宿舍，轻手轻脚走到床前，季冰和周玉梅看见张小樱睡得正香，对视了一下，突然一起喊："紧急集合！"张小樱立刻坐起来，眼睛都没有睁开就准备穿衣服。周玉梅看着张小樱紧张的样子，笑着说："好了，好了，是我们。"张小樱这才睁开眼睛，失望加生气地说："讨厌！你们吓死我了！"周玉梅突然严肃地说："对不起，不过你需要立刻起来执行任务！"季冰也急促地说："抱歉扰乱你的美梦了，不过确实有重要任务。"

张小樱开始什么都不想听，但一听到说"任务"，也就再次睁开眼睛问道："什么任务？报考有消息了？"季冰有些没好气地说："怎么就知道高考，不是的，王玲哥哥受伤了，正在手术室抢救呢，你赶紧起来，我们要给王玲打电话。"张小樱一听这事，立刻坐起来问道："严重吗？怎么受伤的？怎么会这样？前不久一起吃饭不还是好好的吗，怎么会这样？"周玉梅和季冰一起帮助张小樱，急忙推着她向电话班走去。

周玉梅、季冰和张小樱提着水果来到病房，王飞正躺着输液，三人轻手轻脚走进来，季冰走在最前头。王飞看到妹妹的朋友，高兴起来："你们来了。"

季冰首先关心地问道："现在感觉还好吧。听说你是因为及时排除一起事故受伤的，英雄啊！"张小樱说："现在全院都在传你的英雄事迹！我们已给王玲打电话了，她让我们替她好好照顾你。"周玉梅只是露出淡淡的微笑，没有说什么。

王飞边说边两眼紧紧盯着周玉梅："没什么大事，你们还告诉我妹妹了，谢谢。"王飞眼睛一直盯着周玉梅，似乎期待着什么。

季冰热情地说："我刚才问过李医生了，他说你问题不大。好好休息，有我们呢，放心吧。"张小樱跟着说："对，对，季冰与一外科上上下下关系都很好，放心吧。"周玉梅依旧只是淡淡地微笑。

医生查房来了，三人打招呼后离开了。三人走在医疗楼走道，季冰对周玉梅和张小樱说："王玲哥哥状态还行，我问了，没大事。你们忙吧，这儿有我。"

"行，你就多费心了，我还要回去再睡会儿。"张小樱说到这儿，突然好像想起了什么，神秘地看着季冰说："最近，怎么是一个英雄辈出的年月。"然后又看着周玉梅，打趣地说："你可需要加油哦，要不就会落后的。"周玉梅还没等张小樱的话音落下："对对对，英雄辈出，小樱，咱俩真是自愧不如啊。"然后看着季冰说："季冰，你就多多费心了，好好照顾英雄！我和小樱走了。"说完吐了一下舌头。季冰脸上露出了一丝兴奋，但嘴上却说："讨厌劲的！"周玉梅拉着张小樱愉快地跑了。

晚饭后，同病房其他一些病号都出去散步了，只有王飞躺在病床上，盯着门，似乎特别希望妹妹的好朋友能来。王飞闭上眼睛，回忆中学时的一幕幕……

运动场上，充满活力的身影在跑道上飞翔。

领奖台上，留下了与周玉梅一起领奖的精彩瞬间。

校园里，小心翼翼地向周玉梅表达"我喜欢你"，遭到"流氓"

的回应，无比伤心。

新兵训练场上，无意看见了如同小燕子一般的周玉梅，再次燃起内心的渴望。

看着周玉梅跑片归来，风尘仆仆、红通通的脸……

就在王飞沉浸在无限美好的回忆中时，一阵推门声，季冰手里拿着一个饭盒进来了。王飞睁开眼睛，幻想眼前是周玉梅，慢慢地，出现的却是季冰的笑脸，王飞由兴奋的表情立刻恢复到平静的表情。季冰热心地说："怎么样？我们医院的伙食不行吧。我给你做了点鸡蛋西红柿面条，尝尝如何？"王飞定了一下神，客气地说："哦，是你呀……我已经吃过晚饭了。"季冰继续热情地说："肯定没吃好，做得不多，吃点吧。"不由王飞多说，季冰已经将鸡蛋西红柿面条从饭盒倒入带来的一个小碗里，送到了王飞面前，一股小磨香油的香味飘来，王飞似乎无法推托，就坐起身来，季冰看着王飞吃的样子，满意地笑了。

周玉梅在办公室学习，书桌上摆满了复习资料，但不知为什么，好像内心有些乱，不自觉地站起来，向窗外望去……敲门声响起，张小樱探头进来了，小心翼翼地问道："干吗呢？敲了半天门，没动静，想什么呢？"周玉梅看是张小樱，没好气地说："是你呀？你不好好值班，跑来干吗？"

电话班和政治处在一栋楼，而周玉梅的广播室与电话班就是楼上楼下的距离，所以常常互相串门。张小樱问道："你在想什么？"周玉梅没有回答。张小樱有点神秘地说："你发现没有，季冰对王飞好像有点……"周玉梅依旧没有接话，张小樱压低声音说，"上次王飞来看他们单位的同志，季冰就表现出特别的热情，这次好像更有点……"周玉梅依旧沉默不语。张小樱看周玉梅一直对此话题兴趣不大，没趣地走了。周玉梅不知为何，有些说不出的烦躁，将桌上的几张草稿纸捏成一团，握在手里，走到窗前，有一丝说不清楚的感觉："怎么这么巧？怎么就是王玲的哥哥？世界真小啊！"

第二天，周玉梅照例早早来到阅览室。打开窗户，打扫卫生，一切就绪后，坐下来趁时间还早，拿出英语复习资料，小声朗读起来。

桌上的小闹钟指针到10点，周玉梅站起身来，走到门口，将门打开，一位休养员已经在门外等候着。周玉梅刚要说"请"时，与对方的眼神碰到了一块，王飞大方地说："你好！医生今天查房快，我就先来了。你英语读得真好听。"周玉梅有些不好意思看着王飞说："你好！请进！"王飞走进了阅览室，不一会儿，又来了许多休养员。王飞在离周玉梅工作台不远的一处坐下来，远远地欣赏着周玉梅的一举一动……

钟工知道军人允许报考大学消息后，常常想："玉梅复习压力一定很大，还要工作，我们需要支持帮助她梦想成真。"因此，让于阿姨专门做了鸡汤，派儿子钟南给周玉梅送去，加强营养。儿子钟南非常高兴地接受了这个光荣而快乐的"任务"。

傍晚，周玉梅看见钟南的突然到访，非常意外，当知道是钟工派儿子给自己送鸡汤，更是感动不已，赶紧请钟南到宿舍坐坐。

第一次走进异性宿舍的钟南，兴奋、好奇，仔细环顾整个房间……两张单人床，简洁、整齐、干净；如同豆腐块的绿色军被，在各自床头排放；每张床旁边都有一张书桌，其中右边的书桌上整齐摆放了三摞书，一看就能猜到是周玉梅的书桌，书旁边还有一个圆镜子和一张五个女兵的照片。环视完后，钟南情不自禁地说："真干净啊！"

周玉梅一个劲儿感谢："谢谢你爸爸妈妈，太麻烦了，我们这里的伙食特别好，以后千万不要这样麻烦了。"钟南表现得十分"成熟"的样子，模仿着平时父亲说话的语气说："你这就太见外了，是吧，这可是钟工程师和你于阿姨的一片热心啊，不要客气了！当然，也包括钟南的一片真心，他可是在学习压力巨大的情况下，受命专程挤出宝贵的学习时间来的，你准备怎么感谢他呀？"周玉梅笑着说："你真贫！"俩人越来越轻松地谈笑风生。这一切让专门来看周玉梅的王飞碰上了，不知为何，着实有点醋意。在一旁一直看着周玉梅送走钟南回到宿舍后，王飞跟了过来。

"砰砰，砰砰！""谁呀？门没关。"周玉梅说。

王飞轻轻地推开门，周玉梅看到是王飞，很是吃惊："你怎么来了？好些了吗？有事吗？"王飞笑了一下说："抱歉，原来有点事，但好像来得真不是时候，你刚送走客人呀。"

周玉梅不知为何忙解释道："哦，他是钟工程师的儿子，钟工派他给我送鸡汤。他是中学生，比我小三四岁呢。"周玉梅也不明白自己为什么要说这些。王飞苦笑着说："有这个解释的必要吗？谈笑风生啊。"周玉梅有点反感地问道："你怎么这样说啊？"王飞突然压低声音说："你这样表现很不妥，他才是个中学生，而你现在已经是一名军人了。"周玉梅一听这话，十分生气："你说什么呀？真可笑。"周玉梅对今天这个对话很不理解，也很反感，大声说道，"真有点无聊，如果没什么事，那就请你离开！"王飞好像也觉得自己说话有些不妥，走出门后刚要想回头说点什么，周玉梅已经狠狠地将房门关上了。

第三章

"三八妇女节"是医院一年一度的重要日子，活动多而且隆重。田小溪回药房工作一周后，又回到政治处协助筹办"三八妇女节"活动。乔干事和田小溪分秒必争、夜以继日忙着油画的收尾工作，期待能够"一鸣惊人"。田小溪心里暗暗盘算，这幅画以及创作过程是自己离开父母后做的最有意义的一件事。在整个过程中，第一次感到独立创作的价值，也第一次感到愉快合作的意义，这个合作的结晶和成果很快就要面世了，一种特别的兴奋和激动难以言表，更准确地说，还带有几分得意。因为田小溪一直琢磨如何告诉父亲，如何给父亲一个大大的惊喜，是面试那天还是拿大奖那天？获奖感言应该说点什么？田小溪处于一种从未有过的兴奋状态之中。

田小溪是个十分单纯的女孩，也是个为纯真梦想活着的女孩。父亲是中学美术老师，虽然收入不高，但一家人其乐融融，整个家庭充满艺术氛围。在父亲的指导下，田小溪常常与也喜欢绘画的弟弟一起外出写生作画，对大自然充满热爱。她笔下的山、水、人永远都是阳光、清新、美丽、优雅，没有瑕疵，没有污染，没有忧伤……这就是田小溪！父母总是精心呵护女儿，生怕女儿受到伤害。

田小溪还是一个有趣的女孩，纯真中还带有一点调皮，在"五朵军花"中，自称是张小樱的"阿姨"，经常表现出"阿姨"的样子。还真别说，十分较真的张小樱就听"阿姨"的话，"阿姨"怎么要求，张小樱从不反驳，说什么做什么，真有点"令行禁止"的意思，甚至新兵训练结束后,各自分配在不同单位,但凡遇到什么事,张小樱总会第一时间向远方的"阿姨"求助。说起来也真是挺有意思,不论多么困难和复杂的事,只要"阿姨"一开导,张小樱立刻开心照办!这就是田小溪的魅力!

田小溪在与乔干事一起合作创作油画的同时,积极配合乔干事做好有关"三八妇女节"表彰大会的各项准备工作,这也是一年一度院里的一件大事,他们一起办宣传栏,一起布置会场,一起讨论修改油画方案,一起反复彩排表彰活动的全流程……纯真、简单、善良的田小溪怎么也不会想到或察觉到乔干事微妙的情绪变化,更没有感觉到一场对她来说的致命打击在悄悄降临……

上午,田小溪琢磨给油画取个主题名字,"春晓"?"春之歌"?"春天的呼唤"?还是……她将这些题目写在一张白纸上,一个标题使用一种字体,最后写下"您会选哪一个呢?"还在旁边画了一双期待的、圆圆的、可爱的小女孩的大眼睛……

下午,田小溪在礼堂忙碌,将横幅"庆祝三八妇女节表彰大会"挂好,再次检查测试音响设备,不时自言自语道:"现在就差把那幅作品,不,应该是大作,搬过来了。"

回到工作室,田小溪又开始欣赏与乔干事一起创作的油画。她将乔干事的名字写在自己名字上面,心想:"等乔干事来了,再一起将油画的主题名字确定一下,主题名字必须请乔干事题写。"想到这,不由自言自语:"一天都干吗去了?真沉得住气!"田小溪对这次创作寄予了很大的希望,因为这是一幅她用心用情投入的油画,也是一幅她特别希望给父亲惊喜的作品。

夜色慢慢降临,晚饭的军号响起,乔干事还没出现。田小溪来到隔壁办公室,看见宋干事还在忙着润色完善明天大会领导的发言稿,犹豫了一下,还是小声问道:"宋干事,打扰您一下,您看见乔干事了吗?"

宋干事抬头看着田小溪说:"你们不是下午一起在布置会场吗?"

田小溪说:"今天一直没有看见乔干事,不知道是不是领导交给他其他工作了。"宋干事知道田小溪工作认真，平时大家都很喜欢这个单纯有才气的女孩，便说："辛苦你了，小溪！今天好像没听说什么其他安排，大家都在全力以赴准备明天的活动。"

田小溪笑着回答道："是，我也是这么想的，但是一天都没有见到乔干事，没关系，他可能有事，我就是希望他去检查一下工作。"宋干事提议说："要不你去问问主任？是不是临时安排乔干事做其他紧要工作了。"

田小溪微笑说："好的，宋干事，都这么晚了，您赶紧回家吧。"

宋干事笑着回答道："对，咱们都先抓紧吃饭，吃饱肚子再工作。我也该回家了，明天见。"

田小溪有礼貌地说："宋干事，明天见。"

田小溪来到食堂，拿了自己的碗筷后排队买饭。食堂常常是单位的信息源，好事、坏事、八卦和各种小道消息，基本上都首先会从食堂开始传播。

排队中，几位护士一边排队一边八卦。

王护士，个头不高，也算是单位的一个活跃人物，有点神秘地对其他几位排队的护士说："你们知道吗，乔干事和小胡又打起来了，这一对可真够呛，几乎就没有什么消停的时间，唉！"

李护士说："听说这次真动手了，动静可大了，还摔了不少东西，我家就在他家楼下，可是受罪，瓶瓶罐罐好像摔得不少。"

站在后两排的谢护士也凑上前来说："是呀，都快一天了，大门紧闭，就听见小胡的哭声。唉，你说这个小胡，一点不怕邻居笑话，那哭声吓死人了。唉，不知这次又是为了什么。"

站在前一排的李护士扭过头来说："小胡呀，好起来挺招人喜欢的，可闹起来也让人瘆得慌，一天到晚疑神疑鬼的，唉，这俩人呀，说句不该说的话，根本就不该走到一起。"

王护士跟了一句说："是，有孩子后也不消停。"

乔干事和他妻子，化验员小胡，从恋爱到有孩子到今天，争吵经常不断，全院早已习以为常了。但大家对今天发生了什么好像都不太清楚，反正就又是一场大吵大闹。田小溪听到这里，虽然过去也听说过乔干事的一些传闻，但从来都很唾弃八卦，不闻不问不参与不介入。但刚听到这些，心里还是不由产生一种感觉："乔干事真不容易，工作上的事还是尽可能不要让乔干事操心。"想到这，田小溪赶紧吃饭，然后迅速回到办公室细心检查所有工作，希望不要遗漏什么细节。单纯、善良、真诚的田小溪哪里知道这场"战争"与她有直接的关系。

田小溪在办公室一遍又一遍检查各项工作，同时希望乔干事能抽空到办公室，将需要做的工作再明确安排一下，接下来自己就做好落实。时间一分一秒地过去了，挂钟已经指向20点36分了，乔干事还没有出现，田小溪心想："要不然去乔干事家，请示一下工作，同时也安慰安慰他们，一家人有多大不了的事啊。"

田小溪一直生活在温馨和睦的家庭，根本无法想象一个家里会发生打闹的事，也从来没有见识过家庭的争吵，在她眼里，一家人会因为什么事打闹呢？田小溪抱着一种美好善良的愿望，决定去乔干事家一趟，征求一下乔干事对油画名称的意见，自己来完成，这样乔干事就可以不为工作上的事操心费神了。想到这儿，田小溪站起身来，走出办公室，朝家属区走去。

田小溪只知道乔干事家在5号楼，具体几层几号全都不清楚。晚上，楼外面没有任何人。在5号楼外转了半天，没有看见一个人。又过了好一会儿，一位穿着围裙、手里拿着垃圾的中年妇女从3单元门口走了出来，显然是谁家的保姆。田小溪赶紧跑上前去问道："阿姨，您好！请问，您知道乔干事住哪个单元吗？"保姆停住脚步，看着田小溪说："乔干事？你问的是不是就是那个胡化验员家？"

田小溪赶紧回答道："对对对。"保姆一口南河口音，想了一下说："好像是5单元，2层，具体几号，你上去再问，他们两口子好像今天又打架了。唉，日子不好好过，打什么呢，真是不明白这些城里人。"说完就走了。田小溪赶紧说："谢谢。"

田小溪来到5单元。这是一幢筒子楼，每家的门都紧关着，加上已经晚上8点多了,公用厨房里也都没有人,一片寂静。田小溪在转悠,希望能看见人再问具体房间号。就在这时,远处一道亮光出现,门打开了,里面一人用手将自己家的门帘掀起,似乎在为另一个人开道。

田小溪快步跑上去问:"抱歉打扰,请问,乔干事家在几号?"出来的人一抬头,正是乔干事,嘴里还小声在说:"好了,好了,以后千万别再瞎想了,走,一起出去散散步。"乔干事一手抓着门帘,一手拉着妻子准备往外走,听见问话,看见跑过来的田小溪,顿时十分紧张尴尬,表现出极为意外的表情问道:"你?你怎么在这儿?"乔干事吃惊而又慌张地问。田小溪也很意外,但高兴地说:"乔干事,您住这儿啊,我正找您呢,找了好半天了。"还没等乔干事回答,门内的妻子一个箭步走出来,发疯般地朝田小溪歇斯底里地大喊大叫:"你怎么还追到家里来了呢?胆子太大了,太欺负人了,真不要脸!"话音未落,不知从哪儿来了一股邪劲,冲向田小溪,一把抓住田小溪的头发,劈头盖脸就是乱打。

田小溪完全不知道发生了什么,为什么,只是下意识用双手紧紧抱住自己的头……

乔干事赶紧跑上前来,一把抱住妻子,然后对田小溪大声说:"你来这儿干什么?快走,快走!"田小溪完全傻了,仍然抱着头。乔干事一个劲儿叫喊:"快走,快走,你怎么还不走呀?"田小溪被这突如其来的乱打乱骂完全弄蒙了!乔干事使劲抱着发疯的妻子一个劲儿喊着说:"还愣着干什么呀,快走啊!"

好多个住户的门同时打开了。当大家看到眼前这一幕,似乎都意识到今天乔家"战争"背后的原因了,开始各种风言风语。

"原来是这样啊,这些年轻人太不自重了。"

"原来乔干事在外面花心呀,这就不能怪人家小胡了。"

"看来这次大吵不是小胡又无理取闹了,这么晚怎么还到家里来了,胆子也太大了点。"

筒子楼另一端一个门打开了,里面快步走出一位短头发女士——张医生,她跑步来到完全蒙傻、只是紧紧抱着自己头的田小溪跟前,拉着田小溪冰冷的手，小声地说："走，快走，还傻愣着干吗。"张医生边说边拉推着田小溪离开楼道，同时还对其他看热闹、说风凉话的人说："别看了，别议论了，事情还没弄清楚呢，瞎议论有意思吗，都回去吧。"

张医生，京城兵，34岁，第一批工农兵大学生，内科专业，端庄文静，院里公认医德好，医术高，平时不爱管闲事，清高，从不参与介入院里任何八卦和是非。今天的事，她的确不太清楚到底发生了什么，也不知道是谁的错，但直觉告诉她可能是一场误会，加上即便不太了解田小溪，接触也不多，但从院里人平时的议论知道"田小溪是个多才多艺的淑女"。所以，虽然平时不爱管闲事，但遇到今天的事，她还是站了出来，赶紧跑到浑身发抖的田小溪身边，一边安慰一边扶起她离开那个是非之地。

田小溪完全不明白发生了什么，一个劲儿重复地说："我怎么了？我怎么了？为什么？为什么要骂我要打我呀，我怎么了？为什么？我怎么了？"

张医生陪着田小溪回到宿舍，同宿舍的张燕见此状吓坏了，忙问道："怎么了？发生什么事了？"张医生示意不要多问，由于害怕出事，张医生对张燕说："快去叫药房主任来。"张燕有点蒙，不知道发生什么事，看着浑身发抖、头发凌乱、脸色十分难看的田小溪，又看看张医生，刚想再问点什么，被张医生有点命令式的手势止住，示意赶紧去找药房领导。

田小溪只是一个劲儿在重复："我怎么了？为什么呀？为什么要骂我打我呀，我怎么了？"张医生把田小溪扶到床边坐下，刚想起身去倒点热水，却一把被田小溪紧紧抱住，突然一个劲儿大声说："我怎么了？为什么要骂我打我呀，我怎么了？"张医生赶紧转过身来，紧紧抱住田小溪，轻轻地抚摸着她凌乱的头发，小声安慰道："小溪，没事，心放宽点，他们俩一直就是这么吵闹过来的，可能是误会吧，别与胡化验员计较！"田小溪还是一个劲儿重复："我怎么了？为什么要骂我打我呀？"张医生很担心单纯、天真的田小溪受到刺激，一个劲儿小声安慰道:"小溪,没事,一会儿你们主任来了,我会告诉他情况的。"田小溪仍然一个劲儿在反复嘟囔着:"我怎么了?为什么要骂我打我呀?"张医生轻轻抚摸着田小溪的头,小声安慰道:"没事的,你受委屈了。唉,怎么会发生这种事?"

很快,张燕就把药房张主任和王协理员一起都找来了,他们见此状都很吃惊。

田小溪仍然一个劲儿自言自语重复道:"我怎么了?为什么要骂我打我呀?"药房张主任拍了拍田小溪的肩膀,同时问张医生:"怎么回事?发生什么事了?"张医生向药房张主任和王协理员汇报了她所知道的情况:"我也不太清楚,只是听到楼道里有吵闹的声音,就出来看看发生什么事,一出来就看见乔干事抱住小胡,而小胡又骂又打,这两口子中午就大吵了一架,不知是为什么,只是这次吵架特别厉害,又骂又摔东西。唉,这俩人真是的,小胡也是小心眼的人,成天疑神疑鬼的。不过奇怪田小溪怎么在楼道,我看到她时,她好像是被什么事吓住了,浑身发抖。这不,我就把她送回宿舍了。这是我知道的情况,至于到底是怎么回事,田小溪怎么这个时间在我们5号楼,就不太清楚了。"

田小溪见到自己科室的领导,说不清楚是害怕还是冤枉还是委屈,突然放声大哭起来,哭得撕心裂肺……张医生紧紧地抱着田小溪,安抚着田小溪……

王协理员对张医生说:"张医生,谢谢你了。天也不早了,要不你先回去休息,这有我们,谢谢你。"

张医生一直在安慰田小溪说:"小溪,没事的,好好休息,想开点。"随后,嘱咐张燕好好照顾田小溪,张燕点点头,好像一直没明白发生什么事了。

张主任和王协理员一起与张医生走出门去,在门外小声议论了几句后,王协理员和张医生一起走了,张主任重新回到了房间,轻轻拍着田小溪的肩膀说:"田小溪,冷静一点,不要太激动,有什么事跟组织讲,依靠组织解决,好不好?"

085

田小溪听到这儿，更加委屈了，越哭越厉害……张燕轻轻搂抱着田小溪说："小溪，别哭了，有什么事跟主任说。"

张主任看田小溪情绪十分激动，根本不可能谈什么，便对张燕说："晚上一定要照顾好田小溪，有任何情况第一时间向我报告，你必须保证不出任何问题。"

张主任如此严肃地这么一说，让张燕异常紧张起来，真不知道到底发生了什么，有些害怕，支支吾吾地说："我？就我一人？"张主任看出了张燕的顾虑，便说："一会儿，王协理员会叫我们叶药剂师来，别担心。"当张燕听到有老同志会来，马上感觉好多了，回答道："哦，我会照顾好小溪的。放心吧。"

张医生和田小溪走后，乔干事费了好大劲才把妻子弄进家里去。小胡在家里又开始疯狂般地乱摔东西，大哭大闹，乔干事非常无奈，自己也不明白，田小溪怎么会出现在自己家门口，他花了一下午工夫劝妻子，也就全白费了。

事情原来是这样的：这些日子，因为油画创作的事，乔干事非常兴奋，不时会在妻子面前夸几句田小溪，也就是因为夸奖的话，引起妻子的醋意，引发了"战争"。只是这次乔干事与过去有些不同，基本上没有谦让妻子，而是一个劲儿讲田小溪如何能干、如何聪明，合作的油画如何有创意。妻子越听越来气，说了很多难听的话，对此乔干事严肃地说："不要胡言乱语。"这让妻子不干了，暴跳如雷，本身就醋意十足的妻子觉得丈夫如此夸赞偏袒田小溪，一定有事，而且越想越认为"有大问题"，于是"战争"就爆发了。中午吃饭时，乔干事说："吃完饭需要去办公室，给田小溪布置一下工作，不过她很认真很能干，可能许多工作都已经做完了，就是去检查一下……"话音未落，妻子就又开始胡言乱语，乔干事非常无奈，发现自己太不应该把自己对田小溪的好感流露在妻子面前，担心妻子伤害无辜的田小溪，便立刻向妻子道歉，安抚妻子，这也就是他一下午没有去办公室的原因，希望一切平安无事。

一下午时间，乔干事又是哄，又是求，又是讨好，又是巴结，几乎所有能用的办法都用了，晚饭还专门做了妻子喜欢吃的糖醋鱼，总算一场"战争"平息了。原本想再陪妻子出去散散步，保证明天他和田小溪联名的油画与大家见面时一切顺利，因为妻子只是知道那幅油画田小溪一直在帮助，还不知道是联合署名的作品。可是，万万没想到，一下午的努力就被田小溪这一意外的出现再次化为乌有了……乔干事无语、无奈，没有任何力气了，无奈地坐在一边，任凭妻子吵闹、摔打……突然，乔干事想："田小溪能承受这一切莫名其妙的袭扰吗？她那么单纯天真，她那么投入创作，她什么都不知道……"想到这里，乔干事立刻站起身来，什么都来不及顾忌，毅然走出了家门。

乔干事远远看见办公室的灯亮着，好像突然有点宽慰，他多么希望一切都安好呀！来到办公室门口，他先听了听里面是否有人有声音，但发现十分安静；便轻轻敲门，没人答应；他轻轻推推门，用手扭动手把，门是锁着的；刚想转身走，突然想起明天下午的大会，还有创作的油画，便将钥匙从衣袋里掏出，打开门，那幅绚丽、壮观、倾注了他很久没有了的激情的油画展现在眼前，他走了进去，深情地看着这幅画，许久许久……当他扭头时，不经意间看到了桌子上一张白纸和上面写的字以及字旁边一双期待的、圆圆的、可爱的小女孩的大眼睛……"春晓""春之歌""春天的呼唤"……乔干事深深地、长长地叹了一口气，流下了苦涩的泪水……

就在这时，妻子气势汹汹地出现在门口，右手还握着一把菜刀……

乔干事听见响动，一回头，见此状，惊呆了，连忙说："小丽，你冷静些，不要胡来，你听我说。"边说边示意妻子冷静，放下手中的菜刀。乔干事的妻子吵起架来总是很暴躁，爱摔东西，可是拿菜刀还真是第一次。因此，乔干事真有点害怕了，一个劲儿说："你冷静些，好不好，我们什么事都没有，我不是跟你说过了吗，你为什么总是不相信我？你放下菜刀，听话，小丽，我们都有儿子了，我是很爱你的，爱我们这个家啊，你可不要乱来啊。"妻子听到"我是很爱你，很爱这个家"时，心里不免有点软了，赶紧说："那你向我发誓！"妻子实际上好像也明白丈夫自从结婚以来，十分顾家，但自己就是无法容忍哪怕是一丁点非分念头和一丁点对别的特别是年轻女人的夸赞，这也是常常让乔干事感到非常无奈的地方。乔干事叹着气说："行，我发誓，你说什么我都接受，你把刀给我。"

就在胡小丽准备把菜刀递给正在向她靠近的丈夫时，无意中看到了丈夫手中的那张纸和那张纸上女孩的眼神，她一把抢了过来，乔干事刚要解释，胡小丽刚要消的气一下子又冒了上来，大声说："这是什么意思？这就是你天天跟丢了魂似的原因吧，你还想骗我？我太傻了！"

乔干事赶紧解释说："唉，你呀，真是的，我瞒你什么了，这不，为了明天的大会，院领导布置的工作，要创作一幅油画。田小溪在这方面有特长，就临时借调来帮助工作。油画基本完成了，需要一个主题名称，就这么回事。"妻子似乎坚信自己被欺骗了："那为什么要画这么个小女孩？就是有鬼。"乔干事有些不耐烦了："懂艺术的人，有时不就是随手一画吗，这能说明什么呢？你呀，想太多了，你现在怎么变得这么敏感，这么狭隘，这么爱吃醋，这么能无事生非呢？！"妻子一听这话，火冒三丈："什么？你说我敏感？狭隘？爱吃醋？无事生非？"不由分说，举起手中的菜刀就朝那幅油画砍去。乔干事大吃一惊："小丽，胡小丽，你真是疯了！你给我住手！"乔干事完全没有想到妻子会拿这幅他和田小溪花了很长时间创作出来的油画开刀，他急了，冲过去要抢妻子手中的菜刀，俩人扭打起来。在扭打中，妻子下手更狠了，一幅美丽的油画瞬间变成了伤痕累累的"废品"。

乔干事再也压不住一直积压的怒火，大喊一声："胡小丽，你到底要干什么呀？你真是疯了！"胡小丽完全失去了理智，冷笑着说："什么？你说我疯了？是，我是疯了，我就是疯了。"更加疯狂地乱砍油画，似乎只有完全把它彻底砍烂才能解除心头之气，她疯狂地砍着……

乔干事完全被眼前这个女人——自己的妻子的举动吓住了，他根本不敢相信眼前这个人是自己的妻子，也完全不敢相信自己妻子的这个举动。他没有力气说任何话，也没有力气去阻止，只是站在一边看着，听着那一道道砍画的残暴声音，他的心碎了，彻底碎了……他没有阻拦，没有喊叫，没有愤怒，只是站在一边呆呆地看着……妻子也筋疲力尽，绝望地看了一眼在一旁呆呆的丈夫，举起手中的菜刀朝自己砍去，乔干事呆了，傻了，一步冲上去抱住倒下的妻子。妻子的鲜血染红了乔干事的衣服，流淌到了地上，溅射到了伤痕累累的油画上……

"来人啊！"乔干事使出了全身的劲大声叫喊着。医院救护车将胡小丽紧急送到急救室。乔干事在另一位干事陪同下，垂头丧气、疲惫不堪地坐在急救室外。

院领导在急救室内监督抢救工作。急救室的门打开了，急救室主任对领导报告说："庆幸菜刀刀刃不锋利，无大碍。"

院领导严肃批评了乔干事，要求所在处认真总结，吸取教训，严防此类恶性事件发生；同时，要求化验室派专人陪护，不许再出现任何差错，并做出指示："必须严肃处理。"

田小溪憔悴，消瘦，默默地站在伤痕累累的油画前，看着眼前这一切，她不明白为什么会这样，一遍又一遍问自己："我到底怎么了？我到底做错什么了？为什么会这样？为什么？"

自从受到乔干事事件莫名其妙的羞辱后，田小溪情绪非常低落，常常一个人在宿舍流泪，始终不明白"为什么"，特别是看到自己用心创作的油画变成了滴着血、流着泪、伤痕累累的垃圾时，她的心好痛好痛……她怎么也想不通她做错了什么，为什么看上去挺文静的女人会如此疯狂……她的心在流血流泪，她下决心再也不碰油画了，再也不与乔干事见面了，再也不……

乔干事几次找机会希望向田小溪解释道歉，都被田小溪无情拒之门外，她不明白为什么乔干事不向自己妻子解释，因为他们之间就是工作，就是创作啊！田小溪不明白乔干事那么精明能干的人，为什么会在如此简单的事情上这么左右为难，这么窝囊，这么无奈……她不知该说什么，她不想见到乔干事，更不用说胡小丽了。

很长一段时间，田小溪经常头疼，甚至无法上班。张燕多次关心田小溪不能再这么封闭自己了，可田小溪常常一句话不说，默默地坐着发呆。

一天下午，张燕看着又在发呆的田小溪，便决定拉她出去走走，田小溪无奈，只好跟着张燕一起走出了宿舍门。远远地，她们看见了迎面走来的张医生，张燕高兴地向张医生招手。张医生走过来，热情地拉着田小溪的手，关心地说："最近怎么样？一直想看看你，就是最近太忙，还好吧？相信领导，相信组织，你看院领导都专门在大会上为这事说话了，也宣布了处理意见。没事了，振作起来，回到原来那个阳光、单纯、可爱的田小溪，好吗？"田小溪默默地点了点头。

张医生看着一旁的张燕，亲切地说："张燕，这段时间辛苦你了。你们去哪儿呀？"

张燕告诉张医生就是陪小溪出来走走。张医生热情地说："你们俩今晚到我家去，我给你们做点好吃的，怎么样？"原来张医生与田小溪没有打过什么交道，加上不是一个科室的，张医生也基本是"三点一线"的生活路径，科室—食堂—家，十分认真钻研业务，虽说是工农兵大学生，但毕竟毕业于著名的滨江医学院，一直是学习尖子，傲气、讲究，包括平时衣着，即便是军装，也都会稍加适当修改，得体平展。丈夫李医生，大学同学，眼科医生，俩人是院里公认的"高傲人士"。

田小溪客气地对张医生说："不麻烦了，张医生，谢谢你！"

张医生笑着坚持说："不麻烦，正好今天有时间，就这么定了。张燕，你晚上陪小溪一起来我家，5号楼2层208室，我给你们做点好吃的。就这么定了。"张医生爽快地说，轻轻拍了拍田小溪。张燕和田小溪对张医生说："谢谢！"

第四章

　　自从王玲生平第一次与异性约会后，整个人完全变了个样，天天脸上显露着按捺不住的喜悦，而且一有空就往二内科跑，很快王玲和李勇的关系就公开了，俩人如胶似漆，每天晚上，人们都可以看到他们亲密幽会的身影。

　　晚上，王玲在宿舍忙碌着，因为明天李勇就要出院了。李勇一直要求，一定在出院前，到王玲宿舍来看看坐坐。最后，俩人约定下午6点，在有限的条件下一起做一顿告别晚餐。

　　王玲特意调了班，下午专门采购了许多东西，香肠、鸡蛋、小油菜等，准备给李勇做面条，当然这也是王玲唯一会做的而且也是拿手的本事。

　　桌子上的闹钟指针指向17点50分，李勇很快就要到了。王玲为李勇冲了一杯麦乳精。

　　李勇为了遵守医院规定，晚饭还是象征性去了食堂，但约定一定留着肚子来吃王玲亲手做的面条。对王玲来说，第一次让异性走进自己的宿舍，不免有些兴奋，有些期待，也有些紧张……

　　王玲对同宿舍的杨平说："今晚不好意思了。"杨平十分理解地说："没关系，我一定给你留出足够的空间和时间，绝不当你们的电灯泡。"王玲不好意思地说："你真讨厌！"杨平将自己的那一半收拾整理好，毕竟有异性要到访。然后，拿好自己需要的东西，特别叮嘱王玲说："我今晚到张红她们宿舍去住，你就不用着急，好好谈，还不知何时再见面呢，只是悠着点哦。"王玲有点不好意思地说："真讨厌。"杨平拿着自己的东西笑着说："那就再见了，好好约会。"然后走出了门。

王玲将自己准备好的一条崭新的淡橘色床单精心铺在床上，被子虽然已不是绿色军被，换成了橘色绸子被面，但依旧叠得如同豆腐块，被子上面的枕头外面是橘色花边枕套，呈现出优雅热情的感觉，王玲又在枕头上盖上了一条崭新的淡淡的橘色镂花枕巾，一切都是那么温馨喜庆。王玲左看右看，十分满意。随后，又十分麻利地整理自己的桌子，摆上了早已挑选好的自己特别喜欢的照片，外加一张"五朵军花"的第一次合影照，在照片旁边，还放有两枝自己喜欢，而且专门从花房摘来的栀子花，插在一个白色的葡萄糖药瓶子里……房间整理好后，王玲换上了一件新的白色的确良衬衣，配上天蓝色毛衣，桌子上的闹钟指针指向 17 点 58 分，王玲赶紧在镜子前又左右照了一下，自己都有点不好意思了……

"砰砰，砰砰"。王玲一下子好紧张，迅速地又照了一下镜子，长长吐了一口气，走到了门口，慢慢打开了门。

李勇有礼貌又有点调皮地问道："没有迟到吧，方便进来吗？"

王玲有些不好意思地说："很准时，进来吧！"

李勇显然也是第一次进入女孩子的房间，新奇地环顾了一圈，最后眼睛落到了王玲身上："今天，你真漂亮！"

王玲不好意思小声说："讨厌！"

李勇将自己手里提的一大包吃的，巧克力、水果罐头等，全部递给王玲，王玲接过放在桌子上后，就忙着将煤气炉点着，把小锅放在煤气炉上开始烧水，准备做鸡蛋西红柿面条。李勇一直盯着王玲的一举一动。王玲转过身来看到李勇在深情地看自己，有些不好意思，并用手轻轻地打了一下李勇。李勇一把抓住王玲的手，将她拉近自己，第一次如此近距离看着如此清纯美丽的王玲，深情地小声地说："你好漂亮！好美！"说完就一把把王玲紧紧地抱在了自己的怀里。王玲对这一突然的举动又惊又喜、又有点羞涩，本能要挣开。但李勇更使劲地将王玲完全揽入了自己的怀抱,贴近王玲的耳朵小声柔情地说:"你真美!我爱你!"然后紧紧地、紧紧地拥抱着王玲,而王玲似乎也完全被"我爱你"这生平第一次听到的话深深打动了,完全投入到了这宽广、温暖、敦实还带有一股特殊男人味的怀抱。炉上的锅"噗噗,噗噗"开了!

王玲试图努力挣脱开,小声说:"锅开了。"

李勇一语双关:"我知道,我们的锅开了,对吗?"李勇仍然不愿松开,两眼紧紧地盯着王玲,然后,一阵热烈疯狂地亲吻。

慢慢地,王玲也完全尽情地融化在这突如其来的爱之中……好一会儿,王玲慢慢抬起头,深情地看着李勇:"讨厌!"

李勇笑着说:"你真可爱!来,我来做吧。"

王玲看着李勇问道:"你会吗?"

李勇也十分俏皮地回答道:"那你一会儿验收吧。"说完,马上又加了一句,"如果验收合格,你必须嫁给我。"

王玲一下子脸红了:"你真讨厌!"

俩人短短的篮球场上的"相撞",到小卖部的相识和散步,再到今天一起吃面条和直言婚嫁,实在是太神速的进展了。

李勇又一次假装严肃但俏皮地说:"你先验收,好吗?"

水沸腾了,李勇赶紧问王玲:"我洗洗手。"

王玲赶紧拿起热水瓶往一个脸盆里倒水,又提起一个水壶加了一些冷水,对李勇说:"水温如何,香皂在那儿。"

李勇一边洗手,一边看着王玲说:"水温吗,有些低,需要加温。"说到这里,接过王玲手里的毛巾,很快擦手,然后又突然紧紧抱住王玲说,"需要加温,一定要到沸腾点。"

王玲有些不好意思地说:"干吗呀!好好擦手。"

李勇调皮地说:"真有点看不够、抱不够、亲不够、爱不够啊。"说完,将手中的毛巾递给王玲,"面条、鸡蛋、油盐酱醋都帮我拿过来。"说完就开始麻利地做面条了。王玲在一旁愉快地打着下手,俩人配合得十分默契。一会儿,香喷喷的一小锅鸡蛋面条好了。李勇分别将面条盛入王玲准备好的两个碗里："请验收吧！"王玲闻了一下说："嗯，闻起来挺香的。"李勇又一把抱住王玲说："当然，一定的，那合格了吧？"

就在这时，"砰砰，砰砰……"

"谁呀？"王玲边问边赶紧推开李勇。

敲门的人是马云，好像没听见屋内的人回答就推开了门："哦，对不起，对不起，对不起，杨平在吗？我想借她的洗衣盆用一下。"显然马云看到了刚才的一切，知道屋里的男同志是近日盛传的王玲的男朋友，觉得很不好意思。王玲红着脸说："哦，马云啊，你进来拿吧。"马云低着头，拿了杨平的洗衣盆后，赶紧道歉道："对不起，打扰了。"说完向王玲吐了一下舌头就出去了。王玲回了她一句"讨厌"。

李勇大大方方走到门口，将门插上，然后正式对王玲说："从现在开始，就我们俩人世界，好吗？谁敲门都不理。"边说边勇敢地拉起王玲的手，走到桌前坐下，"来，尝尝我做的面条，你还没回答我的问题呢。"李勇显然是再也不想放开已经抓住的王玲的手了。

王玲和李勇吃着冒着热气的、香喷喷的面条。俩人边吃边谈笑着，聊着今后的打算，计划着下次见面的时间。

面条吃完了，王玲刚要站起身来去收拾碗筷，李勇一把将王玲拉回自己的怀抱说："放在那儿，不着急。"话没说完，就又紧紧地抱住王玲，盯着王玲的眼睛，深情地、再次一语双关地问道："明天我就要出院了，你不想问我点什么？不想跟我说点什么吗？会想我吗？今天的验收合格吗？"王玲被李勇火辣辣的眼光看得有些不好意思，试图想回避这炽热的目光。李勇大胆地看着王玲说，"看着我，玲，从第一次看到你，看到你说'讨厌'的那个眼神起，我就喜欢上了你。从那一刻起，你就占据了我全部的身心，我爱你！"李勇有些控制不住自己的情绪了。王玲被这突如其来的一切深深地撼动着，她似乎感到内心深处有一种不可抗拒的力量在向她袭来，势不可当，她不由自主地倒入了这宽厚的、结实的怀抱，柔情地说："我，我也爱你！"李勇深情地拥抱着王玲，狂风暴雨般地亲吻着王玲……

周玉梅和张小樱都在抓紧一切时间悄悄地复习功课，希望做好一切准备，不辜负任何时候出现的可能机会。与周玉梅相比，张小樱的复习容易得多。张小樱决定报考军队院校，一是军队院校的考试与全国统考分开；二是军队院校有许多很好的专业，与张小樱喜欢的数学完全吻合。而周玉梅一心想学外语，成就内心深处悄然萌动的外交官梦想。但争取报考地方大学程序规定多，难度大，特别是首先需要争取到报考指标，所以，是否能够如愿报考成了周玉梅一大心病："如果拿不到报考指标，一切努力就都白费了。"

周玉梅不时盯着手表，做好了吹"午饭号"的准备。突然，张小樱高兴地跑进来："拿到了，我拿到了！"周玉梅赶紧问道："什么？你拿到……军校准考证了？"张小樱高兴地说："对，刚才宁秘书找我正式谈话了，我太激动了！"张小樱边说边递给周玉梅自己的"准考证"："我太激动了，从今天起，我将分秒必争复习，太激动了！"周玉梅接过张小樱的"准考证"，认真阅读，无比羡慕！

张小樱激动地说："宁秘书非常严肃地对我说：'院里被分配有两个报考军校的名额，一个是工程学院，一个是军医大。多少人都在争取上学名额，但是院里反复研究讨论，根据平时表现和业务能力，工程学院这个名额就落到机关部门，这样也就与业务部门有所区分，领导认真研究，综合考虑，一致同意你去参加考试。好好珍惜机会，好好准备考试，一定不要辜负了领导和同志们的希望，一定要考上！绝不能让机关部门好不容易得到的军校名额浪费了。'"紧接着，张小樱又模仿宁秘书的口气说，"'张小樱同志，你是代表我们机关部门全体人员去参加军校考试，这可是集体荣誉，你不要辜负大家的期望。'"

周玉梅目不转睛地盯着张小樱，发自内心羡慕地看着张小樱。

张小樱接着说："你说我现在压力多大呀，我一人去考试，但却是背负着全机关部门的重托，你说我这瘦小的肩膀扛得起吗？压力山大呀！"周玉梅苦笑了一下说："小樱，你能不能别得了便宜还卖乖呀，好好准备吧，不要辜负全体机关部门领导和同志们的期望，这其中也包括我，好好准备，别贫了。"张小樱立正并敬礼："是，一定努力，不负众望，争取金榜题名！"

周玉梅突然好奇地问道："你刚才说院里有两个报考名额，对吗？另一个呢？"

张小樱神秘地说："不知道，宁秘书说是军医大，要不你别太较真了，什么理想，只要能上大学就好，干脆你去争取上军医大吧。"

周玉梅有些灰心地说："这哪儿跟哪儿呀，我又没有在科室工作，一点医学知识都没有，连打针都不会，唉……何况我一见血就晕啊。"

张小樱非常直接地说："可是报考地方大学太难了，别鸡飞蛋打一场空。现在不是有句经典的话吗，不管白猫黑猫抓住老鼠就是好猫，所以，只要能上大学就行。"

周玉梅失望地说："唉，我哪知道有没有这个可能性啊！"

王飞很快康复，要出院了，季冰忙着跑上跑下，帮助王飞办理出院手续。当季冰将全部手续交给王飞，不知为什么，特别期待王飞能对她说点什么。而王飞似乎完全心不在焉，接过病历资料，顺手放进背包，然后关切地问道："你的那两个好朋友呢？我应该向她们告个别。"自从在周玉梅宿舍看到钟南，王飞一时冲动，对周玉梅说了不理智的话，一直十分后悔，希望在出院时，能够有机会解释一下。季冰听到王飞要向周玉梅和张小樱道别，马上说："我这就去叫她们。"王飞期待地点了点头，季冰跑出了医疗大楼。

周玉梅在办公室闷闷不乐，桌上的饭菜一点也没有动。季冰兴冲冲跑进来说："嘿，王飞要出院了，咱们去送送。"周玉梅显然没有太多情绪说："你代表我们去送就好了。"季冰一个劲儿拉周玉梅："那怎么行，他专门问你和小樱，走吧，正在医疗楼前等着呢。"周玉梅一动没动。王飞等了一会儿，便对接自己的战友说："走，咱们在院部楼前停一下。"说完，坐进吉普车，吉普车朝院部楼驶去。

季冰和张小樱还在劝周玉梅去送王飞，王飞出现在了周玉梅办公室门口，周玉梅连忙站起身来。王飞大大方方地说："要出院了，向你们告别，谢谢你们这段时间的关照。原本还想请你们一起聚餐，谁知有任务，要求提前归队，就算我欠你们一顿，下次请。"季冰赶紧热情地说:"看你说的,我们什么也没做。"

张小樱急中生智说:"主要是季冰,你应该好好谢谢她。"王飞像个大哥哥,笑着说:"你们啊,我都要谢谢。"张小樱突然按捺不住自己的高兴说:"我拿到军校准考证了。"王飞高兴地说:"是吗,好啊,祝贺你,未来的军校大学生!军队的栋梁!"说完看着表情不太愉快的周玉梅问道:"怎么样,你呢?你们都是未来的佼佼者啊!"张小樱小声说:"玉梅一心想报考地方大学学外语,这不还不知道有没有可能性呢。"周玉梅拉了一下张小樱,意思是别说了。

王飞似乎立刻明白了点什么:"怎么?还没得到批准?"

张小樱说话就是直,一口气说:"不是准考的问题,是报考指标都没有拿到,这不玉梅正着急上火呢,你能给帮帮忙吗?"

王飞认真地问道:"目前什么情况?有关于允许军人报考地方大学的正式文件吗?"

张小樱嘴快,马上告诉王飞有正式文件,只是院里没有指标,但听宁秘书说院里还有一个军医大指标,并表示要是能有报考地方大学指标就好了,没有也行,要是把这个军校指标换成报考地方大学指标也行,还说很多事都是可以变通的。王飞听到这儿,再次确认院里有两个军校指标,张小樱马上强调消息来源是宁秘书找她谈话时说的。王飞若有所思地点了点头。张小樱还是希望王飞帮忙,王飞最后笑着说:"试试吧。"张小樱听到这句话,高兴地说:"太好了,玉梅就靠你了。"当周玉梅听到这里,眼睛一亮,看着王飞,小声问道:"真的吗?你可以帮忙试试吗?"王飞十分自信地说:"我试试吧。"

张小樱高兴地跳起来说:"太好了,你要是能帮玉梅获得报考资格,那顿饭我们请你了。"

季冰在一旁也补上一句说:"对呀,如果你要真能帮忙就太好了,玉梅成绩可好了,要能上大学,也是为国家培养人才嘛。"

张小樱似乎想到什么,马上补充说:"就是,玉梅表现没任何问题,连续三年是全院'学雷锋标兵',现在关键是报考指标,要是上面能分配给我们院一个就好了。更何况,我们军人应该展示我们的人才实力，支援地方大学一下嘛。"

王飞看着张小樱，又看着周玉梅，笑着说："我妹妹交你们这几个好朋友，真不错，够意思。好吧，我来试试，如果办成了，你们怎么谢我啊？"

张小樱抢先一步说："请你吃饭。"

王飞笑了，盯着周玉梅问道："你呢？在帮你呢！"

季冰这时抢过话头说："我们几个请你，这还不够啊？"

周玉梅突然露出一丝渴望的眼神看着王飞，王飞理解了，默默地笑着点头说："好了，放心吧。"

周玉梅，一个朴实单纯的女孩，从小一直跟着没有随军的母亲在陕川小县城生活，父亲在西北部队工作，在周玉梅心目中，父亲永远就是照片上的那个"兵"。入伍当兵成就了周玉梅儿时的梦想，满满的自豪感和幸福感！她暗暗下决心，好好表现，早日提干，穿上四个兜的军装，让爸爸妈妈高兴自豪！

放映员的工作让周玉梅有机会通过银幕看世界，默默地在心底深处种下了一颗全新"梦想"的种子……周玉梅非常清楚，穿上绿色的军装，"服从"就是军人的天职。多少次，周玉梅暗自问自己："梦想是不是太遥远了？有机会吗？有可能吗？"但自从听说军人可能允许报考地方大学的消息后，又一次点燃了她心底追梦的强烈念头。她努力工作，争取做到最好，因为这样被推选报考的可能性就更大，毕竟军人报考大学，是一种荣誉，首先要看表现。周玉梅在不影响工作的前提下，抓紧点滴休息时间复习准备，她牢牢记住钟工程师的嘱咐，"机会从来不会辜负有准备的人！"她多么希望自己能有机会成就梦想，哪怕是被允许去试试。然而，一会儿传来消息说军人不允许报考地方大学，一会儿又有消息说军人有可能允许报考地方大学，信息反反复复地变化，使周玉梅每天度日如年，更不要说各种风言风语的压力了。

"当兵就好好干，天天朝三暮四的，不像话。"

"也不知道自己几斤几两，还想考大学？一个来自小县城的，真是心比天高啊！大学是那么容易进的吗，特别是地方大学，哪里会那么容易考啊。改革开放刚开始，高考制度才恢复，多少有才的人呀，这小地方的人就是敢想！"

"听说想学外语，当什么外交官，真是癞蛤蟆想吃天鹅肉啊！"

自从张小樱顺利拿到军校准考证后，周玉梅感到压力更大了，而且天天面对如此多的风言风语，常常也有"干脆算了"的念头，着急上火使她满脸的"青春美丽痘"此起彼伏，也只有在每个周日到钟工程师家请教问题时，才会有那么一点放松、快乐的感觉。

钟工程师和夫人一直非常喜欢女孩，在他们第二个孩子即将来到世界时，钟工程师在外地负责国家重大项目。他让秘书告诉于阿姨，如果是女儿，一定立刻打电话亲自告诉他；如果是儿子，就不要影响他的科研工作了。遗憾的是第二个孩子仍是儿子。这一段故事一直让二儿子钟南十分"伤心""痛苦""郁闷"。每每提及，钟工程师总是会笑着说："我是很喜欢女孩的，这辈子没个女儿是我的一大遗憾！所以，钟南小时候啊，我们都是把他当女孩子来养的，四五岁时，于阿姨还给钟南扎小辫呢！"周玉梅的出现给钟工程师一家带来了太多的欢乐，而且每个星期日周玉梅去请教问题，都是盛宴招待，常常钟工程师和夫人一大早就在工厂大门口等待迎候。

周日到了，一大早，周玉梅仍然按计划前往钟工程师家请教问题。一路上，周玉梅情绪十分低落。公共汽车还没进站，远远在等候周玉梅的钟工和于阿姨就高兴地向周玉梅招手，周玉梅也笑着向他们招手。一见面，钟工和于阿姨就发现周玉梅情绪低落，相互对视了一下，于阿姨关心地拉起周玉梅的手说："有什么不舒服的吗？生病了？你呀，就是太拼了，今天阿姨给你烧鸡汤了，喝点鸡汤就会好的，没问题。"边说边拉着周玉梅的手往前慢慢地走，亲热得如同母女一般。

钟工也关心地说："是的，就是太紧张了。没关系，今天我们不谈复习问题，就是放松，一会儿呀，我们听听音乐，好吧。"不知为什么，周玉梅突然控制不住自己，一下子哭了起来。

"咱们先回家再慢慢说。"钟工也拉起了周玉梅另一只手，周玉梅就像一个小女孩，由钟工和夫人手拉手慢慢向家的方向走去。许多路人碰到钟工和夫人都热情地打招呼，大家都知道周玉梅和钟工程师家的关系，亲切地问候。

快到家时，突然从一旁，边跑边拍打着篮球的钟南过来了，满身是汗："梅姐来了，我爸今天一大早起来就一个劲儿念叨你了。"

"你好，钟南！"周玉梅与钟南打着招呼，头也没抬，生怕钟南看出自己的红眼圈了。于阿姨理解周玉梅的心情，赶紧对儿子说："看你这一身汗！赶紧回去洗洗。"钟南对周玉梅做了一个调皮的鬼脸："好嘞，我先走了。"

走进家里，钟工很快打开唱片机，挑选了一张贝多芬的《田园交响曲》，一时间，整个家里响起了轻松愉快的音乐。钟工像哄小孩一般的语气对周玉梅说："玉梅，你先去洗把脸，把小猫脸洗干净，然后我们一起听音乐。"于阿姨拉着周玉梅的手朝卫生间走："走，我们先去洗脸。"

钟南不知什么时候站到了父亲身后，小声问："什么情况？"钟工回头爱昵地拍了一下儿子说："什么情况都没有。"钟南调皮地说："不会吧，我发现梅姐哭了，不会是你们两位一见到人家就上压力所致吧。"

钟工笑着对儿子说："就你想法多，我们连你都不上压力，怎么会给玉梅压力呢？她是无须扬鞭自奋蹄的人，哪像你！"钟南继续和父亲开着玩笑说："是吗，看来我需要更加努力了！不过，你们确实不要再给人家女孩子那么大的压力了，您说呢，钟工同志？"钟工笑着说："你这个调皮鬼，真拿你没办法呀。"

于阿姨和周玉梅从卫生间边走出来边说话："玉梅，你今天干脆给我帮厨，怎么样？"钟南听到妈妈要让周玉梅帮厨，这显然有悖父母平时对他的教导和要求，便故意模仿父母平时对他说话的口气大声说："于阿姨同志，您这是怎么了，这么紧张的时候，还让梅姐给您帮厨，不好，不好，必须每分每秒时间都用在学习上啊！"于阿姨笑着对儿子说："钟南，你就是太调皮了，不许这么没样子啊。"钟工也笑着对钟南说:"钟南,今天破例,我们都不谈学习的事,也不谈复习的事,就是一家人轻松、愉快地过周末,怎么样?"

"乌拉!梅姐,你真是我的大福星呀。这么多年来,我可是生平第一次听我伟大的爸爸妈妈不谈学习,而是说'轻松、愉快',太感谢你了!我希望你以后就常住家里了,这样我会生活得轻松、愉快,求求你了,梅姐!"钟南装出调皮、兴奋的样子对周玉梅说,他的表情逗得周玉梅忍不住笑了起来。突然,钟南好像刚发现家里的变化,继续调皮地说:"我说呢,今天太破例了,家里都有贝多芬的《田园交响曲》了,而不是《命运交响曲》,真是巨大的变化呀!"

"好,钟南说得对,我们家好久没有轻松、愉快了,今天就完全轻松、愉快一次。钟南,一会儿你再给我们讲讲贝多芬的《田园交响曲》吧。"钟工微笑着对儿子说。

"这个提议好!这样吧,玉梅,我们钟南非常喜欢贝多芬的曲目,让他给你讲讲这首《田园交响曲》,怎么样?钟南,你好好讲,我不让玉梅帮厨了,就听你讲,怎么样?"于阿姨笑着对钟南说道。

"好!那我就斗胆在女兵面前来个班门弄斧。不过,今天我要换曲目。"钟南调皮地说道。

"你想换哪一首呀?"钟工有些好奇地问道。

"你们猜猜看!"钟南边说边做了个滑稽的动作,然后一个箭步走到周玉梅身边,小声而亲切地说:"亲爱的梅姐,你能猜到我想换哪一首曲目吗?"周玉梅完全有些不知所措,愣愣地看着钟南。

钟南又开始出点子说:"爸爸、妈妈、梅姐,你们谁要是能猜出来的话,我保证从明天起,不,就从今天起,再也不用你们督促我的学习了,我会非常自觉努力拼搏,保证考上中国最好的大学,那就是钟工同志的母校,京城大学,并立志成为一名比钟工同志更优秀的科学家!怎么样?敢不敢应战?谁敢应战?"

钟工似乎被儿子这一慷慨激昂的"宣言"说动了,笑着说:"好,我们来猜猜看。"

钟工和夫人与周玉梅一起应对钟南的"挑战",几乎是将贝多芬著名的曲目都说了一遍，钟南还是在摇头……周玉梅的情绪也好了许多，突然举手说："我猜是……"钟南立刻来到周玉梅面前，显得特别期待的样子问："你一定知道，一定能猜对，一定！梅姐！你可是我的大福星啊！"

钟工笑着说："玉梅呀，我看我们钟南对你蛮有信心的，你说，他想换哪一首？"

"对，玉梅，你们年轻人可能会想到一块儿去，快说说看，猜对了，我们钟南学习就会更努力了。"于阿姨也笑着说。

"快，梅姐，我相信你会猜到的！"钟南两眼紧紧盯着周玉梅。

周玉梅一时间脸发烫，不好意思地小声说："可能是……"

"是……说呀，亲爱的梅姐。"钟南在紧逼周玉梅。

钟工也好像非常有兴趣知道是什么曲目，鼓励道："玉梅，快说说你猜的是什么曲目，看是不是钟南心目中的曲目。"

周玉梅鼓起勇气，略带羞涩，小声地说："是不是《致爱丽丝》？"

钟南几乎高兴得要疯了，伸开双臂，激动地说："梅姐，亲爱的梅姐，知我者，非你也！恭喜你，答对了！我可以拥抱你一下吗？亲爱的梅姐。"

钟工程师和夫人相互对视笑了，还是钟工为周玉梅解了围，笑着说道："好，玉梅猜对了！那我要讲两句话，第一句，钟南必须'言必信，行必果'，不许食言；第二句，下面我们一起欣赏《致爱丽丝》，并且由钟南给我们解读这首经典曲目。老于啊，你也一起，听完后，我们一起帮厨。"

"好！咱们一起轻松听音乐。"于阿姨也笑着说。

"这样，我在这首曲子播放前，只简单地讲几句，然后，大家就静静地欣赏，各自体会感受这首曲目内在的心声，如何？"钟南庄严神秘地说。

"好，听你的。"钟工笑着说道。

钟南亲自将《致爱丽丝》唱片找了出来，用橡皮球清洁了一下，轻轻地放在了唱机上，然后清了清嗓子，平静地说："各位好！钟工家庭音乐会马上开始,请大家安静,在音乐会期间,不要走动,不要咳嗽,让我们静静地享受音乐带给我们的平和、舒缓、安宁、愉悦和美感。今天的曲目是贝多芬的《致爱丽丝》,这首曲目是这样诞生的。"说到这里,钟南看了一眼周玉梅,继续开始自己的讲解……

"午后,四周静静的,一位穿着飘逸白纱的少女在花园里漫步,青草、绿叶、红花以及涓涓的流水声,好一幅恬静、动人的景象。这时,一个男孩从自家窗口向外望去,深深为那人那景那情所陶醉。一种创作的冲动,促使男孩来到钢琴前,陷入久久的遐想……他修长的手指在钢琴键盘上翩翩起舞,自由驰骋,这首浪漫的经典的《致爱丽丝》因此诞生……请欣赏。"美妙的音乐响起,大家开始静静地欣赏……

午饭后,周玉梅准备回医院了。钟工反复嘱咐周玉梅遇到任何事都要想开些,不要太着急,军校考试也许会先于地方,这是常事。如果今年不行,就明年再争取!还说中国改革开放的大门一定会越开越大,对年轻人来说,机会一定会越来越多,放轻松些,明天一定会更美好!

于阿姨为周玉梅准备了好多吃的和水果,叮嘱周玉梅要多吃水果,好好休息,也可多听一点轻松的音乐,有事不要一个人硬扛着,"这就是你的家。"

周玉梅非常感激。钟南看到这种送别情景,淘气地说:"好了,两位老同志,这些话我听得耳朵都已经长老茧了,请不要再千叮咛万嘱咐了,我将代表你们去送梅姐!"

"好,我们就再次派年轻同志,钟南,代表我们老同志去送送你,有事来电话!"钟工笑着与儿子逗乐,随后亲昵地拍了拍周玉梅的肩膀。

"儿子,那就有劳你了。"于阿姨也笑眯眯地说。

"谢谢你们,你们休息吧!"周玉梅说。

"好了,好了,我们走吧,怎么就跟十送红军一样,如此依依不舍,放心吧,乡亲们,我们红军会回来的。"钟南调皮地说。

钟南和周玉梅下楼梯时,钟南笑着说:"他们真够婆婆妈妈的了。对了,今天天气好,你应该好好放松一下,我送你走山间小路,怎么样?"周玉梅想了想,看了一眼钟南说:"不会耽误你学习时间吗?"钟南淘气地说:"我的天呀,您是年轻人吗?怎么也这么婆婆妈妈的,咱能不能放松心情,别总学习学习的,更何况我上午已经承诺了,您老就放心吧。"

周玉梅看着眼前这个调皮的"弟弟"笑着说:"好吧,走你说的近路,山间小路。"

钟南开心地说:"这就对了!光会学习不会玩的人可不是正常的人哦!今天这么好的阳光,这么美的蓝天,走,咱们爬山去!正好,这还有水果和吃的,太好了!就这么着,听我的!"周玉梅看着眼前这个颇有思想、性格开朗、调皮淘气但又总是表现得像个大人的大男孩,笑着说:"好吧,听你的!"

俩人开始沿着山间小路行进。钟南模仿着父亲的样子和语气说:"梅姐,你可真是个三句话不离学习的好学生,难怪我爸爸认识你后,几乎天天把你挂在嘴上,让我向你学习。他常说:'玉梅就是你身边的活榜样,你要有玉梅三分之一的学习精神,我就不用这么操心了。'我爸爸是天天这么教育我,真受不了呀!感谢你呀,让我有借口出来透透大自然的新鲜空气,放松放松自我。"

周玉梅和钟南走在乡间小道上,听着小鸟的叫声,呼吸着清新的空气,边走边谈笑着……周玉梅好久没有这么轻松了,也有一种特别快乐的感觉,和钟南的交谈越来越无拘无束……

"钟南,我真的觉得特别幸运认识你爸爸,给了我这么多辅导和帮助。"周玉梅刚说到这儿,已经被钟南挥手打住了,钟南做了一个伤心的动作,然后说:"停!暂停!你就只觉得认识我爸爸幸运,就没有点别的什么吗,太让人失望了!"周玉梅急忙解释说:"对不起,不是的,我的意思是说你爸爸给了我很多帮助,当然还特别高兴认识你妈妈,你妈妈真的特别慈祥,特别好……"钟南装出无比伤心的样子说:"唉,悲惨啊!就只有我爸爸和我妈妈,有一个大活人就好像完全没有存在吗？"周玉梅马上补充说："不是的，当然也很高兴认识你呀。"钟南继续装着抹眼泪的样子说："唉，总算有这个'也很高兴'，不过也只是个'也'呀。"周玉梅马上认真起来，她没有看出来钟南是在与她开玩笑，连忙想解释她非常感谢全家每一个人，但又不知道自己应该怎么表达，还是忙着解释说："我真的特别感谢你们家每一个人……"钟南发现周玉梅没理解自己在开玩笑，便马上说："好了，好了，我是和你逗着玩呢，看你紧张的，真可爱！"周玉梅突然有点不好意思了。

王玲依依不舍地为李勇送行。

李勇看着王玲，温情地问道："什么时间来看我？"

王玲也看着李勇，笑着说："急什么呀，等我换上四个兜的军装吧。"

李勇开着玩笑恳求道："应该快了吧，我可有点等不及了。"

王玲脸红着小声说："你真讨厌！"

李勇小声在王玲耳边说："抓紧！"

李勇向王玲挥手再见，向为他送行的其他病友说再见。那位年纪大的休养员笑着说："小子，抓紧吧！"李勇自信地点了点头。

王玲目送着吉普车缓缓远去……

走山间小路真的很近，不一会儿就到医院大门口了。钟南将妈妈给周玉梅的食品包递给了她说："梅姐，你呀就放松心情，今年有机会参加高考，咱就好好考，而且我相信你一定能考上！这样呢，我三年后就到你的大学找你去！如果今年没有批准你参加高考，也别有情绪，谁让你是革命战士呢，实际上，这样我更高兴，因为我们就可以有更多见面的机会了，这对我来说是天大的好消息。如果我要是能够更努力优秀一点，没准来个提前参加高考，我们就可以一起复习，一起准备，一起考同一所大学，这不更好吗！当然，我是打心眼里希望组织今年批准你参加高考，也相信你一定会考上的！无论怎样都开开心心的！"

"谢谢你！"周玉梅像个乖巧的小女孩，听后点了点头。

"一言为定！"说着，钟南伸出手，希望与周玉梅拉钩。

"好！"周玉梅伸出手与钟南拉钩，钟南紧紧握住周玉梅的手，"一言为定！"随后，用另一只手从口袋里拿出了一小盒巧克力递给周玉梅说："这是巧克力，我专门给你买的。我知道，你今年一定会被批准参加高考，这是给你考试时吃的，希望有帮助！"周玉梅看着钟南的眼光，看着这个"巧克力吉祥物"，似乎无法拒绝，接过后轻声说道："希望如此！"

两个星期后，周玉梅正在阅览室忙着为休养员借还图书。张小樱气喘吁吁地跑了进来："好消息，好消息！"周玉梅知道张小樱总是一惊一乍的，便无精打采地问道："什么好消息？"张小樱上气不接下气地说："快，你们主任到处找你，快回办公室去，好消息。"周玉梅看看气喘吁吁的张小樱问道："主任找我？"

张小樱还在大喘气，但又表现出急于告诉周玉梅重大消息的样子，长长吐了一口气后说："对，我正好路过走道，看见你们主任让刘干事找你，我听了一耳朵，好像是我们院分到了一个报考地方大学的指标，这不，我就立刻勇敢地冲上前去对刘干事说'我去叫周玉梅'。这不，我就百米冲刺般地跑来了。累死我了，你快去，我帮你在这坚守阵地。"一些在阅览室的休养员听到这个消息，都让周玉梅赶快回办公室去，不用担心阅览室，他们都希望周玉梅有机会梦想成真。

周玉梅一下子高兴起来，但突然又半信半疑地问道："是真的吗？你没骗我吧？"张小樱喘着气说："唉，我骗你干吗？快，快点回办公室去吧。你不知道我是通信兵吗，什么消息都会第一时间知道的。"周玉梅又看了一眼张小樱，忙着对其他休养员做着解释，然后高兴地跑出了阅览室。

政治处领导正式与周玉梅谈话，按照军人可以报考地方大学的通知要求，单位获得一个准许报考地方大学的名额。根据平时表现和相关报考要求，经认真研究并报院领导批准，同意周玉梅同志参加地方高考。周玉梅兴奋极了。

紧接着，周玉梅开始忙碌办理着各种报名手续。当收到"准考证"时，几乎忘我地舞动着这个来之不易的"准考证"。周玉梅第一时间想到必须赶紧告诉钟工程师！离高考时间还有两周时间，周玉梅决定，这将是高考前最后一次去钟工程师家请教考试方法和考试注意事项。

一大早，周玉梅早早来到公共汽车站。不一会儿，公共汽车来了，周玉梅愉快地上了公共汽车，看着窗外绿绿的林荫大道，无限感慨……

新兵训练结束后，分配到野战医院，当上了放映员。在这条路上，不知来回跑过多少次，春夏秋冬、严寒酷暑，严冬时跑片，乘坐着摩托车，迎着如同刀砍一般的寒风，双手满是冻伤，甚至红肿得无法握拳；酷暑时跑片，乘坐着摩托车，汗流浃背，身上的痱子瘙痒难忍。但每次将影片拿进放映场，大家的欢呼声和感谢声立刻让她忘掉了一切辛苦……想到这儿，周玉梅的脸上露出了微笑，心里暗暗地想："再过两周就要参加高考了，这是一场硬仗，一定要将最后的冲刺备考工作做好做细！"想到这，周玉梅顿时觉得时间太紧了，必须分秒必争。

公共汽车很快到了终点站，周玉梅远远就看见钟工程师和夫人在等候她了，通过车窗向他们招手！钟工看见周玉梅一脸的笑容，也开心地笑了。

周玉梅看见于阿姨提了一篮子蔬菜，赶紧走上前要帮于阿姨提。于阿姨客气地说："不重，不重！"钟工看了看周玉梅，然后对夫人说："就让女儿提吧，年轻人嘛。"三人边走边聊天，亲如一家人。

快到家时，又是从一旁拍打着篮球的钟南过来了。"梅姐，祝贺啊！我爸可是从接到你的电话起，就一直兴奋，就好像是他们的飞机要试飞了。这几天天天念叨你的名字，我都有点吃醋了。"钟南调皮地说。

钟工笑着说："我们这个儿子就是淘气。好，说正事，怎么样，迎来曙光了吧！下面还有两周时间，怎么样，一切都准备好了吧。"

周玉梅赶紧汇报："所有报考手续都办完了！今天我想请教考试时的注意事项和考试方法，另外还有一些问题。我计划从明天开始，基本上就是有重点地记背一些重点内容了。另外我还准备找时间去看一下考场，熟悉一下环境。"

钟工满意地看着周玉梅说："好，你已经考虑和准备得很细致了，很好。我们今天就重点说说考试方法和需要注意的问题。你于阿姨是考试高手，当年华南航空学院的高才生哦，一会儿就让她给你讲讲考试经验，怎么样，老于同志？"

于阿姨笑着说："考试啊，确实是有一些方法和需要注意的问题，一会儿我们一起给你讲。"

周玉梅由衷地感谢说："谢谢钟工、于阿姨。"

钟工笑着说："不客气，我们是在帮助我们自己的女儿，对吧。"

星期天，常常是大家处理个人事情的一天。季冰自从输血救产妇，第一次接生新生儿以来，人好像一下子长大了许多，也变得成熟沉稳了许多，这一点让周玉梅和张小樱常常在一起议论，认为季冰一下子长大了。特别是王飞住院后，季冰更是表现出一种无微不至的关心。

季冰一人在宿舍整理着自己的东西，然后坐在桌前，照着镜子，仔细打量着自己、憧憬着未来……

第五章

自从李勇出院后，王玲如同掉了魂似的。

杨平看着王玲笑着说："王玲，你这是真正坠入了爱河不能自拔啊，想游出来看来是没有任何可能性了。只是此时更需要淡定，穿上四个兜就可放飞了。"王玲默默地收拾整理着自己的行李，不吭声。

"你的故事完全可以写进小说了。"杨平若有所思、自言自语。

王玲仍然没有理她。

半年又过去了，经过两年护校学习的女兵，最早实现了当兵时的"梦想"——换上了四个兜的军装。王玲对着镜子，看着身穿四个兜军装的自己，情不自禁地露出了微笑，她要做的第一件事就是：向科领导提出报告，请探亲假。

科领导一脸不解地问道："怎么能叫探亲呢？提干了，你就赶紧先把'恋爱报告'补交上来再说。"

经过反复软磨硬缠，最后，科领导同意批假，但科室李主任依旧不解地说："你们不是才分开半年多时间吗，怎么就……"

科室罗协理员则严肃地说："对外就说出差。仅此一次，下不为例。"

李主任再三强调："一定要注意影响。"

罗协理员又强调道："必须按时归队，同时注意安全！"

王玲理解领导们说"安全"的意思，不好意思地小声回答道："请领导放心，我一定按照要求办，注意安全，按时归队。"

李主任与罗协理员对视了一下，罗协理员摇着头说："现在的年轻人啊，和我们那时真没法比啊。"

王玲来到了李勇所在的部队，李勇早早就在部队招待所安排好了一切。除训练外，俩人朝夕相处，形影不离，招来好多人的羡慕。

俩人半年多时间的认识和相处，但前后加在一起的实际时间还不到9个整天，便做出了一个更让人吃惊的决定：结婚！

消息传出，李勇的战友们又吃惊，又祝福。

就在王玲假期结束的头天晚上，大家为王玲安排了隆重热烈的欢送会。在欢送会上，李勇的好朋友们问王玲："什么时候我们开欢迎会呀？"

李勇高兴地向大家宣布："很快！很快！大家等不及，我就更等不及了！"说完得意地看着满脸羞涩的王玲。

王玲回到医院后，立刻向领导打了"结婚报告"。很快，王玲的结婚报告得到了批准，王玲"闪婚"了！一切正如李勇向大家宣布的那样，很快，王玲又回到了李勇身边。

婚礼，简单而隆重，王玲幸福甜蜜地走进了婚姻殿堂！短短半年多时间，既有狂风暴雨般的热恋，也有悄声细雨的温情。但这一切都不重要，重要的是俩人快速"闪婚"——各自向单位几乎是"恋爱报告"与"结婚报告"同一时间提交办理，这让领导们多少有些目瞪口呆，都认为："从未见过这么快的速度，完全可以与战争年代的革命夫妻相比了。"

说起来也简单，也浪漫，俩人将各自的东西往一起一放，就算完成了人生的终身大事。虽然大家都来庆贺祝福，但不免也有人窃窃私语。

"刚提干就结婚，真是太快了点。"

"这就是革命式的恋爱和婚姻。"

"也是，整个就是标准闪婚加裸婚。当年战争年代也就不过如此，俩人把各自被子往一起一放就是一家人了，哈，哈……"

王玲的"闪婚"，无论如何，让其他"四朵军花"非常吃惊，但作为"五朵军花"中第一个迅速出嫁的人，大家纷纷送上来自不同方向的真诚祝福！幸福，有的时候来得突然，抓住就好！

田小溪在宿舍，一脸痛苦地坐在书桌前发呆。张燕一再劝说张医生在等咱们了，还是去张医生家坐坐吧。田小溪不说话，只是一个人坐在床边发呆。张燕看怎么说，田小溪都不动，便明确表示自己不管了。田小溪出于礼貌，有些无奈地说："唉，好吧，那我们就去吧。"张燕笑着说："这就对了，走！"

张医生也非常理解田小溪，早早就在楼下等田小溪和张燕了。张医生心细，考虑如果经过那天晚上的楼道，一定会唤起田小溪痛苦的回忆，所以有意陪田小溪绕道上楼。张医生看见走过来的田小溪和张燕，向她们招手。张燕远远地笑着向张医生问好，田小溪走到张医生跟前说："张医生，太麻烦您了，我真的什么都不想吃，我就是来跟您说一声谢谢，就不去您家麻烦你们了。"

张医生热情地拉起田小溪的手说："小溪啊，你这样下去可不行，这样的话，有些人可能还真会往不好的方面想，你必须尽快振作起来，回到原来那个大家都认为的单纯、可爱、笑眯眯的田小溪。张燕，你说是不是？另外啊，我们也正好想改善一下，好久没吃饺子了，今晚我们吃饺子，怎么样？李医生已经在家准备了，走，上楼！"

田小溪和张燕在张医生再三热情邀请下，来到了张医生家。一进门，看见张医生的丈夫李医生正在和面，他抬起头笑着说："来了，欢迎，欢迎！你们可是第一次来我们家，以后熟悉了，欢迎经常来！你们先坐着聊聊天，吃点京城果脯，我这一会儿面就和好，我们就可以包饺子了，怎么样？大家一起动手，好不好？"

张燕和田小溪都很有礼貌地向李医生打招呼。张医生对丈夫说："行，今天我们全听你的安排！"然后又对两位小客人说："来，小溪、张燕，坐，先吃点东西，这儿有京城的果丹皮和果脯，随便啊！"

田小溪环视了一下张医生的家。一张大床，十分讲究的床单和一对鸳鸯的枕头，床头上方挂着他们端庄大气的结婚照。床两旁是两张书桌，显然是两位医生各自看书学习的领地，每张书桌上放着各自的专业书籍。另一侧有一个大书架，最上层放着一张张医生和李医生在京城的合影照，俩人笑眯眯地抱着一个4岁小女孩。房间内简朴温馨，沙发后有一个落地灯，显得家里十分和美！

田小溪和张燕坐下后，张医生端来两杯热茶，随后也一起坐下聊天。

李医生在张罗着准备包饺子的各种器具。

张燕看着照片问张医生："张医生，这是你们的女儿吧，好漂亮呀！"张医生看着女儿的照片，流露出思念之情说："是的，今年4岁了，我们忙，女儿就一直在姥姥家。每年一次探亲假，挺想念的。"这时，李医生走过来问张医生："要不咱们边包饺子边聊，如何？"张医生说："好啊，都准备好了吗？""都好了。"李医生答道。

张医生站起身来，对田小溪和张燕说："走，我们去洗手，一起包饺子。"

李医生心细，指着脸盆架上放的一盆清水和一条新毛巾说："这里，都准备好了。"张燕和田小溪异口同声说："谢谢！"

大家一起包着饺子，海阔天空地聊着天。田小溪的情绪开始轻松了许多，也一起加入了聊天。看见气氛好了很多，张医生对田小溪说："小溪，想不想听听我的故事啊？"

李医生跟着笑着说："是呀，小溪，让张医生给你讲讲她当年的故事，怎么样？她当年可是我们滨江医学院的校花，可有故事了。"田小溪和张燕异口同声说："好啊，太好了！"

张医生显然对过去的往事感慨万千，沉默了一会儿后说："小溪，我在滨江医学院读书时，也遇到了一件与你类似的事，当时，我觉得整个人都要崩溃了。"张医生说到这，似乎有些哽咽，站起来有意走到一边去整理碗筷。张燕十分惊讶，田小溪听到这句话，也睁大了吃惊的眼睛。

李医生看着妻子提起了伤心的往事，走上前去，轻轻地拍了拍妻子的肩膀说："没事吧，你先去准备一下吃饺子的小碟子。"然后接过话题，看着田小溪和张燕说："是啊，小溪，当年张医生遇到的事比你的更不可思议。"说到这里，李医生又看了一下自己美丽的妻子，知道这种回忆总是很痛苦的，停顿了好一会儿，深情地说，"那时，我们是第一批工农兵大学生，来自不同地方，入校不久，张医生就成为我们滨江医学院人人赞誉的校花，漂亮典雅，活力四射，成绩优秀。就在一次年终全校表彰大会上，她连续三年受到嘉奖表彰。张医生在主席台上，接受了校长颁发的嘉奖状，随后，作为接受表彰的学生代表发言。张医生刚开始发言时，礼堂后面突然出现一阵骚动，一个盘着发髻、戴着黑墨镜、歇斯底里往会场里冲的中年妇女，一边往礼堂冲，一边喊叫，一边大骂：ّ什么好学生，就是一个臭不要脸的，勾引我丈夫，女流氓，她有严重的作风问题，我要找校长，我要找校长！'当时，全场教职员工和学生上万人，被这突如其来的喊叫和难听的骂声全都惊呆了。主席台上的校领导一时不知发生了什么，正在台上发言的张医生更是不知道发生了什么，就在这时，那个女人往主席台冲过来，大声喊道：ّ就是她！张丹吧，最不要脸了，女流氓，还是从京城来的，真给京城丢脸抹黑！什么优秀，全是假的，她就是个女流氓，和我丈夫乱搞。'说着就径直要上主席台。校长立刻明白可能要出事，马上命令工作人员将这个女人请出去。站在台上发言的张医生，看着会场上的人一下全部都用一种异样的眼光看着她，一个字都说不出来，眼泪哗地流了出来，跑下主席台，跑出大礼堂……"说到这，李医生关爱地拍了拍妻子的肩膀，张医生仿佛又被带回到了那个痛苦的时刻，眼睛里满是泪花。田小溪吃惊地听着看着张医生，完全不相信张医生也曾有过这种痛苦甚至是莫大羞辱的经历。

李医生接着说："小溪，你不相信吧，当时那些日子，她几乎就是泪水成河呀，多少天没有吃一口饭。那个年头啊，比现在更可怕，只要一个女青年有作风问题，那可就是非常严重的问题，更何况在全校表彰大会上，刚刚接过嘉奖状，想想看，当着全校师生职工，上万人，这是一种什么样的压力，什么样的折磨，什么样的羞辱……一时间，有了各种风言风语，后来好长一段时间，人们似乎都躲着张医生，甚至一些好朋友为了避嫌，也都跑得远远的……那一段时间张医生吃尽了苦啊。"

张燕急切地问道："那个女人是谁？怎么这么无聊可怕？"

"那个女人是学校一位教授的爱人，俩人关系一直紧张。张医生是个爱学习的好学生，经常向教授请教问题，便引起了他爱人的疑心，到处捕风捉影，有两次在教学楼看到张医生和她丈夫在一起说笑，后来在家里打扫卫生时，又在一本书里发现了一张底片，是教授和一个女同志的合影，她连冲洗出来看一下是谁都没有做，就认定那张底片上的女同志是张医生。就这样，她当时手里还拿着那张底片挥舞，还认为是证据呢。那段时间，张医生可是吃了不少苦。"李医生说到这，又爱抚地拍了拍张医生的肩膀。

田小溪呆呆地看着张医生，明白了张医生那天晚上和以后那么关心、帮助、安慰自己的原因，包括今天请自己到家里吃饺子的良苦用心，情不自禁地对张医生说："张医生，我谢谢您，真的谢谢您，我会坚强起来的。"

张医生看着田小溪，强忍住自己内心的痛苦回忆说："小溪啊，实际上没什么，这种经历只会让我们更坚强。人这一辈子，真是不知道会遇到什么稀奇古怪的事，但只要自己做好人，就没有什么可以打倒我们的。我知道在这种事发生时，当事人需要承受的东西是任何人无法想象和理解的，内心非常痛苦煎熬……但坚强起来，早日走出来，别让那些小人的阴谋得逞。还是那句话，走自己的路，让别人说去吧！"

张燕更是感慨地说："张医生，您太坚强了，真了不起！小溪不会有问题的，对吧。这有什么呀，不就是一只小小的苍蝇，乱飞乱碰乱咬了一下，只是让我们好恶心，所以，我们呀，赶紧清洗干净，多用点来苏水消毒，对吧。"

"对，张燕说得太好了，我们多用点来苏水消毒。小溪啊，不用理她，高兴起来，回到原来那个开朗爱笑的田小溪去。"张医生笑着说。

李医生也跟着说道："就是，小溪，院里老同志都了解他们那一对的情况，所以你也不要太伤心，向张医生学习，坚强起来。"田小溪被张医生和李医生的热心关爱深深打动，默默地点了点头。

李医生笑着说:"好了,此事到此为止,不再提了。下面开始煮饺子、吃饺子了。"

"对,到此为止。咱们呀,开心吃饺子。好了,小溪,你帮助剥蒜,张燕,你帮着李医生煮饺子,我们准备吃饺子了。"张医生笑着说。

李医生忙着煮饺子,张医生把吃饺子的小碟子摆好,田小溪忙着剥大蒜,然后又将蒜捣成蒜泥,与酱油、小麻油放在了一起调成吃饺子的调料。张医生拿出醋瓶,笑着对田小溪:"吃饺子还是可以吃点醋的,你说呢?"一句话,说得田小溪忍不住笑了起来。大家有说有笑吃着饺子,看着田小溪情绪轻松了许多,张医生和李医生对视地笑了。

当时部队院校招生,主要以医学、工程为主,张小樱顺利考上了军队工程学院,将进入计算机系学习。

周玉梅参加全国地方统一考试,也顺利通过考试,进入东海大学外语系学习。

当张小樱和周玉梅前后收到"入学通知书"时,俩人激动兴奋,都不敢相信这一切是真的。

周玉梅高兴地说:"这是真的吗?我们不是在做梦吧?"

张小樱更是感叹道:"改革开放真好!我们真是幸运儿啊!"

全院上下都为她俩高兴,毕竟院里一下子出了两个大学生,这在当时可算得上是件了不起的大事,山沟里一下子飞出了两只金凤凰,不仅是全院的荣耀,更是全军区的荣耀。

钟工程师专门举办了隆重家宴,祝贺周玉梅考上大学,梦想成真。钟南特别买了一束鲜花送给梅姐,这是周玉梅第一次如此隆重接受美丽的鲜花!

晚宴开始,钟工首先提议:"玉梅,你是一波三折,考上这个大学真不容易,我相信你一定会非常珍惜这个学习机会,一定大有前途!我看好你,玉梅!"接着转向儿子说:"钟南,你一定要以你梅姐为榜样,好好向她学习,人家这么小,要工作,学习只能在晚上和节假日，多不容易！连报考资格都需要争取！看看你，现在唯一的任务就是学习，条件这么好，无忧无虑，你可是已经向我们保证过，我们就等结果了！"

钟南郑重但又调皮地说："放心吧，我一定不会辜负众望的！"说到这里，钟南的眼睛一直盯着周玉梅，好像特别希望周玉梅给予一点什么表示。

晚餐后，钟南主动要求最后一次送梅姐，爸爸妈妈同意了，他们与周玉梅紧紧握手告别。钟南学着父母平时说话的语气："放心吧，一定护送大学生安全到达车站。"

周玉梅和钟南走在路上，道路两旁的路灯照着他俩的影子，钟南像个调皮的孩子，追踪着他俩移动的身影。俩人一直没有说话，突然，周玉梅说："钟南，谢谢你上次的巧克力带给我的好运气，在考场上真的特别有帮助。那几天，我每次上考场前就会含一块，真有用，谢谢你！要不你早点回去，天也不早了。"

"怎么？大学生了，就不和我们中学生玩啦？巧克力刚溶化，就让我们掉转车头回去了？"钟南调皮地说。

"没有，怎么可能呢，我是怕耽误你的学习。"周玉梅赶紧解释说。

"不在乎这一点时间吧，你知道吗？梅姐，你每次来我们家后，我的学习效率都会提高很多，而且特别有成效。可是每次你来之前的一两天，我就一点也学不进去，脑子乱乱的，你说这是为什么？"钟南一边向前走，一边自言自语。

"我怎么知道，可能是学太多了，需要休息吧。"周玉梅回答道。

"也许吧，何况这次送走你，以后就没有这种机会了，所以就让我多送送你吧。"钟南像个小孩子，依依不舍，在路牙边跳上蹦下地走着。周玉梅特别真诚地说："钟南，我真的觉得特别幸运认识你爸爸，给了我这么多辅导和帮助。"周玉梅刚说到这，就又被钟南挥手打住了："停！你就只觉得认识我爸爸幸运，这可是你第二次这么说了，太伤人心了。"

周玉梅赶紧解释道:"对不起,不是的,我的意思是说你爸爸给了我很多帮助,当然还特别高兴认识你妈妈和你。"

"'和你?'唉,悲惨呀!这次是'和',上次是'也',我这辈子怎么就这么悲惨呢,一开始来到这个世界就不招人待见;都长大成为一个高高大大的男子汉了,明明杵在这儿,怎么就还是这么附属呢,'和你'?整个一个悲惨世界啊。雨果要是在世,一定会以我为原型,写《悲惨世界》续集,而且一定会成为更加畅销的书。你说是不是?"钟南似乎真的有些伤感。

"我……"周玉梅刚想解释,停顿了一下,便非常认真地说,"我真的特别感谢你们家每一个人……如果雨果在世的话,应该换一个视角写《幸运人间》吧。"

钟南盯着周玉梅,情不自禁地说:"好了,好了,逗你的,管它《悲惨世界》续集还是《幸运人间》上集,我们一起撰写,怎么样?"周玉梅突然有点不好意思了。

快到车站了,钟南突然异常严肃认真地说:"梅姐,告诉你一句实话,上次听说你可能不被批准参加高考时,我心里可高兴了,真的,我特别不想你走。"

周玉梅听到这儿,不知说什么是好。这半年来,周玉梅自从第一次到钟工程师家请教问题,算起来前后也有七次了,自己好像已经融进了这个和谐、民主、快乐并充满知识气氛的家庭,这和自己从小生活成长的家庭氛围完全不同。从小一直就是跟着妈妈,在小县城里,风里来雨里去,与妈妈相依为命,常常帮妈妈做一些农活,爸爸就是家里照片上的那个"兵",有时几年才回来一次。自从认识钟工程师一家人,不知不觉中,周玉梅慢慢开始越来越喜欢这个家了,那么温馨,那么友好,那么和谐!她非常敬重钟工程师和于阿姨,也十分喜欢这个调皮而且比自己小四岁的弟弟,要知道,周玉梅是家里最小的孩子,突然有一个人叫她姐姐,刚开始还真有些不习惯呢。虽然钟南比自己小,但知识面宽,知道好多好多事,常常像大人一样参与国际国内政治大事的交流,对正在发生的改革开放,常常会有自己的一些观点和看法，而且好多时候说出的观点和评论常常让人吃惊，难怪钟工程师一般在谈论大事时，最后总要问儿子的意见和看法。这也就是钟南常常自豪地说："我就是我爸的高参。"

钟南看见周玉梅好像在想问题，便接近周玉梅调皮地说："一定是梅姐也舍不得弟弟，对吗？"说着，装出了一副特别可怜的样子。

周玉梅扭头看着钟南，笑着说："你真调皮！"

"梅姐，说真话，我真的挺舍不得你走。不过，你走是对的，因为你是走向更大的舞台，更好的未来。所以，应该祝贺你，为你高兴才是。我很快也会走出去的，像你一样，走上更大的舞台，走向更美好的未来。到那时，我去找你，好吗？"钟南一本正经地说。

"好呀！"周玉梅十分高兴地答道。

"真的吗？你等我吗？"钟南好像特别激动。

"当然，等你考上大学，欢迎你到我们大学来玩，我想大学校园一定很大很美。"周玉梅也有点激动地说。

"梅姐，咱们拉钩。我会抓紧学习，三年后一定考上大学，并在你的校园见你！"钟南十分自信地说，并伸出拉钩的手。

"没问题，你好好复习，我要是看到什么好的复习资料都会给你寄来。"周玉梅边说边也伸出手，俩人紧紧拉钩："一言为定，等着我！"

车站就要到了，钟南从书包里掏出了一个十分漂亮的铅笔盒，上面有一个非常可爱的、大大眼睛的娃娃图案，周玉梅看到时惊喜地说："好漂亮呀！"

钟南十分郑重地说："送给你，记着我，记住《致爱丽丝》！三年后在你的大学校园见！"

"好，谢谢你，钟南！"周玉梅说。

"我可以和你握握手吗？"钟南礼貌地、绅士般地说。

"当然可以！"周玉梅爽快地回答并伸出了右手。

钟南紧紧地握住周玉梅的手，紧紧地，两眼看着周玉梅深情地说："三年后，在你大学校园见！"钟南目送缓缓远去的公共汽车，向自己的梅姐挥手告别，心里默默地发誓："三年后，一定在你校园里见，而且正式求婚！"

周玉梅和张小樱分别开始办理交接工作，收拾行李，准备开始崭新的、梦寐以求的大学生生活。

周玉梅正在忙碌地整理着行李。

"砰砰，砰砰"。

"谁呀？请进。"周玉梅头也没顾上抬。

门开了，王飞出现在门口。周玉梅仍在忙碌地捆箱子，满头是汗，也没抬头："我这正忙着，很乱，要不，过来帮我一下。"王飞悄悄地走上前，帮助捆箱子。周玉梅看见一双有力的手，抬头一看，惊讶地说："是你？怎么是你？不好意思，不好意思。"王飞笑着说："客气什么，我来吧。"王飞完全接过周玉梅手中的纸箱，结结实实捆好，然后又帮助将另一个书箱捆好。

周玉梅赶紧倒了一杯热水，专门放了两勺"麦乳精"，然后不好意思地说："真不好意思，抓你公差了。喝点水，歇会儿，这还有热水，洗洗脸吧，不好意思，没有新毛巾，用我的毛巾，可以吗？"王飞麻利地收拾好，笑着看着周玉梅，愉快地拿起周玉梅的毛巾，笑着说："没问题，你自己收拾，真够辛苦了！看来我来得正是时候啊。"

周玉梅好像突然想起了什么，问道："对了，忘问你了，什么时候到的，你们单位又有同志住院了，哪个科？"

王飞有点调皮地说："我来这就只能是看病号啊，这个印象可不好。"

"那是出差？对了，上次你说报考的事包在你身上后，没过多久，嘿，我们院就真来了一个报考地方大学的指标，真神了！谢谢你！"周玉梅说道。王飞没有说话，只是笑了。

"你出差几天？我们还欠你一顿饭，怎么样，什么时候请你？季冰知道你来了吗？"周玉梅又问道。

"为什么我来这儿，不是看病号就是出差，为什么我来一定要季冰知道，就不能是……"王飞突然停住了，深情地看着周玉梅。周玉梅也有点不好意思说："抱歉！"

王飞看着周玉梅，鼓起勇气说："我这次是，就是专门来看你的。

我通过我的情报渠道，知道后天你就要去大学报到了，所以，我专门请假来送你。祝贺你考上了大学。"周玉梅抬头看着王飞，挺感动地说："谢谢你！"

"不客气！真为你高兴！你知道吗，今年全军区就两人考上地方大学，其中一个就是你！而且是外语系，真牛！这事整个军区都传开了。"王飞表露出了喜悦和自豪感。

"真的吗？你怎么知道的？"周玉梅听到这里，吃惊地问道。王飞笑了，没有回答。就在这时，张小樱进来了："哎哟，是你？什么时候来的？玉梅怎么也不告诉我们一声，这么做是不对的。"

王飞立刻站起身来说："刚到，刚到。"

周玉梅看着张小樱说："我正说我们一起请他吃饭呢，你还记得吧，我们欠他一顿。"张小樱听到这里，赶紧说："就是，就是，上次我们说好了，你帮了玉梅，我们请你，隆重请。正好，就今晚，怎么样？季冰知道吗？"

周玉梅好像突然想起了什么，对王飞说："对了，你知道吗，小樱考上了军队工程学院计算机系。"王飞听到后，高兴地说："是吗？这么牛啊，祝贺！什么时候走？"张小樱笑着说："一周后，比玉梅晚三天！"

王飞十分高兴地说："这么说，你们院一下子有两人考上了大学了，真不简单，真是创造奇迹，山沟里一下子飞出了两只金凤凰啊！"

张小樱得意地说："是啊，我们院长是又高兴，又不想放人，因为突然觉得我们俩是人才了。"周玉梅在一旁说："你又说错了，院长一直都挺支持我们的，要不我们哪能在最后一周，还批准我们投入全部时间复习备考呢。"张小樱突然觉得自己话说得不太好，赶紧弥补说："对，对，院长特别支持我们学习上进。"王飞感慨地说："真不容易！值得好好庆贺一下！"

周玉梅对张小樱说："你赶紧告诉季冰去，她一定会特别高兴的。"王飞说："嘿，嘿，别乱，我是来送你们的，送大学生的。"周玉梅看了一下王飞，依旧对张小樱说："快去。"

"好嘞，我这就去给她打电话。"张小樱边说边走出门去。

麻醉科，季冰正在分类整理各种刚刚消毒完的手术器具。

电话铃响了。杨凌接电话："你好，手术室。请问您找谁？"

张小樱有意捏着鼻子说话，还假装一本正经的口吻："请找季冰同志。"

"季冰，找你的。"杨凌向在一旁忙碌的季冰说。

"问问是哪儿？我正忙，要是没急事，我一会儿回。"季冰边忙边说。

杨凌又拿起话筒："请问您是哪儿？"话筒里传出："院办。"杨凌对季冰说："院办。"季冰听说是"院办"，有些不解："院办？找我干吗？你问是什么事。"

杨凌问道："请问什么事？"话筒里传出："请您要她本人接电话，重要通知。"杨凌对季冰说："说是重要通知。"季冰放下手里的工作，从杨凌手里接过电话："我是季冰，请问什么重要通知？"话筒里传出张小樱捏着鼻子装出来的声音："重要通知，今晚五点半，请按时到招待所，重要领导接见。"季冰一下子就听出是张小樱，笑着说："讨厌，我正忙呢，别开玩笑，挂了。"话筒里传出张小樱正常的声音："别，别，别，真是重要通知，王飞同志来了。"张小樱说到王飞的名字时，十分神秘，还特别加了"同志"二字，以表示正式。

原本要挂电话的季冰一听说王飞来了，立刻改变了口气："喂，喂，喂，你说王飞来了？什么时候到的？怎么没告诉我？"话筒里传出张小樱的声音："我这不是在通知你吗？刚到一会儿，现在正在周玉梅同志宿舍，帮助周玉梅同志收拾捆绑行李。通知完毕。"

季冰不由得自言自语说："在玉梅那儿？帮助收拾行李？"话筒里传出张小樱的声音："是的，在帮周玉梅同志收拾行装。"季冰似乎有点莫名其妙的醋意："哦，什么安排？"话筒里传出张小樱的声音："晚上招待所一起晚餐。"季冰赶紧说："好，我忙完就过去。"话筒里传出张小樱的声音："好的，重要通知完毕。"

季冰放了电话后，人突然显得有些毛躁，急急忙忙收拾整理器

121

具。在一旁的杨凌看出了"情况"，便不紧不慢地说："有事呀，你去吧，我帮你好了。"

季冰一听杨凌要帮忙，立刻说："好，好，太好了！下次你有事时，我帮你。就差这边这些需要整理了，拜托了。"边说边脱下白大褂，急急忙忙跑出科室。

傍晚，周玉梅、季冰和张小樱一起来到了招待所，与招待所陈所长热情打招呼。为祝贺周玉梅和张小樱考上大学，陈所长特意安排了一个圆桌，花生米、腌蒜、拍黄瓜和小葱拌豆腐四个小凉菜已经摆在了桌子上。

王飞拿着一瓶"桂花酒"走了进来："你们好啊，都来了。"

"你好，出差还是看病号？你自己身体恢复得怎么样？"季冰第一个走上前去，关心地问道。

"嗨，有点意思，好像我来这儿，必须是公干才行呀，就不能是专程来为大学生送行吗。"王飞说着，眼睛落在了周玉梅身上。季冰突然有点失落，小声地说："这么说，你是专程来送大学生的，那我是不是有点多余……"

"哪里，哪里，是来看你们大家的。"王飞连忙笑着说。张小樱左看看，右看看："好了，我有点饿了，咱们开始吧。"周玉梅拉了一下张小樱。

张小樱看着周玉梅说："嘿，我发现了一个怪现象，周玉梅同志平时是我们当中话最多的，但每次有您，王飞同志在时，就变得十分腼腆，这是为什么呢？是吧，季冰，你发现这个现象了吗？"

周玉梅有点尴尬地说："干吗呀，小樱，话多了，讨厌！"季冰有意不接这个话题："好了，咱们吃饭吧，我也饿了。"张小樱叹了一口气："好吧，吃饭，我快饿死了。"

王飞笑了，像个大哥哥给每个人倒了一点红酒，举起酒杯："好，祝贺周玉梅考上大学！"季冰似乎没等王飞说完，抢了一句说："还有小樱。"

王飞有点无奈地笑着说："当然，你抢我的话了，我是要分开祝贺的。这不，首先祝贺周玉梅在你们这批小兵中，很不容易，赶上改革开放的大好时光，也赶上部队允许报考地方大学的大好机会，成为全军区两个考上地方大学中的一个，确实不容易！值得特别祝贺！而且是外语系，将来前途无量！祝贺！来，大家一起举杯。"王飞提议大家一起首先祝贺周玉梅荣幸考上地方大学，周玉梅连连说："谢谢！谢谢！"

接着，王飞又提议道："当然，也要祝贺张小樱考上我们军队最高技术学府，女孩子攻读计算机这么热门的专业，不简单，祝贺！"大家一起向张小樱祝贺："祝贺！"张小樱突然发话："怎么，怎么女孩读计算机就好像有点特别了？王飞同志，你这个思想不对呀，现在都八十年代了，你怎么好像还生活在旧社会啊，这么男尊女卑的。"王飞一下子哈哈大笑起来："嘿，过去没看出来呀，这位张小樱同志真的不简单啊，有点巾帼不让须眉的味道哦。"

季冰这时似乎非常失落，一言不发。

周玉梅马上拿起酒杯，对王飞说："实际上，最应该祝贺的是季冰，她马上就要穿上四个兜了，必须特别祝贺。"王飞大方地看了一眼季冰，微笑地说："是吗？你们这三个我妹妹的好朋友，个个优秀，祝大家都能够心想事成！"大家都举起酒杯："干杯！"陈所长也赶过来向周玉梅和张小樱敬酒祝贺。

王飞不时看着周玉梅，但周玉梅似乎总在回避。季冰总希望讨王飞的关注，但屡屡失望。一桌四人，三人各怀心思，只有张小樱单纯，一个劲儿吃，无忧无虑。慢慢地，王飞喝得有些多了，话也多起来，但说的有些话，仿佛只有周玉梅明白是什么意思，季冰和张小樱都有点摸不着头脑。

王飞拿起酒杯，摇摇晃晃地走到周玉梅面前说："祝贺你！真的祝贺你！当年你在运动场上的样子，一直让我无法忘记……"

张小樱和季冰互相对视，张小樱吃惊地大叫起来："我的天呀，隐藏太深了，你们早就认识啊，这堪称'世纪之谜'揭晓谜底的时刻。"季冰默默地、莫名其妙地、有点醋意地看着王飞向周玉梅敬酒的样子

123

和眼神。周玉梅一个劲儿说:"你喝多了,别喝了。"

张小樱还是继续好奇地追问:"你们到底是咋回事啊?从小就认识,青梅竹马?什么运动场上?什么情况?周玉梅同志,你不是陕川县的吗?什么时候认识王飞同志了呀,藏得太深了,太传奇了,当年'阿姨'吹牛,说她来破案,看来今天需要我这个'小朋友'上了。"大家都没有在意张小樱发现"世纪之谜"的谜底的激动,周玉梅对季冰说:"他喝多了,季冰,你赶紧让陈所长来送他回房间吧。"

张小樱一个人依旧沉浸在渴望揭晓"谜底"的兴奋中:"这是什么情况啊?太刺激了。"季冰此时也被张小樱说得有些好奇了:"就是啊,玉梅,你家不是农村的吗,怎么会认识王飞?"

周玉梅只是一个劲儿重复一句话:"他喝多了,瞎说的,让陈所长来送他回房间吧。"

季冰问道:"你知道他住几号?"

周玉梅说:"我怎么知道啊。"

"我去找所长。"张小樱说着站起身就去找陈所长了。

陈所长安排好王飞后,告诉周玉梅、季冰和张小樱:"没事,稍微喝多了一点,没事,你们回去吧。大家就是高兴,没事。"

季冰关心地说:"陈所长,那就请您多费心了。"

周玉梅也感激地说:"谢谢,陈所长!"

张小樱跟着说:"陈所长,谢谢您了!"

陈所长看着周玉梅和张小樱说:"再次祝贺你们两个大学生!时代的幸运儿!"

三人告别陈所长,走出了招待所。一路上,张小樱依旧十分好奇地追问道:"王飞怎么了,有点不像他平时呀?有点意思了,玉梅,你就坦白了吧,到底是怎么回事?今天咱们一定'破案'。"

季冰也不解地追问:"就是,玉梅,你们过去认识呀?"周玉梅有些无奈,便说:"没有,就是中学在运动会上见过。"

张小樱大叫起来:"中学?你不是县城的吗?怎么会与王玲哥哥在

中学运动会上认识？是全国中学生运动会吗？县城的竟能参加全国中学生运动会？你可太牛了！他对你怎么了？"周玉梅赶紧打住张小樱说："小樱，你可真讨厌，别乱说。"

季冰再没有追问了，只是默默地走着，突然说："玉梅，你后天晚上的火车？"

"对，晚上七点半的直快。"周玉梅答道。

"我先送玉梅，再送小樱，然后就剩我一个人了……"季冰自言自语说到这里，突然难受起来，周玉梅赶紧拉住季冰的手："我们会多多地给你写信的。"

季冰苦笑道："谁知道等你们大学生学习一忙起来，还会记得我们护校的吗？我们之间会不会有距离了呀？"张小樱看着季冰说："说什么呢，绝对不会，我们可是战友，一日军营缘，终生战友情！"

周玉梅说："对，这是我们当年的'古隆中约定'！"

季冰笑着说："我就是为你们高兴。"

两天后，周玉梅要出发了，要奔向新的更广阔的天地了。

傍晚，天色昏暗，看上去很快就会有一场暴风雨。院领导和同事们都为周玉梅送行，千叮咛，万嘱咐。

"玉梅，好好学习，为军队争光！"

"不要忘记回来看我们！"

"我们为你骄傲，赶上改革开放的大好时光了！"

周玉梅与领导和同事一一道别。

张小樱要坚持值好最后一个夜班，便将雨衣交给要去车站送行的季冰。季冰和许多同事上了院里派的130小卡车，大家高高兴兴地欢送院里第一位大学生。

火车站，季冰一眼就看见了远远在大门处的王飞。季冰看见走过来的王飞，大声问道："你还没回部队啊？我以为你昨天就走了呢。"

"这次请假来就是要送送我们的大学生，怎么能不送就走呢。对了，抱歉前天晚上，有点喝多了，没有失礼吧。"王飞边走边说。

"没事。谢谢你还到车站来送我。"周玉梅感谢道。

"正好帮忙搬行李，好多书。"季冰看了周玉梅的行李，对王飞说。

大家一起忙着帮助将行李搬上火车，周玉梅忙着与大家说话道别，几乎没有与王飞多搭话。

突然刮起了大风，一阵暴雨就要降临。周玉梅与大家一一道别，催促大家赶快回去，大家陆续离开站台。季冰看着王飞没动，问道："你呢？"

"我的司机在外面等我，一会儿我们直接回场站了。你先走吧，我等火车开了就走。"王飞说。

周玉梅走过来说："不用了，你们都走吧，马上要下大雨了。"王飞没有说话，只是一直默默地看着忙碌的周玉梅。

又是一阵电闪雷鸣，司机小罗跑过来催促季冰。季冰对周玉梅说："那我走了，写信！"然后，看着情绪不高的王飞关心地说："路上小心！再见！"

周玉梅送走了大家，上了火车，再次确认自己的行李，突然发现王飞跟在自己身后也上了火车。"要下大雨了，你也赶快走吧。"

王飞说："没事，等火车开了吧。"

突然，一道电闪雷鸣。周玉梅忙着查看书包里的各种证件，并催促王飞赶紧走，马上要下暴雨了。王飞从自己的书包里拿出一本精装笔记本，并专门将自己和周玉梅一起站在领奖台的照片放在笔记本上面，送到周玉梅眼前，似乎期待周玉梅会说点什么。周玉梅在检查入学资料，完全没有顾及到王飞的动作和表情，接过后，看了一眼，笑着说："嘿，还保存着呀，谢谢你。"说完就将照片放进笔记本一起装进了书包，然后继续检查入学资料。王飞突然有一种说不出的感觉，默默地说了句："再见！"周玉梅没抬头回了一句："谢谢你专门来送我！路上一定注意安全。"

王飞走下了火车，呆呆地站在站台上。

火车启动了，徐徐开出了站台。

又是一阵电闪雷鸣，突然倾盆大雨下来了。

火车慢慢地开动了，站台上只有王飞一个人，他多么希望周玉梅会出现在车窗处，向他挥挥手……

火车缓缓开出了站台，王飞通过车窗，看见周玉梅依旧在低头整理随身的行李，他使劲挥手，多么希望车窗内的周玉梅能够看到自己……王飞，一个表面上从来都带有几分"傲慢"的干部子弟，在多少追求者面前都是那么高傲，然而在自己少年起就喜欢的女孩子面前，却是那么屈尊……

她走了，缓缓远去，越来越远……王飞突然有一种奇怪的感觉，他帮助她成就了上大学的梦想，也许这一刻，是他们之间"距离"拉开的开始，周玉梅的"冷漠"与"忙碌"彻底击碎了王飞的心……在瓢泼大雨中，王飞久久地站立着，流下了"高傲"的眼泪……一件雨衣披在了王飞的身上，为王飞遮挡那无情的暴风雨……

周玉梅什么都不想，一门心思就是"珍惜光阴，成就梦想"。火车带走了她，而留在站台的王飞，冒着狂风暴雨，望着远去的列车，撕心裂肺地流下了眼泪……

悄悄留下来在站台一旁一直注视王飞的季冰，默默地走上前来，用手中的军雨衣为王飞遮风挡雨……

很快，季冰提干了，换上了四个兜的军装；再很快，季冰就和王飞走到了一起，用今天的词，就是"裸婚"，没有当时时髦的"三转一响带咔嚓"，更没有风光的旅行，一切都是那么简单；再很快，他们的女儿圆圆就来到了世界，成为季冰的全部。

第六章

"年轻的朋友们,今天来相会……啊,亲爱的朋友,美妙的春光属于谁?属于我,属于你,属于我们八十年代的新一辈!"这首歌曲感召着八十年代的青年,蓬勃向上、只争朝夕!

周玉梅陶醉于大学校园里的一切,在日记中写道:"改革开放,大好光阴;只争朝夕,不负韶华;奋力拼搏,梦想成真!"胸前佩戴着白底红字的校徽,每天都是那么充满活力,为理想事业奋斗!

清晨,她总会早早来到学校的梨园,高声朗读外语;

晚上,她总是最后一个离开图书馆,还经常帮助图书馆老师收整散落在桌子上的报纸杂志;

运动会短跑道上,更有她如飞燕一般的矫健身影……

最激励周玉梅的重要事件是全校停课,师生们都热情地守在黑白电视机和收音机前,收看、收听一场特别的球赛并祝贺中国女排首次荣获世界冠军。整个校园、整个中国都为此沸腾,大家都记住了团结协作、顽强拼搏、无所畏惧、永不言弃的"女排精神":"除了苦练,我们别无他选",这句话也成了周玉梅的座右铭。

紧张的学习期间,周玉梅没有忘记远方备考的钟南,只要在学校书店看到有价值的复习资料,她都会立刻购买邮寄出去。

大学头两年,在刻苦学习的同时,周玉梅也有一些小小的困惑,钟南一封接一封的"表白信",让这个埋头读书的"小土妞"不时烦恼纠结。周玉梅又收到了钟南的来信,是一首长诗……

这是为什么！为什么！为什么！！
你这样深深地浸透我的心。

我疯狂地在荒野上奔跑，
想要忘掉你，
我真想用刀，
去砍掉被你——
占据的心。
懊丧、忿恨、后悔、悲泣
我为什么爱上了你！

在梦中我看见，
你来到隆中，
可是我还没有见到你，
你便冷冷地踏上了
北去的列车。
呵，我的心真碎了，
我崩溃了，
世界爆炸了，
我疯狂地去追逐——
那钢铁的怪兽……

我懊丧！
我后悔！
我忿恨！
我悲泣！
我真想吞没那——
滚滚长江，

化作我永恒的热泪。

你呀！
为什么，为什么，为什么不爱我！
我呀！
为什么，为什么，为什么爱你！

吻你！姐姐！
钟南　5.13

没几天，又收到来信，还是一首长诗……

也曾数窗前的雨滴，
也曾数门前的落叶，
数不得，数不得的是爱的轨迹
聚也依依，散也依依！

也曾凝视光阴的逝去，
也曾慨叹无缘的相遇，
忘不掉，忘不掉的是爱的激励
聚也依依，散也依依！
也曾听海浪的呼吸，
也曾听杜鹃的轻啼，
听不得，听不得的是爱的低语
魂也依依，梦也依依！

也曾盼望春天的气息，
也曾盼望醉人的细语，
盼不到，盼不到的是爱的甜蜜
魂也依依，梦也依依！

也曾问流水的消息,
也曾问白云的去处,
问不得,问不得的是爱的情绪,
见也依依,别也依依!

也曾画下憧憬的欢乐,
也曾画下思念的悲泣,
画不完,画不完的是爱的根基
见也依依,别也依依!

依依又依依!
依依又依依!
往事虽逝,希望可追!
不到最后关头,绝不轻言牺牲!
不到最后关头,绝不放弃希望!
固然你就这样离我远去!
固然你就这样洒下哀哀的离愁!

聚也依依,散也依依!
魂也依依,梦也依依!
见也依依,别也依依!
这就是爱的真谛!
这就是爱的真谛!
这就是爱的真谛!

钟南　于中秋之夜

　　一段时间,周玉梅陷入了一种说不清的感觉中,有时她好期盼收到钟南的来信,每次都会一遍又一遍细细品味,不时还会露出一种特别的微笑。有时也会暗暗问自己:"这是什么?难道是爱情吗?"有时也会严肃地告诫自己："他比你小快四岁了，肯定不可能！"有时，也会有一种莫名其妙的感觉，那就是对这个小自己快四岁的钟南，更多好像是基于对钟工程师的感恩，所以，暗暗地告诫自己："一心读书，努力成就自己内心深处那个遥远的梦想！"因此，每次回信，周玉梅都会有意识地强调使用"弟弟"这样的字眼，也反复重申是姐姐在给弟弟写信，而且只谈学习，对于钟南来信中的任何话题一概不接，好像根本没看见。钟南常常回复："无情，冷血动物！"

时间很快，一晃三年过去了。钟南成功考上了大学，成为汉江理工大学物理系学生。按照三年前的"约定"，在入学路上，钟南取道来看梅姐了。

周玉梅热情接待远道专程看她的"弟弟"，祝贺他金榜题名、梦想成真！但是钟南十分失落："唉，没有考进爸爸的母校，他很失望。唉，不想了，该挨的批已经全单接受了，现在不想了，更何况，汉江理工大学也是顶呱呱的大学。我来是要兑现当年的约定，那就是考上大学，还有我们当年拉钩的承诺。"

周玉梅有些摸不着头脑地问道："承诺？什么承诺？"钟南表现出失望的样子："不会吧，你不会忘记你和我拉钩说的话吧？"周玉梅笑着说："当然不会，你看，我不是一直都在给你寄复习资料吗，你今天也如愿考上了大学，我觉得汉江理工大学挺好，一切事在人为，对吧。所以，我们拉的钩兑现了。哦，对了，还有就是入学时，你来我的校园看我！"

钟南有点生气地说："你呀，你是真不明白还是跟我打哑谜呀？"周玉梅确实有些糊涂了，问道："什么？什么哑谜？"

钟南意识到梅姐可能真的没有理解他当时说话拉钩的意思，心想必须大胆明确说出来才是，便鼓足勇气说："我不要做你的弟弟，我也不认你是姐姐。"周玉梅有些不解地问道："怎么了？我哪儿做得不好吗？"周玉梅以为自己有什么地方没做好，让钟南生气了，连忙道歉。

钟南有气无力地说："没有！不是！"周玉梅又问道："那是什么？怎么了？"钟南鼓起勇气说："我要你做我的女朋友！"

周玉梅听到这句直接的表白，愣住了。虽然周玉梅当年复习请教钟工程师时，每次钟南都积极地送她，而且常常依依不舍，特别是在要离开上大学，最后一次去钟工程师家时，那天全家如同过年一般准备了丰盛的晚餐，钟南特别送给了自己一束鲜花和那个漂亮别致的铅笔盒，上大学后也经常收到钟南充满激情且毫不掩饰吐露心声的来信……但无论如何，当钟南明明白白、一字一句说出"我要你做我的女朋友"时，周玉梅还是非常吃惊，非常意外，脱口而出说："这怎么可能呢？不可能。"

钟南追问道："为什么不可能？"

周玉梅不由自主地说出了理由："你比我小啊！"

钟南一声叹息："唉，你还是八十时代的年轻人吗？怎么这么多封建思想？我们都是大学生，改革开放时代的大学生，好吗？"周玉梅有些无奈，没有回答。钟南狠狠地说了一句："非你莫属！"

大四上学期，"英美文学精读课"，周玉梅早就期待的课程，似乎有一种将在世界名著海洋中遨游的兴奋感！

同学们都早早来到阶梯教室，希望有一个好座位，可以近距离聆听教授的讲课。特别是大家都在传说，讲授"英美文学精读课"的陈教授曾经留学英国，因此，同学们都有一种期待，那就是领略一下喝过洋墨水留学人的风采。

"听说陈教授是留学英国的高才生，很有风度。"

"不过也有人说他回国后到农村去了很多年，人生经历坎坷！"

"他可是全校唯一留过学、喝过洋墨水的教授。"

周玉梅听着这些议论，似乎更多了一些期盼。

上课铃响了。阶梯教室门口，大家期盼已久的陈教授走了进来。

陈教授戴着一副金边眼镜，中等个子，四十多岁，有些消瘦但十分精干，衣着朴素但十分讲究，举止中透着英国绅士的翩翩风度！陈教授走上讲台，用机敏、聪慧的眼神环视了一下整个阶梯教室，然后没有多余的开场白，也没有不必要的客套话，直接进入："同学们好！今天，我要向同学们介绍的是莎士比亚著名作品《罗密欧与朱丽叶》！"

陈教授与其他教授的授课方法完全不一样，他不是站在讲台上，而是穿梭在同学们中间，与同学们零距离对话交流，不时提问，眉飞色舞地讲解诠释名著中不同人物的性格特点。

下课铃声响了，但同学们在座位上都没有动，大家仍然陶醉于这位陈教授的翩翩风度、流畅口才和娓娓道来中。

"太精彩！"

"精神大餐呀，太享受了！"

"不愧是留学的，就是有水平。"

周玉梅更是有一种兴奋感，似乎有一种刚下课，就想再上课的感觉！

第二次课，周玉梅很早就来到了阶梯教室，"占领"了第二排中间的一个座位，心想："今天一定要好好领略一下陈教授的风采。"

上课铃声响了。陈教授走进了教室，抑扬顿挫地开始了授课。他纯正的英音仿佛把整个阶梯教室里的学生都带回到了那个遥远的文艺复兴时代……同学们认真地听讲，做笔记，周玉梅完全陶醉在听讲中……

陈教授叫道："周玉梅同学，请将第三段朗读一下。"教室里没有应答。

陈教授再次叫道："谁是周玉梅同学？周玉梅同学来了吗？"坐在周玉梅旁边的同学推了她一下："周玉梅，老师叫你呢！"周玉梅这时好像才从"梦"中惊醒，慌忙站起身："什么问题？"陈教授没有批评她，只是微笑了一下，风趣地说："周玉梅同学可能是陶醉于角色中了吧！"一句话，全教室的同学们都笑了……

下课后，陈教授和蔼地与同学们道别，走出了教室。周玉梅赶紧追上前去，不好意思地向陈教授道歉："陈教授，对不起！刚才……"

陈教授微笑地说："怎么？上课走神了？"陈教授的目光透过那金边眼镜闪闪发光，和蔼、慈祥、智慧，周玉梅不好意思地低下头，满脸通红通红的……

好长一段时间里，也不知为什么，周玉梅总会想法有意避开陈教授的眼光，也试图回避碰上陈教授，似乎对自己在课堂上的表现总是有些愧疚。

教室里，同学们在谈论陈教授。

"听说陈教授在农村时得了一场大病，一位好心的农家女子冒着各种风言风语帮助陈教授，后来他们组成了家庭。"

"他们那一代人真不容易！"

"陈教授现在每天工作14个小时，因为他给自己确定了一个目标，与时间赛跑，让人敬佩啊！"

周玉梅在座位上默默地听着同学们这些议论和感慨，不知是好奇，还是敬佩，还是……开始对陈教授多了一些关注。

晨读时，经常看到陈教授骑着一辆陈旧的自行车送女儿上幼儿园；

夕阳下，陈教授常常与一位朴实的中年妇女提着菜篮走在校园里回家的路上；

课堂上，陈教授衣着讲究，但永远都是那套浅灰色西装……只是陈教授每一次授课时，都似乎完全沉浸于浩瀚的英美文学画卷中——《罗密欧与朱丽叶》《威尼斯商人》《简·爱》《傲慢与偏见》《苔丝》《老人与海》……他总是绘声绘色讲解、诠释其中一个又一个鲜活生动的人物形象。

一天下午，周玉梅来到图书馆。正巧在图书馆的出口，碰到了提着两大包书的陈教授。周玉梅热情地向陈教授问好，陈教授也微笑地点头示意。就在这时，"哗啦"，陈教授左手中的一个破旧布袋显然是被书给撑破了，一袋子书全部散落一地。周玉梅赶紧跑上前去帮助捡书。陈教授显然有些尴尬，一个劲儿说道："不好意思，不好意思，书太多，布袋太旧，不好意思，谢谢啊！出门时急了点，随手拿了个袋子，也没来得及看一下，这个布袋呀早就该淘汰了，唉！疏忽，疏忽！"

周玉梅只是一个劲儿在忙着捡书，没有顾及陈教授在说什么。当周玉梅正要去捡散落在远处的一本书时，正好碰巧陈教授也去捡这本书，陈教授向周玉梅伸出手，大大方方地说："谢谢！周玉梅同学，谢谢你帮忙！"周玉梅一时不知该说什么，只说了一句"应该的"，继续收捡撒在地上的书，整理好后交给陈教授。

陈教授将捡起来的书再次装进另一个已经基本装满了书的袋子，但最后还是多出了好多本，无奈，只好弄整齐，用右手抱着，不断自言自语道："下次不能再出这样的事故了！Never and forever！"最后一句用英文强调了一下，好像是在缓和此时的尴尬气氛。接着，陈教授致谢周玉梅后，吃力地提着书走了。

看着陈教授艰难抱着书的背影，周玉梅正要转身进图书馆，远处传来"哗啦"一声，回头一看……不远处，陈教授手中的布袋又被撑破了，一袋子书又全部散落在地上。陈教授一脸无奈，转身回头，看见周玉梅也正好在看他，即刻露出了尴尬的表情，无奈地耸了耸肩膀，小声自责道："真糟糕！今天这是怎么了？"

周玉梅急忙跑过去说："陈教授，我来帮您吧！"说完，麻利地将书摞起来，突然想到自己书包里有一个塑料袋，便立刻打开书包，拿出那个塑料袋说："陈教授，我这里正好有一个塑料袋，可以装一些书，您看行吗？"陈教授苦笑着说："谢谢你，谢谢你！真是太谢谢了，不好意思！不好意思啊！"周玉梅将一半书装进了塑料袋，而陈教授手里抱了另外的好些书，看起来可能需要帮助，因此，陈教授有些不好意思地说："可能需要劳驾你帮我送一趟了！今天借的书有些多，袋子又破旧，不好意思啊。"周玉梅热情地回答没问题！陈教授再次抱歉她可能会耽误去图书馆的学习时间。周玉梅笑着说："陈教授，您客气了，没事的。您一下借这么多书啊，我们同学们都说您可勤奋了，是我们学习的榜样啊。"陈教授也笑着说："没有，没有，你们过奖了。你们是赶上了好时代了，真让我羡慕啊！我们现在再不抓紧，就会被时代淘汰的，所以呀，我们必须加倍努力。你看了中国女排了吧，我们都需要发扬女排精神，只争朝夕。"

周玉梅边走边听着，颇有感慨地说："陈教授，您特别让我们感动。您知道吗，您的课是我们每一位同学最喜欢的，每次大家都会提前很久到阶梯教室占座位，因为您讲课太生动了，完全把我们都带进世界名著中去了。"陈教授停下脚步，看着周玉梅问道："是吗？你们大家都有收获？这就好，这就好！"周玉梅忙答道："当然有收获，特别大的收获，大家常常是盼着您的课呢。"陈教授看着周玉梅，自言自语说："同学们喜欢就好，这对一个老师很重要。"周玉梅说："同学们都特别喜欢您的课，特别期盼，常常觉得一周时间太长了。"说到这，周玉梅突然发现陈教授一直在看着她，目光炯炯有神，有些不好意思……陈教授深情地说："谢谢！谢谢！"

俩人边走边聊天，经过一条林荫大道，拐过一个小花园，陈教授和周玉梅来到了教师宿舍区。这是周玉梅第一次到教师宿舍住宅区，跟着陈教授走到了第三排楼的一单元，上到三层，陈教授掏出钥匙打开了左手边的单元房门。

一套两室一厅的房子，陈教授径直走到了一间较小的房间。房间内，一张堆满书的书桌，还有几本显然是正在阅读中的书籍。一张单人床，一个放满各类英文原文书籍、各类字典和中国文学、中国历史、世界历史书籍的书架，最上一层摆放着一张发黄了的照片，伦敦塔桥，一位风华正茂、英俊潇洒的中国青年，穿着背带西装，风度翩翩。

"不好意思，不好意思，太乱了！"陈教授边说边试图去整理一下凌乱的房间，但又真的不知从何做起。

"好多书啊！"周玉梅情不自禁地说，似乎完全没有听见陈教授在抱歉的话，一边感叹，一边打量着这间小屋里的一切。

"你把手上的书就放在桌子上吧，回头我自己再来整理。"陈教授边说边准备去倒一杯热水，突然想到点什么，问道："你喝咖啡吗？我这里正好有一位外国朋友送的咖啡，怎么样？"

"咖啡？我从来没喝过，不用麻烦了。"周玉梅诚实地说。

"不麻烦！"陈教授一边说，一边开始准备咖啡，娴熟地将还未开封的咖啡包剪开，一股浓浓的咖啡香味扑鼻而来。"嗯，纯正的咖啡，好咖啡呀！"将咖啡倒入热水中，用一个小勺子搅了搅，然后递给了周玉梅,"坐,坐,休息一会儿,书是很重的。"

"没有,没有!"周玉梅边回答,边接过冒着热气和咖啡香味的杯子,情不自禁地放到鼻子处闻了闻:"真好闻!我从来没喝过咖啡!"第一次见到闻到咖啡,周玉梅有些兴奋,眼睛不由自主地落到了那张照片上。陈教授看见了,淡淡一笑:"那是二十多年前,在英国留学时照的,那时年轻啊!"停顿了片刻后,十分感慨,"不行了,现在老了!"

"您不老!"周玉梅安慰陈教授,并马上转换话题问道:"留学?您一定是最优秀的学生吧。"陈教授听到这里,好似立刻回到了从前,无比自豪地说:"是啊,当年我们算是很早的一批留学生,我读的是文学,那真是一段难忘的岁月,我们天天在世界名著的海洋中遨游,太难忘了!"陈教授仿佛完全沉浸到了美好的回忆中,可以看得出,陈教授非常留恋那一切!

"后来回国,一腔热血,满腔热情,但……"陈教授有些控制不住自己的情绪,百感交集……停顿了一会儿,陈教授接着说,"还好,我比较早就回到了讲台。所以,我要把失去的时间追回来。你看,我现在天天在与时间赛跑呢!"说话间,指着满屋到处都是的书。

周玉梅一直在静静地听,看着陈教授眼中放射出的那种光亮,感觉着陈教授的满腔激情。周玉梅第一次在内心深处产生了一种无法形容的情感,她对眼前的这位一直在心目中是衣着考究、风度翩翩、帅气有才的陈教授即刻有了一个更全面、更鲜活的认识……

告别了陈教授,周玉梅好像没有心思再去图书馆了。一个人在寒风中,慢慢地走到学校的大操场,似乎只有在这里,宽阔广远,才足以让周玉梅原本单纯的心平复下来。在脑海中,不断出现陈教授递过来的一杯也是生平第一次见到闻到的咖啡:"我现在天天在和时间赛跑,必须把浪费的时间全部追回来!"

好不容易又等到一周一次的"英美文学精读课",周玉梅如同以往,早早来到阶梯教室,选择了第三排中间的座位。上课铃响了,走进教室的不是陈教授,而是朱教授,她告诉同学们陈教授不慎脚骨折，病休了，因此接下来由她代陈教授的"英美文学精读课"。

整个一堂课，周玉梅满脑子在想："骨折了？严重吗？真遗憾，不知还有没有机会补课？"下课铃声总算响了，周玉梅第一个走出教室，径直朝教师住宅区方向快步走去。突然，停下了脚步，远远地望着那第三排楼，似乎希望看到陈教授健康的身影……

两周过去了，一个月过去了，两个月过去了……一天下午，下课后，周玉梅不知不觉又来到了教师住宅区，心里暗暗想："这么长时间了，要不要上去看望一下陈教授？看看有没有什么可以帮助的事？"

大风呼呼地吹，周玉梅感觉冷极了，不时哈气去温暖双手。就在这时，第三排楼三层的一个窗户旁，陈教授的身影出现了。他看见自己的学生，便在有雾气的玻璃上，写了一个英语单词"come"，然后向周玉梅频频招手……周玉梅看见了，兴奋地跳了起来使劲向那个写着"come"的窗户挥手。陈教授笑了，用手指着玻璃上的"come"，示意"上楼来"。周玉梅忘记了一切，指指自己，意思是"是让我上去吗"？陈教授再次微笑地点点头。周玉梅早已冻得有些僵硬的手脚似乎不听使唤，想快跑上楼，却怎么也跑不快，总算咬牙来到了三层。刚要敲门，陈教授已经撑着双拐，打开房门，站在门口。周玉梅情不自禁地问道："陈老师，您好点了吗？"陈教授微微笑着点了点头说："天真冷，赶紧进屋暖和一下。"陈教授手持拐棍，一边让周玉梅进屋，一边说："很冷吧！"周玉梅答道："还好！陈老师，您好点了吗？同学们都好想您！"陈教授笑着说："好多了，只是这学期可能就不会去上课了，很抱歉啊，我也想同学们啊。"周玉梅看着陈教授行动不便的情况说："陈教授，您如果有什么需要做的事，比如需要借书，您就告诉我，我和同学们都可以办，我们都希望您快点好，这样我们就可以听您讲课了。"陈教授笑着说："谢谢你，谢谢同学们。"

交流了一会儿后，周玉梅看时间不早了，便对陈教授说："陈教授，祝您早日康复！"陈教授笑着点了点头："谢谢你，代我向同学们问好，也向同学们致歉。"周玉梅看着陈教授说："我们都很遗憾，但您先休养，祝您早日康复。"说完，周玉梅向陈教授道别，离开了陈教授家。

下楼后，周玉梅情不自禁回头向楼上看，陈教授依旧站在窗户处，凝视、微笑、挥手……

回到阶梯教室，周玉梅抓紧准备期末考试。一位同学从背后走过来："周玉梅，有你的信，我顺便帮你带来了，给！""哦，谢谢了！"周玉梅客气地回答道。周玉梅看到是钟南的来信，匆匆扯开信封……

亲爱的梅姐：

你好！现在已经十二月了，离考试只有不到两个月的时间了，想必现在一定很紧张，望多多保重！

梅姐，真不该在这时打扰你，但是我自己实在不愿意再这样折磨自己了。正像你明白的那样，我很爱你。

三年多前，我第一次见到你，那时，我还是一个不懂事的孩子，但是每逢星期天，我总是暗暗地等着你的到来，如果听说你不来了，我就会像失去了什么一样，六神无主。记得你考上大学要走时，因为我爸不在家，你不打算来我们家了，那天，我从电话里听到这个消息，想到再也见不到你了，顿时心里是那么难过，现在想起来都觉得挺奇怪。

你现在怎么样了？身体好吗？还在烛光下苦读吗？我真想求求你，请不要再"难为"自己，上帝给人的生命就那么短暂，该歇歇了，该去享受一下生命的安静与悠然！

不怕你笑话，你的信上有一种香味，还跟三年前我所熟悉的一样。说实话，我以前就是闭着眼睛去享受这香味的，它让我忘掉一切，只去想你。真的，我写这些是不是很可笑呢？怎么办呢？我就是这样想念你的呀，要是冒犯你的话，你就遥远地骂骂我吧。

我不知道应该怎么表白我的心情，我实在受不了。记得有一首歌这样唱道，"趁你还不知道怎么装模作样来证明你自己，你想什么，什么就是你自己"。我恳求你给我一个明确的回答，难道我们没有相爱的基础吗？！！

该说什么呢？只能说，我真诚地爱你！！！

匆匆写这些，你一定要给我写信！

真想永远闻着这香味，永远，永远，我真爱你！

吻你！
钟南　12.10

周玉梅读着钟南的来信，陷入了一种说不清楚的感觉中……在周玉梅内心深处，中规中矩的传统理念是她一贯的行为准则，这也是从小一直接受的"好孩子"的标准要求，怎么可能与比自己小的人谈情说爱呢？这是完全不应该也绝对不可能的事！但是一种说不清道不明的观念似乎又在告诉她："你错了，爱情不会因为年龄的大小来决定，爱情是什么？就是让你怦然心动的那一个奇妙的感觉！"

周玉梅有些茫然了……

王玲"闪婚"后回到医院，整个人完全变了个样，脸上挂着甜蜜的笑容，晚上就往电话班跑，软磨硬缠，软硬兼施，弄得话务员只好偷着给王玲接通与李勇的长途电话。而李勇也是三天两头不是给王玲带东西，就是书信不断，着实让同龄人羡慕不已，让年岁大的不理解，悄悄议论着"但愿这种热乎劲能够长久"。

没多久，王玲又给大家一个"意外"，那就是：向领导正式提出调动工作的请求。也就是说，为了爱情，为了幸福，王玲决定放弃城市工作的良好条件，主动要求调到偏僻的基层部队卫生队工作。

消息传开，医院上上下下，一片哗然。下班路上，大家见到王玲，都围上来好奇地问长问短。"多少人都想调回城市，你可好，主动要求调到偏远的基层，真是一时心血来潮吧，千万别到时候哭鼻子。"王护士说。

田护士开玩笑地说："王玲呀，你不会是吃错药了吧，受不了两地分居呀？"

年岁更大一点的朱护士长叹一口气劝道："我们都是这么过来的，

千万别心血来潮,到时候有你哭鼻子的时候。"

朱护士干脆直接来了一句:"记住,冲动是魔鬼!"

大家的快言快语,确实让王玲不知如何回答,只好微微一笑。说真的,此刻的王玲是什么都不知道,什么也都不想知道,只是觉得有一种特别的渴望、特别的思念、特别的幸福、特别的分不开,一个人有这些不就足够了吗?!

田小溪自从到张医生家做客并经张医生开导后,精神面貌明显有了改变,开始与大家打招呼聊天,只是不像过去那么开朗,而且一改过去追星的兴趣,将更多时间拿来读书,还开始潜心投入到一种用鲜花作画的个人爱好创作中。用她的话说:"鲜花是美丽的,不重任何得失、名利、荣誉,为了装扮春天,无私地奉献着自己。花期虽短,但永远将美丽留给人间。"为此,为了让美丽的鲜花永远将美留住,田小溪开始学习研究用花瓣作画。每逢节假日,她都会独自一人穿越在鲜花丛中,并且翻阅各种资料,研究如何将鲜花长期保留做成标本……

星期天早晨,田小溪早早地起来,收拾行装,准备去采集野花,继续尝试她的保鲜艺术品创作。

张燕还在睡觉,懒懒地问道:"又去采花呀,我真挺佩服你的,执着,你一定能成大器。"田小溪小声说:"睡你的觉吧。"

张燕在半醒半迷糊状态就又开始贫了:"实际上,我挺好奇你的,为什么就那么有兴趣呢?唉,说真的,我觉得你当药剂师屈才了。"田小溪一边收拾着行装,一边自言自语道:"什么屈才不屈才的,走自己的路,做自己喜欢的事就好。"

张燕追问道:"你说什么?我没听见?"田小溪卖着关子说:"好话不说二遍。"说完就出门去了。张燕小声嘟囔了一句:"有点变态。"

田小溪是个理想主义者,完美主义者,有一颗纯真、透明的童心,不幸被残酷无情地伤害,从此封闭了自己,不再碰油画,开始学习创作鲜花画。

田小溪发现不算太远的郊区,有一片空旷的草坪,特别是一到春天，草坪里各种颜色的野花争相怒放，简直就是一个天然花园。一段时间里，田小溪一到周末就独自一人来到这里，四周的绿色草坪和一排排白杨树，以及穿过白杨树照射进来的温暖阳光，常常使她陶醉，更使她忘却一切不愉快，特别是那些在青草中绽放的小花，更是给她带来乐趣愉悦的源泉，田小溪心里想："这里就是我的世外桃源！"田小溪抓紧时间，精心采集各种颜色的小花，并将一朵朵小花小心翼翼地放在早已准备好的本子里，轻轻铺平，哪怕是一枚小小的花瓣，她都会用小镊子小心翼翼展开压平，然后再打开另一页，做着同样的动作……

不远处，一位六十多岁、满头白发的老奶奶带着一个走路歪歪扭扭的男孩在散步。男孩看上去大致只有4岁，歪着脑袋，流着口水，走路也是跌跌撞撞的。老人显然十分费力地扶抓着男孩，也非常用心地和一个毫无表示的男孩说着话。男孩不小心把老人绊倒了，老人越是奋力想站起来，越是和男孩扭抱在一起。

田小溪抬头舒展一下身体，无意间看到了这个情景，放下手中的一切，立刻跑过去帮扶老人。老人一面用力站起来，一面又吃力地去扶那个歪歪扭扭的男孩："谢谢你，谢谢你！"田小溪扶起老人，和蔼地问道："老人家，您客气了，您这是……"老人看着田小溪，慢慢地说："哦，这是我孙子，今年4岁了。唉，生下来就和别的孩子不一样，3岁时还不会说话，全身发软，不会站，到医院一检查，才知道是天生弱智，可怜的孩子呀！我经常带他出来透透新鲜空气，看看花，看看草，希望他一天天好起来。"田小溪关心地问道："哦，那他爸爸妈妈呢？"

"我儿子和媳妇原本好好地在工厂工作，但说什么要'闯一闯'，就都辞职了'下海'了。唉，后来我才知道，'下海'就是做生意，可做生意哪儿那么容易啊。他们没做两年时间生意，又不知怎么想的，决定要出国闯了……这个世界变化太快，我是老了，搞不懂呀！他们是捧着'铁饭碗'不知足，非要羡慕什么'万元户'，这不，孩子就留给了我。我得带好他呀，帮助他慢慢长点本事，慢慢学会自己能够养活自己，谁让他是我的孙子呢。"老人慢慢地说着，虽然对许多变化不理解，但是没有抱怨，没有愤怒，只是在用心倾诉自己的心里话。

"那现在就您自己带这个孩子呀？"田小溪小心翼翼地问道。

"唉，原来我和老伴一起，还有个帮手，这不一年前，老伴突然心脏病，走了！临走时，什么都没说，就是记挂着他这个孙子，反复念叨嘱咐我一定要尽力把这个孩子带好带大。"老人显然因为这段对话勾起了对老伴的思念。

"对不起，老人家，让您难过了。"田小溪小声说道。

"没有，没有，有人说说话好，要不我就只有和这个孩子说话了，那也是我自个说。"老人有些无奈地说。

"他叫什么？"田小溪问道。

"小强，是我老伴起的名字，希望他早点好起来，和其他孩子一样。"老人深情地说。田小溪看到老人在与她说话的时候，男孩一直在歪歪扭扭地看着她们，似乎明白自己奶奶在与一个阿姨对话，那就不应该打扰，要不就没有礼貌了。

田小溪慢慢地蹲下，从绿草中摘了一朵小黄花，然后用小小的花瓣与孩子交流，将花瓣贴在孩子的手上组成一个小小的笑脸，那样细心，那样温馨，满满的爱，当孩子看到用花瓣组成的小笑脸时，笑了！老人看到孙子笑了，激动地说："小强笑了？天哪，这孩子好久好久没有表情，更没笑过，谢谢你，小同志，谢谢你呀！小强笑了，太好了。"边说边掏出手绢给孩子擦口水。

时间不早了，老人带着孩子与田小溪道别，可孩子拉着田小溪的手就是不放。老人惊喜地说："这孩子喜欢你，他好久没笑了，好久没有这么喜欢一个人了，谢谢你呀，小同志。"田小溪与孩子紧紧拉着手，轻轻地对男孩说："我们还会再见的，好好听奶奶的话，快快长大。"然后，田小溪问老人住在哪里，表示如果方便的话，她愿意经常去看望男孩。老人感激不已说："好人，好人，好人呢！"

田小溪深情地目送着老人吃力地推扶着弱智的孩子，歪歪扭扭地

144

走了，老人和孩子不时地扭过头来向田小溪挥手……

王玲的"调令"到了。拿到"调令"的当天，李勇也专程请假来到了医院，帮助王玲搬家，一切都是如此迅速果断。三天后，王玲与大家告别，为了爱，为了幸福，义无反顾地离开城市，奔赴偏远的山区。

一路上，先是火车，后是单位派来的卡车，经过两天一夜的艰苦旅行，王玲再次来到了位于山沟里的部队。

王玲这次来，不再住招待所了，而是有了自己的温馨的小家。新家坐落在部队家属区的一排平房，其中第二间则是他们的新家，一间18平方米的房间。室内正面墙上，是24寸醒目的结婚照，仿佛在等候着新人的到来。单位统一配发的桌椅、床柜使这个18平方米的新家一下子丰富了许多。双人床上，放着一对醒目的红色和绿色绸子被面的被子，依旧如同豆腐块，平整大气。崭新的床单，中间是一朵大大的桃花，四个角上还有四朵小桃花，艳丽喜庆。一对沙发和一个落地灯，这是当年的时尚物件，显然给新家增添了一丝奢侈气氛，而天蓝色窗帘更是让这个在军营里的新家格外温馨，有情调。

王玲站在家门口，环视了一圈，然后扭头看了看身边的李勇，一种甜甜的幸福感油然而生。"怎么样？满意吗？请吧，女主人！"李勇得意地对王玲说。

王玲显然很满意，笑着走进了从此刻开始永远属于自己的家！李勇急切地将王玲迎进新家，轻轻地关上门，然后向王玲伸开双臂，兴奋地将王玲紧紧地抱起来，在房子中间转了好几圈，王玲一个劲儿地大笑喊着："放下我，你疯啦？好晕呀！"突然，李勇将王玲深情地抱到了新床上，温情地说："这是我们的家，我们的小家，我们的！"话音还未落就是一阵无比渴望的、疯狂的亲吻。王玲笑着、享受着完全属于自己的空间。

大学校园里的周玉梅，尽情享受着大学那青春活力四射的快乐生活，但也常常有一种莫名其妙的感觉，有时让她兴奋，有时让她纠结，有时也令她躁动烦恼……

快到期末考试了，大家都在紧张地复习。晚饭后，周玉梅背着书包急匆匆往图书馆走去。由于天气寒冷，图书馆总是座位紧张，所以晚到就没有座位。在大学"抢占"图书馆座位是当时的一景，特别是当图书馆老师到点打开图书馆大门那一刻，涌动的学生人群都会"奋不顾身"往里冲。虽然图书馆多次贴出告示，强调不许占座位，但常常有人在晚饭闭馆时，就会将自己不太重要的东西留放在座位上，表示这个位置有主了。有男朋友的女同学比较潇洒，常常在远处悠闲地等大波人流冲进去后再慢悠悠地、吃着零食走进图书馆，而远处已经抢占到座位的男朋友更会得意地挥手示意，女同学则如同公主般地慢慢"驾到"。

周玉梅每次都很辛苦，自己在拥挤的人群中奋力往里挤，如果挤进去后没有座位了，也就只好去阶梯教室。冬天，特别是晚上，阶梯教室非常冷，这也是大家想方设法要在图书馆抢占到座位的原因。在去图书馆的路上，周玉梅遇见了也是去图书馆的同学李星、王娟。当她们来到图书馆大门前，已经人山人海了。李星失望地说："又来晚了，看来今天又有点悬了，这么多人。"王娟则提议："试试吧，今天太冷了，要是去阶梯教室，人真的会冻僵的。"周玉梅："看来又是一场战斗了。"李星幽默地说："咱们呀，一会儿就别顾及形象面子了，挤吧！要不这样，我把东西给你们，我个子小，行动方便，我先往里挤。咱们没有男朋友，就只好想点子，奋发图强了。"

外语系的学生，与其他系学生最大的不同就是，几乎每人每天手上都会拿着两大本字典，《英汉简明词典》和《汉英词典》，而这两部词典都很厚，一般书包放不进去，所以常常是拿在手上，这也成了大家一眼就能辨认出是不是外语系学生的标志。外语系女生多，其他系的男生常常认为能够认识外语系女生是一种对自己最高的奖赏，也是梦寐以求的事。因此，寻找手里有两本厚厚词典为标记的女生常常成为各系男生的目标。

周玉梅接过李星的两部词典，加上自己的两本，双手抱着厚厚的四本词典；而王娟刚接过李星的书包，马上又将书包还给李星，而且还将自己的书包和词典也递给李星，笑着说："你拿着，我来挤，我个头高，受力面积大，容易挤进去。"

三个外语系的女生，都没有男朋友，只好靠自己了。

"丁零，丁零！"图书馆的铃声响了，大门打开了，王娟向李星和周玉梅示意了一下，就奋力地往里挤了。

图书馆门口一阵呼呼啦啦的拥挤人群，"同志们不要挤，让列宁同志先走！"

"乌拉！乌拉！占领东宫！"人群中有人调皮地学着当年苏联电影《列宁在十月》，模仿着电影中的台词喊叫着，"不要拥挤，让列宁同志先走！"

王娟挤进了图书馆，周玉梅和李星抱着书艰难地往里挤。王娟兴奋地朝着人流中的李星和周玉梅招手："这里，这里，快！"同时，不断向走过来的人说："这里有人了，这三个座位有人了。"周玉梅和李星跑了过来，将手里的词典放到桌上。三人分别坐下，休息片刻后，各自开始了紧张的复习。

整个图书馆很快安静了下来，没有找到座位的同学也只好赶紧回到各系的阶梯教室去。大家都在认真地复习。

"嗖！"一个小字条卷成的小纸团飞到了周玉梅面前，周玉梅没有理会。

没过一会儿，"嗖！"又一个小纸团飞了过来，周玉梅四周环视了一下，这时李星和王娟也在环视，问道："谁呀？什么呀？"

"不知道。"周玉梅说着将小纸团拿起打开，上面写着："周玉梅同学，明天晚上6点，图书馆前的花园见！期待！""什么意思？谁呀？"周玉梅边说边扭头四处张望。李星和王娟拿过纸团，看完笑着说："你是揣着明白装糊涂呀，这是有人在向你招手啊，恭喜！这样以后就有人帮助占座位了，哈哈。"俩人逗乐地说着，四处看了一下，试图发现那个偷偷扔来纸团的人。"真讨厌！"周玉梅显然没兴趣，说完后就把纸团拿回来撕了。李星和王娟对视了一下，笑了。

不一会儿，周玉梅去卫生间，刚走出门，一个陌生男生跟在后面，小跑了几步跟上来小声说："周玉梅同学，有人给你东西。"随后将一个折成的小纸条交给周玉梅后就走了。周玉梅一头雾水，感觉自己好像根本不认识这个人，莫名其妙，借着走道的灯，打开纸条："周玉梅同学，你可能看到这个条子，觉得很唐突，甚至荒唐，因为你不认识我。是的，你是不认识我，但我一直在关注你，对你已经非常了解了——美丽、单纯、开朗、爽快，是一个有梦想、有追求、有志向的才女！你知道吗，校园里有许多人称你是一朵美丽芬芳的白玫瑰！我更是这么认为！交个朋友吧！每天在你来到图书馆的时候，我都会在你不远的地方，远远地欣赏你！希望有一天你能注意到我。我期待这一天早日到来！"周玉梅读完后，好奇地想："这是谁呀？"不由自主地环视四周，连刚才送纸条的人也早已消失在了众多读书复习的人群中。

周玉梅回到座位上后，又四处环顾了一下，没有看出来周围有谁不同。

李星好奇地问："怎么了？还在寻找他呀！"

"众里寻他千百度，蓦然回首，那人却在，灯火阑珊处。"土娟颇有诗意地小声吟诵着宋代辛弃疾的名句。

"你俩真讨厌！"周玉梅笑着说。

三人又各自投入到紧张的复习中去了。

王玲为了幸福，不顾很多人的劝阻，毅然来到了场站卫生队工作。原以为同在一个场站就可以朝夕相处，形影不离，然而一切美好的想象却都无情地变成了独自一人空守18平方米的房子，没有朋友，没有娱乐，单调的日子慢慢开始让她心烦意乱。李勇不忍心看见自己新婚媳妇的唉声叹气，便决定将母亲从老家接来，这样平时与媳妇做个伴，生活上也能给予关照，起码可以让新媳妇下班回到家就能吃上热乎的饭菜。谁知婆媳生活中一些鸡毛蒜皮的小事，很快导致王玲与李勇第一次闹别扭。

李勇出生在南方一个小城镇，工人的儿子，7岁时，父亲工伤去世，从此母亲一人将他拉扯成人。母亲也是工人，但能说会道，儿子的优秀是她一生最大的荣耀。对儿子突然"结婚"很不理解,加上也没有带着儿媳妇回小镇上风光一下,让婆婆心里很不高兴。儿子的突然"召唤",原以为儿媳妇怀孕了,可来后发现什么都没有发生,心里开始有了更多怨气。

一天,王玲下班回到家,感觉很疲惫,进门没说话躺下了。

饭好了,婆婆叫吃饭。一连叫了三次,王玲只是小声地"嗯"了一声,依旧躺在床上。婆婆又大声喊道:"吃饭。"

王玲有些烦躁,小声说:"叫什么呀,不吃!"

婆婆有些不高兴说:"你真把自己当回事了,我这个婆婆当得也太窝囊了,不知道的人还真不晓得你是婆婆还是我是婆婆,这个世界真是搞倒转了,什么传统啊,规矩啊,都没有了,这样的改革怎么会好。"婆婆还在一个人叨叨。过了一会儿,见王玲没接话,更生气了,接着叨叨说,"每天就是到卫生队坐着,有什么累的,比起我们当年在厂子里,那可是差远了!娇气!要不是看在我儿子的面子上,我这个老工人是不会来伺候人的。干部的女儿有什么了不起的,毛主席说,工人阶级领导一切。"说完就将手里的筷子往桌子上一摔,打开电视机,声音调得很大,王玲被吵得一屁股坐起来,刚想发火,又强忍住说:"请您把电视机声音放小一点,我今天头疼。"说完又躺下了。

"头疼?头疼也得尊重长辈,改革了,开放了,不是要否定过去的好规矩,尊老是我们国家的传统。"婆婆似乎越说越来劲了。

王玲头痛,加上烦躁,一下坐起来大声说道:"什么呀?我头痛,您这是哪儿跟哪儿呀,和改革开放有什么关系呀,无知!"

"什么?你敢骂我?"婆婆也大声叫起来。

"我骂你什么了?"王玲也不示弱。

"你刚才就是骂我了。"婆婆大声吵。

"无聊!嫌这儿不清净,你走,没人求你来。"王玲生气地说。

这一句话一下子击中了婆婆的心头委屈。婆婆最怕媳妇赶她走,立刻一把鼻涕一把泪地开始了哭诉:"好啊,你欺负我,这才进我们王家几天呀,竟然想赶我?我一来就看出来你看我不顺眼,你以为自己了不起呀？这是我儿子的家，我走？我看是你走。"

王玲也已经火冒三丈了，大声说："这是我的家，要走的是你，不是我！"

隔壁左右的邻居们都过来，也不知发生了什么，一边安慰婆婆，一边劝王玲。婆婆见有邻居来了，就更来劲了，嗓门更大了。一个好心邻居赶紧去打电话叫李勇回来。不一会儿，李勇跑回来了，老远就听到了俩人的争吵声，门外还有一些看热闹的和劝架的人。

这种局面对李勇来说也是第一次。"唉，这是怎么了？好了，好了，散了吧，散了吧。"边说边进家门，并顺手把门关上。

母亲一见儿子回来了，一肚子委屈，一下子大哭起来："我的命好苦呀，好不容易一个人把你拉扯大，原以为我可以享清福了，这可好，娶回来个姑奶奶，我的天呀，还要赶我走，这是什么世道呀……"

"怎么回事吗？不是好好的吗，怎么成这个样子？"李勇一会儿看看自己的妈妈，一会儿看看自己的媳妇，不知到底发生了什么事，但还是走到了自己妈妈跟前，刚想安慰几句时，王玲看见李勇的举动，说不清楚为什么，委屈、冤枉、无奈，泪水夺眶而出。李勇又赶紧跑过来安慰王玲："好了，好了，发生什么事了，有什么大不了的事让你们俩这么大动肝火的。"

"你没出息！我还是不是你妈了？你这个没良心的。"婆婆看见儿子去哄媳妇了，老大不高兴，火也更大了。

李勇见此状，又过来安慰妈妈："你说什么呢？好了，好了，现在咱们什么都不说，好不好，都冷静，不要吵了行不行，我求你们了！"

王玲看到这里，第一次感到心里有说不出的委屈，她站起来就要往外走，李勇赶紧跑过来阻拦："这么晚，你要去哪儿？好了，别闹了。"

"什么？我闹？我闹什么了？你问问她？是谁无事生非的？"王玲非常无奈地说。

"好了，好了，咱们都不闹了，都冷静下来好不好，有什么事值得你们俩这么大吵大闹的？这才相处几天呀就吵，那以后的日子还怎么过呀。"李勇说。

"像这样没法过。"王玲低声说了一句气话。

"你说什么呀？不要任性了，她是我妈呀！"李勇有点生气地对王玲说。

"什么任性？就是她无事生非！"王玲寸步不让。

"看看，这才几天，就开始耍大小姐的脾气了，这以后怎么过呀。"婆婆也不服气地说。

"什么大小姐脾气？无聊！"王玲真的觉得很没有意思。

"你就少说一句吧，尊重一下我妈，好不好？"李勇恳求道。

"什么？你知道是怎么回事吗，你就说我，好像是我错了，你可真有意思！"王玲说到这，停顿了一下，从嘴里冒出了一句，"我真傻！"说完就要往外走。

李勇赶紧上前去阻拦，母亲在一旁冷言冷语地说："有什么了不起的，要走就走，谁怕谁。"李勇听到这，似乎又要维护母亲的面子，假装没有太阻拦了，但仍暗中使劲拦着要往外走的王玲。母亲生气地骂了儿子一句"没出息！"李勇停顿了一下，王玲忍无可忍地大喊一声："让开！"说完，走了出去。李勇刚想追，母亲在身后又骂了一句："没出息！你还是我的儿子吗？你给我回来！刚结婚不久就开始耍威风，这么下去以后还得了呀。"李勇停住了脚步："唉，这到底是怎么回事吗？"

王玲走出家门后，望着黑黑的夜空，不知往哪里走，突然有一种特别的委屈、冤枉、失落感油然而生，泪水夺眶而出……在寒风中，她慢慢地走着，无目标地走着，她突然想起妈妈和许多朋友对她"闪婚"的质疑，对她即刻决定离开城市时的劝说。"难道我真的太幼稚了吗？难道……"王玲突然发现自己有些不敢再往下想了。在寒风中，她漫无目的地走着，泪水不停地往下流着……

这次矛盾后，王玲变得沉默了许多。虽然李勇多次道歉，但王玲开始怀疑什么了，只是默默地，更少与婆婆说话了。

春节临近，王玲决定回自己妈妈家过年。李勇挽留了许久，王玲铁了心，只是冷冷地并加上了一句讽刺说："你陪你妈妈吧，别忘了本，工人阶级领导一切！你是工人阶级的儿子！陪工人阶级吧。"李勇无奈之下，只好解释再三，最后不得不将王玲送上了回娘家的火车。他失落、无助地站在火车站站台，向远去的列车无意识地挥着手……

第七章

时间飞逝，一转眼，当年单纯、阳光、淘气、快乐的"五朵军花"都有了很大的变化。周玉梅很快就要大学毕业了；季冰"裸婚"后不久就当了妈妈；王玲"一见钟情"迅速"闪婚"，放弃城市，主动要求调到基层卫生队；田小溪则最不幸被"疯狗"伤害；只有"小朋友"，离开"阿姨"后，大学期间一切顺利。大家都盼望着第一次的"古隆中相聚"。

冬季的"古隆中"，银装素裹。一层薄薄的冰雪挂在松柏树枝上，在雪后阳光的照耀下闪烁着银光，形成了一幅美丽、动感的画卷。

"古隆中"，三国时期杰出政治家、军事家和思想家诸葛亮青年时代，抱膝高吟、躬耕陇亩长达十年之久的隐居地；今天成为"五朵军花"，离开各自小家，走进军队大家，相识相聚相知之地，也是她们"一日军营缘，终生战友情"的约定之地。

周玉梅早早来到"古隆中"一家简朴、雅致的餐厅，忙着点餐。不一会儿，季冰和王玲一起来了，王玲好像情绪不太好，季冰挽着她的手，劝导着什么。

"你们好啊！好久不见了，这个世界真奇妙，你们俩竟然走到了一起，现在怎么相称啊？季冰，你怕不怕这个小姑子呀？"周玉梅一见季冰和王玲，就开起了玩笑。

"你呀，怎么大学都没改变你呀，是不是应该讲话斯文些呀？"季冰笑着对周玉梅说。

"王玲，你好！怎么没把你那一半带来？"周玉梅调皮地问王玲。

王玲刚想回答，田小溪进来了，大家马上表现出特别的关爱，季冰首先迎上前去，拉起田小溪的手，热情地问候道："小溪，你好啊！好久不见了！"

"你们好！"田小溪微笑地对大家说。

"小溪，你好！"周玉梅和王玲几乎同时热情地问候。

"你们好！你们好！"田小溪又微笑地问候道。

突然，田小溪发现"小朋友"没到，问道："'小朋友'都快军校毕业了，怎么还没长进，还改不了迟到的毛病？"

"报告！张小樱前来报到，距离要求时间还差38秒！"就在田小溪开玩笑时，张小樱突然出现了。

"可以呀，有点军校生的样子，知道进来时喊'报告'了。"周玉梅看着进来又"报告"又"敬礼"的张小樱，淘气地说道。

"'小朋友'真还是有进步，不错！"季冰也附和笑着说。

"那是，你们是不是发现地方生与军校生有很大的差距了？地方生进来时没喊'报告'，没'敬礼'吧。"说到这时，张小樱朝周玉梅做了个怪脸。

"可以呀，军校生比地方生强太多了，地方生不仅没'报告'，关键是还在'首长'们之前就到了，不知向谁报告？"周玉梅开玩笑地说。

大家全笑了。周玉梅一转话题，看着王玲说："怎么样啊？你坠入爱河也太神速了，而且听说不能自拔，直接不顾一切追到山里去了，这也太太太让人吃惊加感动了。"张小樱也附和着说："就是，就是，什么力量让你这么奋不顾身呀？"

周玉梅突然压低声音说："怎么连我们几个的意见都不征求一下就这么嫁出去了呢？"

王玲有点不好意思地说："谁说的，我还特别慎重地带到了季冰家，请她妈妈审查呢，对不对，季冰？"

"是的，不过我妈妈的意见，你好像根本就没听进去呀。"季冰开玩笑地说，还不断向大家眨着眼睛。

"什么意见？什么意见？"张小樱大喊着。

王玲沉默不语。

"什么意见？说出来，也好让我们未来借鉴一下嘛。"周玉梅也打趣地问道。

王玲还是沉默不语。

"这样是不对的，王玲同志，什么是战友？战友就是有乐同享，有苦同担，你怎么忘了？"张小樱急切想知道。

"我来说吧，我妈妈看后，总体满意，但说了一句'太瘦了点'。"季冰抢着说道。

大家都笑了。

"我妈妈就喜欢人人都胖胖的，圆圆的，要不怎么连我女儿的名字都叫圆圆呢，在她老人家那儿，胖就是身体好，就是美！老观念，与当今开放新思想相差十万八千里了。"季冰为了调节气氛，开心地说。

大家又是一阵欢笑。

"对了，季冰同志，你也太着急了吧，竟然那么早、那么快就当上了妈妈，看来那次英雄举动对你的影响不小啊，我绝对相信你一定是一个好妈妈。"周玉梅说。

季冰微微一笑说道："你们赶上了大好时光，忙着读书深造，就不能允许我们成家过日子呀，好事不能都让你们占了吧，我们护校生说是不是？"

田小溪在一旁默默地笑着。

"当然，当然，祝福你们！我们羡慕还来不及呢。"周玉梅笑着说。

"就是，就是，祝福你们，太幸福了，既为人之妻，又为人之母，变化太大了，我们都赶上改革开放的好时代了。"张小樱感慨地说。

季冰开玩笑地说："大家发现没有，大学生就是大学生，几年不见，小樱和玉梅说话都是一套一套的，与过去真是很不一样啊。"

"注意，这里需要严正明示一下，有一个很大的区别，军校生，请大家一定要用'军校生',这与'大学生'是有区别的。"张小樱看着周玉梅,假装严肃地说道。

"什么意思?季冰,你这是表扬还是……还有小樱你,军校生与大学生怎么就不一样了?"周玉梅接过话题,一通调侃。

"玉梅,你不要不服气,我们军校生就是牛,起码我们进门会'报告'和'敬礼'。"说到这,将目光投向"阿姨":"'阿姨',你管不管呀,她们欺负'小朋友'了。"张小樱向田小溪求救了。田小溪微微笑着,轻轻拍了一下张小樱。

"小溪,到底怎么回事啊?那个乔干事是什么人啊?"周玉梅关心地问道。

在周玉梅说这话的时候,季冰赶紧在一旁使眼色,示意大过年的,不提这事了。张小樱发现自己又被落下了,赶紧问道:"什么事?我怎么不知道,'阿姨',出什么事了吗?"周玉梅半开玩笑地说:"小樱同志,你能不能快快长大呀,'阿姨'在新兵训练时对你那么爱护,可当她被人欺负时,你在哪儿?不行啊,以后要保护'阿姨'。"

"什么事?我怎么一点不知道,谁欺负'阿姨'了?怎么能这样?有事你们也不告诉我,这样做是不对的。"张小樱着急地说道。季冰笑着说:"这么多年了,小樱还是这么单纯天真,真好。"

大家突然意识到说了半天话,王玲很少发言,周玉梅关心地问道:"怎么了?碰到什么不顺心的事了吗?"王玲想说点什么,但又顾及面子,这是王玲的性格,任何时候遇到任何事首先想的就是面子,父母的面子,自己的面子……但这次她感觉挺委屈的,满肚子苦水……最后还是淡淡地说了一句:"没事,挺好的,他妈来了,所以他陪他妈。"

"季冰,你现在是嫂子了,应该多关心小姑子。"周玉梅对季冰说。

"哦,对了,你们俩现在是一家人了,真想不到呀,这世界变化太快,我有点晕。"张小樱突然醒悟地说道。

季冰看了看王玲,颇有嫂子的样子说:"没事,他们挺好的。"

张小樱跟着说:"那肯定呀,要不王玲怎么可能屈就自己追到山里去呀。"

大家笑了，然后拿起酒杯，庆祝战友新兵训练结束后的首次"古隆中相聚"。

周玉梅提议："咱们先从季冰开始，谈谈这几年各自的情况、变化、感悟，特别是你们二位已经进入了人生另一阶段，需要给我们几个单身传经送宝。季冰，你最积极要求进步，最先当妈妈，那就你先说吧。"张小樱跟着凑热闹说："对，季妈妈先说。"王玲和田小溪在一旁看着，微笑着。

"没什么，一切顺其自然呗，天天上班、下班，只是多了一个关心你和你要关心的人。我可能就是这样一个人，不管世界多精彩，人们多折腾，多希望变化，我呢，就认一个老理，老婆儿子热炕头，这是我妈妈常常挂在嘴上的话，家，过好日子，就是一个人这一辈子最重要的事。"季冰若有所思地说。周玉梅看看季冰，又看看王玲，没有再说什么了。

张小樱天真地问道："家？是不是只有当了妈妈以后才会有家的感觉？季冰，你当年就特有母爱，当年你真风光，大英雄，是不是，玉梅？"周玉梅笑着说："是的，我们当时都被感动了。"季冰看着周玉梅和张小樱，笑着说："你们俩就吹捧我吧，不过啊，有了孩子以后，生活真的就有些不同了，要关心、要惦记的事多了，不像你们现在，一人吃饱，全家幸福哦。我现在是越来越觉得养孩子不容易，但是，但是，虽然累，虽然苦，一看到那张可爱的小脸，咳，什么累呀，苦呀，烦呀，全都立刻烟消云散！所有一切付出都是值得的。"

"那生小孩很痛吧？王飞更喜欢女儿还是你呢？"张小樱总能直截了当地问一些奇葩问题。

"嘿，你的问题还挺多，讨厌劲的。"季冰笑了。

周玉梅真诚地说："真的，季冰，你当年献血救产妇，我们看到你抱着那个小小婴儿时的样子，就知道你一定会是个好妈妈。"张小樱附和着说："对，当时季冰特别深情的样子，满满的母爱，我和玉梅都被惊呆了，你还记得吗，季冰？"

"好了，该换人了，小姑子，王玲同志，该你了。"周玉梅看着王玲说。

"对，王玲，你真是太浪漫了，追到偏僻的山沟里去了，想想就浪漫幸福。"张小樱说。

"咳，实际上去了以后才真的知道，平时就是自己一个人。"王玲真是情不自禁说出了心中的苦恼。

"你不是说他妈妈去了吗？有人给你做饭做伴了。"周玉梅问道。

"别提了，烦死人了，成天叨叨不停，口头语就是'工人阶级领导一切'，唉，还不如我一个人清净的好。"王玲一股脑说出了自己的烦恼，季冰只是悄悄给王玲使了个眼色。张小樱好奇地问："怎么？和婆婆弄不到一块儿？"周玉梅也跟着说："看看，我猜对了吧，李勇没一块儿回来就是问题，哪有新婚后第一个春节不一起的，更何况，怎么可能不参加我们这么隆重的首次战友'古隆中聚会'呢。"周玉梅话音未落，季冰忙解围道："这结婚后的第一个春节，我们小姑子大度，让李勇陪老人，这点你们以后都需要学习哦。"张小樱小声说："那春节也应该一起回娘家。"

季冰为了缓和气氛，忙着为王玲解围说："好了，尊重老规矩是我们中华民族的美德，这点是必需的。李勇对王玲可好了，含在嘴里都怕化了，他们当时的浪漫故事那可是广泛流传的，让好多人羡慕不已。"

"怎么浪漫来着？说说，我都不知道。"张小樱发现自己又被遗忘了，赶紧请求王玲讲浪漫史。

"小樱，谁让你天天只和阿拉伯数字打交道的，故事过去就过去了，不讲了，让张小樱着急，大家说好不好？"周玉梅与张小樱逗乐道。

"玉梅，咱们是一起的，你忘了当年我可没少允许你打长途哦。"张小樱又拿当年允许周玉梅打长途开玩笑。

"就是，小樱当年表现不错，就因为允许偷偷打长途，才及时让你知道了军人可以参加地方高考的消息，在这点上，小樱功劳是大大的。"季冰笑着为张小樱解围道。

"还是做了母亲的人善解人意呀。"张小樱一头靠在季冰肩头。

"太酸了啊,小樱,你怎么上了几年大学,也变得这么酸溜溜的了,都赶上我们西山老陈醋了。"季冰笑着说。

大家全笑了起来。

季冰变得更深沉、更稳重了,感慨地说:"现在该你们这些还活力四射的人们说说了,小樱,你有什么变化?"

"我呀,天天三点一线,宿舍—教室—食堂,就这样,我还觉得时间不够用呢。现在我是越来越觉得数学太有意思了,你们知道吗,这学期,我用了一种数学推算方法,算出了一道我们教授算了六年的难题,这将对我们军队协同作战起到重要作用。教授让我就这个推演过程以及将来的实际运用情况发表一篇论文,这不,我寒假还在忙呢。我想继续读研究生,我真的觉得我们是赶上好时代了,就像歌里唱的,'光荣属于80年代的新一辈'。"张小樱一口气说着,看得出来,对自己正在进行的科研十分投入,对未来充满信心。

"来,咱们祝贺小樱早日成为第二个陈景润!"季冰提议举杯祝贺,张小樱流露出了得意的神情。

周玉梅看了看田小溪说:"小樱,这也得感激'阿姨'当年对你的栽培,对吧?"季冰接着说:"就是,'阿姨'当年可没少为你操心。"田小溪在一旁笑着与王玲对视了一下。

"玉梅,你净在热闹别人了,说说你自己吧,怎么着,和那个小弟弟如何?"王玲看着周玉梅说。

"嘿,就是一小男孩,不可能。不过,考上大学了,物理系,刚进大学校门就挺有想法,要立志搞什么低温超导。在去大学报到路上,专门拐道来我们大学,聊了挺多。其他吗,根本不可能。"周玉梅十分坦率地说。

季冰好奇地问道:"那就没有碰到别的什么了?"

"玉梅,要不你就向大家坦白一下内心深处小小的萌动吧。"王玲笑着说。

"怎么？玉梅，你也有情况啊？不会吧……"张小樱非常惊讶地问道。

周玉梅看了看大家，若有所思地说："我也不知道这算怎么回事，反正有一种特别的感觉，但我更相信世界上存在一种纯洁、伟大、仰慕之情。"

"什么乱七八糟的，说明白点，不知道我们是护校生呀。"季冰似乎有点没听明白。

"就是，就是，什么纯洁、伟大、仰慕？谁跟谁？"张小樱也跟着说。

"这就是读文学名著太多了的缘故，大家就理解吧。"王玲见此状，忙为周玉梅解围。周玉梅感激地看着王玲小声说："知我者，非你也。"

话题一转，到了一直在一旁微笑着，听着大家说话的田小溪。"怎么？又要攻击我了？"

"对了，刚才你们说什么来着？'阿姨'，你遇到什么事了？我怎么什么都不知道？"张小樱急切地说，但还没等说完，大家异口同声道："你们这么做是不对的。"

"讨厌！你们真够讨厌的。"张小樱与大家打闹着说道。

"好了，别欺负我们'小朋友'了，'阿姨'能有什么事？就是不小心被一条疯狗咬了一口，不过现在一切都好了，你看'阿姨'现在不是挺好的吗，放心吧，'小朋友'。"田小溪笑着说。

"什么？你被疯狗咬了？怎么这么不小心呀？咬腿上了吧？留下疤痕了没有？当时去打破伤风针了吗？"张小樱听说被疯狗咬了，还真的认为是疯狗咬了，其他几位互相无奈地相互看了看。

"'小朋友'，你呀，真是'小朋友'，什么时候才会长大呀？！不过还真不错，还知道疯狗咬了要及时打破伤风针。小樱，伤疤肯定是留下了，不过呀，小溪，下次咱一定不会再让疯狗碰到了，对吧。"季冰看着田小溪还是有些尴尬的样子，就一边笑，一边一语双关地试图结束这个话题，同时还不停地给周玉梅、王玲使眼色。

周玉梅理解了，也忙着接过话题说："行了，疯狗的事就过去了，大过年的，不提不愉快的事。季冰，你说说你现在的幸福吧。"

季冰笑着说："怎么又回到我了，好吧，我呀，挺幸福的！现在下了班回到家，一看到我的宝贝女儿，嘿，你说怪不怪，什么累呀、科里的烦心事啊，全都到脑后了，剩下的就是快乐、幸福！你们呀，都向我和王玲看齐吧，赶紧寻找幸福吧。"

张小樱问道："女儿叫什么名字？"

季冰说："刚才不是说了吗，我妈妈起的名字，圆圆，就是胖乎乎的意思。"

"真好！当时我们就发现你特别有心追王玲的哥哥，那份上心真让人感动啊，对不对，玉梅？"张小樱真是哪壶不开提哪壶的主。

周玉梅看了一眼有点尴尬的季冰说："小樱你没说对，哪儿是季冰追呀，完全是王玲哥哥上赶追的季冰。"大家相互看了看，会心地笑了。

周玉梅略有感慨地说："这么说，对自己喜欢的，最后拥有了，就是幸福，是吗？"

"那当然！如果没有拥有，那不就是空想吗？！"张小樱抢着答道。

季冰沉默地看了一眼张小樱，没说话，大家都沉默了……

周玉梅打破沉默说："对了，我给大家准备了音乐会票，据说是特别国际范的音乐会，怎么样，明晚一起嗨一把，如何？"

张小樱高兴地说："好啊，太好了，玉梅你真是今非昔比呀，从'小土妞'摇身一变成为'国际范'，厉害呀。'阿姨'，咱们一起嗨一把。"田小溪笑着点了点头。

周玉梅看着季冰和王玲问道："王玲，你没问题吧，反正人家陪工人母亲了，你不就自由了吗？还有季冰，就出来一趟，没问题吧？"

"是啊，真挺羡慕你们，无忧无虑，一人吃饱全家幸福，真好！"季冰说。

"那就给自己放个假，有什么呀，如果有人反对，那是不对的，你说是吧，玉梅？对了，你就说这是玉梅的邀请，他一定没意见。"张小樱笑着说。

"小樱,你真讨厌,季冰,有这么困难吗?不会吧。"周玉梅打量一下张小樱说道。

"我就是感慨一下,当然没问题了,一定和你们一起嗨一把。"季冰说。

"太好了。"张小樱高兴地叫起来。

"那就这么定了,说真的,这个票挺不容易弄的,咱们一定一起,一个不少。"周玉梅开心地说,随后就把手伸出来,张小樱拉着田小溪一起覆合上,季冰拉着王玲的手一起覆合上,"五朵军花"又一次像第一次握手时那样,五只手紧紧握在一起。

这次聚会,大家都有了变化。往大里说,改革开放的大潮,催生各种观念、思想的萌动,相互理解、尊重、羡慕彼此的生活选择,同时也试图思考、探讨改革开放大潮将对个人生活产生怎样的直接影响。

第二天晚上,周玉梅穿着红色羽绒服和牛仔裤,真有那么一点"国际范",王玲则穿着一件灰色呢子大衣,俩人相约一起首先来到了音乐会大门口。不一会儿,张小樱穿着军大衣,季冰也穿着军大衣,前后脚到了。张小樱一看见大家就大声问道:"你们好啊,我没迟到吧。"周玉梅笑着说:"还行吧,没迟到。"季冰情不自禁地说:"玉梅,你真漂亮,穿羽绒服好精神啊。"

就在这时,田小溪穿着一件夹克式的白色羽绒服,蓝色牛仔裤,围着一条浅粉色羊绒围巾,笑眯眯地走了过来:"你们好啊。"张小樱惊讶地叫道:"哇,好酷啊,太时髦啊。"

季冰看看自己,感觉有些不入流,问道:"是呀,我这样是不是不太适合参加这种音乐会啊?"张小樱也看看自己,然后自信地说:"没事,咱们这就是保持本色。"

周玉梅笑着说:"都挺好的,咱们走吧。""五朵军花"手拉手,有说有笑,朝音乐会场走去。

会场内,人山人海,人声鼎沸,各种追光灯四处闪烁。"五朵军花"第一次走进这沸腾的场面,刚开始都还有些不习惯,说话时必须扯着嗓子喊。

很快，音乐会开始了。

各种流行音乐，一曲接一曲，整个音乐会的形式完全颠覆了"五朵军花"的认知，慢慢地，她们被一首又一首歌曲吸引、打动、感动；慢慢地，她们与全场气氛和情绪一起舞动起来……

"《我是一只小小鸟》。"

"《驿动的心》。"

"《人在旅途》。"

"《再回首》。"

"《我想有个家》。"

她们完全与这些倾诉心路历程的流行歌曲融为一体，兴奋、激动……

大年三十晚上，王玲无精打采地和家人一起包着饺子，似乎总在期盼点什么。季冰忙里忙外，表现出大嫂的样子，也处处照顾王玲。王玲的爸爸妈妈看出了女儿的心思，俩人对视了一下。

妈妈开导说："小玲呀，人家妈妈那么多年没能和儿子一起过年了，别多想，孝敬老人是应该的。再怎么改革，老规矩不应该改。你呀，就不应该自己回来，应该和他们一起过年。"

"我才不呢，我要和你们一起过年。"王玲有些撒娇地说，加上她也没有和家人说是因为与婆婆有不愉快的事，所以家人只是认为李勇要和母亲一起过年。

"你看看你这个人，丫头回来过年有什么不好的，我们不也需要孝敬嘛。"爸爸笑着说道。

"我当然是高兴的。说真的，这婚呢，结得是有点太快了，别说，我还真有点不习惯。好了，什么都不说了，咱们好好过年。"妈妈说。

"妈，他们没事，我猜呀，没准人已经在路上往这儿赶了呢。"季冰非常善解人意地笑着说。

"就是来了也不理。"王玲赌气地说。

季冰朝老人使了个眼色，大家笑着开始包饺子，王玲擀皮，俩老人包饺子,季冰忙前忙后,欢欢喜喜。

王飞带着两岁多的女儿圆圆在门外贴对联,随后将准备好的鞭炮和礼花一一排列好,准备零点钟声时燃放。

突然下起了小雪花。"下雪了!下雪了!"圆圆从门外跑进来大声喊着。王玲跑出来看雪,王飞看见妹妹,便小声问道:"听说你们聚会了,怎么样,都好吧。"王玲自己心情不太好,因此明知故问道:"你问谁啊?"王飞看了一下妹妹,想说点什么又停住了。王玲十分理解哥哥:"她挺好的。"王飞想再问点什么,又止住了。

包完饺子,一家人坐在电视机前,吃着各种小吃、糖果、瓜子,看着春晚节目。王玲走进客厅,一直有些心神不定。

"来,丫头,我看你也不看电视,那就陪爸爸下盘跳棋。"爸爸看着女儿心神不定的样子,想着法希望女儿开心,因为凭着父亲对女儿的了解,他断定女儿和女婿之间发生了点什么不愉快。王玲不想下,但又觉得无聊,便说:"好吧。来一盘。"

父女俩拿出棋盘,开始下跳棋了。时间过得很快,转眼还有30分钟就要听到新年钟声了。

"好了,咱们今天是平局,二比二,明年再比了!"爸爸对女儿说完后,大声问儿子:"炮都准备好了吧。"说完,站起身来,走到门外,"下雪了!好兆头!瑞雪兆丰年呀!"

全家都来到院子里,准备放炮,迎接新年!

"丁零!丁零!"电话铃响了,妈妈接电话:"喂,哪里?是的,什么?哪里的?哦,对对对,请进来吧。"妈妈放下电话,快步走到客厅,看着都有些睡意的女儿,笑着说:"好了,该精神了,准备迎接吧。"

季冰笑着说:"我猜对了吧。"

王玲无精打采地问道:"什么猜对了?谁呀?"

妈妈笑着说:"好了,快去收拾屋子吧,人马上就到。"

王玲有些惊讶地说:"什么?谁?"

季冰笑着说:"快去收拾房间,一会儿就到。"

妈妈笑着看着女儿，对季冰说："你去帮忙收拾一下。"

"好嘞。"季冰笑着大声答应着，并拉着王玲说，"走吧。"

爸爸在外面早就听到了，心里暗暗高兴，但又表现出不经意的样子，只是嘱咐王飞将院子里所有的灯都打开，小彩灯和各种大灯相映生辉，好一派节日气氛。

季冰拉着王玲来到王玲房间，有说有笑收拾着，拿出了妈妈早就准备好的新床单、新被套和新枕头，很快一张新床整理完毕，然后打趣地说："接下来，就该你收拾自己了，我走了，不打扰了。"说完笑着出了门。

王玲环视着房间，坐在桌前，照着镜子收拾自己，换上了一件红色的毛衣，然后再次环视了一下房间，不由得露出了欣喜的笑容。

刚要走出房间门，就听到院子的门铃响了，然后就是妈妈的叫声："小玲，快点去迎一下，人来了！"王玲兴奋地跑下楼，跑出房门。

李勇出现在院子的大门口。

"你怎么来了？这么晚？"王玲跑到李勇身边，带点撒娇、带点抱怨地说。

"晚吗？我可是又赶公共汽车，又赶火车，就差飞机了，总算在零点钟声前赶到了。"李勇调皮地说。

爸爸在一旁看着高兴起来的女儿和第一次回家过年的女婿，满意地笑了。

李勇立刻走上前去，立正，敬礼："爸爸。"

爸爸笑着摆了摆手说："好了，来了就好，好！"

李勇看见王飞和季冰，有点紧张，但大方地说："哥哥好，嫂子好。"

王玲带着李勇往客厅门口走，喊道："妈妈，李勇来了。"

"丫头，快到时间了，叫你妈先出来看放炮。"爸爸叫住王玲，突然发现小女儿不在，关心地问道："怎么小红还没回来？"

王飞回答道："嗨，现在的年轻人怎么会这个时候在家里呢？和同学卡拉OK疯去了。"

"行，只要都开心就好了。"爸爸说道。

"妈妈，快出来看放炮了。"王玲跑进门喊叫着，随手将李勇的行李箱放到客厅门口。妈妈刚走出门，李勇在王玲的推拥下来到妈妈面前："妈妈！新年好！"

"好好好，来了就好，一家人过年的时候是应该在一起的。"妈妈笑着说，突然也发现小女儿还没回来，关心地问道："怎么小红还没回来？真成疯丫头了。"

"只要都开心就好。放炮吧。"爸爸笑着说。

"放炮了！过年了！新年好！"

王飞、季冰和女儿点鞭炮，瞬间鞭炮声四处响起，一派喜庆过年的景象。

王玲和李勇也高兴地加入了点炮的行列。

全家人看着天空中盛开的五颜六色的礼花，开心极了！

王玲和李勇幸福地依偎在一起。李勇觉得自己特别幸福，生活中已经不能没有王玲了，而此时的王玲也完全沉浸在无比甜蜜之中。

李勇温情地说："宝贝，对不起，是我没有了解情况，让你受委屈了。"

王玲撒娇地说："你妈妈也太不讲道理了，太厉害了点吧，这以后怎么过呀？还什么要'工人阶级领导一切'，这哪儿对哪儿呀。"

"好了，好了，我已经和我妈严肃认真谈过话了，她也完全认识到自己的不对了，要相信工人阶级的觉悟，好吧，这不，是她一定要我务必在大年三十赶到你身边。"李勇边说边紧紧地拥抱妻子，似乎生怕人跑掉似的。

王玲看着李勇问道："这都是真的？她承认是她的不对了？是她让你来的？"

"当然，她特别诚恳地说：'这次呀，是我不对，你呀，一定要去找她，和她一起过年，我就回老家了。你呀一定代我向她道个歉。'"李勇模仿着母亲的口气说。

"真的？你妈走了？回老家了？"王玲问道。

"当然，我先送她上的火车，然后才直奔你这儿的。"李勇答道。

"她真的走了？没有不高兴？"王玲又问道。

"没有，很高兴。"李勇笑着说。

"你没骗我？"王玲撒娇地问道。

"哪能骗你？骗你是小狗！"李勇答道。

"你就是小狗。"王玲笑着说道。

"你说是什么都行，只要你高兴，我甘愿做你的小狗。"李勇深情地盯着王玲说，话音刚落，李勇有些迫不及待地、情不自禁地、疯狂地亲吻起王玲……

很快，王玲怀孕了，李勇兴奋极了。为了能够很好地照顾王玲，李勇再次给母亲发去电报，告诉她媳妇怀孕了。婆婆听到这个消息，高兴得嘴都合不拢，逢人就说自己要当奶奶了。再次坐上火车，来到了儿子和儿媳妇身边。

这次婆婆与上次大不一样，对儿媳妇百依百顺，说话办事都非常和蔼可亲。王玲也与婆婆友好相处，一家人和和美美。很快，王玲当上了妈妈，生了个大胖小子，取名欢欢。婆婆乐坏了，天天围着儿媳妇转。李勇看着一家人和睦相处，加上自己顺顺当当当了爸爸，更是对王玲百依百顺。

第八章

周玉梅和张小樱经过艰苦努力，俩人分别考上了研究生。

张小樱考上了本院运筹学专业研究生。

周玉梅则考上了本系研究生。

她俩都实现了各自梦想，继续深造学习，向更高的目标努力拼搏。

研究生第一个暑假到了，也是钟南上大学的第三个假期了，这是最可放松的一个时间段。钟南多次向周玉梅写信提出，一起骑自行车去泰山看日出，去青岛看大海。

看日出、看大海一直是周玉梅的心愿，毕竟从小生活在西北，别说大海，就是小溪都很少。钟南知道这是梅姐的一个愿望，所以多次提出一起旅行。周玉梅也觉得自己一段时间里状态不好，也希望借假期放松一下自己，于是就同意了。

放假的第二天，钟南就赶到了周玉梅的大学。按照计划，钟南首先来到军工企业办事处，取走了早早就请父亲秘书帮助租借的两辆自行车，一辆凤凰牌，一辆永久牌，还要求秘书保密。钟南将凤凰牌自行车停放在招待所院内，然后自己骑着永久牌自行车来到了周玉梅的宿舍。

周玉梅的室友都已回家，只有周玉梅一个人在忙着收拾行装，宿舍里一片混乱景象。钟南一进门，就笑着对周玉梅说："怎么样？一定需要劳动力吧，这可是来了一个强劳力哟。"

周玉梅也没客气说："什么时候到的？赶紧过来搭把手，把这儿的杂物帮助装进这个纸盒，一会儿送储藏间去，阿姨都催我几次了。对了，门口阿姨怎么让你进来的？"

钟南得意地说："别提了，审了我半天才让进来的。你们这儿管得真严啊，刚开始不让进，可我一表明身份，立刻就让我进来了。"

周玉梅好奇地问："身份？你什么身份？"

"告诉你吧，那位阿姨最开始严肃地对我说这是女生宿舍，刚放假，人多挺乱，必须严格管理什么的，闲人不能随便进入。但当我告诉她，我是……"钟南说到这，停了下来，看着周玉梅。

"是什么？"周玉梅追问道。

"我不敢说，说了怕你骂我。"钟南小声地说，有意表现出一丝胆怯来。

"我骂你？为什么？说，你是怎么告诉看门阿姨的？她怎么就放你进来了呢？"周玉梅不理解地问道。

"好，那我说了，不许说我，好，我说了，我说我是你……你……你男朋友。"钟南吭吭哧哧地说。

"你讨厌！怎么能这么说呢？"周玉梅听到这，打了一下钟南。

"我一说这句话，阿姨二话没说，赶紧就让我进来了，还特别客气地说：'快，快去帮助整理需要储藏的东西，最好一会儿就能搬到储藏间去。你来了就好了，要不一个女生怎么能搬动呀。'"钟南得意地描述道。

"你真贫！这么些年不都是我自己搬的。"周玉梅说道。

"对呀，我也这么对她说的，可人家阿姨坚持说你现在需要我呀。"说到这里，钟南冲着周玉梅吐了一下舌头，做了一个怪脸。

"讨厌！不许乱说，你是我弟弟，知道吗？"周玉梅严肃地说。

"怎么说呢？一方面讲，我可以是你弟弟；可另一方面，我也可以不是你弟弟，是你男朋友，我没说错吧，逻辑上没有问题吧。"钟南有意绕着弯开玩笑地说。

周玉梅无奈地说："真贫！你要是再这么没大没小的，那我不去旅行了。"

"别，别，别！这将是一次历史性的旅行，一定会载入史册的，必须去！"钟南假装着急地说。

"那得遵守规定，咱们得约法三章。"周玉梅严肃地说。

"什么？说吧。"钟南也假装严肃起来问道。

"我是你姐姐，你是我弟弟，这是第一条。"周玉梅停顿了一下，钟南还在严肃地等第二条，可是半天没有下文，便调皮地小声问道："没有了？就这一条？还有第二条、第三条吗？"

周玉梅想了想说："就这一条，执行好了就行了。"

钟南笑着说："哦，就这一条？确信？好，就这一条啊，我保证遵守！可以了吧。"

周玉梅无奈地说："你太调皮了，当年你可不是这样的，学坏了。"

"如今这年头，有句时髦的话，不坏不可爱。"钟南说完，就赶紧帮助整理东西，俩人有说有笑，约定明天一大早出发！

第二天一大早，太阳刚刚升起，碧蓝的天空中飘逸着飞舞的白云，周玉梅和钟南按照预定地点见面了。俩人分别骑上自行车，周玉梅是凤凰牌自行车，钟南是永久牌自行车，充满活力、自信、阳光，在公路上愉快地飞驰，开始了人生第一次自行车加火车加公共汽车的长途旅行。目的地：泰山、大海。

周玉梅飘逸的长发，在阳光照射下，显现出缕缕银光。她穿着白底蓝点短袖衣，深蓝色长裤，脚上穿着军绿色球鞋，青春、活力、可爱！

钟南依旧是那一身天蓝色运动装，手臂两边和裤腿两边都有时尚的压线双道白条，白色回力球鞋，完全一副青春、朝气、力量的模样！

钟南紧紧跟在周玉梅后面，欣赏着，心里暗暗想："太美了！要是……"

周玉梅回头笑着说："快点呀！怎么总落后啊，这可不行哦！快！快！快！"

"我这是让着你呢！准备好啊，比赛马上就要开始了！"钟南大声说着，开始全力追赶周玉梅。

路上，两个年轻人你追我赶，与沿途的美景组成了一道亮丽的风景线。

泰山脚下，当年野战医院王干事转业回到家乡，知道周玉梅要来泰山，非常高兴，热情帮助安排好了泰山脚下的一家招待所。

"太高兴了，大学生，好！很好！"王干事见到周玉梅高兴地说。

"王干事，真高兴见到了您！谢谢您帮助安排！"周玉梅客气地说。

"太高兴了，这位是……"王干事笑着问道。

还没等周玉梅介绍，钟南抢先自我介绍道："我叫钟南，玉梅的男朋友。"

周玉梅刚要解释，王干事笑着说："好啊，小伙子，好眼力！"

"不是的……"周玉梅着急地要解释。

王干事幽默地说："不要不好意思嘛，不是男女朋友，怎么可能相约旅行呢。都改革开放了，没问题，我一定提供好后勤服务保障。"

钟南落落大方地说："谢谢王干事。"

周玉梅看了一下王干事，无奈地说："你这是哪儿对哪儿呀。"

王干事仍然笑眯眯地说："刚开始，都会有些不好意思的，可以理解。"说着，拍了拍钟南的肩膀。

第二天下午，周玉梅和钟南由王干事送到泰山脚下，王干事再次叮嘱："一定注意安全！"

周玉梅对王干事说："好的，谢谢您，王干事！"

钟南说："放心，有我在呢！"

王干事笑着说："小伙子，我们周玉梅同志就由你负全责了。出了问题，我可不饶你啊。"

钟南说："放心吧，王干事！"

周玉梅和钟南向王干事告别后，随其他登山的人群开始登泰山了。

周玉梅和钟南兴奋地登上了泰山。

泰山顶上与山下简直如同一个严冬、一个盛夏。按照王干事的交代，钟南赶紧去借大衣处。"劳驾，借两件大衣。"

借大衣处:"押金,2元一件,两件共4元。"

"好嘞,4元。"钟南拿着大衣走过来,递给周玉梅一件。然后俩人分别穿上大衣,找到了一个观赏日出的最佳位置,俩人肩并肩站在一起,期盼着能够第一时间看到日出的壮观景象。

突然,一阵狂风,紧接着下起了小雨,所有人开始纠结失望了。

"唉,看来又没有运气了,这日出也太难看到了。"

"嘿,我都登过三次泰山了,原以为这次有希望看到日出,看来又没戏了。"

"太冷了,下山吧,我看这次又没希望了。"

人们都在失望地议论着,越来越多的人跑进山顶上的小屋避雨了,也有一些人开始下山了,周玉梅冷得牙齿直打架。

雨越下越大,钟南和周玉梅商量也去避避雨,但周玉梅又担心这个观日出的位置,万一天晴了,又没有了,钟南便决定让周玉梅进小屋避雨,自己在这儿守着。周玉梅感动地看着钟南说:"好吧,我先进去取取暖,打听一下天气情况,然后来换你。"周玉梅挤进了小屋,大家都在打听到底还有没有希望看到日出。

服务员说:"可能没有希望了!天气预报是中到大雨。"

许多人已经失望了,准备雨小一点就下山。还有一些人已经开始往外走,担心下起大雨就更麻烦了。周玉梅听到这些议论,便走到小屋门口向在雨中守候的钟南大声叫道:"你快过来吧,雨太大了。"钟南也有点扛不住了,便小心翼翼地从大岩石上下来,跑进了小屋。周玉梅拍打着钟南大衣上的雨珠:"冷吧。"

一会儿,雨小了些,又有一些人下山了。小屋的服务员也开始劝大家赶紧趁雨小下山,并解释道:"根据我们多年的经验,明天凌晨肯定看不到日出了。"越来越多的人失望地下山了。周玉梅和钟南也非常失望,在走与等之间犹豫不决。

小屋里最后只剩下六个人了,大家你看我,我看你,似乎都在想着同一个问题:"坚持吗?等吗?"

周玉梅问道:"钟南,你说怎么办?"

钟南干脆地说:"我听你的。"

周玉梅又看看另外四个人,好像也是大学生。他们也在看周玉梅和钟南,大家都举棋不定。这四个人开始玩石头剪刀布的游戏来决定等还是走。一个看上去有点老成的男生提议:"咱们俩人一组,女生赢了表示下山,男生赢了表示等到天亮。三局两胜。"显然这四位是两对男女朋友,暑假一起约出来登泰山。

一组开始:"石头剪刀布!"那位提建议的男生高兴地叫起来:"哦,我赢了!等!"显然他不想放弃。

二组开始:"石头剪刀布!"二组一位女生:"我赢了!是等还是……?"

一组赢了的男生说:"你赢了,就是下山啊。"二组这位女生叹了一口气:"唉,倒霉!"

一组的女生提议说:"再来一次。"一组赢了的男生说:"来,再来一次。"

一组又开始:"石头剪刀布!"一组赢了的男生:"乌拉!我又赢了!等!"

周玉梅和钟南看着他们有趣的决策办法笑了。这时,一组的女生对周玉梅和钟南说:"你们俩人也玩一盘,看看结果是什么?"

周玉梅笑着说:"好!来,钟南!我赢了,等!你赢了,下山!"

"好,不过就是我赢了,你要等,我肯定也必须等。"钟南话音未落,大家全都笑了。

"瞧瞧人家,多听话。你们是朋友还是新婚度蜜月的?"显然一组的女生是二组男生的女朋友,羡慕地看着周玉梅和钟南。周玉梅有点不好意思地看了一眼钟南。钟南有些得意,开玩笑问道:"猜猜看?"周玉梅在一旁拍了一下钟南:"你真讨厌!"

一组赢了两次的男生说:"我猜你们是在热恋中。"

二组的女生说:"我猜呀,目前是男生在暗恋女生阶段,女生还处于犹豫和羞涩阶段,对不对?但如果今天有幸能看到日出,那肯定就成了!"

话音刚落，钟南马上抢过话头："那我今天就等定了！"四个人一齐欢呼鼓掌！周玉梅有点不好意思地说："钟南，你太讨厌了！"

一组赢了两次的男生兴奋地说："这样的话，我们必须都留下来当见证人啊，怎么样？"四个年轻人异口同声："好！太有意思了！我们等！"

钟南笑着说："上帝保佑！上帝保佑！"

就在这时，服务员大叫起来："快出去，有希望看见日出！"六个年轻大学生，一起兴奋、激动地朝小屋门外跑去……

突然，在遥远的天边，一线黄红色的月牙缓缓跳出地平线，一点一点蠕动，一颗红红的小火球从地平线慢慢地跳出，慢慢地，小火球成为一轮红日，越来越快，越来越大，高高地挂在天际，光芒四射……

山顶上，只有这六个年轻大学生，他们完全沉浸在观赏的陶醉之中。"啊，太美了！太不可思议了！"

"我们终于看到了日出！"

"坚持就是胜利，这真是颠扑不破的真理！"

大家都还沉浸于陶醉、遐想之中时，泰山顶上的服务员对这六个看得发呆了的大学生大声说："赶紧照相呀！要不太阳就升高了！"

一组的女生赶紧说："照相？对！照相！快！"大家按照上山后人们的指点，一只手好像托着刚刚露出地平线的太阳，一张，一张，又一张！

"来，我给你们俩照一张！太有纪念意义了！"那位赢了两次的男生走过来对周玉梅和钟南说。

"好！"钟南赶紧将自己手中的照相机递给那个男生，然后对周玉梅说："快，要不太阳升高了！"周玉梅有些不好意思，钟南直接一把将周玉梅拉到自己身边。

"靠近点，亲热点，怎么还不好意思呢，多难得呀！一辈子可能就这一次了！快！"准备给照相的男生大声说，其他三人也跟着喊："就是，靠近点！快，太美了！"

钟南鼓起勇气，一把紧紧地搂着了周玉梅，"咔嚓！"只听一声快门声。男生激动地说："太美了！简直就是绝配！这张照片完全可以投稿了，太美了！这真是光明的未来属于我们八十年代的青年呀！祝贺你们！"钟南扭过头看着自己怀抱中的周玉梅，轻轻地说了一句："我爱你！"大家一齐欢呼起来！

与其他四位大学生道别后，周玉梅和钟南离开了泰山，继续骑车旅行，向着大海的方向飞驰……

俩人没有说话，各自默默地骑着自行车前进。

自从在泰山顶上，周玉梅零距离闻到了钟南那男人特有的气息，听到了他那"怦怦"有力的心跳声，特别是当钟南大胆地对她说"我爱你！"那一刻起，周玉梅内心产生了许多连自己都说不清楚的千头万绪，似乎再也不好意思正面看钟南，甚至怀疑这趟旅行是不是根本不应该发生，周玉梅沉默了……钟南似乎理解周玉梅，也就更加关心周玉梅，总想寻找一些轻松的话题交谈，但周玉梅总是在有意回避。俩人骑着自行车，默默地向着大海的方向，飞驰！

很快，大海出现了，浩瀚无际的大海完全呈现在了他们面前……蓝蓝的海水与蓝蓝的天空形成了水天一线，海岸边上自由飞翔的白色海鸥，一幅美丽的画卷生动地展现在了周玉梅和钟南眼前！

"太美了！"周玉梅情不自禁地说。

"大海呀，大海，就像妈妈一样！海风吹，海浪涌……"钟南更是激情满怀地高歌起来。

显然，周玉梅看着大海，听着钟南唱着那熟悉喜欢的歌曲，好像忘记了一路上所思所想的一切，兴奋起来："我一直向往大海，总觉得生长在海边的人特别幸福浪漫，天天有海风、海浪、海鸥做伴，啊，太浪漫了！"

"那现在还有后悔这趟旅行的感觉吗？"钟南一路上观察着周玉梅不断变化的表情，猜想周玉梅或许有心事，或许是他在泰山顶上的举动触犯了这位如此单纯、天真、可爱的姐姐，因此调皮地说。

周玉梅只是默默地微笑着，没有说话。钟南则十分自信地说：

"我相信你一定觉得这次旅行很值,而且永远难忘!"周玉梅依旧没有说话。

　　"好了,什么都不要说了,咱们先去住的地方吧,今后几天有的是时间和大海相伴。"钟南说道。周玉梅和钟南来到一家离大海很近的招待所。安顿好一切后,由于一天赶路的疲劳,俩人决定早点休息,明早海边见!

　　周玉梅躺下后很久一直无法入睡,便决定出去走走。

　　夜空上布满着亮闪闪的小星星,耳畔是充满节奏的浪花声,遥远的天边一轮明月似乎在向周玉梅致意……周玉梅在海边漫步,不知为什么,泰山顶上照相的那一刻,"我爱你"那句话,那股男人特有的气息……这一切,又一次清清楚楚地出现在周玉梅的脑海中,如同电影一般,一幕又一幕地慢慢地划过,她不由得打了一个寒战。就在这时,一件衣服轻轻地披在了她的身上。周玉梅扭头一看,是钟南将自己的衣服给她披上了。"你怎么没休息?"钟南笑着答道:"你不也没有休息吗?你没休息,我是不会休息的。"周玉梅好奇地问:"你怎么知道我在这儿?"钟南有些动情地说:"大海告诉我的。"周玉梅默默地笑了,什么都没有说,俩人漫步在海边,默默地走着……

　　周玉梅和钟南形影不离,在大海的怀抱中,尽情地享受着阳光、海浪、沙滩……有时坦诚交流理想,未来干什么,有时各自静静地在海边阅读自己的专业书籍,有时默默地坐在海滩上晒着太阳,有时在大海中畅游……到海边才三天,俩人已经晒得有些像非洲人了。他们天天漫步在海边,表现出了一种对大海的热爱和无限的依恋。

　　清晨,俩人迎着朝阳,又漫步在沙滩上。不远处,走过来一对五十多岁的夫妇,俩人个头都不太高,先生穿着白色的老头衫,走路像个老顽童,一蹦一跳;夫人是位外国人,端庄典雅,留着朴素的短发,跟在丈夫身后,不时地提醒道:"Be careful!"看着这对和蔼可亲、充满活力、温文尔雅的夫妇,周玉梅不由得看了一眼钟南,这时钟南也在看周玉梅,俩人会意地笑了。

　　下午,周玉梅和钟南照旧来海边游泳。远远地,他们又看见了早上看见的那对恩爱夫妇。夫人身穿时尚的红色游泳衣，先生穿着红黄黑三道相间的游泳裤，他们分别戴着颜色鲜艳的游泳帽，手拉着手，向大海走去。钟南看着，情不自禁地说："真让人羡慕！"说完，径直向大海走去，周玉梅默默地跟在后面。

游了好几个来回，周玉梅和钟南上岸在沙滩休息处坐了下来。钟南买了冰棒，递给周玉梅，一句话没说，只是静静地羡慕着那对远远从海边走过来的恩爱夫妇。

那对夫妇在他俩不远处坐下。先生有礼貌地向他俩点头示意："怎么样？年轻人，看上去已经来了几天吧。"

钟南热情地回答道："今天第四天。您怎么知道的？"

先生笑着说："看看你俩晒得黑黑的样子就知道了。怎么？是朋友还是度新婚蜜月呀？"看见周玉梅和钟南都有些尴尬，夫人礼貌地对丈夫说："嘿，你又不认识人家，为什么上来就问人家的隐私呢？不要这样，你看，他们都不好意思了。"先生显然是个开朗人，喜欢交谈："是吗？哦，抱歉啊！怎么？是大学生吗？"钟南爽快地回答道："是的，我大二，物理专业；我女朋友，外语系研究生。"周玉梅看了钟南一下，为他如此大方而吃惊，随后也有礼貌地对这对和蔼的夫妇微微一笑。

先生立刻与周玉梅交流："好啊，那我们是同行了。你好啊！叫什么名字？"

周玉梅十分有礼貌地回答道："您好！我叫周玉梅，英语专业。"

先生赞美道："好，很好！"

周玉梅有礼貌地回答："谢谢您！"

先生风趣地自我介绍说："我姓关，叫我老关，夫人姓余，叫她老余，我们都是大学老师，教英语。"

"是吗，教授，太高兴认识你们了！"当周玉梅知道这对夫妇是大学英语教授时，十分高兴，心想难怪如此有风度、有气质。大家刚刚认识，却无任何距离感，交谈越来越热烈。先生邀请周玉梅和钟南一起晚餐，先生笑着说："我们7点在餐厅见。"

钟南和周玉梅向教授和夫人挥手致意:"一会儿见!"

夜幕缓缓降临,周玉梅穿了一条淡紫色的连衣裙,钟南则穿着白色衬衣和咖色长裤,走进了餐厅。早已在餐厅等候的教授夫妇,向他们招手:"这里,这里。"周玉梅和钟南非常有礼貌地向两位教授问好!

关教授高兴地说:"玉梅,坐到我旁边。年轻小伙子,坐到余教授旁边,如何?"周玉梅和钟南一起答道:"好的,谢谢!"

夫人是美国人,已经来中国很多年了,一直在大学教授口语课,热情地向两位年轻人微笑,不时摇摇头,示意老头有点"家长作风"。

菜陆续上来了,四菜一汤。关教授幽默地说:"怎么样,我们的晚餐不错吧,四菜一汤。"夫人笑着对周玉梅和钟南说:"他就是家长作风,都不商量一下就自己做主了,你们不介意吧。"周玉梅连连摇头说道:"没有,没有,特别高兴。"

大家快乐地交谈、吃着晚餐,不一会儿,话题转到了正在渐渐兴起的出国留学潮。关教授感慨地说:"你们这一代年轻人,可是赶上好时代了,有想法出国留学吗?应该争取走出国门留学深造。"周玉梅吃惊地说:"留学?太遥远了吧。"夫人不解地问道:"为什么?国家现在不是已经有一些人公派和自费留学了吗?"周玉梅说:"公派名额很少,自费可能主要还是那些家里有海外关系的人吧。"

"我想应该很快就会有更多年轻人走出国门留学的。改革开放的大门已经打开,国家需要大量人才,我们国家恢复高考这些年来,大学还有许多需要解决的问题,特别是师资力量,所以出国留学是一条帮助国家尽快成就一批建设人才的必由之路。"关教授一口气讲了他对时局的看法,信心满满。随后,他又十分详细地告诉周玉梅出国留学的办法和途径,甚至包括必须准备的托福和 GRE 考试。

虽然在学校有一位高年级同学因为家里有海外关系,毕业后就出国留学,但是,大家都认为留学比登天还难。今天周玉梅第一次亲耳听到关教授说这一切皆有可能时,无论如何,还是非常感叹:"出国留学?不敢想,太遥远了。"

关教授笑着说:"看看,你还是读外语的研究生呢?怎么对自己这么没有自信呢?留学,没那么神秘,也没那么复杂,我们国家许多领导人当年不都是寻找机会和可能,走出国门,见世面的吗?!现在你们条件那么好,又赶上改革开放的大好时机,应该争取机会,走向世界这个大舞台。当然,如果有海外亲戚可能是容易许多,因为可以做担保,但也有很多是直接申请的,拿美国做例子吧,申请读研究生,一般学校都实行奖学金或助教制和助研制,也就是说,根据申请时各种资料和托福成绩决定是否录取;如果各科成绩都很优秀,则可获得学校的奖学金,这就完全可以保证基本生活,专心读书;同时,也可以申请助教和助研资助,每周需要协助教授工作若干小时,有报酬,这样对学习和生活也就有了一个基本保障。美国讲究独立,一般上大学后,学生们都会有一两份工作,在课余时间打工挣一些零花钱,有的是完全靠打工挣钱交学费和生活费。"

周玉梅不解地问:"美国不是很富吗?人都很有钱,为什么还要打工呢?"

关教授看着眼前这两位一脸困惑的年轻人,便很有耐心地解释说:"这个问题问得好。我给你们讲一个故事,可能就会容易理解了。有个美国小孩问他很富有的爸爸:'我们家很有钱,对吗?'你们知道这位很有钱的美国爸爸是怎么回答的吗?爸爸回答:'我有钱,你没有!'为什么?"

过了片刻,关教授接着说:"我再讲另一个我朋友的故事。一个香港很有钱的商人,把自己儿子送到美国读书,安排住在了一位美国朋友家里,并委托她关照这个孩子。这个孩子18岁,你们知道这位美国朋友怎么对这个孩子'关照'的吗?"周玉梅和钟南都摇了摇头。

关教授笑了,接着讲故事:"这位朋友对这个18岁的孩子说:'我是你爸爸的朋友,你爸爸托我关照你,但我要告诉你,我对关照你的生活不负责任,我们之间是平等的。你已经18岁了,成年人,基本生活能力全有,所以从明天起,你自己按时起床,我不负责叫你;起床后,你自己做早餐吃,因为我要去工作,不可能替你做早餐;吃完饭后，你自己把盘子和碗筷清洗干净，因为我不负责替你做这些事，那不是我的责任；洗衣机在旁边，你的衣服自己洗；这里有一张城市地图和公交车时刻表，你自己看好要去的地方，搭乘相应的公交车，有时间的话，我会带你去一些有意思的地方参观游览，没时间的话，你就自己去，记住出发前要做好攻略。总之，你要尽可能自己解决自己生活和学习方面的事情，因为我有我的事情要做，希望你的到来不会给我带来太多麻烦。最后，你叫我的名字就好了，不要叫什么阿姨。'"

讲到这里，关教授又看了看眼前这两位听得入迷的年轻人说："年轻人，这叫自强自立，通过自己的努力创造一切，一切皆有可能。有一句经典的话，If you can dream, then you can do it!"关教授讲得激动，周玉梅和钟南听得热血沸腾。

关教授鼓励道："年轻人，要敢想敢干，世界是属于你们的，抓紧时间，只争朝夕吧！Time flies！"说完笑着陪夫人去海边散步了。

与教授夫妇的一席交谈，使周玉梅和钟南第一次听到了从来不曾想也不敢想的"留学"事，第一次感到了什么叫"豁然开朗"，第一次激发了"走出国门求学"的欲望，第一次认识到什么是"高人指点"，第一次理解了"只要努力，一切皆有可能"！

周玉梅和钟南漫步在海滩，热烈地谈论着理想、留学，仿佛走出国门求学，成就梦想并不那么遥远、高不可攀了。俩人边漫步边聊着出国留学的话题。钟南虽然也十分希望有出国留学的机会，但考虑到自己的英语水平，不免倒吸了一口冷气，缺乏信心，因此不希望周玉梅萌生出国留学的念头，便说："教授不过就是给我们年轻人一点鼓励而已，别太往心里去。出国留学不是一般人可以想的事。"周玉梅反而有希望试试的愿望："我想试试，回去后就想法买托福复习资料。"钟南看周玉梅严肃的表情说："你还真要动真格的？"周玉梅说："当然，一定要试试！教授说的，只要努力，一切皆有可能！"

"唉，我怎么总是慢半拍，看来又要快马加鞭了，刚觉得赶上来了，转眼间又要落伍了。"钟南长叹一口气，不由得打了个寒战。

周玉梅坚定地说:"一定要试试！人生能有几次搏，必须努力。"

看着周玉梅，钟南只好鼓起勇气说:"如果你真的想出国留学，那我就和你一起去！光你自己去，我不放心！"周玉梅看着眼前这个比自己小四岁、自己一直把他当成弟弟而这一路不时让她吃惊的男人，内心深处油然冒出了一种奇怪的感觉。

第二天清晨，钟南来到海边，左等右等没见到周玉梅人影，便急匆匆回到了招待所，来到周玉梅房间门口。刚要敲门，门打开了，从里面走出一位妇女，看到钟南便说:"你是找住这房间的那位女大学生吧？她病了，昨晚一夜没怎么睡，牙痛。刚刚睡着，你让她睡会儿吧。"说完，那女同志急匆匆走了。

钟南轻手轻脚地走了进去，来到周玉梅的床边，一看她整个右脸又红又肿，一脸痛苦的样子，便轻轻地将自己的手放在周玉梅的额头上，很烫，刚要转身去拿毛巾，周玉梅睁开了眼睛，看到了钟南小声说:"我牙痛了一晚上，难受死了！你也不来看看我。"钟南也很自责地说:"你为什么昨晚不找我去呀？你发烧了，咱们一会儿去找卫生所看看，怎么样？"

"不要离开我。"周玉梅刚言不由衷地说出来，马上又意识到了点什么，有些不好意思。

"我不走，你睡吧。我就坐在这看着你睡，好吧，睡吧。"当钟南听到周玉梅"不要离开我"这句话时，心里很是高兴，坐在了周玉梅的床边，帮助周玉梅盖了一下毛巾被。周玉梅突然抓住了钟南的手，紧紧握住，生怕他跑了似的，然后安静地闭上了眼睛。

钟南异常满足地笑了。

傍晚，关教授和夫人在海边散步，由于一天没有看见俩年轻人，教授问夫人:"他们说还要待几天，对吧？跑哪里去了？一天没有见到他们了。"

夫人笑着说:"看上去你很喜欢这两个年轻人，今天你都7次提到他们了。"

关教授笑了:"真的吗？是，我很喜欢他们，年轻，充满活力，特

181

别是女孩，非常阳光！"

就在这时，关教授看见远远走过来的周玉梅和钟南，高兴得像个孩子，向他们使劲挥手："Hello！ Hello！"周玉梅和钟南看见了向他们挥手的关教授和夫人，便也招手致意并走了过去。

关教授高兴地问道："年轻人，怎么一天没到海边来呀？"

钟南说："玉梅昨晚牙痛，上火了，所以在房间休息。"

关教授明白了："是吗？牙疼不是病，疼起来可是要人命啊！"

"什么时候了，你还开玩笑，真是个老顽童。"夫人轻轻地拍了一下关教授，然后对周玉梅说："现在怎么样？吃药了吗？"

钟南说："我让她去看看，她就是不愿意去，我只好到附近小店买了点盐，今天一天用盐水不断漱口，现在好像好多了。"

钟南回答着夫人的问题，然后又看了一下玉梅说："是好一些了吧？"周玉梅乖巧地点了点头。关教授看着周玉梅，表扬钟南说："这个小伙子表现不错，知道关心人，很好！"

钟南有些得意地笑了，然后调皮地说："还要努力！还要努力！"周玉梅看着钟南，不好意思地小声说："讨厌！"关教授和夫人都笑了。

夫人善解人意，笑着说："老关，让他们年轻人去散步吧，玉梅，注意身体呵！"然后对钟南说："多多关心你女朋友哟。"

关教授幽默地说："对对对，你们去散步吧，海边是谈恋爱最好的地方，我和余阿姨就是在夏威夷海边认识的。当年和你们今天一样，也是这么浪漫，这么美丽！你们知道吗，今年是我们银婚纪念。怎么样？我们还不老吧？我们又来海边谈恋爱了……"夫人做了个无奈的手势说："老关，你又没大没小的了。"

"海边——天美、地美、海美、人更美！Enjoy！"关教授笑着说，然后拉着夫人的手亲昵地去散步了，还回过头来向钟南做了一个"加油"的动作。

钟南也笑着做了一个"加油"的动作，周玉梅在一旁羡慕地看着这对恩爱的夫妇，向他们挥着手致意。

夜色降临了，周玉梅和钟南肩并肩在海边慢慢地走着，海风轻轻地吹着周玉梅披散着的头发。慢慢地，月亮露出了笑脸，静静地看着这两个漫步的年轻人。好一会儿，两人没有说话，只是默默地漫步，突然，钟南扭过头来，借着月光，看着周玉梅，心里默默地想："唉，世上最遥远的距离实际上不是生与死的距离，也不是天各一方，而是我就站在你面前，你却不知道我有多爱你。"海风轻轻地吹着，海浪轻轻地摇着，圆圆的月亮和眨着眼睛的小星星似乎在告诉钟南："勇敢点！"

　　走着走着，钟南轻轻地拉起了周玉梅的手，周玉梅没有拒绝，钟南越来越紧地握着，突然将周玉梅拉到自己怀抱中，小声说："梅，别再折磨我了，好吗？I love you so much！"突然深情地、柔情地、疯狂地亲吻着周玉梅……周玉梅没有拒绝，只是慢慢地、慢慢地、慢慢地被钟南无法抗拒的爱融化了……海风在轻轻地吹，海浪在轻轻地摇，周玉梅和钟南躺在沙滩上，面朝布满闪闪发亮小星星的天空，静静地、静静地、静静地……从远远的天空不断传来钟南对周玉梅说的话，久久在夜空中回荡——"你想听我的誓言吗？大海作证，天空作证，星星作证，我爱你，永远，永远！"

第九章

暑假愉快难忘的旅行结束了，周玉梅和钟南分别坐上返回各自学校的列车。

看着窗外的景色，周玉梅默默地回忆着这个暑假发生的一切……

经过在泰山意外惊喜看到日出和在青岛畅游漫步海边，周玉梅与钟南变得接近了许多，钟南也试图让自己表现得更成熟、更老练，这样可能会让周玉梅感觉更好些，将她心中年龄的心结更淡化些。而在周玉梅内心深处，对这个已经认识6年多、比自己小4岁的弟弟有了更多的认识，似乎开始有些喜欢他了，也感觉和他在一起时的那种放松、愉快、踏实，但又总觉得和比自己小的人在一起，不符合传统要求，同时也好像缺少了点什么，"这是爱情吗？"

周玉梅回到学校，给自己增加了一项新的学习内容，那就是学习、了解、准备托福考试。下课了，周玉梅急匆匆走出教室，朝图书馆方向走去，手上除了原来的两本厚厚词典，额外增加了一本崭新的托福字典。海边关教授夫妇的一席话，经常出现在周玉梅的脑海里，她边走边想："托福难吗？这么紧张的学习，到底应该如何合理安排时间准备托福呢？"越想越觉得时间不够用，脚步也加快了许多。

周玉梅，一个敢于挑战自己，从不服输的人，常常"一旦决定了的事，就会立刻开始全力以赴"。"不试，不努力，怎么知道结果呢？天上从来不会掉馅饼，这是妈妈一直告诉我的道理。"边走边想着这一切，身后突然传来："周玉梅，走这么快有什么急事吗？"听到声音，周玉梅扭头看见是陈教授，兴奋而礼貌地说："陈教授，您好啊，假期过得好吧。"

陈教授微笑地看着周玉梅说："很好，你呢？假期过得愉快吧？"

周玉梅也高兴地回答说："挺好的！陈教授，您假期出去旅游了吗？"

"没有，没有时间，忙着赶论文呢。"对话间，陈教授看到周玉梅手中的托福字典，有点惊奇问道，"怎么？你在复习托福，准备出国留学？"

周玉梅兴奋地说："对了，陈教授，我假期去海边遇到了一位大学教授，他和您一样留过学，他鼓励我抓住当前的大好时机，争取留学。所以，我就找托福看看，也不知难不难？"

"看来暑假旅行很有收获啊！"陈教授笑着说道。

周玉梅问道："陈教授，您说我们现在有可能留学吗？"

陈教授停了片刻，感慨地说："抓紧时间准备吧，一切皆有可能，你们赶上好时代了，抓紧准备吧。"

周玉梅向陈教授道别后，来到了图书馆。不知为什么，眼睛盯在书上，但一个字都没有进入脑海，只是出现了陈教授刚才的鼓励，与关教授一样，"一切皆有可能"！刚想到这儿，一位同学走过来，递给周玉梅一封信说："你的信，刚才我去系办公室时看到了，知道你会在图书馆，就帮你带过来了。"周玉梅接过信客气地道谢。周玉梅一看是钟南的信，里面还有照片，自言自语："这么快？"拆开信封，她和钟南在泰山顶上的那张经典的照片出现在了周玉梅眼前，一下子唤起了好多美好的回忆。周玉梅打开信，认真读了起来——

亲爱的梅，我想我现在应该可以这样称呼你了。当然在我心里，实际上从六年前第一次看到你时，就是这么称呼你的，你让我等得太久了。我现在每时每刻满脑子都是你，你的气息、你的微笑、你那酥软性感的身躯、你那让我魂飞意乱的吻……我好想你啊！梅，我太爱你了！深深地、完全不能自拔了……

　　亲爱的，看看我们在泰山顶上的照片，那可是上天在为我们做媒啊！我总在回味那一刻——当我们一起登上泰山，在泰山顶上迎接日出的那一刻，当你第一次被我近距离拉入怀抱，当我第一次对你说"我爱你"，当你牙痛时一把拉着我的手"不要离开我！"当我们第一次在海风和海浪的伴随下拥抱亲吻……我觉得我是世界上最最幸福的男人！我爱你，太爱你了！

　　我想你现在一定又在埋头读书了，但我想你不会忘记这一切的。我不会，永远不会了！你早已融入了我的血液，我每一次心跳都是为了这个世界上的一个人，她就是你！我想你，好想！好想！

周玉梅看到这里，不由得左右环顾了一下周围，生怕别人看到了自己的羞涩与不自然。的确，这是周玉梅第一次收到这么如此直白热恋的信，也许很多语言她过去只是在世界经典文学作品中读到过，虽然读到时她也热血沸腾过，也幻想憧憬过，但今天，读到的这封热恋信，实实在在是写给自己的，这一次真的有些让她不由自主地产生了一种从未有过的激情和冲动感，周玉梅接着往下看——

　　到今天为止，离开你已经是第12天，你好吗？我可是每天都在回味着我们在一起的分分秒秒。别太发奋了，别太苦自己了，我不在你身边，你就多关爱点自己吧。我也在加大力度学英语，如果你觉得出国留学是你下一个梦想，我将全力支持，并一定争取也能出国留学，那样我们就可以天天在一起了！我期待着这一天快快到来！

　　总之，希望你一切都好，给自己多一些的关爱。吃饭要小心，走路要小心，睡觉要小心，别太苦自己了！

　　快快给我回信吧，我想你，好想你！吃饭时想，走路时想，睡觉时更想……

深爱你的南　12/9

周玉梅读到这儿，脸已经通红通红的了，将信立刻收叠起来，暗暗告诫自己："集中精力，好好学习。"

王玲成为母亲后，一切仿佛安稳下来了。转眼间，儿子欢欢已经会走路了，活泼可爱。

王玲在卫生队处理完几个换药的病人后，麻利地收拾办公桌，然后骑上自行车回家了。

王玲天天过着"两点一线"的日子，家—卫生队，卫生队—家，平时每天则会不断仰望蓝天，在心里送上默默的祝福，这已经成为她生活的全部。

下班后，王玲疲惫地回到家。一进门，儿子摇摇晃晃地向王玲走来，"妈""妈""妈妈"……王玲完全不敢相信自己："儿子，你叫什么？"儿子站在了王玲面前，伸开双手想让王玲抱："妈妈。"王玲一下子抱起儿子，激动地说："儿子，你会叫妈妈了，太好了！你会叫妈妈了。"王玲太激动了，听到儿子第一声叫"妈妈"，一切都让她那么陶醉，她紧紧地抱着儿子！

站在一旁的婆婆也高兴地说："我孙子就是能干，像他爸爸小时候，简直就是一模一样。"婆婆明显也是希望借此彰显一下自己的功劳，王玲看了一眼婆婆，什么也没说。

儿子一天天长大，聪明活泼，人见人爱，婆婆觉得这都是自己的功劳，开始不断表现自己，慢慢地又回到了她原来的样子——挑剔，刻薄。王玲为了李勇，一切委屈、冤枉、纠结、愤怒都藏在心底，日子就这么一天一天地过着。

在卫生队，人们开始被报纸、收音机、电视机里各种关于改革开放大潮席卷大江南北的消息吸引。上班时，大家谈论着各种新词，什么"下海""留学""创业""经商""万元户"……体制内许多人开始纷纷谈论"辞职""下海"；已经勇敢离开体制的人们，更是风风火火，努力拼搏。一些人也开始鼓动王玲一起"下海"……刚开始只是聊聊天，王玲没有放在心上；时间长了，各种催人奋进的信息每天扑面而来，开始让王玲有点心动了，也开始暗暗地反问自己："难道这个'两点一线'就是我现在和未来生活的全部吗？"

下午，办公室十分安静，王玲又拿起当天的报纸读起来，各种鼓舞人心的消息实在让王玲有点坐立不安，暗自问自己："你愿意尝试创业吗？你愿意放弃'铁饭碗'吗？你愿意挑战自己搏一把吗？你有胆量放弃稳定舒适的一切去闯荡一个全新的未知领域吗？你有这个勇气吗？敢吗？"王玲站起身来，走到窗户前，看着窗外一望无边的开阔地。"都说我们赶上了好时代，歌词也是这么写的，春天的故事，光荣属于八十年代的新一辈……难道我不是八十年代的青年吗？我老了吗？我落伍了吗？我甘愿当这个大好时代的淘汰者吗？玉梅、小樱都开始准备走出国门留学了，她们为什么敢想？我为什么就甘心如此？难道我的梦想还是满足于'四个口袋'吗？上大学已经没希望了，还能干什么呢？难道我就在这里天天'两点一线'一直到老吗？"王玲越想内心越乱，决定与李勇好好谈谈。

周末，李勇与儿子快乐地玩耍着，一个劲儿鼓励儿子："叫爸爸，说，爸爸。"李勇羡慕王玲儿子会叫"妈妈"，就一个劲儿教儿子学叫"爸爸"。

"快了，很快就会叫爸爸了，你当时也是先叫的妈妈，不过第二天就会叫爸爸了。"母亲在一旁忙着收拾餐具，嘴里唠叨着，显然是为了说明自己儿子那么聪明，孙子肯定不会差的。王玲坐在一边，默默不语。

李勇扭头看见王玲情绪不对，以为又和母亲吵架了，就悄悄抱着儿子，拉着母亲走进厨房，小声问道："你又怎么了？又惹小玲生气了？我们都和睦相处，好吧。"谁知这一问，母亲立刻发出了一连串的抱怨："什么，什么事？我说什么了吗？平时什么都不干，下班回来吃现成的，还有什么不满足的，我这个婆婆就像是个保姆，不要忘了，当年我在厂子里也是小组长哦，大家都很听我的。"

李勇赶紧安抚说:"对对对,您当年还是劳模,知道的,不会忘记的。不过,妈,其实她也不容易,卫生队工作蛮忙的,加上她哪会做什么家务,从小就没做过,所以您就看在我们欢欢的面子上,多多包涵。"

当听到儿子提到自己是劳模,母亲可算找着机会说道说道了:"你还记得你妈是劳模呀,我还以为你娶了老婆忘了娘呢。我给你说,什么不会做,这不是理由,当了媳妇不会做的,是需要学着做。我看她工作蛮舒服的,没什么病人,你呀,不能总是太迁就她了。以后日子还长呢,这都好几年了,妈也当上了,怎么还什么都不学不做,这怎么行?"李勇一边哄着儿子,一边压低声音小声说:"妈,妈,您放心,以后什么都会的,您现在就多包涵包涵,欢欢,你叫奶奶,奶奶可曾经是厂子里的领导,小组长,管四个人,还是劳模,现在带你多辛苦啊,快,叫奶奶,必须先叫奶奶,再叫爸爸,快,叫……"

母亲没好气地笑着说:"你呀,不要折腾我孙子,看你这个窝囊样,要不是为了我们欢欢,我才不受这份气呢。唉,你过去可不是这个样子啊,要总这么下去,以后可怎么好。"

就在这时,欢欢结结巴巴:"奶,奶,奶奶!""天哪,欢欢叫奶奶了,我的好孙子,奶奶的好孙子!"她激动地一把抱过孙子,一个劲儿亲着孙子,流下了激动的泪水。李勇也有些激动,一手拉着儿子的小手,一手拍着妈妈的肩膀激动地说:"看,欢欢都知道奶奶辛苦了,还没叫爸爸,就先叫奶奶了,说明您劳苦功高,不生气了啊,妈,咱们都看在欢欢的面子上,和睦相处,和睦相处。"她激动地亲着孙子,高兴不已。

李勇看见一旁闷闷不乐的王玲,便说:"怎么样,咱们出去散散步。"王玲点头答应了,站起来与李勇一起走出了门。俩人默默地走着,李勇看了看王玲,打趣地说:"最近怎么了?有什么不开心的事吗?"王玲脱口说出:"烦,特烦,没意思!"

李勇假装不解地问道:"烦?烦什么?我妈又什么地方让你不高兴了?嘿,她就这么个人,没什么文化,要是说了什么不中听的话,别往心里去。"

王玲有点撒娇地说:"她成天唠叨唠叨真的是挺烦人的,但我更烦的是我到底怎么办?"李勇听到这话时,显然有些诧异,不解地问道:"什么?我没明白?你怎么了?"王玲停下脚步看着李勇,烦躁地说道:"讨厌!我说的就是我,我就这么下去吗?"

李勇不知出了什么问题,赶紧问道:"不是,不是,我没明白,什么你怎么下去?什么意思?"

王玲一口气说了自己的烦恼:"是,我为了你来到了这,可是卫生队没什么大病可医,长期这样下去,我可能就什么都不是了,就天天和你妈斗智斗勇,最后就成家庭妇女了,这就是我的未来吧!烦死了!"

李勇好像明白了,打趣地说:"哦,是这样,觉得有些没意思了,远大抱负在这里无法实现,心急了,明白了,这需要让我好好想想,这可是一个新动向,必须引起高度重视。"王玲看着李勇,哭笑不得地说:"别贫了,我可没心思跟你贫,我真的挺烦的。"

李勇严肃起来问道:"那你有什么具体想法或者打算吗?"

"不知道,反正我就觉得天天要这么下去,没意思。"王玲回答道。

"嗯,这可是个大问题,必须认真对待。夫人觉得这样的生活没有意思了,大问题,很大的问题啊。"李勇半严肃半开玩笑地说。

王玲却越来越严肃地说:"告诉你,我可是认真的,不是跟你闹着玩,我真的很烦,你看人家周玉梅和张小樱,都已经在准备出国留学了,而我呢?"

李勇还是幽默地劝说道:"哦,明白了,听说好朋友要出国了,一石激起千层浪,明白了。对了,不会是夫人也想出国吧?"王玲打了一下李勇说:"真讨厌!你正经点,我可真的是很烦。"

李勇也严肃起来说:"你呀,每个人走的人生道路是不一样的,不能因为别人选择了什么样的生活,我们也必须如此。对我们来说,选择军旅生涯,就等于选择放弃许多荣华富贵,包括城市生活,更不要说出国,这就是现实。"王玲听到这里,有些委屈地说:"那就是说我只能天天这么'两点一线'生活下去了。"

李勇也带一点幽默说:"那倒也不是,但现在可能只能这样。将来就不好说了,也许我进步了,提拔了,高升了什么的,相信一切都会好起来的,面包会有的,牛奶也会有的。"李勇学着电影《列宁在十月》里瓦西里的口气开导王玲,一下子把王玲逗乐了,忍不住笑了说:"真讨厌,那要等到什么时候啊?还进步,提拔,高升呢?就你,这要熬到什么时候呀。"

李勇自信地说:"这可不好说,我现在不就非常优秀吗,要不你怎么会火速嫁给我呢,另外,我也很努力的,放心吧。再说了,你还可以帮我让老头那里使使劲嘛。"王玲立刻回答道:"你别想走后门,我们应该靠自己的努力。"

李勇马上说:"当然,咱们一起努力,争取好日子早点到来。不过,你看咱们现在老婆儿子热炕头的日子,不是蛮好的吗?"

王玲还是十分无奈,不由得在想:"季冰也是这句话,老婆儿子热炕头,怎么都这么目光短浅呢?难道我这后半生就这么过吗?"

周玉梅在积极准备论文,翻阅资料,同时每天还会挤出两小时准备托福。

钟南来信说自己在加强英语学习,也开始准备托福了。

很快,周玉梅参加托福考试,取得了良好的成绩。

下课了,周玉梅追上陈教授,向陈教授报告了自己的托福成绩和开始试着准备申请学校,也提出想请陈教授给自己写推荐信。陈教授高兴地满口答应,并带着鼓励的眼神对周玉梅说:"没有问题,全力支持你梦想成真!"

周玉梅选择好申请的学校,高中低类型相互搭配,也顺利拿到了陈教授和其他教授的推荐函,在一一检查每封申请信后,来到邮局,用胶水一封一封仔细封口,贴上邮票。走到柜台前,拿着这厚厚的10封寄往10所不同学校的申请资料,刚准备递给邮递员,又立刻收了回来,再次问自己:"这一切都是真的吗?世界变化真快,这要在几年前哪敢想,别说出国留学,就是当时争取报考大学都那么不容易……

真是赶上改革开放的好时代了。加油！"周玉梅想到这儿，毅然将这10封申请资料交给了邮递员。走出邮局，周玉梅默默地为自己祈祷。

申请信投递出去三个多月后，周玉梅开始经常到系办公室询问是否有自己的国外来信。慢慢地，周玉梅陆续收到4封来函，全是"拒绝"，她开始失望了。

一天下课后，周玉梅刚走进系办公室，办公室老师就对周玉梅说："今天你的信特别多，6封，又都是从美国来的。"周玉梅有些意外和兴奋："是吗？谢谢老师。"接过6封信，赶紧走出办公室。一路小跑来到校园图书馆旁的梨园，舒缓了一下情绪，慢慢地，一封一封地打开来自遥远美国的来信。

第1封，没被录取，周玉梅的脸色一下子变得特别难看。

第2封，第3封，第4封，都没被录取。

第5封，周玉梅实在不想也不敢再看了，过了好一会儿，还是慢慢拆开信封，多么希望第一眼能够看到"Congratulation"这个单词啊！静默了半天，一看还是那个不友好的字眼"However……"

周玉梅已经完全没有勇气再看第6封了，手里紧紧捏着最后一封未开封的信，没有一点信心和勇气了……很久，很久，很久，周玉梅长长地吸了一口清新空气，默默地对自己说："没关系，今年不行，明年再努力吧！"顺手将所有信件一起放进了书包，不看了，也不想看了，更不敢看了。

周玉梅心里非常难受，"真像是一场梦！"从海边关教授夫妇启迪般的指点，到知道"托福"这两个字，再到开始努力挤出时间熟悉托福考题，再到参加托福考试，再到学习了解如何索取美国大学申请表，琢磨如何填写那些复杂的各大学完全不一样的申请表格，再到一遍又一遍查看检查填写的申请表，再到天天跑到系办公室等盼录取通知书……这一切，想起来真的就是一场梦！

周玉梅在日记中写道："世界很大，变化真快，短短这几个月，我经历了太多，从不知道，不敢想，到学习、了解、参加考试，梦想出国留学，我是不是在做梦？怎么可能呢？是的，必须面对现实承认，这就是一场梦！"周玉梅非常灰心失望，甚至开始怀疑"出国留学"对自己来说——一个从陕川农村出来的孩子，它就是一个梦。

很多天，周玉梅情绪低落。为了忘掉这一切，重新振作起来，每天下午下课后，周玉梅就会穿上桃红色运动服，来到大操场长跑，一圈又一圈，希望通过运动，忘掉这场梦，重新开始一切！

这样做已经坚持十天了，运动、汗水帮助周玉梅忘掉不愉快的烦恼，更帮助她再次鼓足干劲，勇往直前。

下午4点，周玉梅准时又来到操场，将饭盒和书包放在操场旁边的草地上，做准备运动，与一些来运动的同学相互问候。

一圈、二圈、三圈、四圈……

在操场入口处，李娟陪着提着行李包的钟工程师走了过来。李娟刚要挥手喊周玉梅，钟工程师笑着说："不急，让她跑吧，出出汗好，要不你去学习，我在这儿等她，谢谢啊！"

李娟走后，钟工饶有兴趣地看着周玉梅在运动场上的矫健英姿，特别是发现几年不见的周玉梅成熟了许多，十分高兴，静静地、远远地看着运动场上一个个生龙活虎的大学生，羡慕又高兴。

周玉梅跑完了第十圈后，慢慢变成慢跑，最后来到操场一边，从草地上拿起饭盒和书包，朝入口处走来。突然，眼前一亮，钟工程师站在她的面前。

"怎么？怎么是您？钟工？您什么时候来的？"周玉梅又惊又喜。

"我开会路过，就专门过来看看你。刚到，你一切都好吧！"钟工程师微笑着说。

"您怎么知道我在操场？"周玉梅太高兴了。

"我先到你们教室，一位叫李娟的同学告诉我的，而且她陪我过来的。"钟工边说边高兴地笑着。

"太好了！钟工，太好了！好多年了，于阿姨好吧！"周玉梅说。

"好，我和你于阿姨经常提到你，你每次的来信我们都会看好多遍，我们非常高兴你考上了研究生，我这也是专程来祝贺的。"钟工笑着说。

"谢谢，钟工！您是怎么安排的？要不先到我宿舍去，您也可以看看我们今天大学生的生活环境。"周玉梅兴奋地说。

钟工高兴地看着周玉梅，告诉她自己早就想听听周玉梅上大学后的故事了，周玉梅也兴奋地说："我也是，一直都想向您汇报我的学习情况，而且这几天正烦着呢。"周玉梅像个孩子一样，有点撒娇地说。

"我就是想听听你的情况。走，先去你宿舍放东西，然后我们出去边吃饭边听你讲故事。"钟工高兴地拍了拍周玉梅的肩膀，俩人一起朝学生宿舍方向走去。

周玉梅和钟工一起来到学校附近的一家小餐厅，找到一个相对安静的位置坐了下来。钟工一直观察着周玉梅的一举一动，就像见到自己的亲生女儿，满意满足："怎么好像变黑了？运动的结果吧，很好，身体好最重要！"

"哦，是在泰山和海边晒的，前段比现在还黑呢。特别有意思，我刚从假期旅行回来后回家，按门铃，我妈妈出来开门，当时我戴着遮阳帽，手里提着行李，您知道我妈妈开门后说什么吗？'你找谁呀？'我说：'妈妈，是我呀，你不认识了？'我妈妈看了半天：'怎么变成非洲人了。'"说到这儿，周玉梅和钟工程师都忍不住笑了。

"是，我刚才也想这么说来着。"钟工乐了。

"现在已经脱了好几层皮，白了许多呢。"周玉梅微笑地说。

"和同学一起去的？好，学生时代就是好，自由、单纯，加上现在国家的大环境，改革开放给你们年轻人提供了多好的舞台，你们是赶上好时代了！你说你去泰山和海边了？钟南告诉我们，他也和同学去了这两个地方，现在的年轻人一起结伴旅行，真好！"钟工高兴地说着，显然钟南没有告诉父母他同行的同学是谁。

听到这儿，周玉梅明白了，便说："是的，泰山和海边可多大学生了。"

"你没看见钟南？"钟工笑着问道。

"没有。"周玉梅不得不"善意撒谎"，说完这句话，满脸通红。

"当然，当然，地方大，要是事先相互告知一下，就有可能见面了。"钟工笑着说。周玉梅没有回应，不知为何，内心觉得"撒谎"挺对不起钟工的。

"怎么样？学习情况如何？申请留学情况如何？有什么消息吗？说说看，看看我有什么可以帮助你的？"钟工话题一转，问起他一直关心的学习问题了。

一提到申请留学，周玉梅一下子脸色变得特别不好看，沉默了一下，默默地、失望地小声说："都被拒了。"说到这儿，周玉梅的眼泪一下子涌了出来。

"哦，都被拒了？可以理解，毕竟国外学制和情况与我们国家有很大不同，加上我们对外开放大门刚刚打开，有许多各类人才的激烈竞争，不要灰心，不要难过，我们接着努力，相信有志者，事竟成！"钟工听到这个消息，显然还是有些替周玉梅惋惜，一边鼓励周玉梅，一边拉住周玉梅的手安慰。

"唉，对不起。"周玉梅已经泣不成声了。

"你进步很快，都是研究生了，而且对自己的前途有了更多的思考，这些都是很不容易的。没关系，留学本身就是许多人连想都不敢想的事，咱们继续努力！相信国家会鼓励出国留学，改革开放太需要人才了！任何时候，我们都要从自己做起，机会只会留给那些有准备的人。"钟工严肃地说。

周玉梅也坦率地向钟工敞开心扉说："刚看到这些拒绝回函时，特别是一封接一封，几乎拒绝的语言都一样，心都凉了，特受刺激，不知为什么，只想哭，是不是挺没出息的！后来我开始每天下午下课后就去操场跑步，我想尽快从这次失落中走出来，重新振作起来！"

"好，就是要有这个决心和信心，一次失利不算什么，接着再来！"钟工继续鼓励道。

"我会的，您放心！"周玉梅说道。

"好了，吃饭，多吃点，好好补补，比过去瘦了，学习压力大吧。"钟工给周玉梅边夹菜边关心地说。

"钟南最近有给你写信吗？"钟工话题一转。

"哦，嗯，有！"周玉梅显然有些支支吾吾。

"这小子，总说学习忙，很少给我们写信，就是写，也就是个半页纸，弄得你于阿姨总是不放心，一个劲儿催我找机会去学校看看。他现在情况到底怎么样？"钟工关心地问道。

"挺好的！学习很努力，立志要在低温超导领域做出贡献。"周玉梅回答道。

"是吗？好！钟南呀，我们太溺爱了，特别是你于阿姨。我和你于阿姨一直忙工作，爷爷去世早，所以我们就把他哥哥从小放在奶奶那里了，一直跟着奶奶生活。我和你于阿姨都想要个女儿，最后还是个秃小子，很长时间你于阿姨都把钟南当女孩子养，特别溺爱。和他哥哥比，钟南与我们更亲，他哥哥与奶奶亲。"钟工从钟南的话题勾起了许多往事，然后看着周玉梅，颇为感慨，"你看，我和你于阿姨现在特别满足，因为有了你这个这么优秀的女儿，真是老天待我和你于阿姨太好了。"

"谢谢您和于阿姨，应该是我的荣幸，你们给了我太多的指导和帮助，谢谢你们！"周玉梅感激地说。

"玉梅，以后你要多多帮助钟南，另外有什么情况，你有责任告诉我们，这小子从来都是很有主见，不跟我们说任何事，总是让你于阿姨着急担心。但是我们发现，他好像很听你的话，是不是这样啊？"钟工显然把周玉梅看成是自己的女儿了。

"哪有，他挺好的，有主见，有思想，嗯，挺棒的。"周玉梅说着，心想："看来钟南从未告诉父母他的行踪和走向。"

时间不早了，钟工准备道别，突然想起了什么事："玉梅啊，那些回绝信在书包里吗？我挺有兴趣看看美国人是怎么写的，拒绝也是一门艺术。"

"在，最近收到的6封都在我书包里，不过前不久收到的4封已经让我扔了。"周玉梅小声说到这里，打开书包，拿出一个夹子，显然这是关于申请留学的文件夹，周玉梅十分熟悉地将5封已开封和1封未开封的6封回函一并交给了钟工程师。

钟工接过来，一封又一封，认真阅读，不时发出感叹，嘴里还自言自语道："拒绝都是如此客气，艺术呀！"

"怎么？玉梅，这封你还没开封？"钟工拿起第6封信时，发现没有开封，疑惑地问道。

"唉，都一样，不想再受一次打击了。"周玉梅有些无奈地说。

钟工好像十分理解，便自己边开封边带开玩笑的口吻说："没关系，一次打击也是打击，九次打击只会检验出我们心脏承受打击的能力，你说是不是？"当钟工打开信阅读时，原本开玩笑的表情慢慢严肃起来，反反复复读了两遍，生怕读错了什么，漏读了什么，误读了什么，然后兴奋地抬起头，看着周玉梅："玉梅呀，你差点耽误大事，你赶紧细细读读这封信。"说着把信递给了周玉梅。周玉梅接过信，似乎不明白钟工说话的意思，便阅读起来。一遍后，显然严肃的面孔开始绽露出笑容，一种完全不相信且吃惊的笑容："不会吧，这是真的吗？"

钟工有些责备，又像是批评地说："玉梅啊，你的情绪化差点耽误了大事，还是太年轻了，不过没关系，以后做任何事，一定都要细心，魔鬼都在细节处！"

"钟工，我错了，真的是太情绪化了，前面收到的4封让我一气之下扔进了垃圾堆，幸好这6封还在书包里，幸亏您来，帮助我检查了一遍……"周玉梅说到这儿时，吐了一下舌头，非常抱歉。

"年轻人，努力吧！美好的未来属于你们这一代！"钟工拉起周玉梅的手，紧紧地握住鼓励。然后拿出钢笔，在那封录取信的信封空白处，庄重地写下两个字："魔鬼都在细节处，慎始！"

周玉梅转忧为喜，也特别自责自己的不成熟，更加感谢钟工的及时出现，挽救了自己差点轻易丢失的美好前途。周玉梅暗下决心，将钟工写的"魔鬼都在细节处，慎始"贴在当天日记的那一页上，永远铭记。

周玉梅开始紧张地办理护照和签证。天天穿梭在校园图书馆，查阅各种相关资料，准备论文答辩。

很快就要放暑假了，周玉梅的全部手续办理完毕，即将出国留学了。许多老师和同学都为周玉梅勇敢成功迈出这一步而高兴。系里专门借毕业机会，举办告别舞会，这在当时非常时尚，一般也只有外语系才会组织这样的活动。

六年与老师和同学们的朝夕相处，到真要分别时，周玉梅十分不舍。周玉梅从系办公室知道，陈教授本学年除参加必要的会议外，在家专心著书，一般不来系里。因此，周玉梅在系办公室为陈教授留下了一封特别的"邀请函"，并附上"真诚地希望您能够拨冗出席，期待！您的学生，周玉梅"。

舞会的当晚，周玉梅的几个好朋友帮助在系办公室布置大教室，整个教室的桌椅摆成了一个口字形，留出了舞会的空间，在口字形的上方，一个用彩色纸编制的花篮悬空挂着，黑板上写着"友谊地久天长"，一台流行的磁带录音机，不停地播放着"友谊地久天长"，为整个教室衬托出难忘的师生情气氛。

被邀请的老师和同学们陆续来到了教室，喝着茶水，嗑着瓜子，吃着糖果，愉快地交谈着，向周玉梅送上祝贺，也有不少同学向周玉梅取经，都有些跃跃欲试的念头。大家从周玉梅的示例，开始意识到"出国留学并不是遥不可及的事，只要努力，一切皆有可能"的道理。

周玉梅一面招呼大家，一面走到教室门口外，希望看到陈教授的出现，最后看了看手表，心想可能陈教授不会来了，便回到教室，低声说对主持同学说："开始吧。"

主持同学高兴地说："各位老师和同学们，'友谊地久天长暨欢送周玉梅同学赴美留学舞会'现在开始。首先请系主任周老师讲话，大家欢迎。"

在大家热烈的掌声中，五十多岁、满头银发的系主任周教授站起来，高兴地说："老师们，同学们，晚上好！今天这个活动十分特殊，它既是我们毕业舞会，也是欢送我们外语系第一位通过自己努力，马上就要勇敢走出国门留学深造的周玉梅同学。我们老师很为同学们骄傲，为周玉梅同学骄傲自豪！是的，改革开放让我们迎来了等待很久的春天，国家恢复了高考，同学们都是这个美好时代的幸运儿，赶上了这个大好的时光。随着改革开放的步伐，过去像留学这样的事，我们是想都不敢想的，但是今天，只要通过努力，都有希望出国求学深造！周玉梅同学给我们树立了榜样，我相信在座很多同学，将来通过自己的努力，都会梦想成真！今天借这个机会，我一是祝贺各位同学圆满完成学业，即将走向各种不同的工作岗位，我们老师非常欣慰看到你们的成长进步，祝你们在新的工作岗位上，发光发热；同时，祝贺周玉梅同学的勇敢和执着，还是那句话：'Where there is a will, there is a way!'祝贺同学们！祝贺周玉梅同学！"系主任周教授停顿了一下，接着说，"同时，我也想借这个机会，鼓励大家，抓紧现在的大好时光，从现在做起，规划自己的人生道路！你们知道吗，我是多么地羡慕你们，你们赶上了好光景，只争朝夕吧！记住，原本你脚下没有路，只要你勇敢地走过去，路就出来了。"一阵热烈的掌声。

梳着短发的英语口语吴老师也激动地站起来，用标准的英音，无限深情地说："我为大家生在这个时代高兴自豪，一句话，只争朝夕！我相信同学们都会有一个光明的前途。"又是一阵热烈的鼓掌。

主持人请周玉梅讲话。

周玉梅站了起来，深情地环视了教室里的老师和同学，停顿片刻后，开始了最后一次与培养自己的老师们和朝夕相处了六年的同学们的告别演说："亲爱的老师们，亲爱的同学们，此时我的心情特别激动。至今，我都记得我第一天踏进校园的情景，'年轻的朋友们，我们来相会'的歌曲召唤着我们发奋再发奋；第一堂英语语音课，吴老师慈祥的笑容，耐心地纠正我带有浓厚陕川口音的发音；精读课，陈教授娓娓道来地诠释世界名著，《简·爱》《罗密欧与朱丽叶》《傲慢与偏见》……"刚说到这里，周玉梅惊喜地看见站在教室门口的陈教授，兴奋地叫了起来："陈教授，您来了，太好了！"教室里全部人都朝门口望去，系主任周教授招手示意："来来来，陈教授，这里给你留了座位，你的学生要留学了，你必须到场祝贺啊！"

周玉梅早已走到陈教授面前说："陈教授，好久没见到您了。"

陈教授微微笑着说："出国留学，好事，应该祝贺！"说完，又补充了一句："抱歉，迟到了，不应该！"

"没事，知道您忙，快请坐吧。"周玉梅一边说着，一边热情安排陈教授在预留座位处就座。陈教授坐下后，周玉梅看着陈教授，接着刚才的话题说："陈教授，您来得正好，我正在说您呢，特别感谢您对我的关心、指导、培养，我出国后一定更加努力地学习，争取早日学成归来，报效祖国！"大家一阵热烈掌声，一下子整个教室的气氛更加活跃起来，主持人宣布舞会开始。

整个教室的灯光渐暗，动听的音乐再次响起。系主任周教授大声对陈教授说："陈教授，给大家做个示范吧。大家知道吗，陈教授当年可是留学生里才貌双全的高才生，而且还是交际舞的高手，大家欢迎陈教授给我们来一段，欢迎！"

陈教授不由自主深情地看了一眼周玉梅，没有犹豫地站起身来说："好！好久没有跳舞了，今晚送学生，破例跳一曲。"说完，大大方方地走到周玉梅面前，非常绅士地对周玉梅说："请！"

周玉梅似乎也早已期待，即刻大大方方地接受了陈教授的邀请，俩人步入简单的舞池，在音乐声中尽情地翩翩起舞……

第一曲《年轻的朋友来相会》；

第二曲《华尔兹舞曲》；

第三曲《友谊地久天长》。

一连跳了三曲，无比尽情、无比优美，赢得了一阵阵的欢呼，陈教授好像完全回到了从前的大学时代，无忧无虑，尽情地跳，享受着音乐和舞蹈给他带来的久违了的欢乐，更有一种让时间永远定格在这一刻的强烈愿望，他完全陶醉了，沉浸在舞蹈给他带来的幸福之中……

周玉梅看着陈教授，深情地说："陈教授，谢谢您的培养！"刚说到这，就被陈教授打断了，亲切地说了一句："世界是你们的，勇敢追梦去吧！"

第十章

　　周玉梅就要离开"家",离开"国",只身一人奔赴一个完全未知的世界。

　　周玉梅的爸爸妈妈没法为女儿专程送行,爸爸给女儿写了一封长信,千叮咛万嘱咐:"女儿,爸爸一直忙工作,很少陪伴在你身边。你很努力,也得到了很多老师和贵人的相助,一步一个脚印,取得了可喜可贺的成绩,爸爸妈妈为你骄傲自豪,女儿,你赶上了改革开放的好时代,现在又有机会走出国门留学,一定珍惜时光,好好学习。同时,一个人在外,安全第一!早日学成回国报效!"

　　就要只身走出国门,周玉梅内心深处也有一种非常复杂的情感。"我真的要走出国门留学吗?出国意味着什么?国外和我们国家一样吗?"不知前面是什么,也不知道会遇到什么,但有一个信念支撑着周玉梅勇敢地往前走,那就是"珍惜时代赋予我们这一代人的机会,勇敢地走向世界舞台,学成后回国报效"!

　　钟南请假从学校专程赶到京城机场为周玉梅送行。第一次面对国际航空,一切完全陌生,钟南跑来跑去,满头大汗,忙碌地帮助周玉梅办理国际行李托运的相关事宜。

　　就在这时,王飞出现了。"你好啊,要走出国门留学了?你真的是每一步都赶上时代的步伐,真羡慕你,改革开放大潮的幸运儿。"王飞笑着并带有一点幽默口吻对周玉梅说。

　　在即将赴美留学之际,如同自己上大学那个大雨瓢泼的晚上专程送行一样，王飞又来了，周玉梅又喜又惊，不由得从内心深处生起一股特别的感激之情……

"你怎么也在机场？"周玉梅有意问道。

"我这次可不是来看生病的战友，我是自己有病了。"说到这，幽默地做了个病态的样子，然后小声地说，"我可是专程请假赶来的，为小时候就敢骂，但又让我一辈子恨不起的小姑娘送行。"

"怎么这么记仇啊！"周玉梅也开玩笑地说。

"这次是出远门，只身一人，一定要多多注意安全。"王飞话题一转，像个大哥叮嘱着。

"是的，我其实挺害怕的。"周玉梅也说出来了自己内心的一点害怕和恐惧感。

"没事，我们是你的坚强后盾，祖国是你的坚强后盾，没问题！怎么样？你的那些好朋友呢？看看，关键时候见真情吧。"王飞又调侃道。

"没有啦，大家都忙，干吗从四面八方跑来呀，要是都来了，那我可能就走不了了。"周玉梅也调皮地说。

钟南满头大汗地跑了过来，着急地说："协调半天不行，现在还是要你本人过去，必须开箱检查，因为超重了，还需要拿出来一些东西，这倒没关系，我可以给你寄过去。"

"怎么回事？"王飞问。

"我一直按照出国行李标准整理的两个箱子，怎么还是超重了，可能我带了小锅餐具什么的，海关要求必须开箱检查。"周玉梅对王飞说。

"我找人看看吧，你们就在这儿等一会儿。"王飞对周玉梅说完就走了。

"他是谁呀？没用的，时间来不及了，我都问过了，咱们赶紧过去吧，拿出一些不是太急用的东西就行了。"钟南有些着急，不耐烦地说。

"等等看吧，也许他可以帮助解决，他是我一个好朋友的哥哥。"

周玉梅望着远去的王飞的背影答道。

"都这个时候了,他行吗?这可是京城机场,国门好吧。"钟南显然对此有些反感,不高兴地说。

"哎呀,人家帮忙试试,怎么了?"周玉梅对钟南这个态度表现出不高兴。

"这就是逞能,以为自己是谁啊?你的行李都还在海关那儿呢,排队队伍可长了,再不过去就很可能耽误航班了。"钟南继续抱怨道。

说到行李和可能耽误航班,周玉梅赶紧看了一下手表,觉得确实是第一次出国门,还不知道前面会不会再遇到点什么事,所以对钟南说:"要不你先去,我在这再等一下。"

"是你走,又不是我走,你不去什么用都没有啊,小姐,今天你这是怎么了?"钟南这次是真的有些不高兴了。

"再等等。"周玉梅一边说,一边望着王飞走去的方向。

就在这时,王飞和一个男士走了过来。周玉梅迎上前去,大家互相交流了一下,然后径直朝办理机票的柜台走去。很快,周玉梅的行李不仅没有开箱检查,超重部分也没有增加费用,一切顺利解决办妥。

王飞还叮嘱那位男士给周玉梅选一个靠前靠窗的座位,这样可以看看跨越时区时的变化景象。

钟南在一旁看着这一切,心里特别不是滋味,一方面恨自己办事能力差;另一方面也"嫉妒"自己这位"梅姐",为什么老天爷待她总这么好。"唉,什么都不怨了,赶紧学外语,尽快出去!要不她一个人只身在海外,太危险了。"钟南暗暗下决心。

周玉梅看着王飞,由衷地感谢道:"你总是在我关键时刻出现,真有点意思,而且总是帮助我及时解决一切问题,真的谢谢你!"

"客气了!只要不乱骂我就好。记住,你永远有一个远远看着你、守护你的大哥。"王飞小声对周玉梅说,然后伸出手来,握手道别,"赶紧进去吧,别耽误了飞机,祝一切顺利,早日学成归来!"

周玉梅感激地说:"谢谢你!"然后转向钟南:"我进去了,再见!"

钟南不知哪儿来了一股"邪气"："现在你暂时走在我前面了，不服气！我会加紧追赶上来的，等着我，亲爱的！"

周玉梅看着眼前这个比自己小四岁的弟弟，不知该说什么是好，默默地点了点头，向安检门走去。

钟南远远地站在安检门口，向周玉梅挥手："一路顺利！给我写信！等我！"

王飞轻轻拍了一下钟南的肩膀说："加油，小伙子！"微笑着走了。

周玉梅登上了飞机："哇，好大的飞机呀！"

飞机起飞了，周玉梅看着越来越小的地面感慨万千："我真的走出国门了吗？我真的去留学了？国外是什么样子？……"她两眼深情地望着窗外，白云蓝天，"再见了，祖国！我会满载而归的！"

王玲心情不好已经有一段时间了，一直闷闷不乐，觉得自己的人生彻底失去了方向。儿子一天天长大，虽然给自己带来了乐趣，有时会让自己忘记烦恼，但一旦静下心来，看看周围那些只争朝夕、干劲十足的人们，再看看自己的现状，不免感叹："这天天'两点一线'是我向往的生活吗？难道我真的就这么一眼望到头地生活下去吗？"婆婆时不时无意义的挑剔和挖苦，俩人关系又回到不愉快状态。

李勇转场训练，连个说话的人都没有了，剩下只有郁闷，"到底应该向何处去？"更让王玲无奈的是，下班回家成了一种沉重的负担，她不想回家面对叨叨不休的婆婆，经常找各种理由，甚至很多时候不得不在操场来回遛弯。"这是我的全部生活吗？"在王玲内心深处，慢慢开始萌动一种强烈"求变"的愿望，也许这就是改革开放这个时代的感召力吧。

下班了，王玲依旧如同以往，仍然坐在办公室发呆，同事们都走了，王玲烦透了，过去有什么烦心事，可以和周玉梅聊聊天，写信发发牢骚，甚至偶尔打个长途。现在可好，周玉梅去了太平洋的那一边，一封信来回就是一个月，加上刚到一个陌生的国家，一切都在摸索中，自然联系变得难上加难。

季冰，现在的嫂子，完全变成了家庭主妇，与哥哥的关系平平淡淡，虽然表面上"相敬如宾"，实际上"危机四伏"，王玲心里明白，哥哥心里一直忘不了少年时的那个"萌动"。

田小溪自从被"疯狗"咬了以后，变得越来越沉默，除上班外，几乎所有时间都用于钻研鲜花贴画的制作，与朋友的交往也越来越少；"小朋友"听说也开始准备出国留学，正在办理转业手续。

王玲坐在办公桌前默默地感悟，真是好景不长呀，当年我们大家多么无忧无虑，天真活泼，在一起就叽叽喳喳。转眼间，各奔东西，自己和季冰都当孩子的妈了，真不可思议！唉，也不知玉梅在地球的那一边生活怎么样？和我们这里一样吗？习惯吗？实在无聊，王玲拿起电话，请总机帮助接长途电话。田小溪很久没有与王玲联系了，听到王玲的声音，又意外又高兴，赶紧询问王玲日子过得如何，一切是否顺心。

王玲还是没忍住说："哦，没什么，我就是觉得没什么意思，天天'两点一线'，婆婆妈妈的事，嘿，挺烦！"

田小溪平静地说："嘿，过日子不就是这样吗，你还想天天都那么浪漫呀。"

王玲无奈地说："浪漫？简直就是死水一潭的日子，如果这就是结婚的全部意义，说真的，还不如……唉！"

田小溪也不知发生了什么事，只是安慰说："别呀，这才刚开始没几年你就烦了，那以后日子怎么过呀？李勇呢？他不是挺浪漫的吗？"

王玲答道："转场训练去了。"

田小溪笑了："明白了，寂寞了，是吧。嘿，说真的，你也不应该就这么过吧，还得有点自己的专业，个人爱好，事业呀，什么的，千万别在不知不觉中丢失了自己。"

王玲听到这句话，马上接着说："是呀，这就是我烦的原因，卫生队也没什么大事，护校学的东西现在基本还回去了，我现在就会换药，打针，包一下感冒发烧的药，拖走廊，擦窗户……唉，真烦，你说我该怎么办啊？"

田小溪建议说："争取学点什么？"

王玲苦笑着说:"唉,你觉得当年咱那点底子,加上这些年都没看了,学什么好像都晚了。"

田小溪感觉王玲情绪不对,就转移话题:"对了,季冰现在怎么样?好久没联系了,都好吧?她真是一个好母亲。"

王玲笑着说:"这你说对了,她基本上除了工作,就是女儿。"

田小溪笑着说:"知足者常乐呀。"

王玲沉默了一会儿说:"是的,我发现想法多的人就是不知足,所以烦恼多,怎么办呢?我好像不是一个安分守己的人,而且不甘心就这么活着,总还是希望活得精彩一点,你说怎么办?"

田小溪笑着说:"都没错,改革开放不就是放飞思想吗,有不同追求没什么不好的,对吧。你儿子怎么样?茁壮成长吧,婆婆还在?"

王玲苦笑着说:"儿子没问题,天天也就他能给我带来一点快乐了,否则我就更烦了。"

田小溪开导说:"那就行,有儿子多好,知足吧。想想这不就是'围城'吗,进了城的烦,觉得还是城外风景好;没进城的,又对城内风景羡慕不已,天天想着怎么进去……"王玲没等田小溪说完,抢过话头说:"你说得太对了,就是'围城'。哎,说说你吧,准备'进城'吗?怎么样?看到心上人了吗?你条件不要太高了。"田小溪笑着说:"咱们这不是在说'围城'吗?怎么还是劝我进城啊?说真的,我好像已经没有这个心情了,在'城外'挺好的!"

王玲感觉无奈,便换个话题说:"是,看好'城内'的人再进,记住,关键要看好那个人的家庭,咱不说什么门当户对,但真的重要。我妈妈常说一句话,现在想起来真的挺对的,那就是3岁看大、7岁看老,从小生活的环境,养成的习惯,后天是没法改变的,真的,我可算是深刻理解了。唉,现在和玉梅联系也不方便了,也不知她在异国他乡生活得怎么样。"

田小溪听到这里,笑着说:"看来还是一人吃饱,全家幸福是一种活着的简单状态,起码我现在很满足这种状态。现在与玉梅联系不方便了,不过我觉得她应该行,别看是从农村出来的,有一股闯劲,比我们几个都能闯。"

王玲笑着说："是啊，人就是这样，穷则思变，我现在就有点这个意思，希望闯，希望变，不想混日子。好了，聊太久了，今天就先到这儿吧，再联系。"

田小溪鼓励道："好，别烦了，一切都会好起来的，多联系。"

王玲热情地说："是，下次聊，再见了！"放下电话，王玲心里更烦了："这难道真的就是我将来的全部生活吗？"

周玉梅抵达美国机场后，完全被眼前这个从未见过的超大机场惊呆了："哇，真大呀！太现代化了！"那个年代，开放的大门刚刚打开，出国留学生很少，因此学校留学生办公室安排了唯一的一位中国留学生到机场迎接新到的留学生。

刚走出机场，就看见一个举着"周玉梅"牌子的中国学生。周玉梅走上前去，两人相互自我介绍，对方热情地帮助提拿行李。坐进小车后，这位中国留学生热情地对周玉梅说："同学，欢迎来到美国！请系好安全带，我们马上就要上高速公路了，耳朵可能会有一点不舒服。"

周玉梅听到这里，一脸疑惑："什么？上高速公路？什么是高速公路？乘坐小车还要系安全带？什么情况？"周玉梅心里暗自琢磨这位同学的话："难道高速公路与乘坐飞机一样吗？要不为什么要系安全带，而且耳朵还会不舒服？美国是什么汽车，会飞吗？"周玉梅带着这些好奇与疑惑，又不好意思多问，就按照提示，系上安全带，做好了上高速公路"飞"的准备，两手紧紧抓住扶手。

一路高速公路体验让周玉梅觉得有点刺激："汽车开得好快呀！难怪要系安全带，美国真先进！"周玉梅还从这位同学那儿知道，在美国，会开车如同国内会骑自行车，是每个人的必需，因为汽车就是一个代步工具。周玉梅心里打着小鼓："难道我也需要学开车吗？我行吗？"短短的一路，周玉梅好像一下知道了许多过去从来没有听过的事，新鲜好奇，同时也不免产生许多疑惑与担忧。

紧张的学习很快开始了，几乎连一个喘息的机会都没有。从自己决定上什么课，在超大的体育场馆跑着注册课程，到熟悉各个教室在什么方位；从听不到统一的上下课铃声，到看不见什么辅导员、班主任，也没有人招呼你去上课，一切都需要自己掌控；一个多月拼下来，周玉梅感觉筋疲力尽，加上语言关、生活关、习惯关，用英语就是"culture shock"，不免使周玉梅非常想家。

很快迎来了期中考试。周玉梅全力准备，几乎是将课上教授讲的内容和书本上所有相关部分都背得滚瓜烂熟，包括标点符号，信心满满地参加了考试。考试结束后，周玉梅如同往常一样，及时回顾所有考试要点，并且一一与各书本里涉及的要点核对，结果十分满意，确信自己在异国他乡第一次考试一定是满分。

但是，成绩下来了，结果是"Pass"，也就是"及格"，这对一个一贯各门功课都几乎是满分的好学生周玉梅来说，实在郁闷，几次想去问教授错在什么地方，甚至怀疑"是不是判错了"？犹豫了很久后，终于鼓起勇气，敲响了教授办公室的门。

"斯科特教授，我叫周玉梅，可以请教您一些问题吗？"周玉梅开门见山，向任课教授提出问题。

"当然可以，我想先确认一下，你来自中国，对吗？"斯科特教授十分客气，专门确认周玉梅是来自中国的留学生。

周玉梅开始了自己的陈述，希望知道自己考试错在哪里。斯科特教授知道了这个中国留学生的来意后，笑了，从书桌上一摞考试卷子中，按照名字的字母，迅速翻找到了周玉梅的考试卷子，和蔼地说："我理解你的问题。我还没有去过中国，但我听说中国的教育主要是记和背。是的，如果按这个标准要求，你没有错，而且每个问题都回答得很好，包括标点符号都非常精准，所以我可以断定你在中国一定是一个好学生，我这么说没有错吧。你看，我在你的每一题后，都是一个钩，但又在钩上加了一个小点，说明你没有答错。但是，我更希望学生能够主动思考，多提问题，而不是简单地记和背。研究生的考试不是考学生是否记住了一些基本信息，那是没有意义的，因为今天记住了，明天可能会忘啊，更何况，就是没有记住，也没关系，可以去查大百科。研究生学习的关键是思考，是发问，是质疑。"斯科特教授的这一席话是周玉梅从来没有如此直接、明确听到过的具有启示意义的教诲，她突然感到："可能这就是留学的真正意义所在吧。"

很快，周玉梅做出了一个大胆的决定：改学专业，从原来的语言文学专业改为国际关系学。她隐隐地感觉到，中国的改革开放，中美关系的改善，对世界具有重要意义。而推动中美之间更多的认知与了解非常重要且必要，单就考试这事就可以反映出中美两国在文化、认知方面的不同。更让周玉梅感到新奇的是，在美国大学，转换学习专业是一件容易而且受鼓励的事情，周玉梅很顺利进入了国际关系专业学习。

时间过得很快，一晃一年过去了。周玉梅利用假期很快学会了开车取得了驾照，并且从奖学金中节省下一些钱购买了一辆二手车，成了"有车族"，这对周玉梅来说，如同插上了翅膀，自由度更大，慢慢在熟悉美国的生活方式，一切变得自在了许多。

一切都在有序进行中，一次做蛋糕和一次车祸经历让周玉梅意外地"收获"了许多，对美国这个社会有了更多新的认识。

寒假期间，周玉梅从公寓广告栏上看到了一则房屋出租消息，在离学校不远处，有一个老太太房东，一个人住着大房子，希望找学生入住，更准确说是老太太房东希望这个入住的学生，晚上除有课外，一般不外出，这一点对一般学生是不可接受的。但周玉梅看到这条广告，觉得挺合适自己，决定前往住处具体洽谈。

房东老太太莎拉，快70岁了，早年随父母从德国移民来美国，个子不高，微微驼背，和蔼慈祥，有一个女儿，一个儿子。女儿是老大，在医院当护士，儿子在一家公司做工程师，但都不在本地工作，平时就是老人自己。莎拉一直是全职太太，丈夫几年前去世，住房环境很好，出租的房间带有独立卫生间。见到周玉梅就十分喜欢，周玉梅也觉得莎拉很可爱，因此协商决定租一间房。搬过来后，周玉梅与莎拉相处和睦，她的儿女们也十分喜欢周玉梅，周玉梅开始有了一种慢慢了解、融入美国社会的感觉。

莎拉喜欢做蛋糕，她最拿手的蛋糕是"妈妈味道的巧克力蛋糕"。在学习间余，她总喜欢教周玉梅做蛋糕，而且严格遵守操作流程，每一步都必须按照食谱进行，牛奶、黄油、面粉、白糖等都需要首先分别倒入带有刻度的量杯中，然后再混合倒入面盆里。因此，每做一次蛋糕，各种带有刻度的大小器具一大堆。

一个周末，莎拉兴致勃勃地从橱柜里拿出了各种带有刻度的大大小小的量杯器具，对周玉梅说："今天你来做，按照食谱，一步一步就好。"

周玉梅已经学习观摩了好多次，高兴地说："好，我独立做一次'妈妈味道的巧克力蛋糕'，请您验收。"说完，周玉梅又认真阅读了食谱，然后说，"我准备好了。"

莎拉微笑地说："好的，相信你会成功的。"

周玉梅开始将最大号的面盆拿过来，拿起面粉开始往里估摸着倒面粉……莎拉不懂周玉梅要做什么，一脸惊讶。

周玉梅继续拿起白砂糖瓶，估摸着往面盆里倒砂糖，然后又拿起牛奶估摸着往面盆里倒牛奶……

看到这里，莎拉彻底急了："等等，等等，你在做什么？为什么不按照步骤和流程做？你这样做一定会很糟糕。"

就在这时，门铃响了，莎拉的儿子来了。

沙拉的儿子四十多岁，高大帅气，人很幽默，每次来看妈妈都不打招呼，突然袭击，来去匆匆，而每次来也都希望能够吃到"妈妈味道的巧克力蛋糕"。

莎拉迫不及待地对儿子说周玉梅没有按照她教的做蛋糕步骤，也没有把各种食材按照食谱计量要求分别先倒入量杯，而是直接一起倒入面盆，这简直就是"乱七八糟！"儿子明白发生什么事了，开心地笑了，拍了拍周玉梅的肩膀，幽默风趣地对母亲说："母亲，您知道吗，中国有五千多年的历史，所以他们做事是靠经验；我们美国只有两百多年的历史，因此做事情只能靠方法。就拿做蛋糕来说吧，他们可以凭经验和感觉来调放各种备料，用手抓就可以准确合适地感觉各种配料的多少。我们不行，只能靠方法，这不，首先都必须把各种备料按要求倒入不同的量杯里，然后再倒入面盆，这可增加了不少工作量呢。玉梅，我说得对吧？"

儿子的这些话，房东老太太根本没听懂，也听不进去，只是在一边愁眉苦脸很无奈。儿子一面安慰开导母亲，一面继续逗乐，并立刻帮助做起蛋糕。三人一起很快完成了调和加料过程，一个大大的"妈妈味道的巧克力蛋糕"放进了烤箱。

莎拉着急地又看了一遍食谱，然后将一个专门用于烹调的小钟表，定好20分钟时间，嘴里还不断念叨："20分钟，必须严格遵守！"

儿子看着周玉梅笑了，点点头说："是，20分钟，必须如此！"

那天晚上，周玉梅在日记里记录了白天做蛋糕的事："今天做蛋糕，看上去是一件小事，但房东老太太儿子的话给了我一个很重要的启发，那就是：美国做事按照方法，中国更多基于经验，这可能与历史文化有关系，因此形成了不同的思维方式和行为方式。今后，我应该更加细心，从细微处入手，认识了解这个世界上最大的发达国家，特别是文化因素对国际关系的影响。"

一周后的一个下午，周玉梅下课开车回家，快到住处时减慢车速，准备向右边车位停靠。为了一把将车停进车位，周玉梅下意识将车向左稍微打了一点，也就没有打右转向灯，然后即刻向右往车位开，谁知一辆商务车从她右边急速开来，说时迟，那时快，周玉梅来不及再向左，"砰"，两辆车撞上了！

"怎么忘记打右转向灯了，也没观察一下后面是否有车，太不小心了。"周玉梅十分自责，下车后有礼貌地对后面的商务车司机表示歉意。

后面的商务车上贴有一明显"CC公司"标记，司机是位黑人，当周玉梅向他道歉时，被撞车声响惊动的莎拉从屋里出来，一看情况，赶紧向周玉梅招手。周玉梅急忙跑过去，一个劲儿表示抱歉，因为两车相撞，还撞坏了莎拉家的一道低矮仿古围墙。

谁知莎拉对周玉梅的道歉一点都不感兴趣，而是问："你需要律师吗？"莎拉的问话让周玉梅有些摸不着头脑："律师？为什么需要律师？"莎拉把周玉梅拉进屋里，拿起电话，拨通后，仅对对方说："CC公司。"对方很简单地回答道："好，接了！"莎拉笑眯眯地放下了电话，对周玉梅说："一会儿警察来了，你什么都不要说，就告诉警察，与我的律师谈。"周玉梅被莎拉说得一头雾水。

不一会儿，警察来了，莎拉电话请的律师也来了，周玉梅完全没有弄清楚是怎么回事，没一会儿，大家各自散了。送走律师，周玉梅原本心情十分不好，正想向莎拉再次道歉，奇怪的是，莎拉不但不着急，反而安慰周玉梅不要担心，一切交给律师办理。

接下来的日子，一会儿保险公司来，一会儿律师又来了解情况。按照律师要求，车在保险公司定损后，很快由拖车公司拖到修车行去修理。没几天，周玉梅吃惊地看到了自己修理完好的车，简直就是一辆全新的车，而且莎拉家的围墙也及时修缮完好，这一切让周玉梅不敢相信，心里暗暗打鼓："这要花多少钱呀？这钱是我出吗？我哪有这些钱呀？"

又过了几天时间，周玉梅被告知撞车案要开庭了。

"上法庭？"当周玉梅听到"法庭"二字时，特别害怕，因为在骨子里好像就有一种潜意识，好人怎么能么会去法庭呢？！出乎意料的是，莎拉活跃极了，一大早就催着周玉梅去法庭，嘱咐不要迟到。当周玉梅离开家时，莎拉反复强调："一切听律师的！"最后，笑眯眯地对周玉梅说："Good luck！"

生平第一次来到法庭，关键还是美国法庭，周玉梅充满好奇与不安。

陪审团坐在陪审席上，静候着。

周玉梅和律师，那位CC公司的黑人司机和他的律师，分别坐在原告和被告席，静候着。

法庭准时开庭。

周玉梅的律师陈述。这位律师潇洒地走到陪审团前，在早已准备好的写字板上画出房东所在住宅区以及发生车祸地点示意图，律师一板一眼地开始与陪审团友情互动:"正如大家所知,这一带是我们这个城市的一个中产阶层居住社区,住着一些老年人,当然也有许多小孩子经常在户外玩耍,对吗?"

陪审团一片"Yeh!"的赞同声音。

律师接着陈述:"那么在这样的社区,是不是任何时候、任何情况下,都可能出现一些意想不到的事情,如突然跑到马路上的小孩,或眼神听力不太好的长者突然过马路等等意外情况?"

陪审团又是一片"Yeh!"的赞同声音。

律师继续陈述:"所以说,我的原告已经在自己住所门口准备停车,车速是不是无论如何不会太快,对吗?"

"Yeh!"陪审团继续附和着。

律师步步紧逼:"因此,这场撞车事件,从紧急刹车印和我以上所述的情况,我们有理由断定后面的商务车,在这样的住宅区开得太快以至于造成追尾?"

"Yeh!"陪审团似乎毫无悬念地赞同。

"陈述完毕。"说完,律师将手中的电子教鞭往桌上一放,潇洒地走回到自己的座席,对一脸困惑的周玉梅微微地笑了一下。

法庭很快做出裁决:CC公司承担全部责任,赔偿一切包括莎拉家围墙修缮费用。

这个裁定让周玉梅很是吃惊,因为她认为自己没有打右转方向灯,错误在自己,起码也应该有一半错误,这也是车祸刚发生时她第一时间主动道歉的原因。但经过律师的"智慧",周玉梅竟然成了完全的无辜者,这让周玉梅很是"困惑":法律?如何理解?难道这就是美国为什么有如此多律师的原因吗?

回到家,莎拉乐呵呵地迎了上来,祝贺周玉梅法庭胜诉,并且很快帮助周玉梅算出了赔偿的钱数。律师拿走赔偿费用总数的33.3%后,修车和修围墙的钱完全由CC公司支付,由于周玉梅右手轻度骨裂,除医药费外,还获得一笔赔偿。

莎拉看着周玉梅困惑不解的样子,耐心解释道:"因为是与美国大公司撞的车，这种案子一般律师都非常愿意接。因为大公司有钱，这样的案子根本不是事，一般也不愿意花费时间和精力，所以败诉是常事。这也是我的律师一听说是 CC 公司，毫不犹豫地接了这个案子的原因。"

"原来如此！"周玉梅深深地出了一口气。

周玉梅以为这事就这么过去了，毕竟自己的车完整修好，而且二手车本来就有很多问题，这次也一并给修好了，而房东老太太的围墙也全部修缮，这次车祸加法庭经历也就顺利翻篇了。

谁知，两周时间后，律师又打来了电话。

"你是留学生，对吗？"律师问道。

"是。"周玉梅答道。

"现在中国留学生很少，你一定是一个好学生，对吗？你是右手写字吗？"律师接着提问。

"什么意思？"周玉梅有些困惑。

"你来我们美国学习深造，第一，一定是优秀学生；第二，右手写字，这次你的右手虽然现在看是轻微骨裂，但无法确定是否留下了终身后遗症，是否对将来你的职业生涯产生什么影响，这些都是事实。作为你的律师，我需要考虑，并且最大限度地维护你的权利。"然后，专门强调地说，"我需要维护你的权利，这是我的职责所在。"

周玉梅听着这些过去从来没有听过的语言，惊讶，不解，不由得问了一句："那会怎么？"律师笑着说："我会要求对方追加补偿，Any money is good money！"

晚上，周玉梅坐在书桌前，十分困惑："Any money is good money？律师维权与金钱如此紧密联系在一起？难怪都说美国律师多，而且很有钱。"周玉梅把车祸的事以及自己的感想写信告诉了钟南。

在周玉梅出国后的第三年，钟南经过艰苦努力，通过托福和 GRE 考试，申请到了攻读物理学研究生的入学资格，终于飞到了周玉梅身边。

很快，俩人走到了一起，成为互相帮助、比翼双飞的留学生夫妻！

钟南觉得自己是世界上最幸福的人，对周玉梅倍加关爱呵护。

周玉梅也感到了一种从未有过的满足和幸福！

改革开放的大潮席卷全国，"下海"越来越成为一个时髦名词。一时间，几乎全民经商，一直"束缚"人们的人事、组织、户籍、档案、单位、制度就像松开了的缰绳，人们开始大胆地放飞梦想，追求自我价值的实现，有些人"停薪留职"，有些人干脆辞职，有些人独自创业，重新自我发现，寻找自我价值的最大化。王玲被这一浪潮再次深深触动，一直纠结心底的一股力量再次召唤着她："不要再这样下去了，走出去，海阔天空！"

王玲忍不住给父亲打去电话："爸爸，我想下海！"父亲被女儿这突如其来的问题愣住了："为什么？怎么回事？"王玲坚定地说："我想闯一闯，不想这么生活下去了，没意思！"父亲严肃地说："你知道你在说什么吗，不要任性！"

王玲还是十分坚定地说："我也是八十年代的青年，应该有追求梦想的权利。"

父亲警告道："你的理由有一定道理，但也不行，因为你已经做出的选择决定你不能任性。"

但是王玲已经下定决心，不希望再如此混日子了，她觉得现在的自己，没有人生价值，没有任何幸福感，更没有任何成就感，完全没有了自己！"我怎么可能这么混一辈子呢？"王玲决定与李勇明确自己的决定。

周末，早餐后，王玲看见与儿子在玩耍的李勇："咱俩今天去县城转转，怎么样？"

李勇高兴地说："好啊，好久没一起去赶集了。"说完，抱着儿子对母亲说："妈，我们俩今天去赶集，下次天好时，咱们全家一起去。"

母亲没好气地小声说："没出息！一点都不像你爸爸，哪有男子汉大丈夫的样子。你就这么惯着她吧，欢欢都四岁了，她做了什么？钱也都是你挣的，要靠她，我们全家都要去喝西北风了，天天就像丢了魂似的，再这么下去，以后有你吃苦的时候。"

听到婆婆这番话，王玲更加坚定了走出这个小家闯世界的决心。

王玲和李勇俩人很久没有一起散步了，彼此也有了一些陌生感。李勇打破了沉默，问道："怎么回事？又有什么委屈，说出来听听。"王玲不高兴但很直接地说："我不想这么过下去了，也不能只靠你一个人辛苦挣钱养我们呀。"

"什么？什么意思？"王玲的话刚一出口，就让李勇大吃一惊。

王玲看了一眼李勇，没好气地说："什么什么？钱都是你挣的，要靠我，全家都要去喝西北风了，所以我不想这么'两点一线'过日子了，我要出去挣钱养自己，养儿子，不能被人家瞧不起！"

"唉，不要这么小心眼，我妈就是那么一个心直口快的人，别往心里去。我们之间还分什么你我呀。"李勇劝说道。

"我是认真的，我想下海！"犹豫了一下，王玲最后还是说出了自己的决定。

"什么？什么？你说清楚，你要下海？"显然李勇对这话感到非常吃惊。

"有什么大惊小怪的，对，我要下海！"王玲坚定地重复说了一遍。

"不是，不是，不是，我有点不明白了，你是护士，学医的，刚才你说你想下海经商，是吗？我没有听错吧？"李勇非常吃惊地问道。

"是的，我再说一遍，我不想当护士了，我想挑战一下自己，我要下海经商，我不想全家因为我喝西北风，听清楚了。"王玲斩钉截铁地说。

李勇觉得这可能是妻子一时的气话，便开导道："好了，别说气话了。有什么委屈，说出来吧，再说了，我妈在这不是也帮了很多忙吗，一家人，她说点什么不中听的话，我去批评她，不要耍小孩子脾气了。"

王玲严肃地说："我在说正事，听好了，我想下海挑战自己，不想混日子了。"看着妻子从未有过的一脸严肃，李勇似乎意识到了点什么，也严肃起来说："你说你想下海经商？不是一时气话？我没有听错吧，对吗？"

"没有！"王玲坚定地回答道。

"你想过这意味着什么？"李勇也严肃起来了。

"什么意味着什么？不就是换个工作吗？"王玲有些随意地回答道。

"不就是换个工作？你说得真的是好轻松呀，你想过没有，我怎么办？儿子怎么办？家怎么办？这可能就是你们这种人吧，得到一切都是那么容易，所以换个工作也就是一个电话的事，对吧，你们从来不会考虑别人。"李勇突然有些激动地说。

"什么？什么？我不就是想活得更有意思吗？真没想到你会这么想，你为我的前途想过吗？"王玲显然也被激怒了。

"那你为我想过吗？为这个家想过吗？你这就是瞎折腾。"李勇没有示弱的意思。

"本来现在就是个折腾的年代，再不折腾就老了，就会被时代淘汰了。现在，我是专业没专业，生活没生活，事业没事业，我都不知道我自己是干吗的了？！"王玲将生气、委屈一股脑说了出来。

这一次，李勇完全没想到王玲会提出这样的问题，而王玲也没有想到李勇的反应会如此激烈，而且还说出了自己平时最不喜欢听的话，什么"你们这种人"。但是这一吵更坚定了王玲的决心："一定不能再这么下去了，出去闯！"

李勇原本平静的生活突然掀起波澜："她到底是一时说气话还是真想动作？她要去经商，我怎么办？儿子怎么办？家怎么办？"俩人各自脑子里想着、猜着，闷闷不乐地走着……

改革开放的大潮影响着那个时代的每一个人，他们开始面临各种选择。自从周玉梅和张小樱考上大学，特别是周玉梅走出国门那一刻起，当年的"五朵军花"，从同一个起跑线出发，几年光景过去，各自开始了完全不同的人生追逐梦想、追逐幸福的轨迹。当初同一个梦想，看谁最先从两个兜的军装换成四个兜，简单、直接、现实，"先进""优秀"则是最直接的体现。然而短短几年时间，时代的变迁，改革的大潮，每个人都有了更多选择梦想、追求幸福的机会和可能，参加高考、出国留学、下海经商、辞职创业……时代在变，每个平静、安稳的心在不同层面开始了从未有过的激烈萌动，虽然前面是什么，会怎样，一切未知，但似乎每个人都在思考、都在向往、都在追逐……那是一个青春绽放的时代，一个催促人们去想、去做、去闯的时代！

王玲不甘心一眼望到终点的平稳日子，不顾所有人的劝阻，也不管未来会遇到怎样的"未知"，又一次闪电般地做出决定："下海"创业，并随父母工作调动，一起来到京城闯天下。而李勇认为放着稳定、安逸的工作不干，去追求什么自我价值，这就是"作"！

"下海"改变了王玲和李勇原本简单的生活节奏，俩人之间出现的各种争吵、矛盾和分歧越来越多。两年后，为了拴住王玲，李勇自行做出转业决定，也来到了京城，天各一方的局面虽然结束了，但两人之间的"冷战"与"热战"交替不断，王玲为此陷入苦恼之中。

第十一章

周玉梅顺利获得硕士学位，开始继续攻读博士学位，埋在心底那个遥远的梦想越来越呈现出清晰明确的实现轨迹，周玉梅暗暗下决心，发奋努力，争取早日获得国际关系学博士！硕士毕业典礼与开始博士学习有一个短暂的转换期，周玉梅决定好好休整一下，为更紧张的学习做好调整与准备。然而，在校园无意间遇到了一个人，打开了周玉梅认识了解美国社会的又一扇窗户。

二月的一天上午，阳光明媚，天气好极了！走在校园里，欣赏着校园里初春美景，思考着下一步学习计划，迎面走过来一位身穿西装、满头银发的男士，俩人擦肩而过。不一会儿，男士又转回来，追上周玉梅客气地问道："你好！请问你是来招聘的还是来应聘的？"周玉梅有些莫名其妙，摇摇头，简单回答："都不是！"男士依旧十分有礼貌地做了自我介绍，特别是知道周玉梅五月硕士毕业，目前这两个月在休整，便热情地表示祝贺，同时从西装口袋里拿出一张名片，有礼貌地递给周玉梅，并微笑地说："如方便，请给我电话，我希望与你谈谈。"随后朝商学院教学楼走去。

周玉梅看着他的背影，又看了看名片，上面写着 M Life Insurance，男士是公司副总裁，笑了，随手将名片放进了书包。

晚上，周玉梅接到 Host Family 玛丽的电话，告诉周玉梅明天要和丈夫汤姆到学校来，希望中午一起午餐。周玉梅高兴地答应了，并告诉玛丽自己正好有事想请教。刚到美国不久，学校国际留学生中心引荐了一对退休夫妇做周玉梅的 Host Family。汤姆先生曾是一家环保机构的总工程师，夫人玛丽是一家公司行政主管。这对夫妇很喜欢周玉梅，经常向周玉梅介绍美国风土人情，帮助修改论文，反复告诉周玉梅，有任何事随时说，因为"你是我们的家庭一员"。

中午，汤姆和玛丽来到校园餐厅，热情地与服务员打招呼。他们坐到了一个靠窗户的桌子，汤姆拿出烟斗，很有派头地抽了起来。周玉梅来到了餐厅，热情地与汤姆和玛丽拥抱问候。还没等周玉梅坐下，玛丽就着急地问道："遇到什么问题了吗？"周玉梅详细告诉他们昨天在校园遇到的那位男士，边说边拿出名片，递给汤姆。汤姆看了名片后说这是一家很大的保险公司，建议周玉梅无论怎样，给对方一个电话表示感谢，但是如果现在有一点闲暇时间，也可以与这家公司交流，这是了解美国社会的一个机会。

午餐后，周玉梅按照汤姆的建议，按照名片上的电话号码拨去了电话，斯迪文先生很高兴接到周玉梅的电话，当听到周玉梅有礼貌地谢绝应聘时笑着说："这不奇怪，但不会因此我们就不可能见面，对吗？"周玉梅诚实地表达自己不是商学院学生，对保险知识一点不懂，也没有兴趣进保险公司工作。但是斯迪文表示还是希望能够见面聊聊。按照电话里时间和地点的约定，周玉梅礼貌地来到了学校就业指导中心办公室。

斯迪文热情接待了周玉梅，并直接进入主题说："你目前在等五月的毕业典礼，对吗？应该事情不太多，可否上一周保险培训课，了解了解这个行业？培训费由我们公司出。"周玉梅吃惊地问道："为什么？"斯迪文回答道："我想我这么做是有道理的。如果经过一周培训，你考核成绩及格，我们可以再谈；如果考核成绩没有及格或经过培训你依旧对保险业务没有兴趣，就算我们公司赠送给一位即将毕业学生的礼物。Fair？"周玉梅听到这里笑了，明确自己肯定对保险行业不会有兴趣的。

斯迪文很绅士地笑着说："凭天生兴趣找工作是一回事，开始一项工作后再慢慢产生兴趣可能也是很常见的现象，你说呢？更何况，你可能还没有发现自己的很多潜能。"周玉梅想到了汤姆的建议，便答应参加一周的培训班学习。

　　一周紧张的保险业务培训学习，最后两项专业考试，周玉梅均获得"良好"成绩。虽然学到了许多从未接触过的保险和金融知识，初步了解了一个全新领域，但无论如何，周玉梅对"人寿保险"似乎不理解："人都死了，还要什么保险？保谁呢？"因此，周玉梅决定再次拜访斯迪文，感谢提供培训学习机会，同时明确自己没有兴趣。

　　周玉梅再次来到学校就业指导中心，斯迪文没等周玉梅开口就高兴地说："祝贺！祝贺！一个非商学院学生，经过一周培训学习，竟然取得如此好的成绩，祝贺！"周玉梅还是很有礼貌地表示感谢这次学习机会，也学到了许多新知识，但不是自己感兴趣的专业，所以专门来致谢，自己还是专注热爱的专业学习！

　　斯迪文听后笑着说："在我们美国，不是学什么就一定应该做什么工作。我第一眼看到你，就认为 You are a goal-getter！ You are too hot to lose. Well, it does not hurt to try anything new."周玉梅仍然用一切办法婉言谢绝，但斯迪文不断执着盛情邀请周玉梅"Try"。周玉梅最后坚持说："我反复认真想过了，我对这个领域完全没有兴趣，谢谢您给我这次培训学习机会。"说完站起来就要离开。这时，斯迪文再次郑重地说："对任何事不要轻易说 No，不要轻言放弃任何一次可能的机会，谁知道将出现或可能出现什么奇迹。这样吧，在你参加毕业典礼前这段时间和暑假，13 周内，我们提供你办公室和一切必要的工作条件，每周 200 美元固定工资。如果业务成交，每单再提成保单总数的 55%。13 周内，如果你能够达到 5500 美元保单提成指标，你可选择继续，也可选择退出，决定权在你手上，Fair? 起码你在这段时间，可以了解美国，还可以挣一点零花钱，为什么不呢？"

　　斯迪文一口气说了如此具体的条件和希望，但丝毫没有打动周玉梅。为了礼貌，周玉梅想出用加码办法来达到彻底回绝之目的，便幽默地说："那不行，一周 200 美元太低了，至少 500 美元。"周玉梅原想如此，对话一定就结束了，谁知刚说完，正要起身道谢离开，不料斯迪文毫不犹豫回答道："没问题，就这么定了，一周500美元，外加13周5500美元提成，成交！"周玉梅真不知道还可以说什么，愣住了，这是她人生第一次与商人交往，此时，斯迪文已经伸出手说："Welcome on board and you will do well."

周玉梅被安排在了一间独立的办公室，女秘书调试好了一台全新电脑，送来三本厚厚的电话簿和各种办公用品。坐在旋转的办公椅上，看着窗外的蓝天和绿植以及办公室内的各种盆景，周玉梅突然有一种莫名的兴奋和好奇感："原来，这就是经商呀！"就这样，周玉梅开始了第一周在美国保险公司工作的经历。约翰先生，一位资深保险经纪人，作为周玉梅的mentor，向周玉梅分享了自己二十多年从事保险经纪人的经验，并热情地说："有任何问题，随时问！"

三天在岗培训后，周玉梅开始认真研究各种培训资料，熟悉预约销售电话和专业交流指导手册，浏览三大本电话簿。凭直觉，周玉梅迅速锁定了20个电话号码，拿起电话，拨通了第1个客户电话，第2个，第3个……从最开始，严格按照交流指导手册电话交流，结结巴巴，有时完全不明白对方的问题，到慢慢地越来越谈吐自如，再到最后成功预约3个客户面谈。工作第3天，周玉梅就要出去见客户了。

斯迪文和约翰两人欣喜地看着周玉梅如此迅速进入工作状态，在见客户前又对周玉梅进行辅导，包括与客户交谈、成交保单的方法和技巧。

周玉梅穿上自己出国时定制的西装，在镜子前反复打量自己，笑着对镜子里的自己说："像商人吗？而且还是保险经纪人？有点意思，就算是一个社会实习吧。"钟南在一旁看着周玉梅，爱慕地说："这也是一种经历，挺好！路上小心，祝你成功！"

周玉梅信心满满地踏上了见客户的旅途。按照预约信息，一个接着一个拜访约好的客户，认真、细致地讲解保单。

第1份保单成交，25万美元Whole Life成交。

第2份保单，对方希望考虑一下再回复。

第3份保单成交，25万美元Whole Life成交。

周玉梅非常兴奋，带着满满的成就感回到办公室，斯迪文、约翰和公司全体同事们向周玉梅送来了热情的祝贺！

周玉梅很快又顺利预约上了5个客户。针对不同客户，周玉梅分别准备了两套方案，并按照每个客户的地点，做了合理的线路排序，带着满满的自信，又出发了！

一个接一个见客户，认真讲解保险的意义，回答客户的疑问；一个又一个签约，一种从未有过的成就感油然而生。一路下来，5个预约客户，竟然3单成交，周玉梅兴奋极了。

经过一家中餐馆时，周玉梅心想："正好午餐，也可借机推介一下保险。"走进餐厅点完餐后，周玉梅开始与老板娘聊天，自然而然介绍了保险业务。老板夫妻听完介绍，表示有意愿购买人寿保险，而且立刻决定购买每人一份25万美元Whole Life保单。

第1周，仅7天时间，周玉梅共成交7份保单，全是Whole Life，共计Commission 5700美元，一周时间完成了需要13周完成的工作任务，创造了公司多年未有的业绩纪录。周玉梅被授予"Eagle奖"，手捧着"Eagle奖"，周玉梅有一种成就感，一种接受全新挑战后的成就感！

周玉梅特别邀请Host Family在当地最好的中餐馆聚餐，兴奋地讲述自己第一周的业绩，汤姆和玛丽异口同声说："我们知道你会做得很好！"

汤姆叫服务员结账时，服务员说："已经结过了。"汤姆和玛丽吃惊地相互看着，又看着周玉梅。周玉梅微笑地说："按照我们中国的传统做法，孩子第一份工作的收入，应该给父母或为父母做点什么。这些年，你们帮助我很多，你们是我的美国东道家，所以这一次一定应该是我埋单。"汤姆和玛丽满意地笑着说："It is great tradition！"

这一经历给周玉梅很大的启示和鼓舞，也记住了那句话："It doesn't hurt to try anything new."

"母亲节"很快到了，周玉梅快乐地参加了毕业典礼！最让她感动的是，保险公司的斯迪文、约翰和秘书都来参加毕业典礼了。斯迪文笑着对周玉梅说："祝贺！在校园认识你是我的荣幸，也非常高兴能有一起工作的机会，虽然时间很短，但你展现了你的能力，你是一个有目标导向的人，我们为你自豪！好好读书，早日获得博士学位。但记住，这里的大门总是向你敞开的。"

周玉梅重新回到紧张艰苦的攻读博士学习中。

钟南硕博连读进展顺利。

周玉梅天天以图书馆为家。

钟南天天在实验室演算大量的数据。

两人比翼双飞。

张小樱花费了很大努力，最后办完转业所有手续，包括出国攻读数学博士的一切手续，第三天就要启程。

启程前两天下午，张小樱电话邀请大家："明天晚上务必出席告别晚宴！"这就是张小樱，从来说话办事不考虑别人的时间和感受，就是"命令"，大家也都习惯了"小朋友"的作风。

田小溪和季冰相约，一起乘坐"朝发夕至"火车前往京城，为"小朋友"送行。无论如何，大家知道张小樱很快就要启程留学，有吃惊，但更多还是佩服她的"执着努力"和"滴水不漏，但常常水到渠成！"的风格。

大家按时到达指定餐馆。王玲见到张小樱就问："你告诉玉梅了吗？"

张小樱神秘地回答说："没有，我想到美国后，突然出现在她家门口，给她一个大大的惊喜！"

田小溪笑着说："'小朋友'真的是长大了！连'阿姨'都不通过就自己决定这么大的事了，厉害呀！"

张小樱感慨地说："实际上，我都不知道我是怎么就办成的，本来根本就没抱任何希望，怎么说呢，还是赶上了改革开放的好时代了。"

季冰幽默地说："'小朋友'越来越会说话了！真可惜这样的人才又流失了。"

张小樱严肃地说："季冰，你这么说是不对的，不是'流失'，是短时间内出去'充电'，然后回来可以为国家做更大的贡献，你们说对不对？必须要有大视野，我们是八十年代的青年，赶上了这么好的年代,一个鼓励勇敢追梦的年代,必须抓住这个机会。"大家都笑了,一阵热烈掌声。

季冰笑着说:"这简直就是告别演讲啊!"大家纷纷向张小樱送上祝贺,希望她早日成为中国的女数学家,女陈景润!

聚餐中,季冰强忍着身体的不舒服,细心的田小溪发现了,小声问道:"怎么了?不舒服吗?"

张小樱看着王玲,有些不满意地说:"你这小姑子要对嫂子多关心些才是,不要没日没夜只想挣钱,只想什么别墅、豪车……钱永远是挣不完的。"季冰轻轻拍了一下张小樱,笑着说:"说什么呢,王玲对我可关心了。"

王玲问季冰:"怎么了?哪里不舒服?"季冰强装笑容说:"没事,可能一时被'小朋友'的豪言壮语吓着了,心跳过速,没事。"

告别聚会结束时,张小樱与这些战友一一拥抱道别!

王玲进入商场后,一切从零开始,非常艰苦,比想象的创业艰辛难得多,再加上生活上出现诸多纠结,常常与李勇"话不投机半句多",所以经常下班后不愿意回家,不想回家,甚至常常有一种莫名其妙的感觉:"那是'家'吗?那是我当年渴望建立的'家'吗?"有时在商场上遇到不顺利时,也会对自己的勇敢选择产生质疑:"我选择'下海'对吗?是不是我根本就错了?"无数疑问困扰着王玲……好在经商创业有一个方便条件,那就是有一条国际长途电话线,加上电邮也越来越便利,所以王玲一有烦恼就与周玉梅通过各种方式交流,周玉梅也常常为王玲提供一些了解世界、拓展视野的信息。

一个月后的一天晚上,王玲还在公司处理业务,突然电邮出现了周玉梅的邮件,说她最近认识一位留美博士,人还行,让王玲给田小溪说说。王玲觉得无聊,便回邮件说:"介绍的常常都不靠谱。这种事,咱千万别乱帮忙,也许就是帮倒忙。"

周玉梅即刻回了一个短邮件:"战友情,必须帮。你就帮助参谋一下,毕竟田小溪要求特殊,接力棒给你了,我要上课去了,下次见!"

王玲有些无奈,还是拨通了田小溪的电话,告诉她有人又要当媒人了,这次是一留美博士,近日回国。田小溪听到这里说:"又是玉梅吧,看来读书压力不大,要不怎么会有时间操这个心呢?"王玲赶紧"纠正"说道:"这样说不对,人家学习可辛苦了,之所以操心,就是因为'战友情',这可是玉梅反复强调的一句话。实话告诉你吧,她告诉我时,我也是这么说她的,可人家来了句'战友情',一下把我就给噎回来了,所以呀,珍惜吧。对了,玉梅还专门说,此人是湖滨市人,这次是回湖滨,所以是送到家门口的好事,还专门'命令'我朝发夕至跑一趟协助好你,想想,玉梅真是一个挺有情有义的人,你说呢?人家完全可以不管呀,甚至不理睬我们这些文化水平低的人,可是没有,你说是不是挺让人感动的?另外,她还让我告诉你,到时候好好打扮,穿洋气点,人家可是留美博士,高端人才!"

田小溪笑着说:"我确实挺感谢你们这些好朋友,那就麻烦你来一趟湖滨,正好我们也好久没见了,挺想的。"

王玲笑着回答说:"我也正好有业务,所以公私兼顾了,咱们湖滨见。对了,人家可是美国大公司的白领,你可要尊重点哦!"王玲越来越发现,只有和"战友"一起时,所有烦恼都会化为快乐,即便大家东西南北不在一个空间,但好像从未感觉"走远",这也许就是"一日军营缘,终生战友情"吧!

田小溪是个非常天真的女孩。自从受到深深的伤害后,一直潜心绘画和帮助弱智孩子,这也许就是常说的,越是单纯的人,受伤就会越深,也就越不容易走出来。这些年,虽然也有人不断给她介绍男朋友,但都没有成功。渐渐地,田小溪似乎已经更加习惯一个人生活了,话也少了许多,再也不像当兵时那么活泼、幽默了,再也听不到自称"阿姨"这个字眼了,一切的一切都因为那次伤害悄然变化了。

王玲来到湖滨市,按照约定的时间和地点见到了刘博士,一位身着浅灰色西装的男士,梳着时尚的小偏分头,戴着一副金丝边眼镜,温文尔雅。

"小溪,嘿,这儿。"王玲看见田小溪,赶紧招手示意,快步迎上来,并张开双臂。

"好久没见了，你越来越国际范了。"田小溪笑眯眯地说。

"那是，都好吧。"王玲边说边有意表现出国际范，与田小溪来了大大的热烈拥抱。

"最近又发了什么大财了？"田小溪笑着问王玲，王玲现在是"五朵军花"中最有钱的大财主，从里到外，基本是全面西式现代化了。王玲笑着答道："哪有，都是辛苦钱。"接着赶紧介绍说："来来来，我介绍一下，这位就是我们的好朋友周玉梅介绍的一位朋友，留美化学博士，现在在一家世界500强的化学工业公司任研究总监。这位是田小溪，天真可爱，药剂师，与化学有很多关系，同时还是一位杰出女画家，专攻自主创新的鲜花画。"

男士一本正经地伸出手问候道："Hello，您好，刘鹏。"

田小溪脸一下子红了，略带羞涩地说："你好！"

王玲笑着说："好了，好了，走，咱们进去坐下再聊。"

大家走进餐厅，在预定的座位处，王玲有意让田小溪和自己坐在一边，这样田小溪与刘博士正好面对面。刘博士显然有意要表现出绅士风度，主动走到田小溪座椅后，帮助田小溪坐下，弄得田小溪一脸通红，因为从来没有享受过这种"礼遇"。刘博士回到自己的座位后，绅士般地说："听玉梅介绍，你们是很久的好朋友，well，not easy，非常 happy 认识你们，我在 America 已经 eight years，现在回国已经 feel 很不习惯了。"这位500强大公司的洋博士不断夹杂着英文说道。

王玲和田小溪相互对视，淡淡地微笑着。刘博士意识到了自己中英文混杂说话的情况，赶紧表现出一丝歉意："Sorry，sorry，不好意思，不是有意的，现在真的是很多中国词语都忘记怎么说了。"王玲笑着说："没关系，理解！"田小溪一直坐在一边微微笑着，没有说话。

因为肩负着周玉梅交代的任务，王玲不得不摆出"媒人"的样子说："刘博士，您要不介绍一下自己吧。"

刘博士高兴地打开了自己的话匣子说："我吗，嗯，怎么讲，很简单的，在国内读完大学就直接考上了研究生，出国留学的大潮自然也就把我带出了国门。一出去就是 eight years，拿到 Ph.D（博士）后就非常顺利进入了 500 Fortune 大公司。你们懂什么是 500 Fortune，这可是非常不容易进的大公司，我很幸运，已经入职一年多了，也是公司里少有的三位亚裔高管之一。"刘博士说到这里，在"高管"两字处提高声音，似乎有意强调一下，流露出满满的自豪感。

刘博士说话虽然简单，但表现出了留学生独有的自信、自豪，还有一分自傲，当然从外表、讲话和举止各方面也都能表现出一些"洋"味，说话时，不时带有"嗯哼""嗯哼"，或是耸肩，舞动手势。

田小溪静静地听着，看着。

王玲也微笑地听着，看着。

刘博士一直盯着田小溪看，突然有意表现与大家很熟悉的样子说："小溪，玉梅向我介绍了你很多，你很有才哦，去美国发展吧，一定前途无量。"大家相互对视了一下，似乎王玲和田小溪都没有想到刘博士会说这样的话。各道菜陆续上来了，大家开始客气地用餐。

刘博士显得很大方，甚至有些主人的感觉说："那我就用饮料代酒，向两位小姐致意，非常高兴认识你们。"说完一一与两位碰杯，在与田小溪碰杯时，特别加了一句："特别高兴认识您。"

田小溪微微一笑。大家又是一阵海阔天空的聊天，刘博士也一面介绍自己的经历，一面盯着田小溪端详，而田小溪则没有表现出一丁点兴趣，甚至不时地看表希望结束这场没有意思的饭局。

刘博士又挑起了一个新的话题说："你们没有想过换换工作环境吗？我们这一代人赶上改革开放的大好时光，可以放飞梦想，总待在一个机构，是不是会很 boring 呢？一个人一生很短，但每个人的才能潜力是无限的，不去发掘，不去挑战，只是简单求安稳，那可真的是会错过很多机会的。"

田小溪越来越没有兴趣继续下去，王玲在一旁看了出来，虽然挺想听听这位洋博士的"高见"，但不得不照顾田小溪的情绪，便说："您真的是博士，见得多，事业开阔，我们可能还是更多立足本职吧，这也是一种活法，您说呢？"

"那当然，人各有志嘛。"刘博士也客气地说道。

田小溪实在不想继续了，便有礼貌地说："很对不起，我还有一些事情，你们继续聊，我先走了。"说完起身道别就离开了。刘博士显然有些失望，耸了耸肩膀，客气并保持风度地说："可以理解，话不投机半句多嘛，何况还是大龄剩女，脾气太怪了。"说完后，与王玲匆匆道别离开了，王玲也非常无奈地自言自语道："唉，就是瞎操心。"

李勇对王玲的疑心开始越来越重，因此，自行决定转业"下海"。王玲对李勇自作主张非常生气，俩人陷入激烈的"热战"，随后又进入长期"冷战"。李勇"下海"之路很不顺利，整个情况无法与已是公司副总的妻子相比，各种压力让李勇越来越疑神疑鬼，对王玲经常很晚回家非常不满，加上李勇妈妈时不时在儿子耳边不是说风凉话，就是捕风捉影，令他们之间的危机雪上加霜，李勇内心的平衡完全打破了，男人应有的尊严几乎荡然无存！很长一段时间，俩人几乎成了一个屋檐下的同床异梦人。

王玲将自己的全部精力都投入到做生意中，别看她小巧玲珑的身材，平时常常笑眯眯的，但在谈判桌上，可是越来越如鱼得水，生意做得也越来越大。晚餐几乎很少在家里吃，而且常常是晚上十点多以后才回家，第二天一大早又出门，婆婆常常讥讽她的话是："披星戴月呀，比国家总理都忙。唉，到底忙什么，鬼才知道！"

王玲全力洽谈收购一个淘汰的机场，希望用于地产开发，形成一个集商贸、住宅、餐饮、娱乐于一体的城市发展项目。由于项目涉及方方面面，竞争非常激烈。虽然辛苦，但极具挑战性使王玲异常兴奋，暗暗给自己加油，一定要在众多竞争者中脱颖而出。

一段时间里，谈判出现了许多意想不到的问题，加上竞争对手攻势强大，王玲着急上火，满嘴起泡，情绪也不好，短短两周瘦了十多斤。

晚上，王玲在办公室与主要高管们吃着盒饭，讨论分析这一项目的现状以及与竞争对手优劣势比较，反复研究对策，也为筹集更多资金绞尽脑汁。一看手表，已经是晚上11点38分了，大家都很疲惫了，王玲看着自己这支团结一心、敢打硬仗的团队十分欣慰，便说："今天就到这儿吧,大家都赶紧回家休息。明天下午一点,咱们接着开会。"随后,对一位年长的高管说:"田总,你抓紧再找天龙公司老总,争取得到他们在资金上的支持,项目大家一起做,保证我们提出的利润比例底线就行了,这点一定要跟他说明白。"

"好的,我会抓紧办。"田总答道。

几年商场的历练,王玲已经成长起来了,掌控着一个十多亿资产的企业,涉及航空设备、地产开发、安保系统、旅行社等业务。本人的努力,加上人脉关系,生意做得基本顺利,而且她也完全从过去的一个小护士成长起来,成为麻利、干练的女强人,与此同时,不甘示弱的她,还在准备进军国际市场。

大家走了,王玲回到自己的办公室,原打算把几个需要签字的文件和单据处理一下,突然觉得一阵疲惫,便收拾了一下,提着包走出了办公大楼,坐进自己的 BMW 车里,发动了油门,朝家的方向开去。

王玲平时喜欢自己开车,特别是经过一天忙碌后宁静下来的繁华街道,也常常会让她感到一种放松与惬意……

到了家门口,王玲下车后,突然觉得一阵头晕,便站在车旁休息了一会儿,没走几步,高跟鞋踩在了一块石头上,双膝跪在地上一堆碎石子上,鲜血一下子从长筒丝袜中流淌出来,疼得王玲直想叫,但大半夜只能忍住……好一会儿后,王玲强忍住疼痛,站起身来,慢慢朝家走去。

用钥匙小心开门后,刚要关上防盗门,不小心手重了点,"咣当",王玲赶紧忍着疼,扶住门,然后轻手轻脚锁好门,一瘸一拐回到自己的房间。

李勇出差了,王玲只好自己忍住痛,找到酒精和龙胆紫药水,准备简单洗个澡,上点药就休息,便又轻手轻脚走到浴室,关上门。由于疲劳,时间也很晚了,没有上锁,调好水温开始冲洗,小心翼翼地用淋浴头冲洗划破的膝盖,一阵阵刺痛……突然,浴室门被重重地一脚踢开,婆婆气冲冲地站在门口,不管三七二十一地大声喊叫道:"天天这么晚回来,越是丈夫不在家,越是回来得晚。你到底在外面做什么？工作难道真的这么忙吗？我看总理也没有你这么忙吧。"王玲被这一突然的举动惊呆了，连忙从旁边挂钩上取下毛巾围在自己身上，吃惊地看着婆婆。

"都是女的，怕什么，有什么关系，我早就想说说了，一个女人天天不管家，像什么样子？回来这么晚，关门也不轻点，把我吵着没关系，把我孙子吓着了那可不行。"婆婆一口气说了这么多话。王玲气愤、无奈……没等婆婆说完，几乎歇斯底里般地大声叫道："请你出去！"王玲平时就算生气，也基本上就是不说话，而且对婆婆一直有意见，但从来也是彬彬有礼，只是在李勇面前叨叨而已，很少正面与婆婆发生争吵，更不用说大声说话了。可此时的王玲真的是被逼得要发疯了，她这一声也把婆婆吓住了，边关门边小声说："还会发脾气了，有理呀！唉，真是惯坏了！"

王玲一句没说，只是重重地将浴室的门关上，死死地锁上。

这一夜，王玲哭了，哭了很久……

第十二章

　　攻读博士的紧张学习造成周玉梅头发大把脱落,满脸都是痘痘,生理周期紊乱,经常头痛头晕,开始质疑自己的能力,甚至出现"放弃"的念头……半夜,周玉梅终于给远在太平洋另一端的妈妈打去国际长途电话,痛苦地说出:"妈妈,妈妈,我实在读不下去了……我不想读了,太苦了。"玉梅多想听到妈妈一句"回来吧"的安慰话,可电话的另一端传来妈妈慈爱而坚定的话语:"不读了,半途而废?那你的梦想呢?"妈妈,一位朴实、善良的农村妇女,周玉梅是她一辈子最大的骄傲!她一路依靠自己那单薄的力量,默默地关爱、支持、鼓励女儿。周玉梅放下电话,将全脸静静地泡在冷水中,许久,许久……

　　汤姆和玛丽知道这个情况后,将周玉梅请到家里,汤姆亲切地对周玉梅说:"攻读博士呀,如同攀登山峰,刚开始人会很多,但真正能够坚持到最后并登上峰顶的一定是少数,因为大多数人在攀登过程中,稍有松懈,稍有懈怠,都会很容易摔下去。只有坚持不松手的人,才会有领略无限风光的可能!我当年读博士时,很多次都想放弃,最后咬牙坚持了下来。我很理解这个过程不容易,咬咬牙,山顶的风光只属于那些勇敢、自信、坚持的人!记住,不论多难,Hang in there!"玛丽拿出了一个双手紧紧握着一根树枝的小猴子玩具,对周玉梅说:"这是我当年送给汤姆的,现在送给你,Hang in there!我们相信你会成功的!"周玉梅将这个紧紧抓住树枝的小猴子挂在了自己书桌旁，时时提醒自己"Hang in there!"

清晨，仅睡了两个多小时的周玉梅突然感觉肚子剧痛，浑身发抖，心想"今天要交的论文还需要再看一下"，便叫钟南给自己一杯热水。

钟南端来一杯热水，发现周玉梅脸色苍白，额头上流淌着大滴汗珠，便说："不能这样下去了，咱们去医院吧。"话音未落，周玉梅突然肚子痛得在床上翻滚起来，一大片鲜血染红了床单……钟南吓住了，"走，去医院！"

在医院急诊室，钟南焦急地在等医生的检查结果。

"流产！你们太大意了，怀孕了都不知道？太危险了。"医生对钟南说。

当钟南听到"怀孕""流产"这四个字时，傻了，非常自责，愧疚地小声说："我们一点不知道。"医生决定做"刮宫"手术处理，嘴里小声说："不应该发生的事，都快4个月了。"钟南紧紧握着周玉梅的手，周玉梅忍着巨大的疼痛，两行泪水流了下来，喘着大气对钟南说："对不起，但一定要支持我完成学业！"医生看着这一对相互支撑的留学生，十分感动。

手术做完了，医生反复对周玉梅和钟南强调说这次出血量大，一定要好好休息，并强调第一次就流产，对以后再怀孕可能会有影响。钟南紧紧地握着周玉梅的手，开导说："一定听医生的，一切都会好起来的。"周玉梅内心一种内疚自责油然而生……

回到家，钟南安顿周玉梅卧床休息后，赶紧炖鸡汤，心里暗暗有些遗憾……

一会儿，香喷喷的鸡汤好了，钟南轻轻叫醒周玉梅："来，咱们喝点鸡汤，补补身体，对不起，没照顾好你！"周玉梅如同一个小姑娘，十分乖巧地依偎在钟南的怀里说："你一定要支持我先完成博士学业！"钟南紧紧地拥抱着自己无比心爱的人，默默地点头说道："我爱你！有你就好，你是我的一切！"

王飞与季冰一直相敬如宾，简单平静，女儿圆圆的到来，给单调无味的小家带来了快乐。季冰心里非常明白，在王飞的内心深处"住"了一个人，因此，季冰将全部精力都放在培养女儿身上，以此来掩饰、淡漠内心的苦涩。虽然一家人调进京城，但王飞经常下部队，在家的时间很少。这一切，王玲看在眼里，有时也会明着暗着说说哥哥，但每当这时，哥哥都会礼貌地站起身来，一句不说，默默走开。

女儿圆圆一天天长大，聪明伶俐，活泼可爱，既遗传了爸爸的风度和幽默，也保留了妈妈"圆滑为人处世"的特点，小小的年纪，对爸爸妈妈之间的一切细微表现似乎都明白，小心翼翼地起着"润滑剂"作用，将这个沉默、冷清、少语的小家一直这么维持着"和平相处"的局面，并常常有意将爸爸妈妈紧紧地联系在一起。

自从上次聚会后，季冰身体情况一直不好，没少往医院跑，只是一个人默默地承受着一切。季冰请假在家休息，王玲来看季冰，季冰强装笑脸说："今天'女强人'不忙呀，怎么有时间来我这个小寒舍了，我可知道你们商人'时间就是金钱'哦。"

"我就知道你今天又请假了，你呀，好好检查一下，有病咱就早治，不要总是只想着圆圆，自己也不打扮了，这怎么行呀？"王玲进门就开门见山地说开了。

"知道，我挺好的，你就别费心了。"季冰强装出笑容说道。

"我今天来就是告诉你，我认识一个朋友，她开了一家专门的体检公司，进口了不少高级设备，可以检查出很多早期疾病问题，所以，我就给你和我都预约上了，咱们来个全身豪华大体检。不用担心，钱我出。"王玲说道。

"我们单位每年都有体检，干吗要花这个冤枉钱呀。"季冰一向会过日子，总是精打细算，节省下来的每一分钱全都为了女儿圆圆。

"你呀，就是一个标准中年妇女，贤妻良母，唉……"王玲叹了一口气说道。

"这样不好吗，人呀，怎么都是一辈子，你说呢？对了，近来你们怎么样，没吵架吧？"季冰有意转移话题关心地问道。

"我真挺烦的。你们是相敬如宾，缺乏激情；我们是不'冷战'就

'热战'，烦死了！特别是他那个妈，整个一个小市民，你说我怎么才能脱离这苦水呢？"一说到自己，王玲就一肚子的纠结无奈，然后说了与婆婆的浴室"战争"。

"你再大度点，毕竟是李勇的妈妈，更何况，李勇从小就没爸爸，他妈妈也挺不容易的，她要不厉害点，在他们那个小地方怎么活呀。"季冰开导着王玲，其实自己内心很苦、很无奈、很纠结。

"好了，不说这些了，周五我们一起去体检，早上不要吃任何东西，我来接你，就这么着。"王玲自从经商以来，说话办事越来越麻利干脆。

王玲正要道别离开时，季冰的BP机响了："请尽快赶到医院急救室，王飞出事故了。"季冰看到这条短信息，脸色"唰"的一下子煞白，王玲赶紧拿过去一看："走！"

医院急救室门上的灯亮着，季冰和王玲从王飞同事那儿知道，在下部队检查工作时，一架飞机突然出现故障，为了保护一个战士的安全，王飞一个箭步冲上去，用自己的身体保护了战士的安全，而自己的背部和手臂受重伤，"当时，情况非常危险，王处长太勇敢了！"

医生从急救室出来，告诉家属："病人脱离危险，但因失血过多，正在输血。"

王飞的英雄举动再次受到军区嘉奖。

王飞在医院慢慢康复中。

季冰几乎全然不顾自己身体内的细微变化，全身心地照顾王飞，又拿鸡汤来到病房。

王飞默默地看着季冰，两人相敬如宾快二十年了，不知为什么，在王飞内心深处似乎忘不掉那个少年时的青春萌动。很多时候，他都在试图让自己重新开始一切……

"你快喝呀，又发什么呆呀，要不鸡汤冷了就不好喝了。"季冰总是坚守着在她内心深处的那份"爱"。

王飞看了一下季冰，什么都没说，开始一勺一勺地喝着香喷喷的鸡汤。

张小樱抵达美国，原以为很容易就能见到周玉梅，来后才知道，要想见到周玉梅并给她一个惊喜还真不那么容易，一个在东边，一个在西边，所以只好偶尔电话以消除寂寞。

"你是怎么搞的，学习这么紧张怎么还怀孕？你这么做是不对的。"张小樱从电话里知道周玉梅流产了，非常不解，而张小樱的话又让周玉梅哭笑不得，面对这个只知道数学世界的人，周玉梅无语无奈了。

"'小朋友'，你怎么就长不大呢？怎么总是提出一些幼稚的问题呢？"周玉梅只好与张小樱开玩笑地对话。

"什么呀，我走的头天晚上，大家一起聚来着，她们都说我成熟了，还说什么'什么好事，张小樱都能赶上，是个有福气的人'，实际上呀，我可努力了。"张小樱牛头不对马嘴地与周玉梅聊着天。

"好吧，祝贺你！虽然我们距离很远，但毕竟在一个大陆上，我又早来好多年，所以你有什么需要的，随时电话，我将继续代替小溪，当好你的'阿姨'。"周玉梅开心地对张小樱说。

"要有机会，你最好来看我。当然，你会开车，我又不会，所以只有你来看我了，你说对吧。"张小樱永远都是那么单纯可爱。

"好，一定找时间去看你。"周玉梅叮嘱道，毕竟张小樱刚到美国不久，加上无论如何，在大家心里，张小樱是个长不大的"小朋友"，需要特别呵护。

与婆婆的浴室"战争"后，王玲更是尽可能找各种机会出差，希望减少相处的烦恼。与此同时，王玲也有一个雄心壮志，希望做大做强，将业务拓展走出国门，实现进入美国市场的梦想，那就是成为千亿以上资产公司的董事长，大别墅、豪华车、世界各地旅游畅想……为此，王玲决定让公司参加在海城的国际商务展，为拓展公司海外业务做准备。

整个公司因为这个参展机会，召开了各种筹备会议，为此还专门讨论是否聘用一家专业公关公司做整个活动的策划。

王玲正在办公室圈阅文件，公司市场部经理胡茵敲门进来："王总，您现在有空吗？关于参展的事，我有一些想法和建议，希望向您汇报。"

这个胡茵，川西女孩，个头不高，三十多岁，精明能干，长得很漂亮，特别善于讨好领导，最关键的是她常常能"揣摩""把脉"到领导的想法，然后投其所好。王玲对她一直是喜忧参半。

王玲抬头看了一眼胡茵，直接进入主题："什么想法？说。"

"王总，我认为如果找专业公关公司，是不是不太合适，一是他们未必一定能够拿出我们满意的方案；二是现在时间很紧；第三是，也是最关键的，就是他们的报价太高。所以，不知您是否同意把这项工作交给我们部门来做？"胡茵刚说到这儿，突然停住了，细细观察着王玲的表情。

"你讲的这些没错，刚才会上大家不是也都有同样的看法吗，你有什么理由你们部门可以承担这项工作，并且拿出让公司满意的方案？"王玲也就直截了当地提出问题。

"王总，这正是我希望向您提出的想法。您还记得，您曾经参加过一个国际博览会，回来后与大家分享的一个感想吗，就是那个特有创意的真人太空模特，我一直记着这个创意。我在想，这次我们可以学习模仿这个创意，找两个专业模特化装成太空人，将我们的展位布置成未来世界，而这两个太空模特的任务就是站在太空世界展位的入口，向参观客户递送我们的宣传资料。我算了一下，这样整体下来，费用应该是请专业公关公司的三分之一，也许更少。当然，这只是一个粗略的想法，如果可行，我会在1至2天内拿出一个完整方案。"胡茵说得头头是道，而且关键是她抓住了一个重要环节，那就是王玲参加完这个博览会后，曾在公司里说了好多次对这个新颖创意的兴趣，胡茵竟然一直记着，这就是胡茵为人处世的聪明之处。

王玲抬起头看着胡茵，思考了一下后说："这事你还记得呀，是个有心人。刚才你说的初步想法，我觉得不错。这样，你在近一两天拿出一个详细而且可行的方案包括预算，我先看看，然后再决定。"

"好的。谢谢王总。我一定努力做好！"说完，胡茵笑着走了。

两天后，胡茵再次来到王玲的办公室，带来了一份完整的、彩色的而且非常专业的展位设计方案，王玲粗略翻看了一下，完全不相信这是自己员工拿出的策划方案。她抬起头看了看胡茵说："这是你做的方案吗？"

"不是，是我一个朋友帮助做的。"胡茵也十分坦率地说。

"你朋友？"王玲问道。

"我有一个朋友有一个自己的广告公司。"胡茵答道。

"他有能力承接这样的展位项目吗？"王玲问道。

"没问题，他们公司做过好多大项目，世界500强公司是他们的客户。"胡茵答道。

王玲又认真地看了一遍方案，报价是38万人民币，确实比准备请的专业公关公司价格低了很多。就在这时，胡茵加了一句："王总，我这个朋友，他们公司一般只接世界500强公司的项目，所以只收美元，这个我需要先跟您说明。"

王玲听到这儿，想了一下说："可以叫你朋友来面谈吗？"

胡茵毫不犹豫地答道："当然可以，您看什么时间？"

"越快越好，明天下午吧，行就做，不行还有时间找其他家。"王玲说。

"好的，我现在就去联系，看他们明天下午是否有时间。他们的项目特别多，很忙的。不过，我会让他们优先考虑我们的。"胡茵说完就笑着走了。

第二天下午，胡茵带着三位男士来到公司。他们穿着打扮非常职业，专人带着手提电脑。进入会议室后，迅速接好投影设备，并将事先打印好的五份彩打项目策划案一一有序摆放在会议桌上。

王玲与另外三位高管来到会议室，相互交换名片后，首先请对方呈现方案。

方案的呈现，简单、明了、清晰。就这样，迅速达成意向，王玲决定，此事由胡茵全权负责。

"王总，现在时间很紧了，要不将全款的80%打过去吧，毕竟他们公司不大,不要影响制作进度。"胡茵跟在王玲后面说。

"先抓紧签合同。"王玲明确地说。

"王总,我马上去办合同的事,要不就在下班前,将首款也打过去?你拿我当抵押呗,主要时间太紧了,加上他们手上的活多,是硬挤进去的。"胡茵调皮地说道。

"这样,你今天必须把合同办好,我让财务打款。"王玲想了一下,心想应该问题不大,毕竟是自己的员工,就决定签合同和付款同时进行。

胡茵追着王玲问道:"王总,可不可以干脆就先支付3万美元,等项目完成后再付余额1万美元,这样更简单清楚。"

"你先把合同签了。"王玲看了一眼胡茵,随后让秘书告诉财务与胡茵对接。

距离到海城参展时间只剩下三天了,王玲多次问胡茵合同为什么对方一直没有签回,而预付款早已打过去了,展位架准备的情况如何……胡茵则回答说:"他们太忙,不过您放心好了,一定会做好的!"

随着时间的临近,再放心自己的员工,王玲心里也不免有些打鼓,毕竟这是第一次参加国际商务展会,决定出发前,一定要亲自去制作现场检查展位准备情况。

胡茵痛快地表示说:"没问题,马上联系。"王玲也将自己的时间完全预留出来,随时准备去制作现场。

一天过去了,回答是:"他们特别忙,在安排。"

两天过去了,回答仍然是:"他们手上项目特别多,我催了好多次,安排中,加上您要亲自去,所以必须认真准备。"

第三天,王玲着急了,按照计划是第二天凌晨预定的大卡车就要启程,无论如何,出发前一定要看到展位架的实物。王玲严肃地对胡茵说:"到底是什么情况?你朋友就这么忙吗?今天无论如何,我必须到现场去看一下准备情况。"

胡茵仍然说:"王总,他们真的很忙,都是各大公司的大单,您放心,没问题的。"

王玲显然已经有些担心了，严肃说道："这不是放心不放心的问题，按照合同，我们也是说的在展示架完成和出发前必须验收啊，什么都不要说了，按合同办。今天必须看到实物。"

胡茵表现出十分无辜的样子小声说："连自己的员工都不相信呀，不就这么点事吗，一个老总什么事都管得这么细，是不是也有些……唉！"

王玲听到了这句话，回头看了一眼胡茵，生气地说："这不是什么信任不信任的问题，我的工作方法现在也不需要你指点，更何况我多次说要了解准备情况，为什么这么难？就是因为信任，才让你负责；就是因为信任，才合同都没签，3/4的费用就打过去了；就是因为信任，才到现在都不知道我们马上要用于国际展会的展品是什么样的。一切都按照你说的在办，出发前验收一下有问题吗？合同上也有明确条款，哪来的这么多废话。"王玲显然非常生气，这些年在商场上遇到各种奇奇怪怪的事，已经"逼"得原本总是笑眯眯的王玲，不时也会拍桌子、发火、骂人。

胡茵看见王玲发火了，赶紧说："没问题，我马上联系。"

从上午一直等回复到下午，快到四点了，回复依旧是"太忙""外出谈大项目了""工地太远，是不是算了"……不知为什么，王玲有一种不好的预感，立即让胡茵所在部门的一位员工一定要时刻保持与胡茵的联系，与此同时召集三位高管紧急开会，准备预案，最后让自己的秘书马上联系"模特"确认一切。

六点，胡茵在王玲的严厉要求下，不得不带着王玲和公司三位高管，经过两个多小时车程，在晚上八点多总算来到了一个偏僻的农村小民房。王玲即刻意识到问题的严重性，一句话没有说。走进破旧狭小的民房小院，由于天太黑了，什么都看不见，只有一个小个子把一间屋子的门打开，借助一点光亮，看到了院子地上一堆生锈的铁架子，其余什么都没有。

三位高管非常生气，质问胡茵难道这就是要参加国际展的展示架，公司负责人在哪儿……胡茵突然走到王玲面前，一下子跪下，哭了起来:"王总,对不起,对不起,我也不知道他们会这样。"

王玲什么都没说,对三位高管说:"走,回公司。"

王玲离开那堆废锈铁架现场后,赶回办公室,再次召开紧急会议,集中公司全部力量,将白天的预案进一步细化,明确分工,要求将损失减少到最小程度,确保活动圆满成功,其余事情均放一边。

王玲非常失望和后悔,担心出现更多问题,因此第二天一大早,亲自带领主要人员赶赴海城。

经过全力补救,去掉了所有使用铁架搭建的艺术效果,临时找海城朋友相助,租用了大量绿植补充,加急设计制作了一些宣传画穿插绿植中,活动总算圆满结束。

胡茵和她朋友公司的人也来到现场,试图"抱歉",也努力协助,还不时拍照。

王玲没有任何心情和时间处理这件事。

胡茵几乎是一直热泪长流请求"原谅",但活动快结束时,胡茵不见了。

一个星期过去了,胡茵还是在请假中。

下午,秘书告诉王玲,接到了催促支付活动余款的通知单。

"什么?他们还好意思要余款?胡茵还在请假吗?我还没找她朋友公司谈赔偿我们损失的事呢?他们还好意思要余款?马上联系胡茵,让她立刻来公司,我要找她。"王玲非常生气地说。

"王总,一直联系不上她,我已经专门去过她的住处两次,都没人。"秘书小声说道。

"什么情况?是病了吗?继续找。"王玲越来越生气。

三周过后,第二次催款单又来了。王玲决定不理睬这事,等胡茵出现再说。下午,秘书来到王玲办公室小声报告:"王总,这有胡茵给您的一封信和一张法院传票。"

"什么?胡茵?她总算出现了,人呢?法院?怎么回事?"王玲十分诧异,一边问,一边拆信封。

"王总,您好!首先,非常抱歉,我这么久没有上班,当然我也没脸去上班，很对不起您！我知道，现在说什么都没有用了，我只想请您原谅我，谢谢这些年您对我的信任和培养，您是一个好人，我非常敬佩您！原谅我吧，我很快就会离开中国，在此再次说一声'对不起！'胡茵。"王玲一口气看完胡茵的信，然后打开法院的传票："余款？他们怎么还会好意思要余额呢？还起诉我们？"

自从收到法院传票，王玲又气又恨又后悔，甚至怀疑自己"无能""窝囊"，走"下海经商"之路就是一个错误的选择！由于对"打官司""上法院"这些事没有任何心理准备，王玲病倒了，但为了面子，撑着不回家，在办公室里熬着。季冰知道后，下班后赶紧专程来看望王玲，关心地问道："怎么样，要不要去医院看看？"

"唉，就是头痛得难受，睡几天可能就会好吧。你说我是不是很窝囊呀？被自己的员工骗了，还告上了法庭？"王玲没好气地说。

"吃一堑，长一智吧。"季冰安慰道。

"你说人怎么这么坏？我怎么会相信这样的人？你说我是不是根本就不适合经商？"王玲对自己的选择非常后悔。

"现在别瞎想了，好好休息，你想吃点什么？"季冰关心地问道。

王玲摇摇头。

"你必须吃，要不你怎么会有劲上法庭呀。"季冰说道。

一听到"法庭"，原本情绪低落的王玲一下子又激动起来，气愤地说："你说，我怎么这么窝囊，他们拿钱不办事，竟然还告我们？这不就是流氓无赖吗？！你说说，我怎么就还要上法庭？唉，太窝囊了！千万别告诉爸爸妈妈。"

"放心吧。你以后呀，必须多长个心眼，现在的人真不像过去了，什么油头滑脑、满嘴假话、言而无信、道貌岸然的人太多了，不是现在有句时髦的话吗，什么'商场如战场'，既然你不甘心安稳的生活，要挑战自己，那就别后悔，坚强起来，这算什么呀，对吧？对了，李勇知道吗？"季冰开导道。

"不知道。"王玲说。

"这样吧，要不到我们家去，正好你哥不在，也清静，你好好休息休息,我再给你做点好吃的,这样你跟家里也好说,怎么样?"季冰关心地建议说。

"好!太好了!你想得太周到了,走!"王玲感激地说。

上法庭的日子快到了,王玲想方设法找了很多律师咨询,甚至说不论多少钱,只要能够打赢这场窝囊官司就行。朋友托朋友,即便找到最好的律师,大家基本认为,这事王玲必须自认"倒霉",因为合同是胡茵办的,没有任何约束条款,合同上只有一个明确条款,那就是金额。

王玲仍然不甘心,又托朋友找了一位顶级智慧律师,对这位律师的到访,王玲给予了高度重视,寄予厚望。

秘书带着一位风度翩翩的律师来到了办公室,王玲专门准备了上等的好茶,热情与律师握手,还没来得及坐下,就急切地问道:"刘律师,我朋友介绍你很厉害哦。你说吧,怎么办我才能出这口恶气,我现在不是打官司,是出气,花多少钱都没问题。你说,我怎么就轻信了这种骗子呢?"王玲几乎是一股脑全将自己的想法和目的明确说了出来。

刘律师手里拿着冒着热气的茶杯,笑着说:"王总,您不要太生气,这种事啊,在现在的商场上,简直就再平常不过了,各种坑蒙拐骗,我们见多了,你呀,不要太生气。"说着,慢慢地品了一口茶,"嗯,好茶。"

王玲仍然不服气地说:"是,我知道现在人们都被钱这个东西整得什么都不管不顾了,一切就是钱,一切为了钱,什么诚信、良心、道德……统统不管不顾,这么下去真可怕,这是社会问题。当然社会问题咱管不了,但这件事发生在我的员工中,平时我对她那么好,这我就不明白了,她为什么这么做?如果有困难,告诉我呀,我愿意帮助,但为什么要用这种低级手段对我?"

刘律师笑着说:"这种人太多了,今天的社会与过去真的不一样了。说句你肯定不想听的话,这次你可能真的要花钱买教训了。"

王玲不服地问道:"为什么?"

刘律师说:"因为没有证据,包括合同你都没有看过,你知道吗,那就不是合同,你太轻信你这个员工了,她确实很不地道地坑了你4万美元。"王玲没有说话,只是看着刘律师。

刘律师接着诚恳地说:"王总,买个教训吧,以后必须遵守一条铁律,在商言商,一切按商场规矩办,一切严格按合同办。"

王玲说不清楚自己的委屈和后悔,后来才知道这件事从一开始,就是胡茵精心策划的局,因为她打算出国,中介费是3万美金,而她所说的那家广告公司,实际上就是她男朋友的公司。胡茵就是冲着自己老板不是商场上老奸巨猾的人,对员工没什么提防心,所以向自己的老板开刀了。王玲知道这些后,完全不敢相信自己"怎么就相信而且还重用了这么个小人呢"?

法庭上,王玲由三位员工陪同按时到庭,而且第一次坐到了"被告席"上。

一会儿,"原告席"上也来了三个人,其中一人是当时谈项目时见过的,也出现在展会期间并且不断"拍照""帮忙",另俩人从未见过。

法庭宣布开庭。

对方拿出了合同、活动现场照片、媒体报道文章,特别是还有王玲和一些观展客户开心的合影照片。最让王玲当场无比愤怒的是,在所谓"合同"附件部分,竟然出现了仿照最后预案做的展位效果图,彩色打印,还特别用心标记了出方案的"日期"。编造的"展位效果图"与媒体报道上的照片、王玲与一些观展客户开心交流的照片完全一致。王玲听到、看到这一切,非常恼火自己"我怎么会这么傻"?就在这时,法庭最后一排,胡茵出现了……

愤怒之下,王玲一句话也没有说,也不想再说什么了,突然心酸的眼泪顺着面颊流了下来,她从手提包里拿出余款1万美元,朝"原告席"愤怒地扔去……

王玲再次病倒了……

第十三章

周玉梅收到陈教授的来信，他来美国做三个月的访问学者，而且访学的大学离周玉梅所在的大学开车不到四个小时，周玉梅希望尽快与陈教授取得联系，为老师在访学期间提供必要的帮助。

周一上午，周玉梅完成了助教工作，在去学生餐厅的路上，对面走过来一群人，周玉梅刚想拐进小道，突然传来："是周玉梅吗？周玉梅？"周玉梅循着声音传来的方向望去，惊呆了……那熟悉的浅灰色西装，端正帅气，熟悉的金丝边眼镜，略带川西口音的普通话，周玉梅真的不敢相信这一切。"陈教授，怎么是您？真的是您吗？我一直在等您的消息呢。"

"我这不来了吗？"陈教授笑着说，然后忙着给身边的三位美国人说："周玉梅，我的学生，在这里读博士，刚才我给几位提到的学生就是她。"说到这，陈教授已经走到了周玉梅的面前，与周玉梅热情握手，周玉梅兴奋地一个劲儿说："真的是您吗？陈教授。"在场的三位美国教授鼓起掌来，其中一位教授建议说："请学生一起加入我们的午餐吧，陈教授。"另一位教授也热情地附和说："对，一起午餐。"陈教授看了看两位教授，然后对周玉梅说："走，一起去用餐。"周玉梅小心翼翼地问道："合适吗？要不，你们用餐后，我来看您，对了，您怎么来的，要在这儿待多久？住哪儿？"陈教授笑着说："走吧，慢慢给你讲。"周玉梅没有再推辞，跟着教授们一起朝学校教授餐厅走去。

王玲一度情绪低落，家庭矛盾不断，事业出现问题，甚至首次上法庭败诉，怎么想怎么窝囊、委屈、冤枉，痛苦不堪。"唉，我可以和谁说说自己心里的苦呢？季冰自身难保，小溪基本沉默，玉梅又在美国，要是我们还能像当年那样该多好呀！是啊，过去的就过去了，也不知放弃的是不是根本就不应该放弃？我到底想要什么？我的路在哪儿？难道我真的就这么纠结一辈子吗？"王玲躺在床上苦闷极了。

电话铃响了。王玲拿起电话，一听是周玉梅，高兴起来："玉梅，真是你呀？我正在想你呢，简直就是心有灵犀。"王玲好像突然打了鸡血，一下子精神起来。

"怎么了？有什么事吗？还是想我了？"周玉梅调皮地问道。

王玲毫不掩饰地、一股脑对周玉梅说出了自己的不愉快和苦恼，而且明确告诉周玉梅最近这一段太多不愉快了，从自己无法宽恕的婆婆闯进浴室的家庭小事，到公司员工光天化日之下欺骗自己，还收到了"传票"，还被告上法庭，最后还以败诉告终，挥撒美元的"壮举"……

"真没想到这段时间没通电话，你出了这么多状况，不过都是小事，咱们先从家庭小事说起，李勇呢？什么反应？"周玉梅问道。

"唉，别提了，还没等我诉苦，他妈早已向他通报了，什么都没说，还是血缘关系厉害，我现在已经懒得和他说话了，真的，完全没有幸福感，有的只是满满的痛苦纠结无奈，我已经开始怀疑自己，怀疑人生了。"王玲一通抱怨。

"听起来，确实烦恼不少。被骗和上法庭，说明你还需要在商场上磨炼。家庭的事，只能你们自己解决，你这掌管几百人的老总，还处理不了自己家的那点事？王总，用点智慧，搞定他们！"周玉梅边开玩笑边开导王玲。

"嘿，你说得真够轻松，我现在是里外不是人。"王玲显然在求助。

"实际呀，王玲，你想想，李勇也挺不容易的，他妈一人带大他，他成了他家那一条街上的出息人，你婆婆当然怎么也不能孤身一人留在家吧。要我说，关键是李勇现在有点找不着北，过去所有的优越感荡然无存，加上你现在是女强人，大老板，他心里过去的平衡一下子不复存在，再加上你婆婆不停地在旁边滋事，时间长了，李勇能不信他妈的话吗？"周玉梅帮助分析事情的全部。

"你怎么在美国这么多年了，反倒变得像政工干部了，季冰也是这么对我说。"王玲吃惊地说。

"季冰怎么说的？"周玉梅好奇地问道。

"就是老一套，作为女人，有了家，有了孩子，就应该安下心来，家是第一位的，别的都是虚的，什么过眼烟云，不应该东张西望，左顾右盼！幸福不是获得那些我们还没有的，而是认识和欣赏我们已经拥有的。什么幸福只是一种感觉，只要用心感受，它便时刻在自己身边。还有就是什么幸福最大的障碍是对幸福苛求太多。这就是季冰的话，我都背下来了。"王玲显然十分不耐烦地说。

周玉梅沉默了。

"嘿，嘿，你在听吗？"王玲问道。

"哦，听着呢，季冰现在好吗？"周玉梅问道。

"实话告诉你吧，我哥哥呀，心里似乎总放不下你，经常找理由问你的情况。多少年前，你出国时，我哥哥偷偷请假专程去机场送你的事，不知怎么季冰后来知道了，他俩很少吵架的，那天真的是大吵了一架，季冰还大哭了一场，我哥两个多月没回家，找理由出差了。你说说你多害人啊！反正在我看来吧，他俩在一起就是一个错误，谁知道结果会怎么样，一直相敬如宾，不像一家人啊。"王玲直率地说道。周玉梅默默地听着，没说话。王玲看没动静，问道："你还在线吗？"

周玉梅马上意识到点什么，有意岔开话题："哦，在，不是在说你的事，怎么就又扯上我了呢，打住啊！不过啊，你可是我们五个当中最早恋爱的，当时如胶似漆，一天都分不开的，火速闪婚加裸婚，就把自己嫁出去了，是不是如果你没下海，情况也许会好一些呢？"

王玲不服气地说："难道我就应该永远'两点一线'一辈子啊？"

"也未必，但你现在比李勇强太多了，这就是问题，加上你们当时真的是相识时间太短，他对你的了解，包括人生目标都很有限，没准当时他认为你一辈子就满足当个护士，可谁知道你要当女强人，他怎么可能驾驭得了你呀？再说李勇，为了和你在一起，也一切重来了，落差太大了，要我说呀，你应该好好和李勇谈谈。在家谈不明白，干脆来趟美国，旅游也好，商务考察也罢，找个理由来一趟，重新过一次二人世界，也许就会找回你们当时那些美好的感觉了。"周玉梅一口气说了这么多。

王玲听着听着，突然觉得有点道理，便说："你说的没准是个好主意，我正在计划去美国商务考察，也想你和'小朋友'了，你这个点子我考虑一下。真的，'下海'游了这么多年，还真的想去看看发达国家是什么样的。"

周玉梅接着说："来吧，来后我们好好聊聊，没准会开拓你的思路，创造更多新的商机，世界很大，上个法庭多大点事啊，被员工小骗一次就质疑人生，太小儿科了。告诉你吧，我也上过法庭，也当过一个多月保险公司的经纪人，冷不丁还创了全公司业绩纪录，所以，世界很大，改革开放，机会很多，人生很精彩的！"

王玲好像已经被鼓动起来了："嗯，我会好好想想，你知道吗，我现在特别羡慕小溪，一人吃饱全家幸福！对了，刚才你说你也上过法庭，还卖过保险，天哪，你到底是在专心学习、攻读博士，还是在经商挣钱啊？千万不要偏航哦，一定要盯住理想目标努力，尽一切可能实现自己的梦想！别学我，我是没办法了，也没别的出路可选了，上大学没门，又不甘心当护士，不像你，所以，千万不要轻易改变航道，也绝不要轻易偏航。"

周玉梅笑着回答道："放心吧，我那是搂草打兔子，感受一下美国社会。放心，我绝不会偏航，就是一根筋的人！不过，我还真挺感谢你真诚的提醒，谢谢！你来吧，咱们见面时，我细细给你讲我上法庭、卖保险的有趣经历，国际长途就不说这些了。总之，为梦想，为幸福，我们都努力，且行且珍惜。"

王玲颇为感慨且开玩笑地说："玉梅，我发现你去美国后，开朗浪漫了，告诉你，季冰现在就是一个哲学家，那天还跟我这儿说，幸福不是获得我们还没有的,而是认识和欣赏我们所拥有的。真正的幸福,不是依赖任何外在的人或事,也不是来自变幻无常的情绪和感觉,而是一种清楚、愉快与平静的状态。现在你好像和她有一拼了。"

周玉梅似乎在自言自语说:"季冰说得真好,我也常想,我们都像是上了发条的机器,为了梦想,一路狂奔,也许我们应该给自己一点空间,让心静下来陪陪自己,做自己,勇敢地爱,对吧?"

王玲完全不理解大洋彼岸的周玉梅怎么了,怎么突然有这么一大堆莫名其妙的说辞……原来,周玉梅在校园偶遇陈教授后,下午在咖啡厅一起聊了很久,特别激动,第一时间想到了王玲,想向王玲倾诉一下自己的情感,没想到,反倒为王玲排忧解难,这才有了最后一段让王玲莫名其妙的感叹。

事情是这样的……

在教授餐厅,周玉梅知道了陈教授与当年在英国留学时的美国同学联系上了,更没想到的是,他的一个同学就是周玉梅所在大学人文学院的教授,于是老同学邀请陈教授来学校做讲座,陈教授也想给周玉梅一个惊喜,谁知,竟然是在校园的路上偶遇了。

餐后,周玉梅邀请陈教授喝咖啡。他们一起来到小镇上一家小巧但很有品位的咖啡厅。

"都好吗?顺利吗?"陈教授刚坐下就关心地问道。

"都好!我争取尽快学成回国。陈教授,您一切都好吗?"周玉梅问道。

"都好!这些年专心著述,已出版三本专著了。"陈教授微笑着说。

"恭喜您啊,您当年就天天与时间赛跑,让我们学生特别感动。陈教授,喝咖啡,这个咖啡店的咖啡味道挺好,您来品鉴一下,我第一杯咖啡还是在您家喝到的,从此慢慢喜欢上咖啡了。"周玉梅微笑着说。

陈教授拿起咖啡杯喝了一口,放下杯子:"嗯,嗯,咖啡味道不错。"

周玉梅接着说:"我平时会常常来这里,边喝咖啡边读书,很喜欢这个咖啡店的环境。"

陈教授环视了一下："挺好，很温馨。怎么样，学习紧张吗？改学国际关系学，很好，文学会更多地帮助你了解人和世界。"

周玉梅感慨地说："学习很紧张，忙里偷闲时，也会读一些文学作品原著。前不久，我又读了一遍《傲慢与偏见》，简直是有太多太多新的感想了。"

陈教授饶有兴趣地问道："怎么讲？说说看。"

周玉梅沉默了片刻后，抬起头看着陈教授，仿佛有些自言自语说："哦，就是有太多感想，而且真的觉得这些名著为什么经久不衰，不论语言、肤色、信仰、文化多么不同，人性的东西都是一样的。"

陈教授感慨地说："是啊，这也是我每一次读一遍这些作品，都会有一次新的感受，这也是我为什么喜欢教书这个职业的原因，它永远给我时间和机会，去与这些世界上最经典的人群交往、对话。"

周玉梅情不自禁地说："是的，但有时也会非常失落，因为书上的和现实的距离有时好大啊。"

"这就是世界，实际上每个人都是一本精彩的作品故事。每个人就一辈子，一定会遇到各种坎坷、各种委屈、各种不顺、各种……要不怎么会有悲剧和喜剧之分呢？把握自己，人生是精彩的！"陈教授有些动情地说。

周玉梅看着陈教授，想起了《傲慢与偏见》中的一句话："将感情埋藏得太深，有时是件坏事。如果一个女人掩饰了对自己所爱的男子的感情，她也许就失去了得到他的机会。"

时间很快，陈教授三个月的访学就要结束了。他的老同学介绍他去附近的查尔斯顿大学讲学，作为回国前最后一项讲学内容。周玉梅知道后，决定和钟南一起陪同陈教授这一程，同时也希望再次现场聆听陈教授的生动演讲，更何况这次讲座题目是中国名著《红楼梦》，周玉梅非常期待。谁知不巧，钟南当天有考试，无法一同前往，便告诉周玉梅自己会把车好好检查一下，只好辛苦她开长途了。钟南检查好车，加满汽油，还专门准备了各种饮料、小吃、水果放在了车上。

出发前，叮嘱周玉梅："路上一定注意不要开快车，安全第一。"

按照预定的时间和地点，周玉梅准时抵达陈教授下榻的学校酒店。陈教授早已在门口等候，远远就看见向他挥手微笑走来的周玉梅。

"早上好！陈教授。"周玉梅看到陈教授后，小跑了几步，热情地张开双臂，送给了陈教授一个热烈而温柔的拥抱！

"早上好！今天要辛苦你了！"陈教授笑着说。

周玉梅高兴地说："您客气了，非常荣幸有这个机会再次聆听您的精彩演讲！特别期待！"随后问道，"您有行李吗？"

陈教授指指不远处的一个旅行箱："有，全都在这！"

周玉梅麻利地将小行李箱放进车的后备厢，然后为陈教授打开后座车门，笑着对陈教授说："请，陈教授！从现在起，我将是您的司机加导游，可以吗？"

陈教授看了一下周玉梅说："我还是坐在副驾驶座位吧，这样也好看风景，聊天！"周玉梅赶紧又打开副驾驶车门，请陈教授上车，然后有礼貌地关上车门，跑回到自己的驾驶座位，并请陈教授系好安全带，指着一边的饮料、矿泉水、水果和小吃："请随便享用，enjoy the trip！"陈教授看着周玉梅的这熟练且细心的一举一动，脸上露出了满意的笑容。

周玉梅开始向陈教授介绍行程说："今天车程时间不到3小时，顺道我们先到校园转一下，再去我 Host Family 家小坐一会儿，他们很期待能够见到我的中国老师，可以吗？"

"好，一切听你安排！"陈教授细心听着，满意地答道。

"那我们就出发！"周玉梅说。

小车通过高速公路后，进入校区。"这是校园，您可能已经参观了一些地方，我们就在我主要活动的区域走走，十分钟左右就好。"周玉梅介绍道。

周玉梅熟练地停好车后，开始一边漫步在校园里，一边向陈教授介绍学校的情况："这栋楼是我们系，我这些年，主要专业课都是在这栋楼里上的，其他选修课呢，那就是在不同教学楼里跑课了。远处那栋高楼是我最先入住的留学生公寓,在那里,我认识了许多来自各国的留学生,刚果、委内瑞拉、泰国、土耳其、索马里、挪威、以色列、日本等,和她们都成了朋友。对了,特别有意思的是,我第一个室友来自委内瑞拉,父亲是石油老板,活泼开朗,天天乐呵呵的,只是对我每天晚上老老实实在宿舍学习感到纳闷,因为她天天晚上都会去酒吧,弄得她特别忙,不过不是忙学习,而是忙着应付男朋友。"周玉梅笑着说到这儿时,看了一眼身边的陈教授。陈教授听得很认真,也笑了。

"有一天晚上啊,她跟男朋友吵架了,很早就回到了宿舍。看她在哭,也不知该说什么,就拿了一瓶可乐给她。她接过可乐,二话没说,狂饮起来。一会儿,一瓶可乐喝完了,她没有继续哭了,反过来问我:'怎么没看见你的男朋友?'我笑着说:'没有,要学习呀!'她吃惊地叫起来,认为我是一个外星人,盯着我看了好一阵,无奈地耸了耸肩说:'My God, life is so enjoyable, study is only one thing, you Chinese are so unbelievable!'我当时听完她的话,也不知该回答点什么了。"陈教授在饶有兴趣地听着周玉梅的故事。他们走回到了停车处,周玉梅对陈教授说:"现在去我 Host Family 家。"陈教授笑着点点头。

小车穿过两个小山丘和一片茂密树林,来到了一座完全被森林包围的白色二层楼的别墅前,标准的美国中产阶级,大气、典雅,房子周围全是花草,有点像童话世界。

停车后,周玉梅边请陈教授下车边说:"汤姆博士和玛丽太太对我特别好,给了我很多帮助。"主人看见了周玉梅的车,高兴地走了出来,热情地说:"Hello!"周玉梅跑上前去,分别与汤姆和玛丽拥抱,转身指着陈教授介绍道:"这是我的中国老师,陈教授,来这儿访学。"汤姆和玛丽热情地与陈教授握手:"欢迎!欢迎!"

陈教授在主人的热情招呼下走进屋内,环视了一下,室内典雅别致,一进门的过道厅,迎面是一面大镜子,镜子前的长条桌上,摆放着一束鲜花,给整个房间带来了无比喜庆的气氛。客厅里的沙发和摇椅依次围对着壁炉,一看就可以想象主人们是经常在这里接待客人,客厅的另一端摆放着一架古香古色的风琴，旁边的小琴桌上放着好多琴谱，这一定是夫人的世界。通过四周整墙面全是书的书房，则是一间阳光房，各种花草与别致的桌椅相间，形成了一个恬静的"世外桃源"。打开门，一片草坪，远处则是清澈的湖区。主人向陈教授展示了自己的家后，便招呼远道的客人坐下，并送上咖啡，大家一见如故般地攀谈起来。

汤姆高兴地对陈教授说："我们很幸运有玉梅这个女儿，她是一个非常优秀的 young lady，非常感谢你们送她来这里学习。"

"是的，她是一个好学生。"陈教授也高兴地赞美着自己的学生。

当汤姆知道陈教授曾留学英国，是英美文学专家时，交流的话题一下子更加广泛了，他们谈了英国的田园风光、法国的葡萄酒、意大利的文艺复兴……这些都是汤姆平时特别喜欢的话题，而且每年他都会和夫人一起去欧洲参加品酒会，浏览博物馆，享受田园风光。他们越谈越高兴，夫人也不时地参与到对话中。

30 分钟愉快的拜访后，周玉梅和陈教授一起向汤姆和玛丽道别，汤姆反复嘱咐周玉梅："路上注意安全！"

周玉梅和陈教授开始了两个多小时的驾车旅行。陈教授已经很久没有如此放松心情地旅行，特别是去一个古老的海滨小镇，1790 年以前是南卡罗来纳州首府，也是那时美国南方最富有的小镇查尔斯顿。

查尔斯顿的春夏时节特别美，杜鹃、山茶、玫瑰、茉莉百花盛开，芬芳四溢，与挺拔青翠的棕榈树争相辉映，构成了一幅绚丽多姿的亚热带风情图。除了是美国历史上著名的南北战争的发生地，还是享誉世界的文学巨著《飘》（*Gone With the Wind*）的诞生地。

一路上，陈教授看到了周玉梅的成长和变化，欣慰加感触："你赶上好年代了！好好珍惜！早日学成回国，一定大有作为！"

小车在蓝天下飞驰，车内传出动听的美国音乐"*Unforgettable*"，周玉梅不时扭头看一眼陈教授，他闭着眼睛，在静静地欣赏音乐……小车沿着宽阔的海湾公路行进，公路两边一排排郁郁葱葱的椰树，树荫下掩映着一栋栋造型别致的度假小屋……很快，他们来到了查尔斯顿大学的酒店，大学教授们早已在酒店门口等候陈教授了。

下午，陈教授进行大学讲座，题目是：中国名著《红楼梦》。整个讲座大厅座无虚席。周玉梅在讲座大厅认真听讲。陈教授抑扬顿挫，激情诠释，吸引了在场的学生。讲座结束，全场响起了热烈的掌声。周玉梅又一次领略、感受了陈教授的风采，深深地敬重、敬佩、敬慕、敬仰！

讲座后，按照计划，去海边走走。陈教授回到酒店，换了一身休闲装，蓝色T恤，白色的背带长裤，一双白色的休闲鞋。当周玉梅在酒店大堂看到焕然一新的陈教授，情不自禁地说："陈教授，您好帅呀！"陈教授笑着说："不行，老了！"

周玉梅陪着陈教授一起去追随《飘》，寻访查尔斯顿，寻访厚实的土地和灿烂的阳光，寻访人类的勇气和具有尊严的爱。他们首先来到萨姆特要塞，这是《飘》时代查尔斯顿历史的转折地。导游介绍道："当时全美最大的四座城市是波士顿、纽约、费城和查尔斯顿，查尔斯顿最富裕，但战争改变了一切，战争带走了查尔斯顿所有的辉煌。1861年，林肯总统执政第一年，拥护黑奴制的南卡州等七个州宣布脱离联邦。南卡罗来纳州是南方联盟中的强硬派，查尔斯顿是它的首府。4月12日，南方部队进攻驻守萨姆特要塞的北方部队，打响了南北战争第一枪。《飘》中那场色彩雄浑的大火场面，记录的就是这场战争。瑞德和郝思嘉在大火中的深情一吻，成为经典画面，一直留存在全世界观众心中。战争结束半个世纪后，南方女作家玛格丽特用小说描述南方所经历的伤痛，引用了英国诗人道森长诗《辛拉娜》中的一句'Gone with the wind'作为书名，意喻南方的奢华被北军洗劫殆尽，一切都化为乌有。小说出版曾引起很大争议，但是这个伤感与坚强交织的南方浪漫传奇却捕获了全世界人的心。"

随后，周玉梅陪着陈教授经过一条僻静的马路，来到布恩庄园，时光仿佛瞬间倒转了一百多年，无论世事如何变幻，布恩庄园依旧保留着那份气度和排场。陈教授无比投入地环视着庄园，仿佛看到了美国南北战争时那个动荡年代的一幕幕真实情景，深情地说：《飘》生动地描写了一群鲜活的人物形象,一群守望者。郝思嘉守望金钱,守望不再让塔拉人再挨饿,守望艾希礼的爱,守望破碎的梦,守望成长;瑞德守望郝思嘉以及她生命延续的小邦妮,守望一个男人能给予一个女人的全部爱;艾希礼守望过去的生活,守望那个随风而逝的年代;媚兰守望爱,守望丈夫和儿子,守望艾希礼有一天真正站起来。这就是《飘》,虽然有许多对战争恢宏场面的描写,但女作家始终细腻地刻画了各类人物的心理性格,使一个个色彩斑斓的文学人物在作者流畅的笔下,跃然纸上,栩栩如生。横看全书,它是一部美国南方种植园文明的没落史,一代人的成长史和奋斗史;纵观全书,则是一部令人悲恸的心理剧,以戏剧的力量,揭示出女主人公在与内心冲突中走向成熟的过程。读《飘》,犹如走进原始森林,越深越美。"

周玉梅仿佛又回到了英美文学精读课上,聆听着陈教授生动、形象、精彩、感人的讲解。陈教授接着说:"郝思嘉大半生一直为爱而生。因为爱,迷惘的爱,她做了很多错事,直到最后她才发现,自己一直钟爱的艾希礼并不爱她,也不像她所想的那么优秀。实际上,她爱的不是艾希礼,而是自己内心深处的一个完美偶像。艾希礼越是拒绝她,她心中的那个形象就越高大完美。也许这就是我们中国人常说的一句话:得不到的总是最好的。而恰恰因为她迷惘的爱,使她错过了身边真正的幸福。"说到这里,陈教授停顿了下来,若有所思。片刻后,自言自语说:"值得欣慰的是,在郝思嘉的爱情世界里,她永远坚信,'After all, tomorrow is another day!'当她彻底失去艾希礼,失去女儿,她丈夫瑞德也离她而去,她才意识到真正爱的人是瑞德!她勇敢地抛开心灵上的创伤与悔恨,相信自己一定能挽回瑞德的心,她坚信,'After all, tomorrow is another day!'"陈教授说到这里,独自慢慢地往前走着,突然回过身来,看着周玉梅,好像在演讲,满怀激情地大声说:"《飘》,多少次,我与之同悲、同忧、同喜、同笑。多少惆怅、欣喜、感慨、惊叹,掩卷叹息,永远是一生的感动,深深地震撼!"

夜幕缓缓降临,查尔斯顿更显魅力。街道上的路灯亮了,远远天边的火烧云在慢慢退去，海风轻轻地吹，路灯下，他们的身影慢慢在向前移动……

回到酒店，他们来到酒店的酒吧。即便在盛夏，查尔斯顿人依然喜欢壁炉里燃点的温柔火焰，那是一种温馨的气氛，周玉梅陪着陈教授走到了壁炉前的沙发，要了两杯红葡萄酒，递给陈教授一杯，在壁炉边坐下，看着柔柔的火焰……

喝下了半杯红酒后，陈教授看着周玉梅说道："我给你讲讲我的故事吧，想听吗？"周玉梅似乎有些意外，只是默默地点了点头。

"那是三十多年前，新中国刚刚建立，一切百废待兴。我和一些同学远渡重洋到欧洲留学。那时，我只有18岁，来到英国剑桥。当时，我只有一个愿望，学习知识，掌握本领，回国报效。图书馆成了我的家，除了上课，我的全部时间都是在图书馆度过的。"

陈教授显然回到了很久以前，那个美丽的剑桥校园里……"剑桥，也称康桥，是世界上最古老的桥之一。剑桥与牛津一样，是一个令人神往的大学城。几百年来，剑桥以其优异的教育质量著称于世。这里英才荟萃，星光灿烂，哺育出牛顿、达尔文这样开创科学新纪元的科学大师，被誉为'自然科学的摇篮'；也有哲学家培根，他的名言'知识就是力量'影响了多少代世人；还有经济学家凯恩斯，历史学家特里维廉，文学家萨克雷，很多都曾负笈剑桥，终成泰斗。该校的弥尔顿、拜伦、丁尼生等更是英国的桂冠和骄子。"

说到这里，陈教授仿佛完全回到了另一个世界，他又喝了一小口红酒："暮春，是剑桥一年最美的季节。路旁，苍翠撩云的大树和白色与淡紫色的樱花，在阳光的拂照下，生机勃勃。各个学院和住宅门前的草地上，到处都是紫红、粉红的玫瑰和鹅黄色的旱水仙，而路灯柱上和阳台上挂着、摆着的盛开着鲜花的花盆，更是繁花似锦，赏心悦目；最让人流连却步的是那满城的绿色，青葱的草地几乎铺满了这座小城，一栋栋高大的校舍、教堂的尖顶和一所所爬满青藤的红砖住宅，都驻扎在这绿色的海洋之中。剑河边上，垂柳成荫，丛林拥翠，令人心醉。也就是我到剑桥的第二个春天，校园里到处盛开美丽的玫瑰花的季节，我遇到了她，一个美丽的英国姑娘……"

陈教授脸上流露出了一种难忘与依恋的表情："那是一个礼拜天的上午，阳光明媚，我手里拿着莎士比亚的《罗密欧与朱丽叶》，在去图书馆的路上，经过剑河的桥，无意间从清澈的河水中看到了一个美丽动人的少女，一头漂亮的金发蓬松地散落在她胸前，在阳光的照射下，好似飞流直下三千尺的仙境，我情不自禁地随着那婀娜多姿、缓缓移动的身影，顺着这清澈河水里的倩影慢慢移动，生怕失去……突然我手臂被什么碰了一下，一本厚厚的书掉在了地上，我连忙蹲下去帮助拾这本书，抬头一看，啊，是她，河水中那动人的少女，正在向我微笑点头，我从地上捡起书，站起来递给她。她伸出修长如玉一般的手接过书，十分端庄地捧在胸前，书封面写着 Romeo and Juliet，她对我和蔼地微笑，并伸出右手：'谢谢你，我叫玛格丽特。'我当时不知所措，羞涩地伸出右手：'我叫维。'正准备离开，她十分有礼貌地问我说：'你也在读 Romeo and Juliet？'我突然意识到她看到了我手上的书，笑着回答她'Yes'。少女兴奋起来：'太好了，我们可以一起读书吗？'就这样，我和这个突然从剑桥清澈河水中浮现出来的美少女一起漫步在草坪上，你一句我一句，品读着莎翁的名著，正是 Romeo and Juliet，让我第一次与异性在一起！从此，剑桥边、花园里、草地上……我们慢慢熟悉起来，如胶似漆，形影不离。就在这时，我突然接到提前回国的通知，当我把这个消息告诉她时，她哭了……那个晚上，我们坐在壁炉前，依依不舍……"说到这里，陈教授完全沉浸在深深的美好回忆之中，停下来细细品味着那份遥远的初恋。

过了好一会儿，陈教授接着讲自己的故事："我答应一定给她写信，她将自己最心爱的胸针送给我，深情地对我说：'I love you！'我将她那柔软的双手紧紧贴在自己胸前，也对她说：'I love you，too！'"说到这里，陈教授再次无限感慨："回国后不久，我就去农村了。后来，我才知道，自我匆匆离开后，她将自己全部的思念都写进了信里，每天查看信箱成为她生活的全部。然而，她心中那个'维'永远杳无音讯。"

257

"一段时间连续下大雨，猪圈坍塌，为了抢救被压在砖瓦下的生猪，我冒着狂风大雨，在齐膝盖高的粪土中整整干了八个小时。生猪安全得救了，但我病倒了。那时，我一个人住在一个小屋里，由于腿部被石头玻璃划破感染，加上感冒发烧引起严重肺炎，高烧不退，口吐白沫，浑身发抖。村里一个好心姑娘，不顾父母的反对，偷偷给我熬药，日夜照顾病中的我。在这位姑娘的精心照料下，我一天天好起来了。但是她却遭到了村里一些人的嘲笑讥讽。姑娘的父亲受不了这种羞辱，当着村里人的面狠狠地打了女儿……听说这一切后，我拖着刚刚恢复的虚弱身子，来到姑娘家，恳求她父亲同意将他们的女儿嫁给我。这就是我现在的夫人。"陈教授说到这，眼睛里充满了心酸、感激、苦涩、纠结的泪水……

　　"后来，我回到城里，重新走上大学讲台。从那一天起，我几乎将自己全部的时间和精力都投入到教学研究工作中去，我在与时间赛跑，决心把失去的时间全部追回来！但是在我内心深处，一直也没有放下，更没有忘记那个美丽动人的她。我常常会在夜深人静时，一个人在自己书房里，悄悄地将她送给我的那枚胸针拿出来，放在自己心口呼唤：'你在哪里？还好吗？'"说到这里，陈教授从自己的衣袋里拿出了胸针，一枚美丽的蝴蝶胸针……

　　陈教授动情地、敞开心扉地讲述着自己的故事，那份内心深处封存了很久很久、完全属于自己的秘密……周玉梅认真地、细心地、感动地听着每一个字，每一句话……

　　壁炉里的火苗不停地闪着红光，发出淡淡的、暖暖的热……

第十四章

周玉梅电话里的提议,一直在王玲脑海中反复出现:"也许我应该学会忘记那些不愉快的事,尽可能多想想那些愉快浪漫的过去。"晚饭后,王玲看着与儿子开心玩耍的李勇,告诉说自己准备去美国考察。李勇无所谓地看了一眼王玲,什么也没说。王玲想了一下后问道:"你要不要和我一起去?"原本无所谓的李勇一下子被"惊吓"住了,完全不相信自己的耳朵,急忙问道:"什么?你说什么?再说一遍。"王玲虽然对李勇不知从什么时候开始的这种一惊一乍的态度很是反感,但还是平静地说:"我在想,是不是这趟咱们一起去,好久没有二人世界了,也可以一起去看看我的那些好朋友。"李勇还是怀疑自己是不是听错了,追问道:"你没说错吧,我也没听错吧,你和我,一起去美国,是吗?"王玲显然有点不耐烦了,对李勇的态度确实很反感:"真烦!没说错,一起去美国!"

李勇立刻激动地抱起儿子,在空中旋转,高兴地大声说:"好啊,太好了!一起去美国,太好了,太好了!我早就想去美国看看了。儿子,爸爸要和妈妈一起去美国,高兴吗?"

"好了,抓紧准备相关材料办护照,然后一起办签证。"说完,王玲便走进浴室了。

李勇抱着儿子跑到妈妈房间,告诉她要和王玲一起去美国。自从婆婆与王玲浴室冲突后,王玲一直保持沉默。这些年,王玲不知为什么,对李勇越来越说不清楚是失望,还是疲劳,还是反感,还是厌倦……甚至连交流的意愿都没有了。因此，浴室冲突的事，王玲没有在李勇面前抱怨，而是选择沉默，与婆婆更加"礼尚往来"，没有半句多余的对话。李勇发现了这些变化，无论怎么问王玲，王玲只会默默走开。婆婆对自己当时的做法虽然也有小小的内疚，依旧对儿媳妇不高高抬举自己很不开心，但无论如何还是希望儿子的日子好好过。因此，听儿子说要与儿媳妇一起去美国，非常高兴，原来一直担心儿媳妇一人去美国的顾虑一下子释怀了，高兴地说："好，好，太好了！俩人一起，安全，太好了！"说完，看了看门外，小声问道，"是你提出来的还是她提出来的？"李勇立刻回答道："她提出来的！"母亲听后，很是高兴地说："好，太好了！太好了！"

李勇立刻表现出对母亲的关爱，说道："妈，那我们不在时，可要辛苦您了！"母亲高兴地说："没事，平时不都是我自己嘛，没事！只要你俩好，我怎么都行。"李勇开心地对母亲说："妈，早点休息吧！儿子，跟奶奶说'晚安'。早点休息吧！妈，晚安！"

很快，王玲和李勇的签证办好了，顺利启程去美国。李勇颇为感慨地边说边反复翻看手里的护照："改革开放就是好，我们也可以走出国门了，太好了！这在过去真的是想都不敢想的事呀。"

周玉梅又怀孕了，而且是在论文很快就要答辩之际，这让周玉梅异常纠结。但是医生明确说："如果再做人工流产的话，加上有过流产史，可能导致终生不孕。"面对抉择，周玉梅闷闷不乐。钟南知道周玉梅好强的心，可面对现实，不知说什么好，只是说了句："对不起！你做什么决定我都同意！"然后天天埋头实验室，以此忘记苦恼。

周玉梅不知怎么办？心里非常纠结，便拨通了王玲的电话。王玲一听是周玉梅，兴奋地说她已经采纳了建议，签证也办好了，很快就会和李勇一起去美国。周玉梅听到这个消息也非常高兴，赶紧了解何时启程，期待早日见面。

王玲高兴地说："现在机票紧张，看吧！你怎么样？什么时候戴博士帽呀？"

周玉梅十分不愉快地说："唉，我现在遇到麻烦了，正烦呢。"

"怎么了？出什么事了吗？"王玲关切地问道。

"唉，我又怀孕了！"周玉梅叹了一口气说道。

"好事啊！这次你可要好好保胎，千万不要再出什么问题了。你不是学医的，许多事不懂，这次一定要认真对待，否则终生遗憾。对了，这时间多好呀，戴上博士帽的同时，迎接未来小博士的诞生，太有意义，你这时间点踩得真准！"王玲高兴地说。

"什么呀，我这儿正烦呢，我想知道，这次再不要，将来就一定会有问题吗？这也是我给你打电话想了解的事。"周玉梅说出自己打电话的原因。

"这个真的不好说了，要根据每个人的具体情况吧，但肯定风险很大，最好不要这么做，更何况，你也不小了，已经是高龄产妇了，保胎吧！"王玲非常认真地说。

"可我……"周玉梅似乎想说什么，又打住了。

"你有什么事吗？他怎么看？"王玲问道。

"这些天我们正因为这事'冷战'呢。"周玉梅小声说道。

"这不好，这个时候生气呀什么的，对胎儿特别不好，必须赶紧高兴起来，为了下一代！你呀，别太拼了，都快博士了，就给生活留一点时间和空间吧。"王玲劝说道。

"唉……"周玉梅又长长叹了一口气。

"玉梅，你太天真了，这种事可不是那么按计划办的，可能你现在认为毕业后再考虑，那可挡不住到时你又会说'刚到新单位，需要熟悉环境，先好好工作'。唉，告诉你，这种事，没有什么最佳时间！再说，男的一般都喜欢小孩。我当然不知道你们那位，你俩都是事业型的，最好你们好好商量一下，千万别因这个事伤人，这可是大事！真的！"王玲认真地说。

"我就是没准备好，而且马上要毕业，唉，我还想学成后回国圆梦呢！要是有了孩子，可能一切都会发生变化，唉，真烦！"周玉梅说。

"也不是干事业的女性就都不要孩子的，我觉得你别太苛待自己了，毕竟你已经比我们不知好多少了，已经很成功了，给生活一点时间和空间吧，记住，这个事上伤人可会是致命的。"王玲非常严肃地说。

"我好烦，烦死了！"周玉梅说。

"千万别烦，要我说呀，你俩好好谈谈，一定要意见一致，避免以后一些不必要的麻烦！再说你也该要个孩子了，俩人基因又那么好，一起书写一篇更加精彩的人生博士论文吧。"王玲坚定地劝周玉梅保住这个孩子。

"唉，我想想吧。"周玉梅答道。

"我们买好机票后告你，去看你！对了，你那位学得怎么样？"王玲问道。

"他挺顺利的，也会很快拿到博士学位！理工科比我们文科好多了，国内学的知识全都可以用上，总不会在国内 1+1=2，在国外就变了吧。但文科真的太不一样了，有太多不同，在国内我们认为的理论，在这里常常被质疑……"周玉梅颇为感叹地说。

"双博士，太难得了，所以这个小宝宝一定要保住，多幸福呀！你呀，就别身在福中不知福了！"王玲说道。

"好吧，咱们争取见面聊。订好机票后立刻告诉我，到时通宵畅聊。"周玉梅说道。

"必须的！"王玲笑着说。

放下电话，周玉梅陷入了痛苦的沉思："我到底怎么办呢？"

周末，钟南打算到湖区钓鱼，这是他放松自己经常做的选择，当然，如果战果丰硕，能够用几小时的清静换回一桶鲜活的鱼，足足饱餐一周，也是最好的"一箭双雕"。更何况，周玉梅喜欢鱼，在家里还养了一些鱼，因为妈妈姓"鱼"，所以在选择胸针、T恤等等一切物件时，首先都找有"鱼"的元素，也许这是想念远方妈妈的一种寄托吧。

周玉梅听钟南说要去钓鱼，也想一起去，缓和一下略为紧张的关系。于是，早早地就把鱼桶和渔具准备好，刚要往门口搬，钟南抢先一步："我来！"

周玉梅看着钟南说："我也去。"

钟南抬头看着玉梅说："你也要去钓鱼？好啊！带上件外套。"

俩人坐进车里，钟南帮助玉梅系好了安全带后，说了一句："咱们出发了！"

在钟南内心深处，玉梅这次有点伤他："明明最艰苦的日子已经过去，就剩下答辩了，现在真的是老天恩赐，多好呀！真不明白她到底怎么想的，她到底想要什么？"钟南这次心里的确有些不舒服。

两人各想各的，一句话没说。钟南打开收音机，轻快的音乐响起……

王玲和李勇开始了很久没有一起单独外出的旅行，无论如何，俩人都表现出了一种期待。李勇处处积极主动，希望好好表现，使两个人回到过去那种如胶似漆的美好岁月。

俩人来到京城机场，在入口处，李勇安排送机的人早已在等候。一看见李勇和王玲，立刻迎上前去说："李总，一切都办好了，直接去 VIP 休息室。"在特别安排下，王玲和李勇很快登机。一走进舱内，李勇仿佛立刻找到了自己的位置，异常兴奋，当起了王玲的"飞行导游"，不断介绍民用大客机与运输机的区别。

一路上，俩人情绪轻松愉快，尽情享受着商务舱的热情服务，慢慢地，开始了久违的说笑……很快，顺利到达美国。

王玲按照事先的安排，参加各种商务交流并实地考察项目，李勇忙前跑后充当助理。考察活动结束后，他们租了一辆车，开始了两人自驾游，目的地：迪士尼乐园！

一进入迪士尼乐园，欢快的音乐、热烈的场景、充满童心的人群一下子把他们带回到了年轻时光……

王玲和李勇完全像两个无忧无虑的快乐孩子，很快被迪士尼那特有的欢快气氛融化了。他们也穿上印有米奇和米妮图案的情侣装，开心地在街上行走，与不认识的人们互相微笑问候；在 60 匹优美跃动的旋转骏马中，李勇和王玲童心再现，分别选出了各自的挚爱，与各国的大孩子和小孩子们一起快乐地飞驰；他们坐上小飞象，在蓝天中飞翔。李勇幽默地对王玲说:"唉,惭愧呀,咱也曾经是开大飞机的,唉,现在却骑上了这老美的小飞象,不爽!"俩人都乐了!

夜幕慢慢降临,城堡的灯亮起来了,随着音乐起伏,色彩缤纷的烟花点缀了城堡的上空,在巡游的花车上,小熊维尼、白雪公主、米老鼠、唐老鸭……伴随着烟花的变幻,载歌载舞,开心的人群欢呼喝彩,李勇紧紧搂抱着王玲,脸上写着满满的幸福与喜悦……

是啊,实际上,每个大人心里都住着一个永远长不大的小孩。有时候,也许应该给自己一个机会,剥去层层束缚,抛开辛劳算计,不问责任义务,在一个属于孩子的天地里,无拘无束,笑一场,闹一场,抚慰儿时的梦想,再现属于孩子的那种最纯粹的笑容,那份最纯真的言语……在这里,王玲和李勇仿佛找回了他们曾经拥有的浪漫!

王玲和李勇来到与张小樱约定见面的酒店。张小樱早早就在酒店大堂等候,一见到王玲,高兴劲别提了,俩人久久拥抱在一起。王玲笑着说:"你'阿姨'可想念你了,一定要求我必须不管多忙都要来看你,担心没人照顾你。"刚听到这儿,张小樱看了一眼身后的一位帅小伙,笑着说:"这是我同学,攻读数学博士的留学生,也是我的'司机'。"王玲马上意识到了点什么,笑着说:"是吗,真好,同学加司机,学业和生活都有保障了。"张小樱不好意思地说:"讨厌!讨厌!"

王玲笑着说:"这有什么呀,你已经落伍好多年了,必须尽快追上!"李勇插话说:"对对对,小樱,你的这些好朋友可是够意思,特别护着你,瞧,这是带给你的礼物。"

张小樱马上问道:"有好吃的吗?"

王玲声情并茂地说:"果丹皮、果脯、怪味豆、五香豆什么的,反正都是你当年喜欢的。'阿姨'待你真好,一定让我带。我告她可能过海关有麻烦,你知道她说什么吗——'什么麻烦?你将来就是一个国际大倒爷,这次就是检验一下你的能力如何而已。'这不,我就只好冒着生命危险把这些不值钱,但很珍贵的物品给你带了进来。"

张小樱将两袋吃的东西毫不客气地接过来,交给身边的"司机"。"司机"特别有礼貌地接过去,没等张小樱指示,就把他们带来的礼物递给了王玲，张小樱十分得意地看了他一眼，开玩笑地说："挺有眼力的，表现不错！"大家都笑了，"司机"有点不好意思地也笑了。

大家有说有笑来到餐厅，刚坐下，张小樱突然说道："应该把玉梅叫来，我给她打电话，让她买张机票飞来。"

王玲意识到张小樱可能不知道玉梅又怀孕的消息，就说："是啊，我第一次有幸出国，不能来个战友异国相聚，抱头痛哭，真觉得太遗憾了。"自己说着忍不住笑了。张小樱有些纳闷地说："这哪对哪呀，干吗还抱头痛哭？"王玲笑着说："激动呗！我呀，这次来，本来还想加强一下她的政治思想工作，要求她赶紧学成，早日回国，报效祖国，这下可好，人都见不着，不过，咱们完全给予理解，因为在孕育更大的事。对了，我们这次来，还是受她的鼓动呢。"张小樱不解地问道："什么事？孕育什么更大的事？我来这么久了，都没机会见她，正好你来了，让她立刻、马上飞来。对了，必须带上她那位真正的'小朋友'。"

王玲不得不告诉张小樱，周玉梅这次不可能来："她又怀孕了，现在正纠结要还是不要呢？据说与那位'小朋友'还在'冷战'呢。"

张小樱大吃一惊，高兴地说："又怀孕了？好事呀，她马上就要熬出头了，多好呀，大博士再生个小博士，这么大的好事，怎么没告诉我，这样做是不对的。我给她打电话，质问她为什么这样对我，这是不对的，是吧？"

王玲笑着说："你呀，现在就别给她添乱了。如果要去电话，就让她保住这个小宝宝。"张小樱看着王玲："好吧，这次就原谅她，让她安心保住小宝宝。"王玲笑着说："小樱长大了，善解人意，真好！"

张小樱回头看见"司机"拿着礼物站在一边，便接过来交给王玲，叮嘱给"阿姨"的礼物是一个白色手提包，专门说："我想'阿姨'会喜欢这个款式，也希望她早日找到自己心中的白马王子。"王玲越来越发现张小樱与过去有太多不一样了，待人接物成熟了许多，感慨地说："小樱，好好学，早日也成为女博士！过去的'小朋友'，未来的女数学家，我们都看好你，你是我们大家的骄傲！"说完，又对张小樱身边的"司机"笑着说:"你可要好好照顾她,要不她可有四个厉害的'阿姨'会跟你没完的。""司机"笑着说:"我听小樱多次提到你们和你们过去那些有趣的事。放心,我会好好照顾你们的'小朋友'的。"张小樱调皮地拍打着"司机"说:"嗨,嗨,怎么说话呢?你也敢叫'小朋友'?不像话!"大家都乐了,高高兴兴地一起用餐聊天。

  美国行程马上就要结束了,王玲和李勇来到机场,在回京城航班的登机口,意外的事发生了,原本顺利、愉快、和谐的旅行因此完全改变了。

  由于旅游旺季座位全满,王玲和李勇的座位没能安排在一起,柜台小姐建议上飞机后,与身边客人沟通,应该不会有问题。但不知为什么,李勇突然大怒,不依不饶,要求登机前必须办好两人坐在一起的座位。王玲在一旁感到十分尴尬,小声劝李勇上飞机办,多大点事。但李勇不知哪根筋不对,非要求上飞机前办好座位。

  开始登机了。王玲不管李勇,自己先走了。李勇还在吵,而且声音越来越大,大声强调自己和太太都是非常重要的VIP,从来没有受到如此对待。机场安保人员对李勇严重影响机场正常秩序提出警告。飞机马上就要关舱门了,李勇仍然在登机口歇斯底里地喊叫,还大声说自己和太太有重要公务在身,影响公务是需要负完全责任的。王玲完全不理解李勇为什么如此疯狂,一个人默默地看着机窗外……就在这时,一位空乘小姐从机舱跑过来告诉李勇一切安排好了,并且强调飞机马上就要起飞了,全部乘客都在等他一个人登机,李勇一边生气一边登机表示服务太差,回国就投诉。

  上了飞机,在王玲身边坐下:"怎么样,都给安排好了吧,服务太差。"王玲头也没有回,狠狠地说了一句:"抽风抽完了吗?我真为你难为情,多大点事,你在这摆什么谱呀!真是找不着北了,变得我完全不认识了,真可怕!"李勇刚想说点什么,王玲狠狠地挥了一下手,意思"闭嘴"!

  飞机直冲云霄。原本愉快顺利的旅行,没想到却以如此尴尬的结局结束。在飞机上,王玲一句话没说,想了很多,非常痛苦,她突然觉得自己好像根本不认识身边这个李勇……

俩人回到国内，又陷入了更难堪的"冷战"！

是啊，每个人都在忙碌，为生计，为梦想，为事业，为……不论在地球的哪一端，人人都在追寻自己认定的那份幸福。但是，在这个过程中，有高潮热烈、浪漫欢喜，也有纠结郁闷、吵闹失望，也有热战与冷战，大战与小斗……春夏秋冬，周而复始，分分合合……也许这就是人生！幸福是什么？是一件东西，一个目标？还是感受与领悟？幸福，不是获得那些我们还没有的，而是认识和欣赏我们已经拥有的，也许幸福最大的障碍就是我们对幸福的苛求太多。

钟工和夫人花了很长时间，终于办妥了到美国探亲的全部手续，来看看多年未见的儿子和当年的周玉梅，现在的儿媳妇，加上很快就要当上爷爷奶奶了，这一趟旅行对钟工和夫人意义特别。钟工一直还有一个深深的愧疚和遗憾，那就是没能参加儿子和儿媳妇的婚礼，所以一直在争取探亲机会。

登上飞机，愉快的心情全都写在了两位老人的脸上。

很快抵达美国机场，远远地，一眼就看见了很多年没有见的儿子和儿媳妇，两位老人开心极了，特别是看到已有身孕的玉梅，钟工和夫人，更有说不出的高兴。

一天下午，钟南独自陪父亲来到湖边散步，父子俩很久没有这样亲密地在一起了。钟工慈祥地看着儿子说："怎么样？准博士，一切都好吗？我和你妈妈一直很愧疚，没有能够参加你们的婚礼，对不起啊，儿子！"

钟南笑着说："说什么呢，我们挺好的。玉梅就剩答辩了，我也在紧紧追赶，本来都应该很快拿到博士学位，但现在的情况就不太好说了，她原来一直不想要这个孩子，我不说什么，都由她决定！"

钟工听着儿子颇有大局观的陈述，拍了拍儿子的肩膀，满意地说："你们都为事业拼搏，我完全支持！特别是玉梅，一路走来不容易，你要多多理解她，支持她，她是一个很要强的女孩子！我相信你们会处理好的，也相信你们都会成功的。"

俩人继续在美丽的湖边慢慢地散着步，好一会儿，钟工深情地说："玉梅是个好姑娘，我非常喜欢她，第一次在医院见到她，青春，活泼，热情，开朗，风风火火坐着敞篷摩托车在大冬天跑电影片子，那些场面我现在都记得清清楚楚，就像这一切发生在昨天！"说到这，钟工停了下来，看着远方，好像是回到了当年，"每次在全场等下一部跑片到的时候，大家都是那么着急，都在期盼着玉梅的出现！我记得，有一次，刮着大风，很冷很冷，她冻得红彤彤的双手，抱着重重的三盒影片跑进操场，全场都鼓掌欢呼起来，那个场面真是让人难忘啊！她是那么麻利，那么干练，立即开始倒片、装机，一切就在几分钟内完成了，要知道，她那时只有17岁呀，不容易，不简单呀！"说到这，钟工的眼中似乎再现了当时的情景。

钟南看着父亲说："我知道，您说过好多次了！"停顿了一下，似乎知道父亲期待的不是这句话，便真诚地对父亲说，"我们挺好的，放心，我会支持她的！"钟工慈祥地看着儿子，拍拍儿子的肩膀，什么都没有再说了。俩人继续慢慢地在这美丽的湖区散步聊天……

周玉梅接受了这个小宝宝，也艰难而顺利地完成了论文答辩，成为了博士。只是周玉梅由于过度劳累，使得这个"小博士"提早匆忙来到世界——一个弱小的、坚强的生命！钟工和夫人有幸见证了周玉梅论文答辩，更幸福的是，亲自一起迎接了他们的孙子来到这个世界……

钟工和夫人要回国了。周玉梅专门组织了答谢导师和朋友们的晚宴，周玉梅的导师，汤姆和玛丽高兴地见了钟工与夫人，大家一起谈笑风生，听到导师和朋友们对周玉梅的赞美，钟工频频点头，感到十分欣慰。钟工十分满足地看到周玉梅完成了博士学业，但遗憾的是没有办法等到她戴上博士帽的那一刻……临行前的头一天晚上，钟南和周玉梅才知道，这可能是他们最后一次见面了，父亲患有严重的"帕金森"病。

钟工含着眼泪动情地说："我和你们妈妈这次来，看到你们一切都好，我们很高兴；看到你们学业顺利，我们很欣慰；看到我们的小孙子，'小博士'，他是想让我们见到他，所以也匆匆来到了这个世界，我们很开心。"夫人在一旁，深情地看着自己一生钟爱的丈夫。

钟工接着说："有些话，我想了很久，还是应该告诉你们。这就是啊，我的这个病情呢，不乐观了，原本这么遥远的旅行，医生根本不同意，但是我坚持一定要来看你们，与你们多待一些时间……我想，以后啊，你们一定要相互帮助，相互支持，相互爱护，一家人，开开心心的，把事业干好，也把日子过好，这样，我也就放心了。组织上很关心我和你们妈妈，我们已经搬到京城了，医疗条件也很好，我们有组织的关心和照顾，你们就放心吧。"

周玉梅听到这里，看着已经是热泪盈眶、泣不成声的钟南，明白了一切。她走向钟工，深情地看着眼前这位慈祥的恩人、贵人、公公，深情地叫道："爸爸，爸爸……"一头扑进了钟工怀抱，痛哭起来，她深深地感谢这位支持自己成功考上大学，走向世界的恩人！她敬重这位终生奉献给国家航空事业飞机发动机的工程师！她更敬爱这位慈祥的父亲……

两位老人在机场，钟工紧紧握着周玉梅的手，眼睛里闪烁着泪花，一句话也没有说！

周玉梅深情地说："爸爸，多多保重！"钟工无比满足地笑了，双眼满是泪水，深情地抱起小孙子，久久地亲吻。

周玉梅和抱着儿子的钟南，流着眼泪，向走过安检门的父母，深情地挥手道别。

回国不久，钟工程师离开了人世！

钟南为父亲精心设计了一本厚厚的书和一架飞机站立在书本上的墓碑……

从美国考察回国后，王玲一直思考新项目的拓展问题，特别是在一次项目交流会上，一位污水处理公司董事长，约翰先生，对地球水资源问题慷慨激昂的演讲给了王玲很多启示。交流会结束后，王玲专门与这位董事长交换了名片，并希望得到他关于水资源的演讲稿。这位董事长言而有信，很快将演讲稿发到了王玲的电子邮箱。

收到邮件后，王玲认真阅读演讲稿，当时约翰先生演讲的情景一下子出现在眼前……

"水，在某种程度上说，是它给予了我们生命，在我们人体中，水占身体的70%，在血液中，水占90%，所以说，因为有水，我们才能生存下去，才能在地球上如此耀眼！但是，很多人对水的认识让人震惊，他们觉得水很容易获得，似乎永远无穷无尽，因此许多人在无限制地浪费水，明明一盆水就足够了，可偏偏要用一桶水，这种情况在我们生活里随处可见，也许单看一个人一天浪费的水不足为奇，但如果一群人一年用的水，浪费的水，加起来则是不可想象的。我们做过一个研究，中国是世界上十二个贫水国家之一，淡水资源还不到世界人均水量的四分之一，全中国六百多个城市半数以上缺水，其中一百多个城市严重缺水。地表水资源的稀缺造成对地下水的过量开采。五十年代时，北京的水井在地表下约5米处就能打出水来，现在北京四万口井平均深达近50米。所以，中国朋友们，想想吧，再过10年、50年、100年，地球将会是一个什么样子呢？所以，我们从现在做起，一方面，节约用水，保护地球水资源；另一方面，有效治理污水，变污水为可再利用的水资源，这是我们当下必须高度重视的事情。中国如果今天不高度重视水的问题，不远的将来一定会出现水比石油还要昂贵的危机。"

王玲被约翰先生关于水资源问题的观点深深打动，进行各种考察调研，探讨投资污水处理项目的可行性，很快做出了一个决定：邀请这位董事长访华，探讨污水处理项目合作。

接到来自中国企业的邀请，约翰先生非常兴奋，立刻回复："感谢邀请，我和我的团队将尽快抵达中国。"

一个月后，约翰先生及整个高管团队抵达中国，并立刻开始与王玲团队进行高强度的项目论证和商务洽谈。很快，双方达成合作意向。在签约仪式上，约翰先生高兴地讲了一个他个人的故事：

"我出生在美国南方，父亲是大学农业系教授。从小在父亲的指导下，我知道在遥远的东方，有一个国家叫中国，是一个农业大国。

父亲常说，这个国家大部分人都从事与农业有关的工作，他们有着各种丰富的农业资源，人民勤劳勇敢，富有智慧，特别是他们早在古农耕文明时代，就根据北斗七星的循环旋转规律，结合不同的气候和物候变化，发明了'二十四节气'，表达了人与自然宇宙之间独特的时间观。那是一个非常神奇的国家。

"上大学后，我就一直想学中文。进入耶鲁大学读博士时，我首先向导师表达了我一直希望研究中国的愿望。非常遗憾，我的导师安排我研究越南问题，最后我的博士论文也就是关于越南问题了。这是我终生的一个遗憾，所以，到今天，我不会说中文，这次也是我第一次来到这片神奇的土地。我特别要感谢王女士给了我这个来中国的机会，我也会特别珍惜这次机会，希望从水合作项目开始，不断开拓更多领域的合作。我想这可能就是我多年的梦想在成真吧！"

约翰先生越说越激动，看着王玲说："我必须说，王女士，您是一位很有个人魅力、远见和才能的女企业家，非常让人敬佩！相信我们会愉快合作的。"

王玲也激动地表达了自己决定进入水项目的愿望："我被董事长的激情感动了，更因为我赞同董事长所说的关于水资源对我们人类、对我们人类赖以生存的地球的重要意义，我希望我们公司能做一些造福人民的项目。就从水开始，因为水是每个人每天不可缺少的生命之源。"

首次美国之行，王玲虽然对李勇最后的表现非常失望，但整个行程开拓了视野，让她进入了一个超前的、造福人民的项目，心里感到十分欣慰。

第十五章

自从做母亲后,周玉梅十分精心呵护这个提早匆匆来到这个世界的"小生命",看着为生存下来的顽强挣扎,周玉梅常常内心无比自责,更是倾注全部的爱。由于早产,"小生命"的智力发育与一般正常孩子相比显得有些迟缓。

为了那份男人的担当,为了全力支持周玉梅顺利戴上博士帽,为了更多地帮助这个小生命顺利成长,钟南决定推迟自己的论文答辩时间。

钟南痛苦地送走了父亲,在历经坎坷曲折最后欣喜接纳这个小生命的同时,又不得不面对帮助这个脆弱的小生命站起来的重任。

周玉梅顺利毕业了,面临工作与事业的选择。在内心深处,周玉梅希望马上回国,开始圆梦的努力。面对儿子的现实,面对钟南多次的恳求,周玉梅没有放弃回国发展圆梦的愿望,俩人不得不再次处于"相互逃避"状态……

钟南常常看着父亲的遗像,看着脆弱的儿子……多少次,背着周玉梅,偷偷流泪,泣不成声……

面对这一切,周玉梅心里也乱成一团麻,在日记中写道:"我现在到底该怎么办?怎么抉择?我也舍不得儿子,但我从现在开始就一直在家照顾孩子吗?我什么时候应该回国?现在可以回国吗?现实吗?他已经推迟了学业,还要等多久?如果我先回国,儿子怎么办?如果带儿子一起回国,回去以后怎么办?所有这些问题有解吗?怎么办?

事业与家庭，我如何选择？有可能两全吗？我不可能，也不会放弃一直苦苦追求的梦想，但儿子怎么办？"

钟南花费更多心思在儿子身上，他坚信儿子会很快好起来的！钟南非常疼爱儿子，格外用心，百般关爱，经常做智力游戏，积极配合不同阶段的特殊教育训练，争取帮助儿子强壮起来——

支撑儿子慢慢站立起来了；

陪伴儿子迈出了第一步；

帮助儿子说出了第一个词："妈咪"；

陪伴儿子一起第一次开心游泳；

为了帮助儿子更好更快康复，钟南专门购买了一个儿童篮球架，每天都要和儿子一起练习投篮，看到儿子的努力，并成功将小小的篮球投入小篮网里时，钟南都会兴奋地将儿子高高举起。

儿子情况一天天好起来⋯⋯

周玉梅看着这一切，默默地思考"下一步如何走"。

周末的下午，儿子还在睡觉，周玉梅有些心神不定，手捧着咖啡，在客厅来回转。

钟南购物回来，将三大包食物分门别类放进冰箱。

周玉梅看着钟南的背影，十分感慨，拿了一瓶可乐递给刚忙完的钟南："辛苦了，喝可乐。"钟南笑着说："谢谢，还真有点渴呢。"说完，打开瓶盖，咕噜咕噜畅饮起来。

周玉梅客气地说："坐下歇会儿。"钟南似乎理解了，没说什么，坐在沙发上，继续喝可乐。周玉梅犹豫了许久，终于开口说："咱们谈谈吧。"钟南十分平静，努力装出笑容说："好啊，什么情况，什么想法？"

周玉梅吞吞吐吐地说："就是，就是关于我的事。我知道现在这个情况，什么都不应该说，但是⋯⋯"

钟南似乎早已明白，便说道："没关系，说出来，咱们认真商量一下，不管怎么着，毕竟我们需要一起面对这一切。"

周玉梅犹豫了好一会儿说："是，我很犹豫，也很⋯⋯可是就是，就是不甘心吧。"

钟南希望直接进入核心的话题，便说："这样，你就直接说你现在想怎么做吧。"

周玉梅突然对钟南如此直接的态度有点不理解，问道："你能不能理解一点我呀，干吗这么直接啊。"

钟南不解地问道："我说什么了，不就是让你直接说说你想怎么办吗，没错吧。"

周玉梅有些委屈地说："干吗呀？咱们能不能好好说话呀。"

钟南也意识到自己的话可能有些生硬，便道歉道："对不起，对不起，这样吧，现在我们的情况就是这个样子，我已经推迟毕业了，儿子的情况需要时间康复，怎么办呢？我很理解你一直的梦想和愿望，也一直很支持你，但是现在我很纠结，儿子这么小，不可能没有妈妈，你说是吗？我们不能让他从小就成为另外一个'悲惨世界'吧。"钟南说到这时，非常动情，眼泪不由自主地流了下来，显然他想到了自己小时候，想到了纠结的现实……周玉梅走上前去安抚道："我知道，我更纠结，这不是和你商量吗？"钟南突然紧紧地抱住周玉梅，动情地说："我不能没有你，儿子不能没有你，我们这个家不能没有你。和我们在一起，不要离开我们，我们离不开你啊。"说完，钟南从未有过地放声痛哭起来。周玉梅轻轻拍着钟南，什么都没有说。

钟南抬起满是泪水的脸，几乎在祈求："梅，我不能没有你，儿子不能没有你，我们面对这一切吧，就在这里安家、立业、乐业，好吗？你一定可以找到自己梦想的事业，儿子也能得到更好的康复训练，我相信，我们儿子是最棒的，一定是！梅，国家少了你，没问题；可我们这个家，不能没有你！我们就在这里安居、立业、乐业，好吗？"周玉梅看着钟南，轻轻地为他擦去满脸的泪水，一句话没有说。

儿子醒了，钟南立刻擦干泪水，朝儿子房间走去。

季冰的日子，一直平平淡淡，几乎把工作外的全部精力和心思都用于培养女儿圆圆，用心经营这个"小家"，特别是为培养女儿花尽了心血。

幼儿园，圆圆进了艺术团，舞蹈，钢琴，唱歌，样样都行——季冰常常陪伴女儿上钢琴课、舞蹈课、声乐课，常常晚上很晚，还在电视台门口等候即将完成演出的女儿；

小学，圆圆上了绘画班，喜欢画花鸟，而且还画了鸟爸爸、鸟妈妈和鸟宝宝的长篇手绘故事；

中学，圆圆亭亭玉立，招人喜欢，而且学习成绩门门优秀……

王飞与季冰一直相敬如宾，客客气气，季冰也已经习惯了这种生活状态，加上王飞经常下部队，一个月没几天在家，所以季冰的日子平稳宁静，对自己省吃俭用，对女儿则是什么漂亮买什么，而且还学了裁缝，有空就研究服装，经常上街选购各种花边布料，亲自为女儿设计缝制各种大街上根本看不见的漂亮裙子，把女儿打扮成了"唯一"，大家都羡慕极了。季冰看着一天天长大长高、越来越美丽的女儿，心里所有的苦、累、委屈……统统都觉得不是个事。

晚上，季冰收拾好厨房后，给在自己房间学习的圆圆送进去一盘葡萄，然后一人坐到电视机前看电视。

"丁零，丁零！"电话响了，季冰拿起电话："喂，你好！哪位？"

王玲答道："是我，季冰，吃饭了吗？"

季冰笑着问道："哦，王玲呀，吃过了，你呢？"

王玲有些着急地问道："还没呢，一会儿回家吃。你这几天怎么样啊？"

季冰有点不解地问道："什么怎么样啊？怎么了？"

王玲带着哭腔说："季冰啊，你是我嫂子，咱们更是好朋友，你不能这么下去了，太迁就我哥哥了，不行！"

季冰忙问道："什么事？发生什么事？别着急，慢慢说。"

"你呀，体检结果出来了，你的情况很不好，我认为你必须告诉王飞，必须，不能夫妻一场就这么下去，你太窝囊了，我都为你打抱不平！"说到这里，王玲痛哭起来……

季冰意识到是体检结果的问题，实际上，她早有思想准备，只是希望扛过去，等女儿高考完后再说，谁想不久前，王玲非要拉着去做了个高端体检……虽然季冰有心理准备，但听到电话里王玲的哭声，还是十分紧张，忙问道："王玲，别急，什么情况，告诉我。"

王玲哭着说："赶紧住院，听我的，我去告诉王飞，咱们有病不怕，赶紧治疗就好。你呀，不要总是只替别人着想，多想想自己吧。"

季冰还是淡定地说："王玲，这样，明天我找你去，看看体检结果，然后咱们再说，你一定不要告诉任何人，特别是王飞，请一定按照我说的做，如果你为我好，一定这么做。"

王玲哭着说："季冰，你先休息，明天我来找你。"

季冰再次恳求道："一定不要告诉你哥哥，一定，为我好吧！"

"为什么？为什么呀？你不应该这样，不值得这样，都这么多年了，你太委屈自己了，为什么要这样？我真想骂我哥哥，骂王飞，骂这个王八蛋！"王玲气愤地说，而且越说越激动。

"你呀，我们挺好的，都老夫老妻了，当然就没有必要天天卿卿我我的了，对吧，加上王飞热爱自己的工作，也没有做任何出格的事，难道还不允许人家为自己保留那么一点小小的心灵空间呀，你呀，就是瞎操心。你不要把这次体检结果告诉他，我自己处理，别忘了，我可是老护士哦，什么都懂，放心吧。别哭了，赶紧回家，路上开车小心。"季冰笑着说到这，停顿了一下，突然十分感慨地说，"王玲，我真谢谢你，有你这么个好朋友加小姑子，我真是幸福，知足了！赶紧回家，我给李勇打个电话，让他给你准备点好吃的，到家热乎乎地吃点可口的饭菜。不要太拼了，钱永远是赚不完的。"

王玲破涕为笑地说："季冰，你呀，天生就是政工干部的料，把一切想得那么通透，佩服！好了，电话上不说，明天见！"

季冰笑着说："明天见！好好休息，路上小心。"

王玲也笑着说："知道了，真是贤妻良母，明天我来找你。"

季冰挂了电话，低下头，看着自己的胸，双手轻轻地抚摸自己的乳房，一阵疼痛，季冰知道前面将会面临什么，不禁流下了心酸的泪水……

一周时间过去了，钟南和周玉梅继续保持着"沉默""回避"状态，似乎都在等着对方先开口……最后，钟南做出了一个艰难的决定。

客厅里，灯光十分柔和，钟南坐在沙发上许久了。

周玉梅从书房出来，显然已经完成了当天需要在电脑上做的工作。

钟南看着自己心爱的人，一举一动，似乎有些陌生，又好像是那么熟悉，轻声柔情地说："梅，来，到我这儿坐会儿。"

周玉梅听到这里，回头看着钟南，那么熟悉，但好像又有几分陌生，便说道："哦，我去倒杯咖啡就来。"

钟南站起来，一把拉住周玉梅的手，柔情地说："都这么晚了，不喝咖啡了，我去给你拿杯牛奶，等着。"说完，依依不舍地放开了周玉梅的手。

周玉梅看着钟南的背影，已经有好多白发了，也有些驼背了，心里真有说不出的滋味，五味杂陈。

钟南倒了一杯牛奶，然后说："我给你加热50秒，好吧，晚上喝热牛奶好。"

周玉梅一直看着钟南，听到问话后说："哦，好，谢谢啊！"

钟南回头看了一眼正在看着自己的周玉梅，笑了，什么都没说。

牛奶好了，钟南从微波炉中取出热牛奶，走到周玉梅面前，另一只手拉起周玉梅的手，像哄小孩的口吻说："来，宝贝，好久没让我好好看看你、爱爱你了，坐下，宝贝。"

周玉梅一时间被这久违的亲热弄得有点措手不及，赶紧镇静了一下自己说："干吗呀，这么酸，都老夫老妻的了。"

钟南放下牛奶杯，一把将周玉梅揽入怀抱中，调皮地说："谁说老夫老妻就不能浪漫了，你呀，永远都是我心中的第一人，我的宝贝。"说完，钟南纵情地亲吻周玉梅，小声说道，"我爱你，越来越爱，梅，宝贝，你让我无法自已，我爱你。"

周玉梅也被几乎遗忘的"爱的感觉"重新点燃，陷入了"爱"的拥抱，享受着"爱"的滋润……很久，很久，俩人要么忙论文，要么忙儿子，基本上都快忘记彼此的模样、身体和感觉了……此时，俩人完全沉浸在"爱"的海洋，久久地享受着彼此深深的"爱"……

钟南决定，让周玉梅先回国，寻找"圆梦"机会。在此期间，自己负责带儿子，并争取尽快早日完成学业，拿到博士学位。这一切都是父亲的千叮咛、万嘱咐，男子汉就要一言九鼎，不管多难多苦多累，答应的事，就绝不食言。下一步如何走，钟南深情地对周玉梅说："咱们以后不争不吵了，不许'冷战'，爱都爱不过来，吵什么呀，是吧。另外，有什么想法，说出来，不许'冷战'，咱们根据发展，协商决定。原则是，我现在有两个宝贝了，一个是我的大宝，你，我生命的全部；一个是我的小宝，我们俩生命的延续。两个宝贝，我这辈子都要尽心照顾好，你说呢，我的大宝？"周玉梅有些不好意思地说："讨厌！没正经！"

按照俩人友好约定，周玉梅很快开启了回国圆梦之旅。回到京城后，周玉梅得知陈教授来京城参加学术会，所以第一时间希望见到陈教授。周玉梅早早来了预约好的咖啡厅，点好了两杯咖啡，给陈教授的那杯，周玉梅细心请服务员放脱脂奶，不加糖。

陈教授到了，一见到周玉梅，远远地就伸开双臂，热情地说："我们的女博士，欢迎凯旋归来，必须来一个拥抱。"

周玉梅看到陈教授，高兴地快步迎上前去，投入陈教授温暖的怀抱说："谢谢您，陈教授！谢谢您一直的关心、指导、鼓励！"

陈教授非常高兴周玉梅成为国家年轻的女博士，坐下后，深情地对周玉梅说："祝贺你！我真的为你自豪！相信你未来前途无量。周玉梅，你知道吗，现在我们都有一个共同的名字了，那就是'留学生'，与此同时，我们还有一个共同的称谓——'游子'。所以，不论国外的条件多么好，我们只有回到祖国的怀抱，才能真正发挥作用、实现梦想的归属。"

周玉梅点点头说："陈教授，您放心，不论多难，我都会追逐这个梦想，不辜负您的期望。"随后，周玉梅拿起已经点好的咖啡，递给陈教授说，"我请服务员给您加了脱脂奶，没有放糖，可以吗？"

陈教授看着周玉梅微笑着说："你很细心，谢谢！不过呀，今天，我要破例加点糖，因为要祝贺你的成功啊。"说着，就从桌上的糖盘中拿起了一个小糖块，放进了冒着浓浓咖啡清香的杯中。

周玉梅看着陈教授，感激地说："谢谢，陈教授，谢谢！"

陈教授问道："说说，下一步怎么打算？"

周玉梅急切地汇报说："我准备有目标地递交申请，争取参加笔试和面试，总之，积极努力。"

陈教授说："很好！国家现在太需要各种人才了，像你这种学成归国的更是欢迎。好，很好，祖国才是我们的归属，积极努力，有什么需要我支持的，随时告诉我，加油！"

周玉梅感动地说："谢谢，谢谢陈教授。"

在使命和责任的感召和鼓舞下，钟南用自己的肩膀扛起了事业与家庭两副重担，没有辜负父亲的嘱托，终于也顺利完成了博士论文答辩。

在毕业典礼上，一天天康复起来的儿子，穿着一件天蓝色T恤，白色的小牛仔裤，精神可爱，虽然还有些流口水，但自己已经学会用身上放着的小纸巾及时擦拭口水了。儿子是爸爸的忠实朋友，与爸爸坐在一起，为爸爸加油祝贺。

此时的周玉梅，在地球的另一端，辛苦地寻找"圆梦"的机会，没有能够参加钟南的毕业典礼，钟南对此表示了理解。

晚上，周玉梅打来了祝贺的电话："祝贺啊！也谢谢你，辛苦你了！这么重要的时刻，我没有在现场祝贺，真的很抱歉，请一定理解，抱歉，祝贺！"

钟南却幽默地说："不就是戴个博士帽吗，没事，有儿子见证就好，你先忙自己的事，一切顺利吗？相信也不容易，但有志者，事竟成，我和儿子都支持你！"话虽这么说，钟南心里还是不时地打鼓，似乎总有一种不好的感觉在向他悄悄走来。

钟南完成了长达250页的博士论文，顺利通过了答辩，这对于一个还要拿出二分之一时间照顾儿子的留学生来说，这个物理学博士的含金量和所付出的心血是可想而知的。这些天，钟南收到了很多教授和同学打来的祝贺电话，送来的鲜花。钟南为了感谢教授们，专门在学校附近的中餐馆宴请老师们。

宴会上,大家高兴地交流着,认为钟南的论文在低温超导领域具有领先地位,许多方面具有深入研究的潜力,纷纷建议他抓紧出版论文。

系主任瓦克博士举杯站起来,用勺子轻轻敲打了一下玻璃杯后说:"安静,请允许我现在宣布一个好消息,经过慎重研究,钟博士将留校,加入我们的科研团队,恭喜你,钟博士!"

钟南的导师高兴地说:"南,祝贺你,实至名归,为你骄傲自豪!"

另一位导师也热情地说:"祝贺你,祝贺你'双喜临门'!"

儿子紧紧跟在爸爸身边,寸步不离,不时微笑看着爸爸,自豪地对大家说:"My Dad, great! I love him!"钟南深情地看着儿子,非常感动,抱起儿子亲吻,觉得自己是世界上最幸福的父亲!

大家都为之鼓掌称赞!

庆贺晚餐结束后,钟南和儿子回到家,帮助疲惫的儿子洗漱,安顿儿子睡下后,钟南来到了客厅……看着满地的鲜花,看着空荡荡的家,似乎没有一丝激动和高兴,不知为什么,深深地长叹了一口气。

回到空空的卧室,拿起自己的枕头和被子,来到了儿子的房间,原本是高兴、快乐、幸福的夜晚,却使钟南彻夜难眠……

周玉梅非常要强,勤奋努力,加上这些年在国外的求学经历,实属国内建设需要的人才!周玉梅内心深处那个遥远的"梦想",一直在默默地呼唤着她去努力,所以许多高薪机构都被她不假思索——谢绝。周玉梅只朝着那个一直追逐的"梦想"努力!

求职历程非常不容易,各种初试、复试,各种笔试、面试,一轮又一轮,都快一年时间了,钟南都戴上了博士帽……周玉梅也总算通过了各种考试,就剩下收到"录取通知书"后,按照具体要求办理各种手续了。周玉梅心里暗暗感慨和高兴,觉得一切付出都是值得的,并且暗暗盘算着,拿到正式录取通知后,第一时间与钟南商量下一步的行动方向,同时,也牵挂想念远方的儿子。因此,天天焦急地等待最后的录取通知。

一周、两周、一个月过去了，两个月过去了，一点消息都没有，周玉梅的情绪开始有些烦躁了，心境也越来越不好……开始有一种"失落""失望"乃至"绝望"的念头："难道我没有被录取？最后一轮面试都已经很明确了呀，怎么回事？如果失败了，下一步该怎么办？"周玉梅变得失眠、头痛、焦躁不安……

在毕业后的选择问题上，"回国"一直是周玉梅毫不动摇的首选，因为在她心里，永远是心底深处、从"新闻简报"开始萌动的那个"外交官"梦想。而钟南则认为，面对现实，俩人完全可以在国外发展，而且应该有更好的条件，不仅对个人发展，对儿子的康复也会更有利，条条道路通罗马，为什么就这么一根筋呢？！但钟南也明白周玉梅的执着追求。对于钟南，自己的下一个目标清楚明确；而对周玉梅，路在何方，如何走，一切悬而未决。

钟工程师的忌日到了，周玉梅代表钟南和儿子去为老人扫墓。来到墓地，远远地看到了过去的于阿姨，现在自己的婆婆。第一个忌日，周玉梅很想自己一个人来，静静地向自己的恩人说说心里话，所以没有与婆婆相约。看到婆婆早已到了，刚想跑上前去，突然又想，可能婆婆也想与钟工程师说说心里话，还是不打扰为好，他们是一对多么恩爱而且让人羡慕的夫妻啊。

远远地，周玉梅看到婆婆哭了，非常难过，刚想走上前去，这时，周玉梅的脚步慢了下来……

"老钟啊，我对不起你，对不起玉梅啊！这一段时间啊，我心里好难受，我对不起你啊！你是知道的，我们儿子不容易啊，虽然推迟了学业，但总算拿到了博士学位，研究论文也受到了学术界的关注，学校也聘请儿子当教授了，你说这多好啊，我想你也一定和我一样很高兴，也支持儿子继续发展自己的事业。可是我们的小孙子，我一直不敢告诉你，今天我就告诉你吧，由于早产，智力发育稍微出现了一些问题，你说这有多闹心啊……现在，我们儿子是又当爸爸，又当妈妈，真不容易啊，老钟！我心疼我们这个儿子。"

说到这里，婆婆更是泣不成声，坐在了墓前，继续对老伴倾诉心里的委屈：

"我知道你很喜欢玉梅，她能成为我们儿媳妇也是我们的福分。你一直那么支持她，关心她，鼓励她，真是比对我们两个儿子都好，这一切我都看在眼里。可是她现在为了自己的梦想，把孙子完全交给钟南，我想这是不是太自私了？什么样的工作，只要做好了就都有意义，你说是吧？这一段时间，她丢下这么小的孩子不管，一个人回国圆自己的梦，唉，如果你还在，我们可以帮助带孙子，让她圆梦，我没有意见，可你走了，我身体又不好，你说怎么就非要这样呢？难道不圆那个梦，这辈子就没有别的工作可做了吗？是不是太狭隘了？如果人们都这样，那我当年就应该为个人梦想，不服从组织分配；要是为了个人梦想，那我就根本不应该跟你去山沟里，你说是不是啊？"

婆婆痛哭起来……

"老钟啊，我不想看到我们儿子这么苦，我做了一件事，你可千万千万不要怪我，行吗？玉梅一直在等录取通知，这个通知早就到了，她被录取了，可谓万分之一的择优啊，她的梦想实现了！我收到了这个通知，但是，但是我最后没有给她，我想让她断掉这个念想，回到儿子和孙子身边去。可这一段时间，我看着她天天焦急盼通知，失望、失魂、失落的样子，看她天天不开心，家里地上都是她脱落的头发……我心里也难受啊，我觉得自己就像个小偷，唉，我这是在断送你一直帮助支持的有理想年轻人的前途啊……"

周玉梅听到这里，明白了一切，明白了为什么自己没有收到应该收到的通知；她非常清楚，在这样的特别领域，没有立刻确认回复即被认为自动放弃，这扇大门就永远关上了；她更知道这将意味着自己从有希望报考大学那一刻起的所有努力，因此永远付诸东流，自己将永远与外交官梦想失之交臂、擦肩而过了……

周玉梅哭了，心碎了，不知道今后该如何面对这个家庭的成员。她扪心自问："我这么做是自私吗？难道我就不可以有梦想吗？为什么要断送我的一切努力啊？为什么又会是她……"周玉梅再也无法控制自己，冲上去，第一次对婆婆，对师母大声发问："您为什么要这样？为什么要这么无情地拆台？为什么啊？"

婆婆非常意外，听着周玉梅撕心裂肺的痛哭声，只是不断重复三个字："对不起，对不起，对不起……"

周玉梅深深明白，机遇对一个人非常宝贵，错过了就很难再现，有的甚至根本不会再现。人这一辈子，最关键就那一两步，人生路上一旦分岔，可能就永远分出去了……

圆梦无望，牵挂儿子，周玉梅不得不回到儿子身边，只是话少了，尽量掩饰自己内心的失落与痛苦……钟南不知发生了什么，看周玉梅只字不提，魂不守舍，一有空就上网，几次想问，话到嘴边又咽了回去，于是决定周末一家人到湖区钓鱼，放松心情，欢迎周玉梅回家！

儿子的情况一天天好起来，知道妈妈喜欢鱼，鱼总会让妈妈开心，高兴地不停地说："要去钓鱼了，要去钓鱼了，妈妈最喜欢鱼了。"

钟南也精心准备了丰富的野餐食物。

儿子高兴地把鱼桶和渔具一个一个搬到家门口，对爸爸说："爸爸，好多鱼，漂亮鱼，妈咪开心。"

钟南看着天真的儿子，亲切地抚摸着儿子的头，点点头说："好，我们啊，一起去钓好多好多鱼，妈咪一定会开心的。"儿子高兴地笑了，嘴角流出了长长的口水。钟南赶紧从旁边桌子上拿了一张纸巾，帮助儿子擦拭着口水。

周玉梅不知为什么一直犹豫，就在最后要出发时，还是以身体不舒服为由没有去。

钟南和儿子非常失望。钟南看着儿子失望的眼神，决定自己带儿子去，便对儿子说："Peter, we go! OK? 我们去钓好多好多鱼回来，好不好？"钟南带着儿子，开车朝湖区驶去。在钟南内心深处，不论周玉梅怎么伤害他，他都可以包容，但他不希望周玉梅对儿子冷酷无情……

新年快到了。

钟南对周玉梅说:"咱们一起开车去大峡谷过新年,怎么样?这不是你一直向往的地方吗?"

周玉梅想了想,小声说道:"好吧,忘掉一切,放松心情,一切过完年再说。"

钟南一直没有问周玉梅到底发生了什么,但从周玉梅的情绪看,一定没有好结果,也就不再问什么了,听到周玉梅同意去大峡谷的建议,便笑着说:"就是,这就对了,咱们一步一步向前走,碰到问题,解决问题,你说是吧,人啊,这一辈子哪能那么一帆风顺呢?什么都不想,去大峡谷。"

一家人开始快乐地做着准备,他们听太多朋友讲"大峡谷"的神奇壮观,博大精深,也翻看过许多大峡谷的图片和介绍,过去也多次计划去,但最后都因为学习紧张等各种原因取消了。这次决定后,钟南高兴地说:"这次不论谁临时再有什么事,都必须服从这个决定,不再推了,相信这次旅行值得,大家都会开心的!"

儿子更是兴奋不已。周玉梅和钟南开始做各项准备工作,周玉梅主要负责准备服装和各种必需的生活用品、常用药,包括防蚊剂、野餐的用具等;钟南主要负责研究行车路线,检查车辆以及查阅相关的各种信息。

钟南开心地对周玉梅说:"这一次,应该是我们自小学以来第一次完全放松自己,对吗?拿出30天时间开心旅行,什么都不想!因为,我们没有任何考试的烦恼,没有任何经济上的压力,而且是第一次三人成行,意义重大。应该讲,这次旅行应该是我们人生一个圆满时点的再出发。"

周玉梅对此微微一笑,没说什么。

在精心策划准备下,钟南决定开车从美国东部出发,先向南,然后向西前往大峡谷。这将是一次横跨美国大陆的旅行。"太棒了,就这么干!"钟南兴奋激动,认为这是一次"圆梦"和"再寻梦"的旅行。

启程了。经过一路长途跋涉,饱览各地不同的民俗风光和人文景观,最后由亚利桑那州进入大峡谷南岸。

一路上,一家人相亲相爱,车内不时传出笑声歌声……

儿子一个劲儿问:"妈咪,什么是大峡谷?为什么叫大峡谷?"

周玉梅说:"到了你就知道了,我也是第一次去啊。"

钟南边开着车,边从后视镜里看了看坐在后座上的儿子,又看看坐在副驾驶位子上的周玉梅说:"儿子问你什么是大峡谷,这和去过没去过关系不大吧,当然也可以说关系大,对吧?这样吧,儿子,原谅你妈咪,她是学文的,你的这个问题可能应该由 Dad 这个学理科的来回答,好不好?"

周玉梅赶紧说:"对对对,这个问题是你 Dad 辅导范围,他回答。"

周玉梅和钟南,一个学文,一个学理,曾经好多年前,那还在他们恋爱期间,憧憬着未来的浪漫生活时说的话。那会儿,他们约定,以后有小孩了,文科范围的学习由周玉梅负责,理科范围则由钟南负责,如果小孩在哪个方面成绩出现问题,辅导人需要挨罚!

当钟南提到他们恋爱时的话,似乎一下子把他俩都带回到了那个美好、清纯、浪漫的时光。钟南深情地看了看周玉梅,周玉梅有点不好意思,赶紧拿起可乐饮料递给钟南:"喝饮料!"

钟南满足地笑了,开始了科普:"儿子,爸爸给你讲什么是大峡谷。首先,峡谷是怎么形成的呢?我们要去的这个大峡谷,英语讲,Grand Canyon,在犹他州和亚利桑那州,是科罗拉多河经过数百万年冲蚀而形成,东西长 277 英里,宽 18 英里,深约 1 英里,总面积 24724.7 平方公里。大约早在一万多年前,这里就有人类的踪迹,并且有印第安文明,它是地球上一部最完美最壮观的纪念册,记录着几亿年地壳沉积、上升、断裂和浸湿等运动的历程。作为世界七大奇迹之一,联合国教科文组织在 1979 年将大峡谷纳入世界遗产名单。"

说到这里,钟南停顿了一下,又从后视镜里看了看在认真听讲,但似乎有很多疑问的儿子,又接着说:"大峡谷分三个区域:南缘、北缘和谷底。南缘海拔 6900 英尺(2100 公尺),是游客到访最多的地方;西线从 Mather Point 到 Hermits Rest 全长 8 英里(约 13 公里),有山崖边的 Lookout Studio 和印第安古屋 Hopi House；东线从 Yaki Point 到 Desert View 全长 23 英里（约 37 公里），在 Desert View 可以登上 70 英尺高的 Watchtower 远眺，美景尽收眼底。据说，1903 年，美国总统罗斯福来此游览，感叹道：'大峡谷使我充满了敬畏，它无可比拟，无法形容，在这辽阔的世界上，绝无仅有。'"

儿子情不自禁地说："爸爸，你真棒！"

周玉梅也非常佩服地看着钟南，开玩笑地说："准备得很充分啊，就是太'博士'了，我们儿子听得懂吗？儿子，你听懂爸爸在说什么了吗？"

儿子笑着说："妈咪，听懂了。"

周玉梅笑着问道："好，那你说说，什么是大峡谷？"

儿子说："不知道。"

一家三口都笑了。

汽车继续行驶，当他们驱车穿过一片矮树林后，眼前突然出现的一片景观让他们目瞪口呆：一条宽阔而深不见底的峡谷就在脚下，整个峡谷由红色和红黄岩石组成，兼有灰褐层面，各层颜色分明，基本为裸露岩，岩壁的颜色随着日照的移动和云层的飘浮瞬息万变，时而峥嵘，时而平缓，对面望不到边，东西延伸到天际。置身于这深邃的峡谷边，犹如站在地球的边缘。这座变幻莫测的巨廊简直就是大自然构成的人间仙境。

儿子兴奋地问："爸爸，这就是，大、大峡谷吧。"

钟南高兴地说："对！儿子真棒，记住了大峡谷，看来我的科普成功了！"

周玉梅情不自禁地说："太美了！"

钟南也赞叹道："太壮观了！简直不敢相信，不敢相信我们真的来到了大峡谷，来到了地球的边缘。"

一家人很快找到了预订的酒店，决定明天一早游览大峡谷！

大峡谷的早晨，景色特别壮观美丽。

天刚蒙蒙亮，钟南就轻手轻脚起来了，他太渴望大峡谷的美景了。看着还在熟睡的周玉梅和儿子，帮他们盖好被子，然后蹑手蹑脚地出了门。

钟南来到离酒店不远的一个景点，站在一块巨大的红色岩石上，眺望着远方，欣赏、品味着每一点一滴的美丽神奇。慢慢地，在远远的天际处，一缕金光随着一轮红日冉冉升起，渐渐地将那温暖灿烂的光芒洒向满山遍野……

静静地、细细地欣赏这大自然里点滴的神奇变化，钟南想到了他第一次和周玉梅登泰山、看日出的情景……而此时的他，站在美国大峡谷，用心感觉体会阳光下各种各样的奇妙美景，回味着大学时代的他和她，一路走来的甜酸苦辣、风风雨雨、纠结郁闷……他决定迎着这灿烂的阳光，打一套钟爱的陈氏太极拳，在太极中寻觅自己——反思过去、审视今天、感知明天。慢慢地、慢慢地，一个三百六十度的景观出现了：

面对大峡谷，雄伟的地貌，浩瀚的气魄，慑人的神态，奇突的景色，"天涯茫茫无尽路"之感油然而生；而其中巨石色彩斑斓，怪石嶙峋，使峡谷中的生命展现出极其顽强的生存本能，令大峡谷更具神秘和诡异，唯有置身其中的人类显得那么渺小、单薄、幼稚、苍白……是啊，人生就是个"○"——人的一生由数个不同的阶段，也就是"○"组成，从呱呱落地来到世界，就开始了一个漫长的画圆、画"○"的过程。在学业生涯上画出了一个句号，又站在了生活的新起点上，也许走向未来，也许会走回过去。在未来与过去周而复始的圆圈中，痛苦是幸福的身影，失败是成功的伴侣。多少阳亢阴盛，多少悲欢离合，即使最灿烂辉煌的明星也只能在漆黑的夜幕下闪烁。谁不追求光彩夺目的人生，但色彩斑斓与平淡无奇只是反差不同，过分完美的七色光又将是苍白一片。天道，就像圆心一样从不偏袒任何一方，日月交辉，人生沧桑，岁月在演奏着一幕永恒的篇章：人人为我，我为人人！这是钟南一边迎着朝阳打太极拳，一边体会到的心语感悟。

钟南打完太极拳，深深呼吸着清新的空气，舒展着身体！

顺着晨风，看到了不远处一直在认真看着他的妻子和儿子，仿佛就在这一刻,他和玉梅不约而同相互点了点头,玉梅拉着儿子的手向他走了过来,钟南用自己结实的臂膀,紧紧地拥抱住自己的亲人,大声说:"I love you all! We will be together forever! 永远在一起!"

从大峡谷回来后不久,周玉梅的焦躁和抑郁情绪越来越严重了。随着时间一天天流逝,她对自己的前途有一种越来越强烈的"迷失感",不知道下一步应该向何处走,如何走,如何努力……

带着这种无奈、焦躁、抑郁,周玉梅悄悄地去看了心理医生,默默地暂时围着"小家"进行自我调整,没有放弃追求,只是利用一切可能,寻找各种机会,不管是走"曲线救国"路线还是"农村包围城市"路线,周玉梅默默地重新开始为自己追梦确定方向,设计路线图……暗暗鼓励自己:"我们要走的路,有太多的不确定,偶尔的得与失,他人的一个举动,自己的一个闪念,都会改变我们命运的走向。怎么办?学会微笑吧。"

为了继续争取机会"圆梦",周玉梅开始学会在妥协中求生存与发展。为了能够经常回国,继续寻找机会,同时又能兼顾家庭的特殊情况,周玉梅认为权宜之计,就是找一份航空公司工作,这样给周玉梅提供了经常回国的机会,也暂缓了烦躁焦虑抑郁的情绪!

儿子经过几年认真治疗、精选康复、心智训练,情况一天天好起来。

钟南在全身心投入教学科研的同时,用心用情呵护着这个家。

一转眼,季冰女儿圆圆考上了名牌大学外语系,自然成了季冰的骄傲。季冰心底有一个小秘密,那就是:女儿的成功实际上就是在弥补回报自己"壮志未酬"的梦想!

季冰年轻时聪明伶俐,善于处理周边各种复杂的人际关系,朋友多,人缘好,加上一脸甜甜的微笑,从学生到当兵到后来当护士,生活简单稳定,提干不久就与王飞闪婚,很快有了宝贝女儿。虽说王飞心里一直放不下青春的记忆,季冰偶尔也会对王飞讽刺挖苦几句,但每当这时,王飞都会站起来,一句话不说,走出家门。

日子就这么一天、一个月、一年地走着,一晃快二十年了,一切都在不知不觉中顺其自然。所以，女儿的成功成为季冰最大的骄傲，也是对这么多年辛苦奉献的最大回报。季冰四处打电话向朋友们通报这一大好消息！

家里聚会，高朋满座，热闹极了。朋友们向季冰送上祝贺，对季冰培养出如此优秀的女儿赞不绝口。田小溪也专程赶到京城参加这个特别的庆贺活动。

"让小才女给我们表演一首钢琴曲吧，圆圆可是钢琴9级，经常参加各种比赛和演出的。"有人提议道。

季冰高兴地对女儿说："圆圆，怎么样，给叔叔阿姨表演一首？"

"好的，妈妈！"女儿大大方方地走到钢琴前，将墨绿色的丝绒琴罩轻轻掀开，小心翼翼地从琴凳里拿出一块擦拭钢琴的专业布，将钢琴简单轻轻擦了一下后，文雅地坐下，又看了一下妈妈。

妈妈微微地一笑，女儿深情地弹起了《月光》，悠扬的钢琴声将在场的朋友们带到了一个美好的梦境，大家静静地欣赏着……

曲终时，圆圆有礼貌地站起身来向各位热烈鼓掌叫好的叔叔阿姨们点头致谢。

田小溪情不自禁地说："太美了，再给我们弹一首吧。"季冰也为女儿自豪，微笑地向女儿点点头示意再弹一曲。

女儿又坐下了，想了想，优美动人的《听妈妈讲那过去的事情》缓缓响起，一下子唤起了在座所有人那久远的情怀与思念，有人小声附和着曲子哼着，有人轻轻地合着节奏拍着手，一种温馨的气氛弥漫着全房间，震撼着在场的每一个人……

聚会后，王玲感觉十分失落，不想回家，便独自来到了一家咖啡厅，烦恼、纠结，说不清楚，也不知向谁诉说自己内心的苦，突然觉得人生挺没意思，随手拿起了一本杂志无聊地翻阅着，突然，眼前一亮："对，上EMBA去！这样我既可以给自己充电，结交一些朋友，也可以有理由逃避回家了。对！明天就去报名！"

王玲决定了："咱出不了国门，就进EMBA门！"

王玲这些年在商场上打拼，越来越讲究时间、效率、成果，认定一条法则，那就是：只有想不到，没有做不到。所以，常常是一有想法，一旦决定干，就会立刻行动。

很快，王玲周密安排了公司各项工作，一切严格按照项目管理制方法进行，同时充分向下放权，严格绩效考核，在全体高管会议上，王玲发表了自己人生中一次重要的演讲：

"在竞争如此激烈的时代，要想使我们自己跟上时代的脚步，我们就需要不断给自己充电。我本人呢，确实赶上了高考大潮，但只有初中文化水平，十分遗憾与大学失之交臂。我和在座的好几位高管一样，不甘心就这样被时代淘汰，也不甘心抱着'铁饭碗'一辈子，毕竟世界很大，很精彩，所以下海创业走到了今天。虽然我们大家一起在干中学，摸着石头过河，做出了一些成绩，生活也有了很大的改善，钱袋子也鼓起来了，但是，大家想没想过一个问题，我们再往前，路如何走？公司靠什么发展壮大？我们必须认真思考，也需要引进人才，更需要我们自己加强学习。这次与约翰先生的合作，对我启发和触动很大，要想具有战略眼光，居安思危，要想从细微处捕捉潜在的商机，一句话，需要学习，需要不断充电！所以，我接下来准备拿出周末时间，去上EMBA总裁班！我先探路，然后各位高管轮着都去进修、充电。"

王玲的这个举动对全体高管传递了一个重要信号，那就是："要想跟上时代的脚步，必须抓紧学习，不断充电。"一时间，整个公司学习交流、专题培训、比学赶帮蔚然成风。

王玲来到了她从未进过的大学府，那种新奇感、处处充满活力的氛围让她异常兴奋！一下子，觉得自己年轻了许多。很快，她认识了新朋友，那些在商场上常常听到但并不十分理解的商战理论更是让她耳目一新！王玲突然有了一种好久没有的"解放""自由""痛快"的感觉，从里到外如同换了一个人！

一天下午，王玲在办公室批示各种合同和文件后，开始拿出《领导者》一书读起来。

"丁零，丁零"，王玲依旧专心读书，顺手拿起电话问道："你好！

说，什么事？"

电话里的周玉梅反复看了看自己电话上的显示号码，疑惑地说："我没拨错号码呀，什么情况？怎么这么正经？"

"你在和谁讲话呢？"王玲刚想问，突然听出来是周玉梅的声音，一阵惊喜，"周玉梅？是你吗？怎么声音都变了？"

周玉梅也有些惊喜地说："我变了还是你变了，怎么这么严肃正经，干吗呢？你好吗？好久没联系了。"

王玲笑着说："活着呢，哈哈，你在哪儿？"

周玉梅高兴地说："我就在你附近，怎么样，今晚一起坐坐？"

王玲兴奋地说："你回国了？太好了，对了，你最近见着小樱了吗？她都好吧，老天爷真的总是很照顾她的！"

周玉梅有点俏皮地说："嗨，你知道吗，小樱现在可不是原来的张小樱了，你上次见过的那位'司机'，现在是数学博士了，俩人已经进入热恋期了。"

王玲问道："是吗？上次在洛杉矶匆匆见了一面，感觉他们挺好的。"

周玉梅说："是的，你可真别说，小樱还真挺有福气，什么都挺顺利的。"

王玲想到了季冰，便说道："对了，季冰女儿考上大学外语系了，孩子特优秀，季冰这些年的辛苦也算是值了。"

周玉梅感叹道："时间过得真快呀！"

王玲问道："现在你在哪儿？"

周玉梅说："京江酒店。这次有业务要谈，所以会在国内多待一点时间。你过来吧，咱们好好聊聊。"

王玲说："好，一会儿见！"

周玉梅强调："今天不叫别人了。"

王玲笑着说："同意，要不又该受政工干部的教训了。"

周玉梅附和着说："你说得太对了，今天就咱俩，一会儿见。"

王玲说："好，六点见！"

晚上，王玲和周玉梅在京江酒店见面了。王玲迫不及待地告诉周玉梅说:"我必须告诉你一件重要事情,本人我现在是京华大学 EMBA 总裁班的学生了,怎么样,我也是研究生了,不需要先大学再研究生,一步到位,可以吧,不比你差了吧。"

周玉梅恍然大悟说:"原来如此,难怪讲话的口气都不一样了,嗯!有点大公司总裁的意思了!"

王玲笑着说:"就是换换环境,放松放松心情,当然,学了一段时间,真觉得学与不学完全不一样,所以知识就是力量,这话一点没错。"

周玉梅笑着说:"看来你感觉不错嘛,挺好的!"

"上次去美国考察,真的是让我大开眼界,而且还收获了一个污水处理项目,我被那位董事长的远见卓识深深打动,后来做调研,邀请他们来访,很快签了协议,目前一切顺利进行中。这件事给我的启发是,不能总是做'倒买倒卖'的小生意,必须要有大格局,否则在竞争如此激烈的环境里早晚会被淘汰。"王玲激动地说。

周玉梅投来敬佩的目光:"真好!一听就知道你现在找到感觉了,找到方向了,真好!学习紧张吗?又上班,又学习,压力一定不小吧。"

王玲笑着说:"还好,关键还有就是我现在有正当理由晚回家,周末也可以在外面了,真的,世界太精彩了!我认识了很多新朋友,我们那个班的总裁个个都是优秀企业家,来自四面八方,和他们相比,我真是太渺小了!"

周玉梅看着王玲说:"你现在已经在觉醒,一定会做得更好。怎么样,做航空公司吧,我来推动,如何?"

王玲突然不解地问道:"我也不知该不该问,你不是学外语,留学后又改学国际关系学了,怎么博士都千辛万苦地拿到了,现在又开始想挣钱了?不当外交官了?一年前听说你回来,但连打招呼都没打就走了,现在怎么又到航空公司了?什么情况?受资本主义污染,没有梦想,没有抱负了?这是不是有点太浪费了?是不是有了儿子后,就一门心思想挣钱了?如果早想明白,干吗费劲学这么多年呀,你到底什么情况?"

周玉梅听到这里，感慨与纠结着，碍于面子，那些不愉快的事——"梦想通知"被断送，儿子早产导致智力发育迟缓，事业在徘徊……周玉梅没有向任何人讲这一切不顺，一个人默默承受着所有的纠结、委屈、痛苦……王玲看到周玉梅急速变化的表情，猜到一定有什么事，但又不知道是什么，认为可能情感出了问题，便开导说："想开点，这就是生活。在别人眼里，你们多成功呀，双双博士，真是改革开放的所有红利你们都享受到了，你说呢？又有了儿子，一家三口，其乐融融，所以呀，进公司工作也挺好，我就是好奇问问，别在意啊。"

周玉梅实在有点委屈、憋屈，一下子眼圈红了……

王玲看着周玉梅，觉得有事，便关心地说："对不起，是不是哪儿没说对呀，你是不是有什么事啊？说说呗，别一个人这么憋着、撑着。"周玉梅一下子泪水流了下来，一股脑说出了积压在心里很久的委屈和纠结……

王玲明白了，也理解了周玉梅，平时完全是强撑着装出快乐的样子，但心里一肚子苦水，身在异国他乡，为了不让父母担心，"报喜不报忧"；为了儿子，为了小家，没法抱怨丈夫执意在国外安居乐业；为了面子，无法在朋友们面前吐槽……王玲一下子理解周玉梅了，想到了费翔那首《故乡的云》……王玲给周玉梅一个暖心的拥抱。

周玉梅小声说："我真的好想不通，我有多不忍心离开这么小的儿子，一个人回国奋斗圆梦，我也纠结，也经常问自己，有这个必要吗？什么梦想不梦想，理想不理想，有钱过日子不挺好吗？唉，如果是任何一个人断送了我的梦想，我可能还理解，但打死我也想不到竟会是于阿姨，自己的婆婆，我不也是在报答公公一直支持我、鼓励我的心愿吗？我不也不希望辜负他这么多年的期望吗？我不也就想成就自己从小一直追逐的梦想吗？有错吗？最起码告诉我啊，让我自己来做决定，不行吗？为什么要如此绝情呢？"周玉梅将所有的委屈、纠结、痛苦都说了出来。

王玲轻轻拍着周玉梅的背说："怎么说呢，理想与现实的差距就这么残酷。看来真是人人、家家都有一本难念的经……我们几个，目前好像除了'小朋友'，没一个顺心顺利的，又能怎么样？改变吗？我们有这个勇气吗？当年我们多单纯、理想主义，那么简单直接，就是看谁最先从两个兜的军装换成4个兜，多好，多快乐！改革开放了，自由选择多了，也有了各种机会，上大学，出国留学，下海创业，经商挣钱，都是好事啊，可为什么我们的烦恼却越来越多？幸福感越来越远！是的，你和小樱有幸上了大学，成为了我们可望而不可即的大学生，还那么早就走出了国门，我们与你们相比，真是一个天上，一个地下，你知道我们是多么羡慕你们俩啊。你可能不知道，我那会儿心里对你们又能上大学，又能出国特别不服气，凭什么，都在一个起跑线上出发，你俩什么都赶上了，我们还在原地踏步？真的，那时候，我还跟我爸爸闹呢，说'凭什么一个小县城的土妞，要什么，什么就能得到？我为什么就什么都没有'？你千万别生气啊，这都是当时我在我爸爸面前撒娇气他的话。现在想想啊，一个人，可能这里顺利了，那里就会不顺利，这是不是就是人们常说的所谓阴阳平衡啊。虽然我也挺烦的，跟你在这一套一套的革命大道理，到我自己这儿，那就是'一锅粥'，有时真想重来一次，但为了面子，为了孩子，为了父母，怎么办？忍吧！可是又不甘心！不忍吧，又能怎样？唉，人生这一辈子，就是一个字，忍！可能这就是人生吧。"王玲一气说了自己的感悟和苦恼。

"过去一心读书，目标清楚，现在没了方向，没了目标，没了动力，没了一切，心里空荡荡的。"周玉梅小声说着自己此刻的心情。

"一样的，上次被员工骗了，还被告上了法庭，这让我好久没缓过来，完全不能相信这是真的，人现在怎么都变成这样了？还有就是我那位，在机场丢人现眼啊，就一个座位，上去跟旁边人换一下不就行了吗，不换又怎么了，不行，吵呀，还大喊大叫说什么自己是'VIP'，有什么重要公务在身，无聊啊，我都不认识他了，完全找不着北，人怎么变成这个样子了！"王玲说着说着，想起了自己的烦心事。

两个女人对话着爱情、婚姻、家庭、幸福，但似乎越聊越纠结。

"丁零……丁零……"王玲的手机响了。是季冰科室的刘护士,告诉王玲:"季冰又晕倒了。"

"怎么回事?"王玲吃惊地问道。

"她是乳腺癌晚期,情况非常不好,一直拖着没做手术。我想还是告诉你一下,千万别说是我说的,赶紧劝劝她做手术吧。女儿刚考上大学,一切么如意,可她又倒下了,唉!"刘护士十分惋惜地说。

王玲说道:"谢谢你,谢谢你。"

放下电话,周玉梅非常吃惊地说:"怎么会这样?唉,走,我们去看看季冰吧。"王玲和周玉梅完全忘掉了刚才话题的烦恼和纠结,也知道季冰是个爱面子的人,于是商量着如何用一种自然的办法,既不给她增加压力,也可有机会开导安慰她。

王玲拨通了哥哥的电话,一通直言:"哥,在哪儿呢?最近回家了吗?别总忙工作,也多关心一下家里的事。"

王飞说:"最近工作组来了,特别忙,这不连圆圆考上大学的家宴都没赶上。有什么事吗?"

王玲说:"季冰要手术,你知道吗?"

王飞问道:"什么?手术?什么手术?没听说啊,她没告诉我。"

王玲生气地说:"说明你有问题,我想她可能根本不会告诉你的,她一定是准备自己扛。"

王飞着急地问道:"什么问题?"

王玲想了想说:"我说了,你别激动,乳腺癌晚期。周玉梅回来了,我们现在就一起去医院。"

周玉梅抢过电话说:"你好啊!首先没什么,美国人里十个女的八个半都有类似问题,没事的!我们马上去看季冰。不过,再怎么着,对女人这是天大的事,你必须马上到医院去。另外,对季冰,你是最重要的人。"说完,就挂了电话。

随后,王玲打电话告诉田小溪,田小溪似乎已经练就了遇事不惊不喜的淡定,沉着冷静地说:"没事的,相信一切都会好起来的。"同时,立刻做出决定,马上再乘坐"朝发夕至"的火车北上,好朋友有事时,"战友"必须在身边。

田小溪如此淡定完全出乎王玲和周玉梅的想象,但对田小溪即刻决定再次"北上"也由衷感动……

王玲、周玉梅和田小溪一起来到了医院,一直远远地目送着季冰被推进手术室。大家心情十分难受,沉默不语,静静地在手术室外等待着。

哭成泪人的圆圆拉着季冰的手说:"妈妈,妈妈,你要加油!"

王飞深情地看着季冰说:"没问题,我在这儿等你。"

圆圆哭着对妈妈大声说:"妈妈,我爱你!"

季冰看了看大家,看了看王飞,最后对女儿说:"别哭了,妈妈没事的,照顾好爸爸!"

王飞的眼睛突然湿润了,紧紧地握着季冰的手……

四个多小时过去了,季冰终于被推出了手术室,脸色苍白,紧闭双眼,看上去十分疲惫,护士把她推进了病房。在身体极度虚弱的情况下,季冰强力睁开眼睛,一眼就看到了所有的好朋友,泪水一下子流了下来……

王玲说:"好好休息,我们天天都来看你。"

周玉梅说:"手术特别成功,没事,很快你就会好起来的。"

田小溪说:"好好休息,早日康复!"

为了让季冰好好休息,大家道别后离开了病房。

周玉梅将一个厚厚的信封塞给了圆圆说:"好好照顾妈妈,任何时候需要帮忙,电话,阿姨们都在。"

田小溪对圆圆说:"坚强点,你妈妈不会有事的。"

离开病房后,大家心里非常难受,三人在一种无语的状态下分手了,约定明天再一起来看季冰。

季冰的情况比预计的要好很多,恢复得也很好,大家看着季冰一天天好起来,脸上也露出了笑容,都松了一口气。

下午,大家又来到医院病房探视季冰。

周玉梅为了让季冰开心说:"季冰,我告诉你,这根本不叫病,就是上帝认为女人太辛苦了，所以让我们换一种活法而已。没事的，下次我给你从美国带回来最好的一件礼物。"

王玲在一旁削苹果，问道："现在就告诉我们，什么礼物？"

周玉梅神秘地说："不行，保密！要不你们都想要，我就又要成'倒爷'了，不行，只能小范围、点对点提供。"

大家都明白了，笑了。

圆圆在一旁一直守候着妈妈，一会儿给妈妈递纸巾，一会儿给妈妈梳头，大家看着好温馨。田小溪羡慕地说："季冰，你真有福气，有这个好女儿，漂亮聪明，多才多艺，文雅可爱，真让人羡慕嫉妒。"

季冰看着贴心的女儿，看着这些从四面八方赶来的好朋友，感动、欣慰、满足地笑了。

田小溪看着季冰母女俩的画面，有些动情，情不自禁地说："你们母女俩在一起真的就是一幅最美的画卷。"

周玉梅跟着说："就是，还是女儿好！看来我们是没有这个福气了，你说是不是，王玲？"

王玲笑着说："就是，季冰，你真的好让人羡慕嫉妒，有女儿真好！"

季冰被大家说得露出了会心的微笑，低声说："你们呀，其实都比我好，比我幸福！我和你们不同的是，我觉得幸福就是在平淡中尝出了真味。快乐不是生活的赐予，而是心的领悟。幸福不是别人的馈赠，而是心的淡然。只有甘于平淡、不争、不计较，才能感受到更多幸福。"

大家听完季冰的话，情不自禁地鼓起掌来。

田小溪说："季冰，你真的是哲学家，讲得太好了！"

周玉梅开玩笑地说："季冰，我们过去怎么就没看出来你有这么多伟大的思想呢。"

季冰笑着说："你们别在这儿给我戴高帽了，我这不是从那个门又回来的人吗，所以对人生可能就更多一点认识呗。"

王玲也笑着说："季冰，你知道吗，你刚到那个大门口，那头守门的就说：'不对呀，是不是那头给弄错了，这么有才的人，必须多为那喧闹的人类做些贡献，回去吧！'对吧！"

周玉梅接着说："就是，那头守门的还说'人类这种优秀的同志别来我们这儿凑热闹，先回去管好人类'！这不，你呀，就灰溜溜地回来了。"

季冰笑着说："你们呀，真讨厌！"

王飞早已在病房门口，一直看着这些从小一起走过来的好朋友之间的说笑，非常感动，情不自禁地插了句话："真羡慕你们几个！季冰有你们这些朋友，真是她这辈子的一大福分呀！"

周玉梅转身看着王飞说："其实呀，季冰最看重的人一直是你，你才是她这辈子最大的福分！"

"你不也一直是大家的朋友吗，哪个你不认识啊，起码一半人都比我早认识呢。"季冰看着王飞，打趣地说。

王玲接着风趣地说："就是，比如我吧，你认识得肯定比季冰早，只是还有一个人，至今好像还是一个谜哦。"说完就朝周玉梅做了一个调皮的鬼脸。王飞在一旁，看了一眼周玉梅，默默地笑着。

圆圆不明白妈妈这些好朋友在说什么，但被这亲密友好的气氛感动了，拉起妈妈的手，看着这些熟悉的阿姨，插了一句嘴说："妈妈，我可以讲一个故事吗，三条鱼的故事？"

周玉梅一听是"鱼"，立刻拍手叫好道："好好好，喜欢听。"然后向王玲做了个得意的手势，意思"话题换频道了"。

季冰微笑地看着女儿，鼓励地说道："讲吧，妈妈和阿姨们都想听。"

圆圆十分有礼貌地看了看爸爸，爸爸点了点头。

女儿开始讲三条鱼的故事："这个故事啊，是关于三条鱼，为什么是三条鱼呢？第一条鱼是海洋深处的大马哈鱼。母马哈鱼产完卵后就守在一边，孵化出来的小鱼还不能觅食，就只能靠吃母亲的肉长大。母马哈鱼忍着剧痛，任凭撕咬，小鱼长大了，母鱼却只剩下一堆骸骨。大马哈鱼是一条母爱之鱼。

"第二条是微山湖的乌鳢，这种鱼产子后便双目失明，无法觅食而只能忍饥挨饿，孵化出来的千百条小鱼天生灵性，不忍母亲饿死，便一条一条主动游到母鱼的嘴里供母亲充饥。母鱼活过来了，子女的存活量却不到总数的十分之一，它们大多为了母亲献出自己年幼的生命。乌鳢是一条孝敬之鱼。

"第三条是鲑鱼。每年产卵季节，鲑鱼都要千方百计从海洋洄游到位于内陆的河流。回家的路上要飞跃大瀑布，瀑布旁边还守着成群的灰熊，不能跃过大瀑布的鱼多半都会进入灰熊的肚子；跃过大瀑布的鱼很多都已筋疲力尽，但还得面对数以万计的猎食者。只有不多的幸运者躲过重重追捕，耗尽所有能量，游回到自己的出生地，完成它们生命中最重要的事情——恋爱，结婚，产卵，最后安详地死在自己的出生地。来年春天，新的鲑鱼破卵而出，沿河而下，又开始重复上一辈艰难、惨烈、壮观的生命之旅。鲑鱼是一条乡恋之鱼。

"在这个世上，这三种鱼让人们感动。一条是父母，给了我们生命，目送我们走向远方，无怨无悔付出，直到生命的最后；一条是子女，从呱呱坠地那一刻就彼此结下血脉之缘，相伴到老；一条是故乡，无论飘得多远，终有一天还是要踏上回家的路。实际上，我们都是一条孤独的鱼，不小心游到这个世界上，从此被这个世界收留，相互牵挂，彼此关爱，走完一生。"圆圆讲完了，一直紧紧拉着妈妈的手，季冰满眼泪花，大家都静静地聆听、感动、思考……

季冰出院了。在丈夫王飞的加倍关爱下，身体一天天好起来。只是季冰总会在自己一个人的时候，偷偷地对着镜子看自己的身体，不时流下痛苦的泪水。

自从季冰手术后，王飞突然变了个人，对季冰关心备至。

季冰生日到了，从未与季冰浪漫过的他，第一次在家悄悄地用心用情准备了一个二人世界的烛光晚餐。圆圆发现了爸爸的小秘密，就开心地帮助爸爸策划准备。在圆圆的帮助下，一场浪漫温馨的烛光晚餐准备好了。圆圆向爸爸小声说："老爸，看你的了！祝你们浪漫恩爱幸福！记得对妈妈说那句话啊！一定！"说完就骑着自行车回学校去了，将一个完整的"家"留给了爸爸妈妈。

季冰在卧室里休息。一下午，王飞和圆圆就不让她起来，告诉她一定要好好休息，季冰也没多想，也没有关注到客厅在悄悄地发生着变化。

　　烛光晚餐——餐桌上铺上了一块特别华丽典雅的乳白色钩花桌布，这是季冰亲手钩的，一直没舍得拿出来用，圆圆一定要让爸爸将这块特别的桌布铺在特别的桌子上，王飞同意了。桌子中间摆放了一个高高的、西式烛台，两套讲究的餐具给烛光晚餐增添了不少情调。最显眼的则是在烛台旁，摆放着女儿圆圆专门将妈妈爸爸年轻时的照片，通过加工修理，制作成的一张美丽年轻的婚礼照。旁边还有一张季冰最喜欢的照片，季冰年轻时，梳着长长的辫子的照片，圆圆将自己的一张小照片和妈妈的这张照片一起放进了一个童话般的镜框，下面写着："像吗？真像！妈妈，我爱你！"照片周围撒满了玫瑰花瓣，在花瓣中间有一枝饱满待放的玫瑰。

　　在季冰的座椅上，放着一件漂亮的玫瑰色连衣裙、一条白色披肩和一双漂亮舒适的红色高跟鞋，还有一条雪白色的珍珠项链，这是王飞专门为季冰精心挑选的生日礼物。在餐桌旁边，还放着一个手提电脑，屏幕上是一朵美丽的、动漫效果不断绽放的郁金香——季冰最喜欢的花。

　　一切准备好了，王飞换上女儿新买的白色衬衣和海军蓝羊毛开衫，再次环视了一下客厅，确认一切就绪，轻轻地将音响打开，一曲圆圆弹奏的《月光》钢琴曲响起，王飞走到卧室门口说："吃饭了！"

　　王飞悄悄地站在卧室门口，将全客厅的灯关上，只有烛台发出温馨的柔光，丈夫在准备迎接妻子的出现……只听见季冰小声嘀咕道："唉，真是，怎么就得上了这么个病，唉！"一边自言自语一边有些吃力地走了出来，王飞轻轻地迎了上去，季冰非常吃惊地看着眼前这一切，好像完全不认识也不相信这是自己的家。

　　王飞拉着季冰的手，温情地说："冰冰，生日快乐！"

　　季冰记得今天是自己的生日，但以为大家都忙忘了，也就没有提。谁知王飞给了自己这么大一个惊喜，实在是太感动了。王飞紧紧地拉着季冰的手,走到座位处,将礼物一一展示在她面前,小声说了一句:"换上,好吗?"季冰含情脉脉地看着王飞,有点犹豫,但王飞又说了一遍:"来,冰冰,我帮你,你一定非常漂亮。"季冰好感动,没有再说什么,慢慢地将裙子换上,丈夫将白色披肩给季冰披上,并亲手将项链给季冰戴上,并让季冰换上了高跟鞋,深情地说:"太美了!走,咱们照照镜子。"

季冰和王飞一起走到客厅的大镜子前,王飞将全房间的灯都打开,季冰看着镜子,轻轻地拢了拢自己有些蓬乱的头发。王飞走到她身后,轻轻地抱住妻子,深情地说:"你真美!比以往任何时候都美!"

季冰看着一贯对自己少言寡语的丈夫,此刻如此热烈、如此深情地拥抱住有内心伤痛的自己,不由得流下了幸福的泪水……王飞温情地、紧紧地拥抱着妻子,小声说道:"现在你比以往任何时候都美!我们重新开始属于我们的浪漫生活吧!我爱你!"季冰热泪盈眶,默默地点了点头……

从此,王飞一心一意陪着季冰,感受着平淡简单生活中的那份温馨与幸福……

是啊,爱,不是缺了去找,更不是累了就换。找一个能一起吃苦的,而不是一起享受的;找一个能一起承担的,而不是一起逃避的;找一个能对你负责的,而不是对爱情负责的。爱不是一个人的事,它是两个人的努力,两个人的奋斗,两个人的共同创造。

第十六章

在王飞的精心照料下，季冰一天天好起来，脸上露出了少女般清纯灿烂的笑容。为了庆祝季冰的康复和"重生"，碰巧张小樱回国参加学术会议，王玲向朋友们发出正式通知，"按照当年约定，大家再次'古隆中聚会'。如今，交通、通信这么方便，朝发夕至已经成为生活的常态，所以不论身处何方、何地、何位，古隆中见，接着畅谈人生、梦想、幸福。"

盛夏的"古隆中"，别有一番风情。走进古隆中大门，古香古色的石牌坊，旁边是绿玉似的池水，微风吹过，微波一圈一圈地荡漾开去。荷花池里，绿绿的荷叶相互"争宠"，唯独一枝荷花亭亭玉立，仿佛骄傲地对来客们说："你们快来看啊，我出污泥而不染，美吧！"

当年的"五朵军花"，犹如这朵朵依旧初秋绽放的荷花，在人生的道路上，追逐着幸福的梦想。她们陆续来到了熟悉的"古隆中"，大家意见一致，再次故地重游。首先，大家一起来到诸葛草庐、三顾堂……然后攀上腾龙阁。虽然有点气喘吁吁，但站在腾龙阁上，"古隆中"的美景尽收眼底。山下的小路像一条条飘逸的白丝带，在薄薄的青雾中悠然舞动。

王玲将早已准备好的野餐食品一一摆放出来，田小溪忙着为大家准备绿茶，张小樱与季冰登高看风景，周玉梅在一旁若有所思地看着大家……这的确是一次很久没有在一起的相聚了。

"我观察了一路，你们都没有什么变化，和当年完全没有什么区别。唯一的问题,依旧是你们有什么事,全世界都知道了,我总是最后一个才知道的,这样做是不对的。"张小樱看着大家,振振有词地说,刚说到最后一句时,大家几乎也都异口同声:"这样做是不对的。"

"你们真讨厌!'阿姨'你怎么也跟她们学坏了。"张小樱仿佛回到了当年,淘气、天真、可爱。

田小溪笑着说:"也是啊,怎么什么都是张小樱同志最后才知道呢?这的确不对,以后我会加强监督,放心吧,'小朋友'。"

王玲接着开玩笑说:"是,不好的事,我们大家都考虑照顾'小朋友',担心小小的心脏承受不了,你们说对不对?这是关心爱护'小朋友'的表现。不过,我们也常常纳闷,怎么你'小朋友'每次不声不响,什么事情都顺顺当当呢,解释一下吧。"

季冰接着王玲的话题打趣地说:"的确,小樱是改革开放最大的受益者,一步没耽误,要什么有什么,听说事业加爱情都很顺利,祝贺啊!"

张小樱有点得意地说:"我呀,是既仰望天空,又脚踏实地,好吧!"

王玲开着玩笑回击道:"什么意思啊,我们都不脚踏实地啊?'小朋友',你这打击面也太大了,而且明显自我吹嘘成分过多,什么时候学会如此不谦虚了。"

张小樱忙解释道:"没有,我就这么一说,其实我挺不容易的,也特别努力。"

田小溪看见周玉梅在一旁没说话,向王玲使了个眼色。

王玲对周玉梅说:"玉梅,你是我们当中目前学历最高的女博士,怎么,在思考什么人生难题啊?分享一下呗。"

"对呀,玉梅,你可是第一个最勇敢挑战自己,走出国门的人,也经历了各种人生百态,跟我们分享一下。说真的,与小樱比,她上的是军校,你不一样,从小县城的小家门,一步跨进军队的大家门,然后我们一没留神,你就走出了大国门,站在了世界的舞台上,你是真正改革开放的赶潮儿,说说吧,特想听听。"季冰一番玩笑加正式的话语，让大家突然都严肃起来了。

周玉梅认真地、若有所思地说："说句真话，我挺想和你们在一起敞开心扉地聊聊，我现在特别郁闷，真的……"刚说到这里，周玉梅哽咽了……

张小樱忙问道："怎么了？有什么不顺的吗？"

王玲轻轻地拍着周玉梅的肩膀，小声说："没事，谁会没点烦心事呢，我们都在仰视你和小樱呢。"

张小樱接着说："我觉得吧，每个人都不容易，但我们就是不要把简单的事情复杂化就好了，敢想敢干，想说就说，想爱就爱，就这么简单，我就是这样。"

季冰看着很痛苦的周玉梅说："玉梅，你现在都博士了，多好啊！我们都好羡慕你的！不过有一点，我确实不太明白，你一路勤奋努力，我们都觉得你应该学成后当外交官，这也是你的梦想啊，可为什么进航空公司了？有一天，我和王飞还聊到过这事，都有些糊涂了。"大家听到季冰如此说，都频频点头，看来这也是大家的不解。虽然周玉梅和大家在一起时，总表现出嘻嘻哈哈、轻松快乐，但隐隐可以感到她内心中的抑郁和痛苦。

"是啊，你不是立志当外交官吗？怎么当上空姐了？这是对人才的极大浪费。"张小樱说话依旧直截了当，从不考虑对方的感受。

田小溪马上拍了一下张小樱说："都先喝点茶，清凉一下。"田小溪边说边向张小樱使眼色。大家一阵沉默，端起茶杯，细细品茶，似乎在等周玉梅说话。

王玲巧妙地解了围说："玉梅啊，就是读书读得太苦太累了，暂时给自己一个放松的时间，休整一段后就要大干了，等着惊喜吧，是吧，玉梅？"周玉梅显然是很感激地看了一下王玲。

季冰一口气说出了自己的心里话："实际上啊，心累，就是常常徘徊在坚持与放弃之间，举棋不定；烦恼，就是记性太好，该记住的、不该记住的都会留在记忆里；痛苦，就是追求的太多；不快乐，就是计较的太多。换句话说，不是我们拥有的太少，而是我们这也舍不得，那也舍不得，左顾右盼，瞻前顾后，最后一定是筋疲力尽，心力交瘁。"

王玲看了一眼季冰，接着季冰的感悟说道："你说得对，但每个人都希望一切更好吧，谁没有纠结过，谁不犯错误，怎么办呢？我们都过了不惑之年了，如果说我们赶上了好时代，那是因为我们有机会选择自己的路了，也有自由选择的可能了。但是，当突然面对众多选择时，我们可能又会迷失方向。是啊，没有选择时，一切都是'服从'，简单，挺快乐的，就像我们刚当兵那会儿，我们的梦想不就是看谁先从两个兜的军装最先换上四个兜吗，多简单，那时我们有烦恼吗？没有。可我们可以自由选择了，各种机会、选择与诱惑扑面而来，玉梅和小樱步步紧跟时代的脚步，争取到了上大学的机会，而且想学什么还可以自由选择。我们仨呢，没本事上大学，特别是我，又不甘心寂寞，只好另辟蹊径。说句真话，我真不想下海，可又不甘心一辈子当护士，没有其他选择，怎么办呢？所以，没选择有苦恼，有选择也有苦恼，这就是人生，不知道，我反正不是哲学家，想也想不清楚。有时真想简单一点，真想回到当年，看谁最早换成四个口袋，目标清晰明确，一切简单快乐，哪像现在，遇到任何事，要照顾考虑的因素太多，父母的面子，儿子的感受，周围的眼神，一切的一切，真累！我们能，但也不可能只为自己活着，只从自己出发去选择，这就是人生吧。"

"五朵军花"的畅谈话题从未如此沉重过，也许这就是人到中年的困惑吧。

张小樱疑惑地问道："大家怎么了？都遇到什么问题了吗？说说呗，万一一吐为快，就什么都 OK 了呢？"

田小溪感叹道："我真羡慕小樱，还是那么无忧无虑，没有顾虑，没有烦恼，真好！"

张小樱回答道："我反正就不想那么多，想多了也没用，是你的早晚跑不掉，不是你的求也求不来，就这么简单。"

"真好！祝你一直如此！"田小溪情不自禁地拥抱了一下张小樱。

季冰看着周玉梅的痛苦表情，猜想她一定遇到了不顺利，也就不再追问了，换了一个话题说："小溪，你近来工作忙吗？转业到地方医院都好吧？我反正觉得一直在一个单位一辈子挺好的，虽然不像在商场上那么刺激，或能挣那么多钱，但踏实，一个单位，相互都认识，一辈子，多好。我就特别享受和满足这种状况，早上大家一起打太极拳，晚上一起跳广场舞，有事时相互招呼帮忙，多好！人这一辈子，说到底就是'有个家'，'过好小日子'，你们说是不是？"

田小溪跟着说道："是啊，人这一辈子，说到底，就是过日子！日子过得好不好，只有自己知道。我们每个人都争取把自己的日子过好，这就是最大最幸福的事！"

张小樱点了点头说："同意！"

周玉梅始终一句话没有说，一边喝茶，一边看着大家高谈阔论，有时也娓娓道来……夜幕缓缓降临，大家收拾桌上带来的饮料和小吃，相互告别。

季冰对周玉梅说："玉梅，你最优秀了，我们都看好你！祝一切都好！什么时候走啊？下次回来一定早点告诉大家，另外早点把儿子带回来，别到时候，我们都不会跟他说话了。"

周玉梅关于回国圆梦出问题和儿子弱智的事，碍于面子，只有王玲知道，对其他人都没说。周玉梅的沉默不语，实际上告诉大家："不要再追问了。"周玉梅最后还是强装笑脸对大家说："抱歉了，今天有点不在状况，很快会回来的，保持联系。"王玲平时与周玉梅交流最多，所以知道的情况也最多，真心感到周玉梅一路走来，很艰辛，不容易！所以，张开双臂，热情地鼓励："来一个国际范，拥抱一下，否则又要等到下一次了。"周玉梅与王玲深情地拥抱，王玲小声说："坚强点，勇敢点，做自己，我们都是你的坚强后盾！"周玉梅感激地说："谢谢！"

王玲又笑着对张小樱说："祝贺你早日戴上博士帽！向你的'司机'问好，向他祝贺，另外谢谢上次你们温馨周到的款待。"

张小樱高兴地与"阿姨"、王玲、季冰、周玉梅一一拥抱，告诉大家："我不会让大家失望的，很快就会戴上博士帽了。"大家拥抱话别，期待下次"古隆中"的再相聚；期待张小樱早日成为数学博士；期待再见时，大家都一定、必须带上另一半和各自的爱情结晶。

这次"古隆中相聚"是一次成熟女性的聚会，很多话没有直说出来，但彼此都在努力地相互理解。与过去相比，"五朵军花"对时代变迁、人生选择，对爱情与幸福的理解都有了不同的视角与认识，从"拥有了就是幸福"，到"实现了目标才幸福"，到此时的茫然、困惑、惆怅、失落、无语……

这次聚会后，周玉梅的心情异常复杂，发现自己几乎完全"归零"了，事业在哪儿？幸福在哪儿？拼搏多年成为博士，到头来没有了目标，天天盲目"寻觅"，连面对好朋友的问题都无法直接回答，"这还是我吗？"周玉梅给大家留下了一封信，也是自己的人生感悟，其中有这样一段话："曾经以为，有些事不可以放手。其实，没什么不能放手。时日渐远，当你回望，你会发现，曾认为不可放手的东西，只是生命瞬间的一块跳板。所有的哀伤和痛楚，所有的不能放弃，都不过是生命中的一个过渡，跳过去了，也许就会更精彩。失恋、失意，甚至失婚，以至所受的各种苦，都不过是一块跳板。最痛苦的不是跳下去那一刻，而是跳下去之前内心的挣扎、犹豫、纠结、无助、患得患失，而这一切完全无法向任何人倾诉。也许以为跳不过去，也许闭上眼睛，鼓起勇气，就跳过去了……不知道了！"

聚会后第三天，周玉梅毅然提起行李，登上了回美国的飞机。

张小樱受到"古隆中相聚"的激励，学术会后，赶紧回到校园，抓紧早日完成学业。张小樱与"司机"坐在校园草坪，兴奋分享与好朋友"古隆中相聚"的点点滴滴。张小樱高兴地告诉"司机"说大家希望下次聚会，每人都要带上另一半和各自爱情的结晶。"司机"激动地说他早就希望见到其他"四朵军花"，而且希望毕业典礼那天就完成终身大事，没准还可以早点带上"爱情的结晶"。张小樱害羞地打着"司机"说："真讨厌，什么时候也学得这么厚脸皮了。"

张小樱突然假装严肃地说："说正事，你向我求过婚吗？我好像连订婚戒指都没有,你还想什么呢?"

"司机"马上说:"哦,对对,我的失误,很快给你一个隆重的求婚仪式。"

张小樱笑着说:"好啊,我等着。你看,还是我自己提出来的,你这样是不对的。"

"司机"突然淘气地说:"咱们之间不是有约定吗?一般你先发话,我做执行吗?我可是严格按此要求做的。"

张小樱无奈地笑着说:"你还有理了。"

"司机"赶紧说:"那我都请示一下吧,毕业典礼加婚礼,然后呢?你想去哪里度蜜月?你指示,我落实。"

张小樱深情地看着"司机"说:"你说我们是回国呢?还是做一件我从未享受过的浪漫的事?"

"司机"立刻明白了,高兴地说:"哦,明白了,去沙滩,什么都不想,静静地、浪漫地享受海风、海浪,对吗?我记得这是你的一个梦想,没问题,不用犹豫了,咱们就去海边,让大海见证我们的爱情,太浪漫了。"

张小樱深情地看着"司机":"你还记得啊?真好。那就去海边吧。"

"司机"高兴地说:"好嘞,接下来就是我的事了,执行,落实。放心吧。"

就在一切顺利有序进行时,张小樱一个意外的"直爽说话"得罪了她的博士生导师……

事情是这样的,张小樱导师申请到了一个课题研究项目,经费可观,导师希望通过这个项目,获得更高学术荣誉。因此,召集几个得意门生开会,张小樱也在其中。导师兴奋地开门见山说:"我介绍一下这个项目的情况,你们几位都是我很看好的博士生,全部参与项目组。我知道,你们当中有的快毕业了,如可能,推迟毕业时间;如果不能推迟的,我希望你们做'博士后',怎么样?"

大家听完导师的项目介绍,都非常兴奋,认为能够参与这个项目对自己学术成长都是难得的机会,纷纷表示"没问题"。

张小樱更是兴奋不已，因为这个项目与自己的博士论文具有很大相关性，参与项目组，既可更好保证研究经费，又可提升论文品质，为将来深入研究奠定更加坚实的基础。所以，张小樱激动地说："太好了，我一定参加项目组，正好与我的博士论文有很大相关性，太好了！"说着说着，又情不自禁地追加了一句，"我最有资格参加这个项目组，因为我已经对这个题目研究好几年了，可以说已经是这个领域的专家了。"张小樱话音未落，不知为什么导师脸色一下子变了，生气地说了一句："专家？太狂妄了。"说完示意大家"散会"。

张小樱忙解释道："我不是那个意思，我是想说……"导师根本不听张小樱解释，示意"出去"。大家拿起笔记本离开时，都给张小樱使眼色，意思"不要再说了"。张小樱仍然希望解释，但导师已经站起身来，讽刺地说："专家，你可以走了。"说完，连看也不看张小樱，扬长而去。张小樱无奈地小声说了一句："非常对不起！"

自从这次"不愉快"后，张小樱与导师之间出现了严重隔阂。尽管张小樱努力去解释，但"小心眼"的导师更多是表现出"傲慢"与"蔑视"。这让一直行为简单、说话直率的张小樱郁闷极了。

晚上，周玉梅正忙着收拾餐具。

"丁零，丁零"，周玉梅拿起电话："喂！"

张小樱着急地说："玉梅，是我，你有时间吗？我遇到问题了。"

周玉梅说："哦，怎么了？"

"你说这是为什么，为什么会这样？我该怎么办？"张小樱也顾不上周玉梅是不是知道发生了什么，一个劲儿说"为什么"。

"什么为什么？发生什么了？慢慢说。"周玉梅一边安慰张小樱，一边将电话听筒放在肩膀上，继续收拾餐具。

张小樱十分委屈地说："是这样，我导师申请到了一个研究项目，这是他一直梦寐以求的课题，所以，拿到这个课题项目后，召集我们几个博士生开会，希望我们都参加，并且说能推迟毕业的，就推迟；不能的，可做'博士后'。"当张小樱说到这时，周玉梅插了一句："这不是挺好的事吗，你要想快点毕业的话，就做'博士后'呗。"

"不是的，不是这个问题，我都行，反正论文在做最后的修改，上次回国参加学术会帮助很大，也见到了国内好几位专家，论文倒是进展顺利。总之，不是这方面的问题，是我讲话太直，得罪了这位小心眼教授。"张小樱有些语无伦次地说。

周玉梅听得有些糊涂了，便问道："小樱，慢慢说，什么情况？你说什么了？你不是一直都很小心吗，在我们面前说话直来直去没事，对教授还是应该有技巧吧，你说什么了？出什么问题了？"

张小樱描述道："唉，我吧，本来英语就不是很好，一直在讲话方面尽可能小心。就是当教授说这事时，实际上我很兴奋，过去在国内读研时，做过这方面的研究，你懂的，我只是从来没讲过，实际上这是我最大的兴趣点，过去还一直想将论文题目定在这个领域呢。所以吧，当知道有这个机会，而且是一个大项目，就特别兴奋，一下子就冒了一句自己是专家的话，就这句话，这位教授不依不饶，开始边缘化我了，见面也不理，为此，我还专门让'司机'和我一起去找教授道歉，你猜怎么着，他当着'司机'的面，一通阴阳怪气，还说什么'都是专家了，那我就没资格做导师了'，你说这是什么意思啊？"

"……"周玉梅听着，没有回话。

张小樱追问道："你在听吗？你说这是什么意思啊？"

周玉梅听到这里，似乎感到了麻烦，因为在自己所在的大学，一位国内顶级大学出国留学的社会学系青年教师，人很优秀，勤勤恳恳，没出国前就已经是大学老师了，参加过国际上很多重要研究课题。他也就是因为一句话没说对，当时也就是因为有一个关于人口研究项目，正好与他本人曾经参与过的项目直接相关，一高兴说自己在这方面很有经验，可以发挥很多作用，谁知就是这样一句话，永远失去了在这个领域攻读博士的资格……因此，这个教授也不愿当他的博士生导师了，而且拒绝向这个领域的任何院系推荐。从此，他不得不放弃这个一直热爱的领域，改学了一个实用的硕士学位，再也没有成就博士愿望……不久前碰到，人已满头白发，苍老了很多……

张小樱着急地催问道："你说话啊，干吗呢？"

周玉梅搪塞着张小樱说:"哦,小樱,我在想应该怎么办。"

"对呀,我发现一些美国人实际上根本不像平常人们认为的,很绅士,说话很直接,根本不是。他们骨子里非常傲慢,没有事的时候彬彬有礼,但不能面对一点直率的话,唉,我真的是憋忍了好多年,一路小心翼翼……"张小樱一口气把憋了很久的心里话都说了出来。

周玉梅认真地说:"是,小樱,这样的事挺多的,一定要处理好,否则倒霉的肯定是我们自己。"

张小樱非常失落地说:"谁说不是,我多次去他办公室,可是他完全不给我解释的时间,我现在不知道该怎么办,这个项目组已经没有我了。"

听到这句话,周玉梅手上的一个盘子摔到地上,破碎了。

张小樱问道:"你怎么了?我听到一声响?你在干什么呢?"

周玉梅意识到,张小樱还是那个单纯的张小樱,她完全没有意识到自己正在面对什么,周玉梅真的不敢往下想……"哦,我一边和你通电话,一边收拾餐具,刚才一个盘子不小心从手上滑出去摔碎了,正好,碎碎(岁岁)平安吧。"

张小樱说:"唉,希望如此,你说我应该怎么办呀?烦死了。"

正在这时,钟南带着儿子进来了,看到一地碎瓷片,赶紧让儿子去一边,自己拿起扫把做着清扫,周玉梅示意和张小樱在通话。

周玉梅说:"小樱,建议你还是再找导师诚恳表示一下歉意。"

张小樱委屈地说:"他现在连办公室的门都谢绝我进了。"

放下电话,周玉梅看着打扫碎片的钟南,小声说:"碎碎(岁岁)平安!"钟南抬头看了一眼周玉梅,什么都没有说。

周玉梅代表公司参与一个合作项目的谈判,开始频繁回国。虽然目前的工作很有挑战,也很刺激,也有一定的新鲜感和不同的成就感,但在周玉梅内心深处,还是念念不忘那个遥远的梦想。周玉梅又踏上回国的旅程。

王玲的家庭生活越来越糟,情绪也变得越来越差。在 EMBA 班上认识了一位英俊潇洒的成功企业家,他的善解人意使王玲经常与他一起聊天交流，分享经营理念，探讨可能合作的项目，当然，也向他倾诉自己的一些纠结，王玲把他看成是自己的"蓝颜知己"，心情慢慢地好了起来。王玲常常带着这种轻松的心境回家，愉悦的心情也写在脸上，加上每次去上课前，更注重打扮了，去美容院的次数也多了起来，发型也时常在变换……这一切变化引起了心细多事的婆婆的注意，当然也引起了丈夫李勇的关注。

李勇由于转业后一直没能找到自己的定位，加上与王玲的差距越来越大，常常要么是话不投机半句多，要么就是"热战"。母亲看到儿子的状态心里着急，现在连正面与儿媳妇说话的机会都没有了，心里也不免猜疑，便怂恿儿子跟踪。李勇无奈之下，听从了母亲的话，开始跟踪王玲的行踪。一天傍晚，李勇发现王玲和一个个头高高、彬彬有礼的男人，下课后一起走进了校园附近的高档餐厅，有说有笑……看到这里，李勇想到王玲回到家里不说话，无表情，可在外如此开心，心中的不快与愤怒油然而生，气冲冲地回到家，无精打采，一头倒在沙发上。

母亲关心地问儿子："怎么了？什么情况？"李勇没有理会母亲。母亲不高兴地说，"到底又怎么了？我一天辛辛苦苦给你照顾着家和孩子，我可不想你天天就这个样子。你为了她，飞机不开了，我真不知道你在图什么。"李勇一下子坐了起来，看着母亲说："您就不要再说什么了，我烦死了！"母亲追问："怎么了？工作不顺心？"李勇没回答。

"那是什么？你呀，一定要好好干，女人就是这样，男人有出息了，她就会天天围着你转了；男人要是没出息，她就会趾高气扬。"母亲一个人自言自语道。

李勇还是没有搭理母亲，只是"唉！"长长地叹了一口气。

"儿子呀，有什么事跟妈讲，千万别一个人生闷气，你还年轻，千万别气出什么毛病来，妈后半辈子还就指望你了呢。"母亲又开始流眼泪了。李勇一下子坐起来，劝母亲说自己没事。母亲擦着眼泪说："儿子，只要你好，妈就放心了。我在这忍气吞声不就是为了你和孙子吗？"李勇情不自禁地说："我没事，就是刚才看到她和一个男人有说有笑在一起，心里不舒服。"

"什么？你看看，我跟你说什么来着，瞧她现在天天出门打扮，我就知道有问题。"母亲突然擦干眼泪，生气地说，"不行，不能这样，她有什么了不起的，儿子，你得教训教训她。"李勇一脸困惑地看着母亲问道："教训？什么意思？"

母亲接着说："不是让你打和闹。女人就怕自己男人花心，你给我振作起来，以后每天出门上班时，也好好打扮打扮，别天天这么窝窝囊囊的，有时间也多出去和朋友们一起吃个饭什么的，不用天天守着我。妈妈知道你是个孝敬儿子，你给我好好干，给妈争个面子。"李勇有些不解地看着母亲。

母亲气呼呼地说："儿子呀，我相信她不敢怎样，但是咱们得报复报复她，让她知道咱们也不是好欺负的，谁怕谁呀！"

"报复？妈，您……"李勇十分不解地追问道。

就在这时，孙子欢欢进门："奶奶、爸爸，你们要报复谁呀？"

"没有，没有，奶奶和你爸爸随便聊天呢。快，怎么这么早回来了，快洗手准备吃饭。"看着孙子回来了，李勇母亲赶紧张罗饭菜。

欢欢说："早吗？我还怕你们又说我回来晚了呢。放学后，我和几个同学一起玩了一会儿。我妈今晚回来吃饭吗？"这一问，又激起了李勇的不愉快，没好气地说："你妈和别人吃晚餐去了！"欢欢不解地看着爸爸。

母亲的气话似乎提醒了正在气头上的李勇："对，报复一下她！谁怕谁呀！"

母亲的"开导"让李勇开始更多出没于豪华酒店，有意结交各类朋友，甚至常常专门让王玲知道这一切，"BP机"经常有各种乱七八糟的留言。很快，李勇认识了一个女孩，慢慢地，两人开始频繁约会，李勇的服装、发型也开始发生了变化。

周末的晚上，李勇有意将女孩约到王玲下课后经常去的餐厅。

女孩穿得非常时髦，长长的烫发披在肩上，黑色的连衣短裙，袒胸露背，重重浓妆，妖艳地走进了餐厅。"哇，今天真漂亮呀！来，快来，等你呢。"李勇看见女孩，确实有点心动了，目不转睛，一直紧紧盯着女孩上下打量。

"勇哥，好想你呀。"女孩也撒娇地说。俩人亲昵地坐下，碰杯喝酒，说说笑笑，不时动手动脚，嬉笑拥抱。

就在这时，王玲与EMBA的同学们下课后一起来到这家餐厅吃饭。刚进餐厅，远远地，王玲就看到了这一幕，匆匆与同学告别离开了。

王玲和李勇再次爆发"热战"，王玲直接提出离婚，李勇坚决不同意，还狠狠地撂下当年说过的一句话："我吃了白面，就不可能再吃窝窝头了。"王玲对这句话无比反感，气愤地说道："告诉你，我还就不让你这种人再继续吃白面，滚回去吃窝窝头吧。"

原来，当年他们"闪婚"后，一些人都说李勇当上了"乘龙快婿"，也有人半讽刺地说："可要小心哦，没准哪天就把你扫地出门了。"每当听到这些话时，李勇都会很得意地对王玲说："我呀，原来是吃窝窝头的命，可自从我有机会吃了白面，就不会再吃窝窝头了。"王玲一直对这句话，特别是李勇说这句话时的表情，极其反感。

李勇看见王玲说狠话，就理直气壮地说："滚出去？有那么容易吗？告诉你，我就是对你报复！报复，明白吗？是对你和你那位男友的报复！"

王玲听到这句话时，完全不敢相信自己的耳朵，不敢相信这是当年的那个李勇，气愤地说道："无聊！你真是太无聊了！荒唐至极！"说完，拂袖而去。

王玲走后，婆婆赶紧走进来，得意地说："看见没有，你这么表现，她是不是就有反应了？"

"什么呀，她要离婚。你不要再烦我了。"李勇有些不知所措，生气地对母亲大声说道。

"什么？离婚？"显然母亲没有听到李勇和王玲刚才的对话。

"都是你！"李勇生气地抱怨母亲。

"你做什么了？我不就是要你表现一下，你做什么了？她怎么会提出来离婚呢？"母亲有些不解地问道。李勇也没招了，就告诉了母亲发生的事。

"你呀，你怎么还真想动真格的了呢？我不是就是让你教训教训她，你……你怎么还？唉，这可怎么收场，你赶紧去把她找回来，道歉！去呀！"母亲显然不希望真的闹到离婚的地步。李勇虽然不服，但内心也为自己的举动非常后悔。

王玲气愤地回到了自己父母家，第一次说出了自己的苦恼。父母没有多说什么，只是希望她能够慎重些，一切多为欢欢着想。而妹妹小红则一个劲儿鼓动："离了算了，根本不是一路人！"

王玲和李勇发生"热战"后，心情一直很糟。一天下班后，在大街上来回转，不知道该去哪儿，就走进了一家酒店，在咖啡厅点了一杯咖啡，刚要坐下就听到"这不是周玉梅的朋友吗"？王玲抬头："哦，陈教授，您好啊！好多年没见您了。"陈教授笑着说："是你吧，企业家，女强人，叫王……王玲，对吧？"陈教授扶了一下自己的金丝边眼镜，希望确认一下自己没有认错人。

王玲大方地说："嘿，什么企业家，女强人，瞎闯吧！我和您学生周玉梅很久以前在京城见过您，您记性真好。"陈教授笑着说："是的，是的，很多年前了，当时我对你这个'不甘心'和'闯'的印象非常深刻！年轻人就是要抓住大好时光，闯出一番事业来。哦，我这次又是来京城参加学术会，刚与两位外国教授交流完，准备一会儿去机场，你这是……"

王玲也毫不掩饰地说："我……嗯，有点烦，就出来喝个咖啡，放松一下自己。"

陈教授表示理解说道："哦，做企业是越来越不容易，更何况一个女同志！"

王玲有些言不由衷地说："要是工作上的烦心事，那就好办了。"

陈教授笑着说："怎么，生活上遇到麻烦了？有什么我这个教授可以帮助答疑解惑的吗？"

王玲笑着说:"您有时间吗？真想请教您一些问题，过去常听玉梅说起您，她可敬佩您了。"

陈教授也笑着说:"是吗，嗯，我正好有一点时间，看看教授能不能帮你解除一点不愉快。"

王玲高兴地说:"太好了，陈教授，请坐，您喝点什么？"

"那就来一杯咖啡吧。"陈教授没有客气，边说边坐下，"说说看，什么问题？"

王玲开门见山问道:"陈教授，我可以坦率地问您一个问题吗？"

陈教授笑着说:"问吧，看看我能不能给你一个满意的答复。"

王玲很直接地提出问题:"陈教授，如果夫妻之间出现了话不投机半句多的时候，是不是可以说一切该结束了？"

陈教授听到是这个问题，笑了，过了好一会儿，收起笑容说:"看来你真是个直率人，上来就这么直截了当地提问，真是开放的时代啊，不过可能我的回答不会让你满意。怎么讲，实际上，这个问题很多人都会有，但是生活啊，更多时候是不如意也必须在一起的。"

王玲严肃地问道:"为什么？都没有共同语言了，为什么还要一起生活下去呢？这样有意思吗？"

"是啊，你问的这个问题，可以说是'世纪之问'，但是毫不客气地告诉你，无解！没有一个标准答案！要不怎么说爱情是一个永恒的主题呢！一个人一辈子如果能找到真爱，非常难；但是，遇到了，是否能真正拥有，又是另一个问题。林徽因曾说过这样的话:'公开的不一定是最爱的人，但不公开的一定是最爱的，深爱之人藏心不挂嘴，久爱之人在梦不在眼。有种情叫心里有你，梦里有你，有一种人，叫爱有遗，但无憾！'但是在我们中国字里，'男人'的'男'这个字，上下分开，一个'田'，一个'力'，古时候，男人需要出力气耕田，养家糊口。今天，男人需要更多的担当与责任。所以，对于一个男人，事业是责任，家庭是牵挂，孩子是义务，这三块田耕不好，就是有天大的才能也是白费。所以，怎么讲，你今天这个'世纪之问'，每个人都需要自己去解答。"

王玲不好意思地说:"没事,陈教授,就是我和我丈夫最近越来越'冷战'加'热战',总吵架,我很烦,所以看见您了,就……不好意思,陈教授。"

陈教授笑着说:"没有,也没能帮到你什么,不过你这个问题,我想,大多人都有,正如托尔斯泰说过的:'幸福的家庭都是相同的,不幸的家庭各有各的不幸。'"

"嗯,谢谢您,陈教授,您最近都好吧?"王玲有意换一个话题。

"还好,还好。"陈教授显然不太希望说什么,然后对王玲说,"那我就走了,要赶飞机,谢谢你的咖啡。"陈教授站起身来,很绅士地告辞。

"陈教授,很高兴见到您,希望今后还能有机会聆听您的指教。您多保重!"王玲也站起身来,与陈教授握手道别。

在母亲的催促下,李勇犹豫了许久后,还是硬着头皮来到了岳父家。

一进门,见到了小姨子小红。小红,大学生,也许是比王玲小了8岁,在家里非常受宠。个头不高,留着一个学生头,说话办事简单利索,特别维护姐姐的一切,当听说姐姐受委屈了,更是打抱不平。看见垂头丧气的姐夫,小红没好气地说:"我姐没在家。"

李勇小声说:"没事,我等她。"

小红说:"等?我们都不知道她什么时候回来,"说到这,还有意重重加了一句,"关键是我们不知道她回不回来呢。"说完,偷偷忍不住笑了。李勇十分无奈,低着头说:"没关系,你忙你的。"小红看着姐夫这个样子,心想,干脆当一次姐姐的"代言人"教训教训他,便说道:"我说你呀,姐夫,你到底想干吗呀?"

李勇立刻解释说:"误会,完全是误会,就是生意上认识的,没有任何关系。"

小红毫不客气地说:"你真可以,自行决定赶时髦'下海',你知道自己懂商吗?是的,我姐姐当年头脑一热'下海'了,不是教训一大箩筐吗?!你说你吧,也不和我姐商量一下,就自个决定'下海'

了，怎么就这么自信呢？另外，你是和我姐过日子，对吧？怎么什么事都听你妈的呀？即便是孝子，也好像不是你这样的吧。我姐完全没有做任何对不起你的事，你自己好好想想吧，要不，你们干脆分开算了，何必这么痛苦呢？"

李勇马上回复说："不是，不是的，唉，你让我说什么好，我真的没做什么。"李勇一时间觉得自己就是再有几张嘴也说不清楚。

小红依旧不依不饶地说："没做什么？那还要做什么呢？要真是做了什么，那就完全不是这么谈了。我姐不想见你，你还是回去好好反思一下吧。我姐天天辛苦地在外打拼，多不容易，你不说怎么给她些支持关心，反而是天天玩，还够赶潮流的，找什么时髦小姐，真行，我们现在都不认识你了，回去好好反思反思吧。"说完站起身走了。

李勇实在无奈，也就只好站起来，灰溜溜地走了。李勇这次让厉害的小姨子一通"教训"，好像是挨了一个重锤，心情非常不好，走进了一个酒吧，一瓶，两瓶，三瓶……一下喝了六瓶啤酒。"我愿意下海吗？不都是逼出来的吗？我还真就不相信我不懂经商，干不出一番大事来，等着瞧吧。"李勇拿出"大哥大"，给朋友拨去了电话。不一会儿，两个朋友来了，还没坐下，就问道："怎么？勇哥，有啥事召唤？"

李勇示意坐下，又要了一些啤酒，大家看着李勇，不知出了什么事。李勇有些醉意地说："咱们一起干点大事，怎么样？"

"好啊，我们早就这么想了，跟着您，必须是大买卖呀。"其中一个高个子，陈刚，马上表态。

"勇哥，快说说，您有什么大想法了？我们早就盼您带我们玩了。"另一个朋友，肖剑，饶有兴趣地问道。

陈刚盯着李勇酒醉的样子说："勇哥，您这是碰到什么好事了，一下子喝了这么多？不是在说胡话吧，我们可一直等着您的大手笔呢。"

肖剑也跟着说："就是，就是，勇哥，我们都等着您出手呢，赶紧说说您的想法。"

李勇喝了一杯白开水后，定了一下神说："你俩抓紧先去一趟滨海，探探路，了解一下行情，咱们呀，谋划点大事，干点漂亮的大买卖。"李勇似乎也在暗暗下决心,一定要与妻子比高低,不能总受窝囊气了。

三个人你一言,我一语,谋划着大买卖,越聊越兴奋……

李勇回到家,一身酒气,倒头就睡了,嘴里还一个劲儿嘟囔着:"一定挣大钱,等着吧!"母亲看着儿子的样子,很是心疼:"唉,过去一切多好啊,稳稳当当地生活,人们也没有那么多想法。现在人心都搞花了,下海,挣钱,工作也不知道是什么,该上班的时候睡觉,该下班的时候却都说在工作,家没家的样子,这是怎么了?真是搞不懂这个世界。"

自从王玲看到李勇在咖啡厅那一幕后,两人的关系一直处于"僵持"状态,她也一直住在母亲家,加上妹妹和季冰的坚决支持,王玲这次是铁了心了。

随着"僵持"时间的延长,婆婆感到不太对了,开始着急了。

下午,老太太在家做饭。"丁零,丁零。"刚接电话,就听见欢欢急匆匆说:"奶奶,我今晚回姥姥家,不回来了。"说完就挂了。欢欢是奶奶的命根子,知道孙子今晚又不回来了,心里开始发毛了,也没心思做饭了,一直左顾右盼,等着儿子回家。老太太一遍又一遍朝窗外看,没有人影,开始着急了。

桌上的钟表指向晚上11点30分,儿子还没有回来,老太太真的有些着急了,在屋里来回转悠,越想越着急。就在这时,李勇无精打采地进了门,摇摇晃晃,一股酒气。老太太看到这个情景,一下子火了,大声说:"儿子,你到底要做什么呀?你还要这个家吗?天天就知道喝喝喝,要不要这个家了?你不是向我保证过吗,要马上结束那个'报复'行动,你办到了吗?你给我听好了,现在,马上,你去她家,把她和我孙子都给找回来,以后好好过日子,听见没有?"李勇倒在沙发上,昏睡起来。

老太太大声地喊道:"儿子啊,咱不能再这么下去了,孙子也跑了!"一听到"孙子也跑了",李勇突然坐起来,晃了晃脑袋问道:"欢欢去哪儿了?"老太太没好气地说:"找他妈妈去了!你说你做的这事？你让我说你什么好！"李勇显然有些着急，问道："欢欢什么时候去的？怎么去的？说什么了？"老太太生气地说："还能怎么说，欢欢打电话来说去姥姥家，说完就挂了。我可告诉你，你赶紧给我把两个人都找回来，好好过日子，要是你们还闹，我就回老家去了，不管了。"李勇没吭气，老太太更急了，站起来说，"好，我走！"边说边往自己的屋里走。李勇跟着急忙劝住道："好，我明天去把他们接回来，行不行？"

老太太突然大哭起来："这到底是怎么了？好好一个家，到底是为什么？"李勇一个劲儿安慰着母亲。

第二天下午，李勇和母亲一起来到了王玲家，王玲的妈妈请他们屋里坐。还没坐下，李勇妈妈就开始一个劲儿道歉说："都是我没有教育好儿子，这么大了还让我们这些老人操心。"边说边向李勇使眼色，意思是赶快道歉。李勇低着头对岳母说："妈，我错了，都是我的错！"

"不是我说，这就是你的不对了，搞什么报复行动，要不是欢欢昨晚告诉我们，我们还一直在批评小玲呢。"王玲妈妈显然有些生气，然后又看了一下李勇妈妈说："听说这个什么报复行动，你是知道的，好像还是你鼓捣李勇做的？我们老人啊，不应该掺和孩子们的事，更何况他们都是成年人了，是吧，我们应该做的就是帮助他们好好过日子，怎么能支持他们去做这种事？我相信欢欢不会说谎话。"

李勇妈妈十分不自然地说："是，是，这事我做得不好。您就别生气了。"

小红拉着欢欢的手刚进屋，欢欢一眼就看见奶奶和爸爸，高兴地跑过来说："爸爸、奶奶，你们来了！你们是来接我和妈妈的吧！"说着，就扑到了奶奶怀里，奶奶也赶紧给孙子又擦汗，又帮助取下背在身上的书包。

王玲妈妈看到这一幕，笑着说："看这孙子还是和奶奶亲呀。"

李勇妈妈赶紧说："是的，不过欢欢在家也总念叨姥姥，是不是，欢欢？"

聪明的欢欢又立刻跑到姥姥怀里说："姥姥好！姥姥最好！"

王玲妈妈笑着说:"这孩子,真会哄我们大人开心,真是个小机灵鬼。"

王玲妈妈对小红说:"你去告诉厨房今晚多做几个菜。"转过头对李勇说:"还站着干吗,去给你妈妈拿点水果,今晚就在这儿吃饭。欢欢,你去给妈妈打个电话,让她早点回来。""好嘞!"欢欢高兴地去打电话了。

小红一个劲儿给妈妈使眼色,妈妈明白女儿的意思,便站起身来:"你们随便!我去厨房看看。"小红也跟着妈妈一起走了。

刚出房门,小红就对妈妈说:"你又当和事佬了吧,这么做不行,他们不吸取教训,以后还没完了呢。"

王玲妈妈对小红说:"你小声点,你是想让你姐姐好还是想捣乱呀?好了好了,人家婆婆都来道歉了,行了,你看欢欢和人家奶奶爸爸多亲呀,你想让欢欢吃苦呀,赶紧电话叫你姐姐快点回来!"

小红笑着说:"我知道,不过我觉得应该给他们点警告什么的。"

王玲妈妈说:"人家来了,不就是认错了吗,好了,小孩子就不要掺和大人的事了。"

小红还是不服气地说:"你就是心太软了,以后姐姐还会有苦吃的!"

王玲妈妈说:"好了,好了,你去给你姐姐打电话,让她有个思想准备。说点好的,听见没有?"小红无奈地说:"知道了。"

王玲回来了,欢欢高兴地迎上去说:"妈妈,奶奶和爸爸来接我们回家了!"

李勇也笑着走过来,要帮王玲拿手上的包,婆婆也走上前来说:"小玲,这些天休息得好吧,你妈妈一定要我们在这里吃饭,我们吃完饭一起回家。"王玲苦笑了一下,回自己房间去了,欢欢和李勇都跟了过去。小红也跟着王玲往房间走,使劲地捏了一下姐姐,意思"端着点!"

这一切都被婆婆看见了,笑着说:"这小妹又长高了,见一次变漂亮一次,真是女大十八变呀!性格和姐姐不太一样哦。"婆婆知道儿子的小姨子在这个家的分量,希望讨好小姨子。

小红淘气地说："您真会说话，我和我姐姐性格怎么不一样了？是不是想说我比我姐姐厉害呀？您不知道吧，我们家有个常委会，大事小事都要经过常委会讨论决定，四个常委，我爸爸妈妈哥哥，还有一个就是我，所以我们大小事，我可是有很大发言权的。"

婆婆有些不解地问道："什么叫常委会？怎么没有你姐姐？她不是比你大吗？怎么不在里面呀？"

小红来劲了，就与婆婆逗乐神秘地说："常委会，就是我们家的核心决策机构，主要是决定我们家的各种大事，当然也包括一些比较重要的小事，比如，结婚、离婚、工作调动等等，进入常委会不是以年龄为标准的，而是看影响力。"

婆婆早就听说这个小姨子厉害，过去见面少，就是见面也是彬彬有礼的，这次突然感到这个小姨子真有点厉害，加上又是什么常委，也弄不清楚真假，心想这些大干部家也许就是和老百姓家不一样。因此，便十分客气地说："那小妹这次一定要好好劝劝姐姐，小两口吵个架什么，过去就好了，你说呢？这不，你姐夫已经被我骂了好多天了，你这个常委在这个关键时刻，一定可要起个好作用啊。"婆婆表现出特别的和蔼和耐心说。

小红更来劲了，对婆婆说："我一直都很公道，要不怎么会成为常委呢，只是这次，听说您也参与谋划了这个报复行动，这事就大了去了，性质变了，所以需要严肃认真研究，看用什么方式解决更合适，特别是需要考虑长治久安的问题。"

婆婆一听，赶紧解释说："你听谁说的？这可不能瞎说，我这么大年纪，怎么能做这种事？一定是听错了，我当然知道一个家庭需要长治久安，我过去在厂子里也是领导，小组长，管四个人，懂的。"

欢欢跑过来说："奶奶，不是那天你对爸爸说'好好报复她一下'吗？"欢欢模仿着奶奶当时的口气。奶奶一把抱住孙子，捂住孙子的嘴说："欢欢啊，这可不能瞎说啊，奶奶那天是看电视上说这个话，就学了一句，你听错了，好孙子，你可不能冤枉奶奶啊。"

小红笑着说："行了，小孩子是不会说谎话的，别难为欢欢了，希望以后不要再出这些不好的点子，这对小孩也会有不好的影响的。刚才您说，您当年也是工厂的领导，那就更应该起带头作用了，一个家庭，如同一个工厂，安定团结很重要，您说是吧。"说完，小红对欢欢说："走，跟小姨去厨房。"

"好，去厨房了！"欢欢拉起小姨的手，高高兴兴地去厨房了。

婆婆难堪地站在一旁没有动，嘴上一个劲儿说："安定团结，是，要安定团结。"

王玲爸爸和妈妈一起进来了，笑着说："亲家来了，近来身体怎么样呀？"李勇妈妈有些尴尬地回答道："好，好，好，你们都好吧！"王玲爸爸边说边请亲家坐下："来，喝点茶，坐坐，坐坐，一会儿就吃饭了。"

欢欢跑了进来："姥爷，我的飞机做好没有？"王玲爸爸笑着说："快了，快了！"欢欢一头扎到姥爷怀里，亲昵地说："那这架运输机做好后，再给我做架战斗机好不好？"

"好啊，但是你需要先知道运输机的全部基本性能和构造，考试合格后，再给你做架战斗机，怎么样？"王玲爸爸与外孙"讨价还价"。欢欢自信地说："好，拉钩！"王玲爸爸笑着与外孙拉钩："拉钩！"

婆婆在一旁看着这一切，对自己过去的做法十分内疚。想了一会儿，还是一本正经地问王玲爸爸："亲家，我听小妹刚才讲，你们家有一个常委会，大事小事常委会都要做决定，是不是？"

王玲爸爸哈哈大笑地说："谁说的？小红说的？哈……哈……"王玲妈妈也笑了。欢欢抢着说："奶奶，常委会就是我们家的领导，我妈不是常委，所以我妈不是家里的领导。"

王玲爸爸笑着说："哈……欢欢，谁告诉你的这些事啊？"欢欢天真地说："小姨说的。"

王玲爸爸有点好奇地问欢欢："哦，小姨还说什么了？"欢欢一本正经地说："小姨还说，家里的大事一定需要经过常委会讨论决定，她有一票那个，什么不同意的权利，小姨告诉我，她的权力可大了。"

"哈……哈……这个调皮丫头！"王玲爸爸笑着说，接着，对李勇妈妈说："那是我们家开玩笑的，什么常委会，哈……哈……"

小红走过来喊大家吃饭！王玲爸爸笑着问小女儿："怎么？叫我们吃饭了？常委同志？"

小红假装神秘地小声地问爸爸："怎么了？阿姨问你这事了？"然后大声对李勇母亲说："阿姨，这就是您的不对了，这是我们家的秘密，不能随便打听的。当然也可以理解，您没有学习过'保密守则'，不过希望以后您还是找时间学习一下，要不我们以后怎么对话呀。"

王玲爸爸笑着说："你这丫头，调皮！"

小红继续调皮地说："阿姨，我正式告诉您，我们家的大事小事都要经过常委会讨论决定。所以，我的地位是非常重要的，不过我也听说了，您经常在你们家，反复强调'工人阶级领导一切'，是这个情况吧，这就好解释了，情况是一样的，也就是在我们家，'常委领导一切'，这样懂了吧。"

王玲爸爸笑着对一脸困惑的亲家说："别听她的，调皮！走，吃饭去！"

两家人入座，开始吃晚饭，有说有笑。王玲爸爸给小红使了个眼色，女儿心领神会，便用小勺轻轻敲了一下杯子，然后说："注意了，安静！我受常委会委托，说一句话，关于王玲同志和李勇同志最近闹矛盾的问题，双方各自本着'有则改之，无则加勉'，'求大同，存小异'原则，以后有事说事，不要再有意做一些影响团结或猜疑的事。这一篇就算翻过去了，怎么样？"

王玲爸爸带头鼓掌。

大家都跟着鼓掌。

欢欢也使劲鼓掌。

小红接着说："另外，还有必要再强调一点是，长者一定要做促进家庭安定团结的事情，我们大家都要做到，不利于团结的事不做，不利于团结的话不说，大家同意吗？"

王玲爸爸带头鼓掌。

大家都跟着鼓掌。

欢欢也使劲鼓掌说："同意，要安定团结，我们老师也是这么说的。"

小红环视了一下问道："好，下面有没有谁要发言？"

李勇母亲赶紧让儿子表态，做保证。李勇小声说："爸妈、小玲，这次是我的问题，对不起，以后不会再出现这样的事了，你们放心。"李勇母亲接着说："对对对，以后啊，我们一家人一定和和气气过日子，安定团结过好日子最最最重要。我会监督我儿子的，亲家，你们放心好了。"

看在婆婆苦苦哀求的分上，加上想着欢欢和父母的面子，王玲没好气地说："行了，咱们以后就都别没事找事了。"

饭后，王玲向爸爸妈妈道别，也向妹妹道别。

小红有意大声地说："姐，以后有什么委屈呀，不愉快呀，就直接找常委，听见没？"王玲笑着对小红说："还真成常委了，美得你！"说完一家人上车走了。

王玲爸爸妈妈宠爱地看着小红"调皮"，小红做了一个鬼脸，得意地说："怎么样，常委还行吧！"然后与爸爸妈妈一起笑着进屋了。

这次折腾后，王玲将更多时间和精力都投入到项目中，而且晚上尽可能减少应酬，回家吃饭，在王玲心里，父母和儿子是遇到任何事时首先要考虑的因素。所以，"离婚"这事也就翻篇了。

夕阳西下，王玲仍在办公室忙碌着。

"丁零，丁零"，王玲拿起电话："喂，您好！哪位？"

电话里传来了周玉梅急促的声音："是我，小樱出事了！"

王玲问道："什么？出什么事了？你再说一遍？"

这个突如其来的噩耗，使王玲目瞪口呆……

周玉梅哭诉说："小樱出事了。她回到美国后，因为一次直言，与导师产生麻烦，她很纠结，心情一直不好，直接影响到她毕业。小樱一直特别努力，希望情况有所改变，所以争取到了参加一个国际学术会议的机会。出发前还和我通了电话，告诉我争取在学术会上，多认识一些教授，也希望能与自己导师消除误会。会议结束的当晚，天气很不好,大暴雨,陪她去的'司机'和另外两位同学,为了省去住酒店的钱,都决定冒雨连夜开车返回学校。就在离开酒店前,小樱还给我打了一个电话,我还叮嘱'司机'路上一定小心,谁知晚上狂风暴雨,能见度特别差,高速公路上的一辆大货车车速太快,造成追尾,可惨了!小樱和'司机'坐在车后面,'司机'一直都是紧紧抱着小樱的!"周玉梅一边说一边痛哭。

"另外两个同学呢?"王玲关切地问道。

"坐在副驾驶座的女生当场就没有呼吸了,开车的男生抢救过来了,但右腿没有保住,截肢了。"周玉梅哭得很惨。

"小樱家知道吗?"王玲问道。

"我不知道,可能学校已经通知了吧。太惨了!太可惜了!眼看她就能拿到博士学位了,唉,小樱几次和我电话都说这次我们聚会让她明白了一点,珍惜时间,珍惜身边的人,珍惜当下,还说拿到博士学位那天也就是她的婚礼日,还要我不管多忙,必须到场。唉,真是太惨了!"周玉梅哭诉着,泣不成声。

"……"王玲什么也没有说。

王玲把这一不幸消息告诉了季冰和田小溪,大家都非常悲痛。田小溪几乎不敢也不想相信这是真的,一个劲儿抱怨自己:"怎么这次见面时就知道高兴了,没有多多嘱咐她各方面都要小心呢,没能照顾好'小朋友',想念她啊!"

王玲和季冰专门从京城飞到湖滨市,与田小溪相约一起来到了张小樱家。张小樱的父母异常悲痛,都病倒了。三人向着张小樱纯真可爱的遗像三鞠躬,大家久久站在遗像前,田小溪失声痛哭说:"这是为什么?为什么?这么年轻……"

从张小樱家出来,三人一句话都没有,一起默默来到了张小樱家附近的一家餐厅,静静地坐着,一直默默地、静静地坐着……三碗汤面一点没动,田小溪一个劲儿流泪;王玲拿起筷子,又放下;季冰打破了沉默,认真地说:"都珍惜当下,好好过日子吧!"

第十七章

田小溪对失去"小朋友"特别难受,言语更少了。除了上班,就是潜心研究鲜花贴画和羽毛画,有空就去智障学校,全心投入到爱心公益事业。每个周末,田小溪都会来到智障学校,和那些有智障问题的孩子们一起游戏,教他们画画,帮助他们学会一些技能,从中田小溪感到了生活的乐趣,感到了生命的价值!同时,她也试图用自己的双手,去保护那些美丽、无瑕、脆弱的小花瓣,并用这些小花瓣记录自己心路历程的点点滴滴……

自从好多年前,田小溪在采集花瓣时认识了那位带着弱智孙子的老奶奶后,田小溪第一次发现小花瓣让弱智孩子露出了灿烂的笑容;自从老奶奶感激地告诉田小溪"很久没有看到孩子这样笑过了",田小溪就下决心,和这些孩子一起度过每一个节假日,教他们做鲜花贴画,用小花瓣打开他们的心灵……从那以后,一批又一批的弱智孩子来到田小溪周围,与小花瓣交朋友,用小花瓣讲故事,这些孩子都亲切地叫田小溪"田妈妈"。田小溪看着一批又一批弱智孩子慢慢长大,内心有说不出的高兴,她重新认识了生命的意义,人生的价值——生命和生活都是真真实实的,不是梦,不是偶像,不是电影!

又是一个周末,田小溪早早起床,准备去采集一些鲜花,与鲜花为伴已经成为田小溪生活中的重要部分了,她希望今天能够多采集到一些野菊花。田小溪来到了她的"世外桃源",这里盛开着各种颜色的野菊花。田小溪高兴地将准备好的本子、盒子和篮子依次摆好,有序地开始了采摘。很快,田小溪采集到了紫色、黄色、白色的野菊花,脸上露出了欣喜的笑容。

坐下来,从提包里拿出带来的保温杯,看着绿色的大地和散落其中的各色野菊花,慢慢喝着茶水,好不惬意。

远处一辆小轿车停在了路边,一对中年夫妇和一个大约十六七的男孩从车里出来,男孩指指点点,好像是在给中年夫妇说着什么,三人边讲边往这边走来。突然,听到那个男孩兴奋地叫起来:"是她,是她,是田妈妈!"男孩有些歪歪扭扭地边跑边兴奋地叫着:"田妈妈,田妈妈,是你,我就知道是你!"

田小溪听到喊声,抬头望去,一眼就认出了那个当年看见小花瓣露出微笑的男孩小强,从一个流着口水、说不清楚话、站立和走路都需要人辅助的孩子,长大成了技工学校的学生,画画已经成为他的生存之本。

田小溪意外惊喜地看到了好多年没有见到的孩子,也高兴起来,"小强,小强。"田小溪也高兴地叫道,与急匆匆跑过来、满头是汗的小强拥抱。田小溪像个慈祥的母亲,从放在地上的手提包里拿出纸巾,帮助孩子擦拭着汗水。

小强兴奋地说:"田妈妈,我想你就会来采集花瓣,你看这里有好多漂亮的小菊花。"小强好像突然想起了什么,转身朝正在走过来的中年夫妇大声喊道:"是田妈妈,是田妈妈!你们快来呀!"小强高兴地跳着大声说。

那对中年夫妇已经走了过来,微笑着,显然他们已经知道田小溪是谁了。"您好,您一定是小强特别喜欢的田妈妈,我是小强的妈妈,这是他爸爸。"中年妇女笑着自我介绍,并非常有礼貌地与田小溪握手。

"您好!我们听说您已经很久了,谢谢您对小强的关爱。"中年男士也热情地伸出手与田小溪握手致谢。

"你们好!"田小溪被这突然的状况弄得有点紧张。

"妈妈,我就是在这里见到认识田妈妈的。"孩子突然兴奋地跑到不远处的一块空地,旁边有一棵杏树,高兴地说。

"是吗?太好了,你可要好好谢谢田妈妈,她帮助你长大了,有绘画本事了。"小强妈妈亲切地摸着满头是汗的儿子说。

"谢谢您,我母亲经常向我们提到您,她特别感谢您!"小强爸爸感激地说。

"不用客气。对了,老人家都好吧。"田小溪礼貌地说。

"老人家七天前走了。"小强爸爸小声说道。

"走了?"田小溪有些吃惊。

"她太辛苦了,一直一个人为我们带着小强,支持我们的工作,突然脑溢血……"小强爸爸显然有些动情,也有不少内疚和遗憾,小强妈妈在一旁轻轻地拍了拍丈夫的肩膀。

小强在一旁依偎着田妈妈,懂事地看着大人在说话。田小溪沉默了一会儿,轻声说道:"她是一位特别和蔼、特别慈祥的老人。"

"这些年,老人家太辛苦了!那时,我们把小强留给她就出国了……现在想起来,真是太难为老人了。"小强妈妈也十分歉疚地说。

田小溪关心地问道:"那下一步小强怎么办?"

小强爸爸回答道:"我们打算这次把小强带走。"

田小溪问道:"去哪儿?"

小强爸爸说:"意大利,我们已经联系好了特殊学校,小强将继续学习,继续画画。"

"这就好,这就好!"田小溪欣慰地说,并亲切地抚摸着小强的头,问小强:"想去吗?"

小强点点头说:"想!想和爸爸妈妈在一起。"

"好,好好学画画!"田小溪说完,问道,"什么时候走?"

小强爸爸说:"办理完老人的后事,十天后吧。"

小强妈妈说:"我们想请您与我们一起吃顿饭,好吗?"

小强高兴地说:"太好了,太好了,田妈妈一定要来!"

小强爸爸说:"快到中午了,要不我们现在就一起去吃饭,早就想和您见面了!今天来的路上,小强还一个劲儿说,您会来这儿采花呢。"

小强特别懂事地问道:"田妈妈,你还需要采花吗?"田小溪看看篮子后说:"今天已经够了。"

小强爸爸说:"好,那我们走吧。"

这时,小强妈妈找小强爸爸要汽车钥匙。拿到钥匙后,小强妈妈说:"你们稍微等我一下,马上回来。"说完,向汽车方向跑去。一会儿,小强妈妈拿着照相机回来了:"咱们和田妈妈在这儿一起留个影吧。"

小强爸爸笑着夸奖妻子说:"对对对,还是你心细!"

小强和田小溪一张,全体一起自拍一张,大家高兴极了。照完相后,大家边聊天边上车,小强爸爸说:"我们真是有缘分,真没想到今天能在这里见到您,本来我们还想怎么能找到您呢。"小强妈妈说:"老太太最后还提到您,嘱咐我们一定要找到您,要感谢您!"田小溪有些不好意思地说:"我没做什么。"

小车在公路上飞速行驶,车内传出大家愉快的交流笑声。来到了湖滨饭店,四个人坐下来,小强一定要和田妈妈坐在一起。大家边吃边聊天,小强懂事地一会儿给田妈妈倒饮料,一会儿给田妈妈送大蟹腿,一会儿像个可爱的孩子靠着田妈妈……小强的爸爸妈妈看到这一切非常感动,小强妈妈动情地说:"我们真的太感谢您了,您为小强做了太多,没有您,就不会有小强的今天!谢谢您!"

小强爸爸也看着田小溪说:"我们知道您这些年做了很多好事,而且全都花的是自己那点工资。我和小强妈妈寻思着做点什么,想了很久,您看,我们想啊,这么多年,您一直关爱这些智障孩子,可不可以把您这些年教孩子们做的鲜花贴画,在湖滨市办一个画展,唤起社会更多人关爱这些智障孩子?"

小强妈妈接着说:"是的,我们想了好久,也一直想找您谈谈呢,您说多巧,今天小强就一个劲儿坚持说'田妈妈会来这里采花',所以我们就按照他说的路线来了,您还就在这儿,真有缘分啊,在您当年认识小强的地方,让我们也与您相识,真好!"

田小溪看看他们,又看看小强,轻声说:"我也特别高兴认识小强和他奶奶，真的，小强给我带来了很多快乐，我要谢谢你们！"

小强妈妈说："谢谢您，您是我们家小强的贵人啊。"

小强爸爸也笑着说："对，我们特别感谢您，那就说好了，我们办一个画展。"

田小溪思考了片刻，小心翼翼地问道："需要很多钱吧？"

小强爸爸说："一切都由我们承担，您就当总策划和总艺术指导就行了，其余的工作我们来做！您为这些孩子做了这么多，相信所有的家长都想做点什么，这样也是为社会上更多智障孩子做点事，小强就是一个最好的例子。这些孩子是有未来的，爱是可以让他们与其他孩子一样，有技能，有明天，有希望！"

三天后，小强爸爸将画展的策划案交给了田小溪，俩人一起修改方案，确定了时间、地点、形式，一切以简约为上。

田小溪将多年积存的孩子们的作品和自己心路历程的作品一一翻出来，整理着、编辑着、策划着、思考着……最后约定，半年后，国庆前，小强和爸爸妈妈专门回国参加这个具有特殊意义的画展。

金秋十月的湖滨市，阳光明媚，鲜花贴画展开幕。小强和爸爸妈妈专程回来参加画展了。

小强身穿一身西装，打着一条红色领带，简直就是一个英俊帅气的小伙子，能够说流利的英语，但见到田小溪时，依旧十分孩子气地叫着"田妈妈"！小强一直站在田妈妈身边，一刻都不愿意离开，成了"田妈妈"的小助理。

田小溪穿着一身白色的淑女装，典雅高贵，一条淡淡的黄色丝巾更加衬托出田小溪那公主般纯洁、优雅的气质。

画展的主题：追梦的人。

画展分为三部分：第一部分，花；第二部分，爱；第三部分，路。

田小溪非常激动，看着专程从四面八方赶来出席画展的朋友们，有当年帮助自己的张医生和李医生夫妇以及他们亭亭玉立的女儿；有"一日军营缘，终生战友情"而且一直不离不弃的好朋友：周玉梅、王玲、季冰；有很多不同年龄的智障孩子和他们的父母……小强的爸爸妈妈也都穿着盛装,早早来到现场,并送上了一个美丽华贵的大花篮。

就在这时,一对中年夫妇走了进来,小强爸爸看见后急忙招呼道:"哥哥、嫂子,你们来得正好,我来介绍一下小强的恩人。"说着就带着刚走进来的这对夫妇往主席台方向走。田小溪与大家热情交谈,转头的瞬间愣住了,对方也非常意外,异常尴尬。小强爸爸看到这一场面不解地问道:"怎么?你们认识?"

"伯伯、伯母,你们来了,这是我的'田妈妈'。"小强非常高兴看见家里亲人们来了,高兴地跑过来介绍说。田小溪一句话没有说,默默地走开了。

小强爸爸十分纳闷,看看哥哥,刚要问,被哥哥用手势打住,然后哥哥无奈地摇了摇头,拉着妻子低着头走了。小强不知发生了什么,追着叫道:"伯伯、伯母,你们干吗走啊?还没开始呢?"王玲、周玉梅、季冰、王飞看到了一幕,但不知道发生了什么、为什么。

活动按照计划,正点开始。小强作为画展的主持人,走到舞台中央,看看自己的爸爸妈妈,似乎有些胆怯,但爸爸妈妈都伸出大拇指,加油鼓劲,笑了;又看看田妈妈,田妈妈向小强微笑着点点头,小强顿时自信满满,大声地说:"鲜花贴画'追梦的人'画展现在开始,让我们拍手热烈欢迎我们亲爱的'田妈妈'讲话。"

田小溪调整了一下自己的情绪,端庄大方地走到了话筒前,环视了一下全场,深情地说:"各位大朋友和小朋友,我们每个人心中都有梦想,因为有梦,我们才来到了这个世界奋斗!我们都是追梦人。我呢,只想用我自己的爱,让那些也有梦想但不幸有一些缺憾的孩子,能有机会和可能去拥有爱,去实现自己的梦想!"在场的朋友们热烈鼓掌,眼睛都有些湿润。

张医生深情地看着田小溪,那么成熟,那么淡定,那么美丽,激动地流下了热泪。在一旁的丈夫李医生,轻轻地拥抱着自己的妻子,他知道此时此刻妻子想到了什么……

王玲和周玉梅一个劲儿为田小溪喝彩鼓掌,季冰和王飞看到田小溪被一群弱智孩子簇拥着,争着叫"田妈妈,看我的画""田妈妈,这是我的画"……俩人深情地对视笑了。

画展展出的每一幅作品,都是田小溪心路历程的写照,大家认真地看着每一幅作品,在思考,在解读,在探寻……画展获得了巨大的成功,善款全部捐给了智障学校。

画展后,小强和爸爸妈妈要一起回意大利了。临行前,小强妈妈交给了田小溪一个信封,里面有一把钥匙和一封信。

田小溪打开信:"田妈妈,请允许我们这样用孩子亲切的口吻称呼您!谢谢您无私地为我们的孩子,为天下众多有智障的孩子所做的一切!这么多年,您一直默默地做着这些善事,不为名,不为利,您知道吗,您所做的这一切,您无私的爱,让我们这些身为孩子的亲生父母——曾经完全绝望甚至准备放弃,感到无比惭愧……我们现在只想对您说,您的善举和爱心唤醒感召了我们和整个社会,谢谢您!一个执着追梦的人,一个让我们深深敬重的人!"田小溪感动地读着这封书信。

"我们知道了您的故事,也为我们的家人给您造成的终身伤害表示深深的歉意。我们知道这样的伤害对当时一个那么单纯的女孩子意味着什么,一句'对不起'是完全无法弥补一切的。您喜欢艺术,喜欢画画,希望您一直在画的世界里追梦。小强长大了,也很懂事,让我们为您办一个画室,他给画室取名叫'田妈妈爱心工作室'。这是画室的钥匙,小强还专门挑选了一个快乐微笑的钥匙链送给您,我们希望您喜欢画室的简易装饰风格!深深地祝福您!请收下我们的心意,请收下这把钥匙,它是打开更多智障孩子心灵之窗的钥匙!谢谢您为这么多孩子以及他们的家长奉献的爱心!"

田小溪手握着这把钥匙,望着天空……飞机起飞了,直冲云霄,带着追梦的人飞向远方……

周玉梅、王玲和季冰一起来到"田妈妈爱心工作室"。当田小溪将钥匙插进门锁时,心怦怦地跳,扭头看了看大家,将门打开了……

"啊,哇,太有品位了!"周玉梅惊讶地说。

"太美了!简约、清纯、恬静……太适合你了,田小溪!"王玲说。

"田小溪，好好在这儿创作，做个优秀的'田妈妈'。"季冰激动地说。

田小溪自己也似乎完全不相信眼前的这一切……房间并不是太大，是一个两室一厅的大套间，客厅很大，显然设计人又将一间房间的隔断打掉了，所以客厅就更大，但它不是接待客人，而是作品的展厅，错落有致地挂着各种鲜花贴画，基本以田小溪的个人作品为主线，依旧是分为三部分：花、爱、路！

与另外画室不同的是，作品的展出方式不是一幅一幅作品整整齐齐排排挂，而是穿插在一片仿真的美丽郊外画中，那是田小溪第一次见到小强的地方，也是以后经常去采花的地方，也是田小溪认为是自己的"世外桃源"。在五彩缤纷的山花和野花丛中，鲜花贴画作品点缀其中，相互映衬，形成了一幅美丽的景观。

房间的一端有一开式房间，面积不大，但设计成了海边的景色，环绕墙面装点成了仿真的美丽海滩，椰子树、沙滩、贝壳……面对大海，则是一张长长的白色画案，旁边有两个椰子树形状的画架，一些智障孩子的作品有序摆放；另一边是一个S形的白色书架，宛如蜿蜒的海滩，书架上放着小强送给"田妈妈"的礼物，一只可爱的小企鹅和一只浅咖色的小绒熊，穿着天蓝色T恤，上面写着"Mom, I Love You"，画案旁边是一对具有艺术特点的沙发，茶几上放着一套十分讲究、小巧玲珑的茶具。

房间另一端面积比较大，许多绿色植物将整个房间完全装点成了一个仿真绿色大草原。里面摆放了一些别致的小圆桌，既可以用于授课，也可以聊天座谈，靠墙则排放着一组柜子，上面还有各种可爱美丽的花朵，温馨欢快。

四个人几乎全都呆住了，田小溪更是如此，情不自禁地说："这份礼太大了！"

周玉梅说："看得出来，送给你这把钥匙的人，真的是花了心血设计的。小溪，这份礼对别人可能是大了点，但对你，不仅合适，而且只有你才合适做这里的主人，在这里，你也一定会创意无限。"

"我同意玉梅说的，小溪，好好画！如果需要人手帮助，我第一个报名当义工。"季冰笑着说。

"太温馨，太有格调了，我也会让我的员工定期来当义工，怎么样，田妈妈？"王玲开玩笑地说。

季冰有些好奇地问道："对了，小溪，你那天见到什么人了？后来看见他们匆匆走了。"

"对，我们都挺奇怪的。"王玲接着季冰的话题继续追问道。

田小溪想说又停顿了下来。季冰不解地问道："这么说，还有什么故事吗？"

田小溪慢慢地从手提包里的一个本子中，拿出小强妈妈留下的那封信递给了季冰。季冰接过后，赶紧打开。周玉梅问道："快读一下。"季冰迅速地看了一下信上的内容，还是有些不解地看着田小溪，微微地问道："什么意思？那个弱智孩子的伯伯和伯母是谁啊？"周玉梅着急地说："是什么？真急死人了，快读，季冰。"

王玲急切地将季冰手上的信拿了过来，读了起来："我们知道了您的故事，也为我们的家人给您造成的终身伤害表示深深的歉意。我们知道这样的伤害对当时一个那么单纯的女孩子意味着什么，一句'对不起'是完全无法弥补一切的"，读到这儿，王玲停了下来，十分疑惑地看着田小溪，小声说"不会是当年那个泼妇吧……"田小溪默默地点了点头。

"世界真小啊。"周玉梅感叹地说。

季冰十分理解田小溪，便说："过去的事就让它过去好了，在今天看来，多大点事啊，对不对啊，你们说是不是？"

"对对对，多大点事，翻篇了！小溪，虽然我们知道这事你当时有多难过，可能我们在座的没有一个人能真正体会到那种痛苦和委屈，更何况当时，那简直就是不可思议啊……唉，想想看，那我今天就向你们正式揭晓一个小秘密吧，可能也是你们一直都在疑惑的事，那就是我和王玲的哥哥，现在季冰的爱人的事……"周玉梅说到这里，停顿了下来，大家紧盯着周玉梅，一种期待和不解……

335

王玲双眼盯着季冰，笑着说："对呀，怎么回事？这可是'世纪之谜'呀，今天必须揭秘。"

季冰微笑着说："嘿，看什么，有什么啊，都老夫老妻了，不过我确实挺想知道的……"

"好吧，此刻就揭秘。我就告诉大家在我们新兵训练场上，第一次见到王飞时，为什么尴尬？"周玉梅放松了一下自己，开始揭晓中学时的"秘密"，绘声绘色地讲述着中学时的小经历……

"我一直和妈妈在陕川县城生活，我爸爸，在我心目中就是他当兵时第一次穿军装的照片，我和妈妈一直在农村，你们看到我时，不是都叫我'小土妞'吗？"说到这里，周玉梅看了看都很吃惊样子的大家，笑了。

王玲小声问道："你爸爸也是军人？这秘密保守得够严的。"

"是的，他一直在西北部队工作，我妈妈需要照顾姥姥，没有随军，所以我一直跟着妈妈在小县城生活。后来要上初中了，当地县城没有好中学，爸爸就请战友帮助，我就来到了'八一中学'住读。因为跑步快，一进学校就进了学校运动队，认识了也是学校运动队的高年级短跑冠军王飞。我那时真是一个'小土妞'，除了跑步快，别的什么都不懂。记得一次参加市中学生运动会，我连续获得60米和100米女子短跑冠军，王飞获得男子100米短跑冠军，当时全场一片沸腾。紧接着就是男女混合400米接力赛，我们是'八一中学'代表队，王飞第一棒，我最后一棒。当发令员'各就各位，预备'，'砰！'六条跑道上飞出矫健的身影，全场一片'加油！加油！'声，竞争特别激烈，特别紧张，我们第三棒落后了，你们知道吗，本人接过接力棒后奋起直追，那一次我可是使出了全部力量，最后一个箭步冲上前去，就快那么一点点，我们赢了，获得了男女混合接力第一名。老师和同学们都对我另眼相看，说我是'飞毛腿'，一时间，我可火了。在冠军领奖台上，我高兴地接过奖状，我们四个人一起高高举起奖状合影留念。然后，王飞拉着我说：'第一棒和第四棒合影一张，我们也分别是短跑冠军。'他拉着我，我们俩就留下了永久的合影照片，记录下了那个高光时刻。"说到这里，周玉梅仿佛回到了当年，十分激动，大家听得也非常入神。

田小溪悄悄地递给了周玉梅一瓶饮料，假装神秘地说："润润嗓子，慢慢讲，小土妞，太刺激了！"

王玲感慨道："这藏得可够深了，原来也是革命军人的后代呀。"

季冰显然更想知道下面的故事，急着说："别打岔，然后呢？快讲！"

周玉梅看了一眼季冰，清了清嗓子，有点小摆谱地说："接下来呢，就要进入更刺激的部分了。"

王玲笑着搂着季冰说："没事，我们扛得住，说吧。"

周玉梅笑着说："听好了，很刺激的。"

季冰无奈地说："好了，你就别摆谱了，快讲吧。"

周玉梅淘气地笑着说："唉，我看季冰同志是有点扛不住了，我不会是在制造不必要的矛盾分裂吧。"说完做了个鬼脸。

"不会的，说吧！要不我来说，怎么样？"突然门外传来了一个男士的声音。

大家回头一看，"王飞，你怎么来了？什么时候进来的？"周玉梅吃惊地问道。

"来一会儿了，怎么不敢说了？"王飞笑着问道。

"那好吧，你接着'下回分解'，当事人会讲得更生动形象，对吧。"周玉梅淘气地对王飞说。

"这些陈年烂谷子，还有必要提吗？"王飞笑着看了一眼季冰说。

"不行，得说出来，虽然我们无所谓，但就是想解密，对吧，季冰，嫂子？"王玲调皮地代替季冰回答道。

王飞看了一眼周玉梅，又看了一下季冰，笑着大大方方地说："当年大家都太正统了，脑子不开化，特别是从小县城来的'小土妞'。"王飞有意这么说，对着周玉梅做了个鬼脸。周玉梅试着追打王飞说："你们就知道欺负我们县城来的，讨厌！"季冰着急，特别想知道下文，说道："好了，别打断，赶紧的。"

王飞笑着接着俏皮地说:"周玉梅当年太保守了,不过今天好像是最敢打破常规做事的人哦。"

"先别跑题,说当年。"季冰一个劲儿将话题往回拉。

"当时啊,我就是一个满腹青春热血的小男孩,自从与周玉梅一起训练,一起参加运动会,就有了一种强烈的青春萌动。这多正常啊,是吧。那时我总会有巧克力,在当时这可是很稀缺的,我专门留着想给她。一天傍晚,在去晚自习的路上,总算看到了她,就一下子特别激动,抓住她的手,就把我省下来的巧克力塞进了她手里。"王飞停了下来,仿佛回到了当年那个静静的傍晚,那条去上晚自习的小路上……

"完了?"王玲显然是有意帮着季冰刨根问底。

"完了。"王飞笑着说。

"不对,那'流氓'是怎么回事?"季冰寸步不让。

"那是她自己想的。"王飞说。

"玉梅,是这样吗?"王玲笑着问。

"差不多,就这么回事。"周玉梅显然也想顺水推舟结束揭秘。

"对,就这么回事,这要在今天,那根本就不是个事。我是不是很冤,给出去了巧克力,还被骂,真冤啊!"王飞与周玉梅深情地对视一笑。

田小溪笑眯眯地说:"好了,好了,都揭秘了,那大家吃点,喝点,自由吧。"

王飞走到季冰身边,亲热地拍了拍季冰,季冰深情地回眸一笑。

"好了,都揭秘了。"王玲笑着说。

大家开心地一边聊天,一边转悠、欣赏这个用心用情装饰的别具特色的工作室。突然,周玉梅发现了在仿真树丛中,有一个小冰箱,周玉梅顺手打开,整整一箱各种各样的饮料,巧克力,饼干……"这家人心真细呀!"周玉梅说,似乎想到了什么,流露出了若有所思的表情,拿出了一块巧克力,走到王飞面前:"今天,我给你送上一块巧克力,如何?""好啊,谢谢!我是绝对只会感谢,不会骂人的。"王飞刚说完，大家都笑了。

田小溪不敢相信这一切，深情地说："'一日军营缘，终生战友情'，时间没有淡忘抹去人间真情，真好！"

周玉梅看着田小溪说："小溪，你今天非常迷人，真的！我过去一直没听你在大众面前讲过话，今天的演讲简直绝了！佩服，佩服！"

"我也这么认为，当时我都惊呆了，小溪，你真有点深藏不露，偶尔露真容呀！"王玲笑着说。

"这些年咱们都忙孩子和家庭那些琐事了，而小溪呢，潜心修炼自己，所以说我们天天退步，小溪天天进步，你说这能没有差距吗，真是挡都挡不住呀！"周玉梅感叹地说。

"再加上三心二意，左顾右盼，不退步才怪呢，是不是？"季冰开玩笑地说。

"嘿，说点正经的，我最近特烦，特别是小樱突然走了以后，我好像第一次真正感觉到生命太脆弱了，真的，也许我们真的应该把握今天，追求幸福。人不就这一辈子吗？前不久，我读了张爱玲的一首诗，特有感想，你们要不要听？"周玉梅真的是有些情不自禁地说出了自己的心里话。

"听！"季冰立刻答道。

"好，我给你们背背，题目是:《一别，便是一生》。"周玉梅说的时候，看了一眼王飞。然后，很有激情地开始背诵：

> 有些人一直没有机会见，
> 等有机会见了，
> 却又犹豫了，
> 相见不如不见。

> 有些事一别竟是一辈子，
> 一直没机会做，
> 等有机会了，

却不想再做了。

有些话埋藏在心中好久,
没机会说,
等有机会说的时候,
却说不出口了。
有些爱一直没机会爱,
等有机会了,
已经不爱了。

有些人是有很多机会相见的,
却总找借口推托,
想见的时候却发现没机会了。

有些爱给了你很多机会,
却不在意,不在乎,
想重视的时候已经没有机会爱了。

人生有时候,总是很讽刺,
一转身可能就是一世。
说好永远的,不知怎么就散了。

最后自己想来想去,
竟然也搞不清楚当初是什么原因
把彼此分开的。

然后,你忽然醒悟,
是没有好好珍惜,
或者不敢去面对。

一别，便是一生。

大家都在认真地听，细细地琢磨，情不自禁地鼓起掌来。王飞非常深情地一直盯着周玉梅，随后将目光落到了自己妻子身上。

"嘿，实际上，简单点说，好也是一辈子，歹也是一辈子，鞋穿得是不是合适舒服，只有自己最清楚，对吧！总之，生活就是过日子，平平淡淡才是真。特别是女人，过了那个鸟语花香的季节，就别成天东张西望了，专心筑好巢，这是第一要务，你们说对不对？玉梅，你呀，多好，博士老公，儿子茁壮成长，自己又有这么好的工作，所以好好过日子吧！钟工当年那么支持你，不能辜负他对你的期望啊！"季冰一口气说了这么多，大家也听得很认真。

季冰接着说："你们呀，个个都是爱得惊天动地，不可思议的是你们，嚷着不幸福的也是你们，到底幸福是什么？说说看。"季冰这句话一下子把大家问住了。过了好一会儿，周玉梅说："幸福这东西，真的没有一个什么固定的概念，相信每人感受都不一样。但是我一直认为，幸福是一种东西，只有拥有才能感受到，否则都是虚的，只能画饼充饥，那样会很痛苦，也是很残酷的。"

田小溪坐在一边，一直没有说话，听着好朋友们的各种说法，情不自禁地说："咳，这么多年了，每个人都在辛苦地追求，和你们不同的是，我现在还在寻找中，真的觉得好累呀！可是，看看你们每个人的经历，突然发现一个人挺好！虽然有的时候也真觉得孤独。想想看，节假日时，找你们吧，你们都有家有业的，不便多打扰；找没结婚的吧，看上去都是同路人，但个个比我年轻，简直无法沟通，没有共同语言。所以，我就只有和书、与画做伴，有时候，一个人静下来也在想人生的意义。我听到看到你们这一路走来的各种纠结困惑烦恼，怎么说呢，我觉得，爱一个人，不是一定要天长地久地厮守。爱的方式有很多种，不一定拥有才是幸福。有些爱，只适合深深地藏在心里，说出来就是错；有些人只适合远远地看着，走近了，就会失去；如果失去，已经走了，就不要再去纠缠了。爱就爱得投入些，放要放得干脆些。对吗？要不，多纠结痛苦，还自寻烦恼。"周玉梅和王玲听到这里，两人对视了半天，有点张口结舌。

王飞静静地看着、听着这几个女人对人生、爱情、幸福的感悟……

好一会儿后，周玉梅看了看季冰和田小溪，小声感慨地说："真的得刮目相看，你们俩什么时候都成哲学家了，佩服，真的佩服！看来成天读书的人，未必能真正明白人间事理，哲学家一定不是'读'出来的。"

王飞深情地说："你们一路走来，不离不弃，'一日军营缘，终生战友情'，你们几个做到了！难得！羡慕！"

生活是那么变幻莫测，越是幸福在望，却会瞬间变得非常遥远；越是看上去的平平淡淡，却会呈现出五彩缤纷的灿烂。

张小樱在顺利如意的路上，已经看到曙光，却意外出了车祸，不幸离开了世界；

季冰一直坚守平平淡淡，简简单单的"两点一线"生活，不受日新月异变化的影响，内心也有纠结煎熬，但一直默默地做自己，经营着适合自己的小日子，最终开始了浪漫幸福的人生；

田小溪在最清纯、梦想的年华，被残酷一击，开始沉默且追求宁静的心灵之旅，用一颗平常心朝观日出，暮赏日落，享受岁月静好……精彩的演讲从此开启精彩的人生。

画展后，大家严肃认真谈论"幸福是什么"，又一次勾起了周玉梅对自己人生的深深反思，说不清楚为什么，回到家里，她变得更加少言寡语了，对一切毫无激情，都觉得平淡无味。她开始对自己的生活状态深深质疑："我幸福吗？我一直努力追求的梦想在哪里？为什么会被最亲的人如此残酷给打碎？我还是自己吗？我是不是都在为别人活着？有意义吗？"

很长一段时间，周玉梅陷入了痛苦的纠结中……多少次反复问自己："为什么不顾一切攻下博士，就在'圆梦'的最后一公里，被一直支持鼓励帮助的亲人断送？哪怕她能告诉我，让我知道这个结果，然后一起商量解决办法，为什么要如此无情残酷？"周玉梅不愿意，也不想向任何人吐露内心深处的纠结与烦恼，面对亲朋好友的质疑和猜忌，多少次她想发泄，但想着儿子，辛劳的丈夫，只好选择沉默，"冷战"一直持续着……也许人们之所以会心累，就是常常徘徊在坚持与放弃之间，举棋不定，总想追求完美。周玉梅经常彻夜难眠，极度抑郁，越来越沉默寡言……她决定与钟南坦诚地谈一次。

周末到了，周玉梅主动向钟南提出俩人去湖边野餐，并说已经安排儿子到邻居琳达家，与琳达的儿子大卫一起踢球。钟南看着有些异样眼神的周玉梅，什么都没有说，似乎明白会发生什么了。

第二天早饭后，周玉梅带着儿子来到了邻居琳达家门口，一位中年美国妇女，怀着身孕，热情地迎接周玉梅进屋，并向楼上叫着儿子说："大卫，彼得来了。"周玉梅客气地说："给您添麻烦了。"琳达开心地说："没有任何麻烦，大卫可高兴了。"大卫在楼上叫彼得上去，彼得向周玉梅说："妈咪，再见！"周玉梅嘱咐儿子："不要调皮！"

琳达笑着对周玉梅说："不用担心，他们会很快乐的。"周玉梅看着琳达关心地问："你离预产期还有多少天？"琳达告诉周玉梅大约55天。周玉梅热情地说这一段如有任何事需要帮助，随时电话。两人又寒暄了一会儿，周玉梅向琳达道别。

周玉梅回到家，看见钟南在准备钓鱼工具。过去，常常是一家人周末去湖边钓鱼，然后就有了一周美味的鱼汤吃；后来，慢慢地，就只有钟南带着儿子去钓鱼，既是追寻一种内心的宁静，也是享受与儿子在一起的天伦之乐！今天，则是有了儿子以后第一次他俩去钓鱼，而且是周玉梅提出的，钟南似乎明白了一切。

路上，俩人各想各的心事，一直沉默着。周玉梅不时偷偷看看钟南的表情，而钟南则表现出了一种少见的淡定，脸上没有任何表情，似乎预感到了点什么。

一个多小时后，他们来到了熟悉的湖畔。钟南没等周玉梅说什么，就直接开到了他们第一次来这里野餐的地方，也是他第一次正式向周玉梅提出"我们结婚吧！"的地方！这里曾经是见证他们爱情的地方，但是今天，也许今天这里又会成为见证他们另一决定的地方……周玉梅看自己什么都没有说，钟南就开到了这里，心里突然紧张起来，当年那难忘的一幕一下子历历在目……

那是钟南刚到美国的第一个周末，周玉梅和钟南一起来到了这里，那天，没有钓鱼，只是野餐。周玉梅就像一只快乐的小鸟，一会儿叫钟南帮着将餐布铺在草地上，一会儿叫钟南把录音机打开，一会儿……俩人其乐融融，钟南特别享受被周玉梅叫来叫去的那份快乐和幸福。忙完后，俩人坐下，听着录音机里传出的他们共同喜欢的《致爱丽丝》，钟南将啤酒倒进了两个杯子，看着周玉梅，深情地说："我们结婚吧！"周玉梅似乎没有感到意外，只是有些不好意思地看着钟南，刚想说点什么时，被钟南制止了："什么都不要说，我们喝酒！"随后，俩人一杯又一杯高兴地畅饮着。

这时，两只可爱的小松鼠在他们周围跑来跑去，一会儿爬到树上，一会儿又跑到他们身边，可爱极了！

钟南逗乐地问周玉梅："你知道它们在干吗？"周玉梅顺口说："玩呗，想到我们这里来找食物。"

"不对，它们在谈情说爱。"说完，就轻轻地移到周玉梅身边，生怕打扰了两只谈恋爱的小松鼠，在周玉梅身边坐下，然后大方地将周玉梅的手抓住，周玉梅刚想说什么，钟南使劲抓住周玉梅的手小声说："别说话，别打扰它们，你看，它们多相爱呀，这只一定是公的，你瞧它特主动，总在追赶那一只，它的女朋友，真可爱！"说话的同时，钟南越来越紧地抓住周玉梅的手，慢慢地将自己的脸与周玉梅的脸贴在了一起，周玉梅没有动，也没有说话，只是静静地与钟南一起欣赏这两只谈恋爱的小松鼠，似乎希望得到点什么启示……过了好一会儿，小松鼠见没有动静了，也相互依偎着，在树根边相亲相爱……

"好美，好幸福！比我幸福！"钟南调皮地、小声地在周玉梅耳边说。

话音未落，钟南一把拥抱住周玉梅，疯狂地亲吻："我们结婚吧，我爱你！"周玉梅也好像被融化了一般，与钟南拥抱在一起，紧紧地……就这样，在这片湖区，静静地躺了一个下午，一直到月亮出来，一起数星星，如胶似漆，当着高高悬挂的明月，钟南紧紧地将周玉梅拥抱在怀里，温情地说："你是我的，永远，永远！我爱你！宝贝！"

此时，现在，今天，仿佛那动人的一幕，已经变得既难忘又陌生了……

钟南坐在湖边，开始静静地钓鱼，一句话没有说。

周玉梅一直十分紧张，慢慢地拿出他们第一次来这里野餐时的一切用具，还是当年那块餐巾布，带来的还是当时喝的同一品牌啤酒，打开了录音机，准备播放的还是当时的音乐，精心准备好了一切……周玉梅像过去一样，坐在一边看着钟南钓鱼，一切都是静静的……

录音机里传出他们共同喜欢的《致爱丽丝》，周玉梅不时悄悄扭过头去看看钟南，他的表情是那样严肃凝重，双眉紧锁……"他已经有了好多白发了，背也更驼了……"周玉梅突然内心深处有了一些犹豫和苦楚之感："我怎么了？"

周玉梅慢慢地站起身来，走到钟南背后，默默地看着他的背影，这位比自己小四岁但却一直像大哥哥，忠实地爱着自己、维护着这个家的丈夫……两人各想各的，一直静静的……中午了，钟南钓满了一桶鱼，突然站起身来，回过头，打破宁静，看了周玉梅一眼，轻声地说："梅姐，你过来！"

周玉梅怔了一下，很久没有听到钟南这样称呼自己了，她小心翼翼地走了过去，看见满满一桶大大小小的鱼，今天比过去钓得都多，装出笑容说："好多鱼啊，要是儿子在，看到这么多鱼，一定会高兴得跳起来的。"钟南看着周玉梅，露出了一丝苦笑，然后双手将桶提起，高高举起，非常不舍地又放了下来……停顿了片刻后，又一次双手用力地高高举起满桶的鱼，依依不舍，最后还是鼓足勇气，将花了一上午钓的一整桶鱼，"哗啦"，一下倒入了湖里，深情地、一语双关地、似乎自言自语地说了一句："自由了！"紧接着，又加了一句，"给你自由吧！"站在一旁的周玉梅怔住了，立刻明白了钟南的意思。

345

俩人十分平静地办理了离婚手续,周玉梅什么都不要,只是收拾了一箱子自己的衣服!俩人为了儿子,达成协议,对儿子只说"妈妈要出差一段时间,因为公司有一个大项目"。

晚餐,钟南做了一桌丰盛的家常菜,宫保鸡丁、麻婆豆腐、红烧牛肉、清炒油菜,因为钟南知道,这都是周玉梅最喜欢吃的家常菜。钟南给俩人的酒杯倒满了红酒,还专门给儿子倒了一杯橙汁,最后,打开音响,《月光》曲响起……

钟南叫道:"开饭了。"

儿子跑过来,高兴地说:"爸爸,你好棒啊!我饿了。"

钟南看着儿子说:"去洗洗手,儿子,吃饭前要洗手。"

周玉梅从书房出来,看着一桌自己熟悉和喜欢的家常菜,内心好不是滋味,默默地问自己:"难道这是最后的晚餐吗?"

儿子洗好手后,坐到自己的位置上,一个劲儿叫道:"妈咪、爸爸,我洗好手了,你们快来啊,我饿了。"钟南和周玉梅分别坐在了自己的位置上。

钟南说:"儿子,咱们开饭。今天啊,先拿起酒杯,一起和妈咪干杯,好吗?"

"好!"儿子拿起装有橙汁的小酒杯,突然问道,"我们为什么干杯呢?爸爸,你说。"

钟南愣了一下,马上摇头说:"儿子,今天由你说,好吗?你最希望什么?"

儿子看看妈妈,又看看爸爸,笑着说:"永远在一起!"钟南听到这句话,眼睛里已满是泪花,强忍着说:"好!永远在一起,干杯!"说完与儿子碰杯,一饮而下!

周玉梅拿着酒杯,十分不自然地与儿子碰了一下杯子,慢慢地放下了杯子,儿子看着妈妈没有喝便说:"妈咪,你没说,不算,再来一次。"周玉梅摸了摸儿子的头,拿起酒杯说:"来,儿子,永远在一起,干杯!"儿子又看了一下爸爸说:"爸爸,拿杯子,我们一起干杯,一起说,'永远在一起。'"

钟南看着天真无邪的儿子，实在不忍心伤害他，拿上酒杯说："来，好儿子，我们一起说，'永远在一起。'"周玉梅也拿起了酒杯，三个酒杯碰在一起："干杯！"

儿子很高兴地吃起饭来，钟南和周玉梅都分别给儿子夹菜。

钟南又专门给周玉梅夹了宫保鸡丁和麻婆豆腐，说道："多吃点。"周玉梅一句话没有说。

突然，儿子说："爸爸做的饭好吃，真好吃！"钟南爱抚地摸了摸儿子的头说："好吃就多吃，咱们把身体搞得棒棒的，好不好？来，儿子，多吃点。"

儿子看着妈妈说："妈咪，你是不是也很喜欢爸爸做的饭？"周玉梅有些诧异，但还是说出了心里话："喜欢。"

钟南苦笑了一下说："喜欢就好，多吃点，以后可能就没有机会了。"

儿子似乎听懂了点什么，问道："爸爸，什么没有机会？不是我们刚才说过'永远在一起'吗？爸爸，你记得这句话是谁说的吗？"儿子这句话，一下子把钟南和周玉梅问住了。儿子接着认真地说，"你呀，在大峡谷，就是你说的，当时你还抱着我和妈咪，然后说了这句话，我一直记着呢。"

钟南与周玉梅不由对视了一下，钟南苦笑着说："儿子啊，我看你就是一个绝顶聪明的儿子，对不对？"周玉梅也忍不住说："彼得，你是想糊涂时糊涂，不想糊涂时比任何人都清楚，是不是？我的宝贝儿子。"儿子看着爸爸和妈妈笑了，使劲给自己嘴里送进去了一大口饭。钟南笑着说："慢点，别噎着了。"儿子笑着说："爸爸做的饭，香！好吃！"

原来一年前，钟南和周玉梅带着儿子去做一项智力测试，因为根据这项测试结果，可以从政府获得相应补助，包括以后上学、就业等。在带儿子去这家测试中心的路上，钟南和周玉梅一个劲儿给儿子交代，见了老师，要先问好，要有礼貌；如果流口水了，就赶紧拿出放在口袋里的纸巾擦擦；老师问完问题后，一定要说"谢谢"和"再见"。可当时好像无论怎么交代，儿子都是一脸茫然的样子，钟南和周玉梅十分担心。但是，结果却出乎意料，原定30分钟的测试，儿子足足与老师交流了70分钟，可谓谈笑风生，最后的结论是："这个男孩完全智力正常，不可申请政府补助。"

钟南和周玉梅当时拿到这个评语时，既高兴，又纠结，高兴的是儿子已经完全康复了，这是天大的好消息，俩人的心病终于可以彻底去掉了；而又有一些纠结，儿子确实有时会表现出一些不符合常人规范的言行举止，担心是否可以完全按照正常人对待。俩人还经常开玩笑说："儿子真是知道什么时候说什么话，需要装傻时，立刻表现出'弱智'；可是需要正常时，说的话，办的事，真让人刮目相看。"这也就是俩人对视发笑的缘由，只是这次更多了一些苦涩。

周玉梅将甜点拿上桌，每个小盘子里有一块小蛋糕和一些水果。钟南和周玉梅对视了一下，意思是："需要给儿子讲了。"

周玉梅看着儿子，小声说："彼得，妈咪要给你说一件事。"儿子立刻看着她问："什么事？刚刚我们说的是'永远在一起'。"

周玉梅叹了一口气说："是，永远在一起。只是妈咪有一项工作呢，需要出差一段时间。"

儿子没等周玉梅说完就问道："多久？"

周玉梅说："嗯，可能要有几个月时间。"

儿子追问道："几个月呢？"

周玉梅想了想说："嗯，这个呢，妈咪不能决定，需要老板决定。不过，不会太长时间。"

儿子看着妈妈，一脸可怜的样子说："那你就跟老板说，不能太长时间，因为你有一个曾经是早产的儿子，他需要照顾，离不开妈妈。"周玉梅听到这句话，又想哭又想笑："儿子，你真的是太聪明了。"周玉梅站起来，走到儿子身边，紧紧地抱住儿子，依依不舍。儿子还在反复强调说："妈咪，你就告诉你的老板，不要说是你说的，就说是你儿子说的，好吗？"周玉梅感动地看着儿子，深情地说："好，儿子。"

钟南在一旁，颇为感慨地说："儿子啊，你真的有很大的进步，将来读博士没问题了，一定会成为彼得博士的。"

儿子笑着说："爸爸，我也学物理，像你一样，造飞机。"

钟南看着儿子说:"好,但是我不造飞机,造飞机的是你 grandpa（爷爷）。"

儿子好奇地问道:"grandpa 去哪里了?怎么不来看我?"

钟南深情地说:"谁说没有来看你,你刚刚出生时,grandpa 就抱了你,他可喜欢你了。"

儿子突然笑着说:"哦,我记起来了,他还说我很棒,对不对?"

钟南笑了,伸出大拇指,"对,你很棒!"

儿子似乎想到点什么,又问道:"grandpa 现在在哪里?他会什么时候再来看我?"

钟南似乎自言自语说:"他去了一个很远的地方,他在那里造飞机,以后你看到天上的飞机,就挥挥手,grandpa 就会看到你了。"

儿子懂事地回答道:"哦,我知道了,那以后我造了飞机,飞上天时,我就告诉 grandpa,看,我造的大飞机。"一直在周玉梅怀抱中的儿子,确信爸爸说的一切,因为在他眼中,爸爸是最棒的,最强大的,无所不能。最重要的是,爸爸是自己最最最可依靠的人!

钟南看着突然长大的儿子说:"儿子,爸爸给你讲,你妈咪是最棒的妈咪,她需要去做一件很重要的工作,那是妈咪像你这么大就开始一直学习努力的事情,就像你说你要造飞机,对吧。等你长大了,我们不想让你离开我们,但是你要去学习,要去造飞机呀,我们就必须支持你,你说对不对?所以,我们现在就要支持妈咪,好不好?你已经是一个男子汉了,要坚强,行吗?"

儿子一直认真地听着钟南的讲话,看看妈妈,又看看爸爸,坚强地说:"好的,爸爸,我们男子汉支持妈咪,我不哭,你也不要哭,我们支持妈咪去造大飞机。"周玉梅深情地亲吻着儿子,钟南走上前去,紧紧地抱住了自己依依不舍的妻子和无比心爱的儿子。

第二天清晨,天阴沉沉的,下起了毛毛细雨。钟南早早起来,做好了早餐。周玉梅一夜都是与儿子在一起,紧紧抱着儿子,一直看着儿子,依依不舍……

周玉梅将已经准备好的箱子放到门口。

钟南说："吃点早餐吧，要咖啡吗？给你做一杯？"

周玉梅说："好！谢谢！"

俩人坐下，面对面，钟南将咖啡送到周玉梅面前，俩人对视了一会儿，什么话都没有说……

突然，儿子一边揉着眼睛，一边叫着："爸爸，爸爸……"钟南跑上前去，爱抚地说："儿子，我在这里呢。"儿子红着眼圈说："妈咪去造大飞机了吗？我想妈咪了。"刚说完，就放声大哭起来。

钟南抱起儿子说："男子汉，这样可不好哦，咱们不能说话不算数，是不是啊？你不是昨天还说我们一起支持妈咪吗？怎么今天就说话不算数了？"

儿子伤心地说："爸爸，我想妈咪了。"

周玉梅走上前来，红着眼圈说："彼得，妈咪在这儿，来，妈妈抱抱。"儿子一听妈妈的声音，一擦泪水，张开双手："妈咪，妈咪，我以为你不要我了……"

周玉梅双手从钟南手中接过儿子："好儿子，妈咪怎么会不要你呢，妈咪就是要去工作，把工作做好了就回来，好不好啊？好儿子，支持妈咪，好不好？"说着说着，周玉梅实在忍不住，流下了苦涩的泪水。儿子看着妈妈哭了，懂事地说："妈咪，我和爸爸支持你，那你可不可以快点回来啊？"

周玉梅说："好，妈咪答应你，做完工作就回来，好不好？"

儿子说："拉钩！"

周玉梅伸出手："拉钩！"

周玉梅与儿子"拉钩上吊，一百年不许变"。

钟南在一旁看着，内心翻江倒海……

儿子看着爸爸，笑着说："爸爸，我和妈咪拉钩了，妈咪很快做完事就会回来，我们都是男子汉，支持妈咪吧。"钟南点点头。

儿子小声对周玉梅说："妈咪，爸爸哭了，爸爸也不想让你去造飞机。你就快点回来吧。"

周玉梅突然哽咽了，抽泣起来："好好听爸爸的话！"

周玉梅住进了一家酒店，看着窗外，心中五味杂陈，感慨万千……周玉梅辞去了公司的工作，一切清零，回到原点。她想让自己重新活一次，重新无忧无虑地再启追梦之旅……第三天她登上了回国的飞机。

一路上，周玉梅一直在想回国后，怎么开始新的追梦之旅，如何成就梦想？此时的周玉梅，怎么也没有办法想象"重新出发"的意义是什么？无论如何，"重新出发"与"当年出发"，心态、心境、目标、方向一样，但又完全不一样了……

回到祖国后，在机场高速公路上，周玉梅感到了祖国日新月异的新气象，新面貌，与自己出国时已经完全两个世界了，自己经历了完全不同的两个时代。"应该去哪儿呢？'家'在哪儿？再次出发，目标、方向、梦想明确吗？是什么？为什么？在哪里？如何努力？"周玉梅内心深处有无数"未知"，只好默默地告诉自己，放下一切，先静下来，给心灵放个假，然后再出发！

第十八章

　　李勇天天与商场上的一些"狐朋狗友"交往，整个人从上到下都变了样，牛仔裤穿上了，天天更换各种名牌西装，进出各大酒店进行商务会谈，高档专车也配上了，一副"成功人士"形象。

　　由于欢欢长大了，奶奶也就回自己家去了。因此，小家在王玲的统领下，形成"你干你的，我干我的"方式，一切平稳有序，"冷战"和"热战"减少了许多。

　　周末，李勇早早起来，收拾高尔夫行装，将一副最近新买的高级球杆放进了小车的后备厢，然后回到餐桌吃早餐。

　　王玲问道："今天又和谁打球啊？"

　　李勇神秘地说："朋友！"

　　王玲没好气地说："我知道是朋友，什么朋友？谁啊？"

　　李勇在外经常借王玲父亲名义展示"威风"，这也是一段时间以来，他的事业一路攀升的原因。但王玲家是个本分人家，父母亲朴实、忠厚，对子女要求严格，对王玲和李勇擅自决定"下海"一直不满意，甚至好长一段时间很少说话。这些年下来，看到孩子们也很辛苦不容易，也就慢慢缓和了关系，但是经常会提醒敲打王玲"管好李勇，他有点太过分了"。这也就是王玲经常了解李勇行踪的原因。

　　李勇笑着说："放心吧，重要朋友，我们在合作一个大项目，等着听好消息吧。"王玲严肃地说："悠着点，别乱来！"李勇答道："遵命！"

李勇很快坐进小车里了，飞驰而去。

不一会儿，儿子起床了，自己吃完早餐，告诉妈妈"外出与朋友们有约"。看着长大了的儿子，从前那么小，一下子这么大了，真有一种说不出的感觉，"岁月真是不饶人啊"！

很快，家里安静了下来，王玲精致地摆出了自己喜欢的茶具，坐在沙发上，打开电视机，细品绿茶，给自己一点难得的自由空间和放松时间。王玲习惯地首先打开自己的工作手册，将下一周的工作梳理了一下，排出了先后、轻重、缓急的顺序。这些年商海的摸爬滚打，历练了王玲，使她从一个弱小的女孩子，迅速成长为商场的"女强人"，干练，优雅，常常在笑眯眯中谈成一单又一单的大生意，现在已经是集团总裁，管理着千亿级的资产。

到了高尔夫球场，李勇刚下车就见到了早已等候的朋友，相互热情打招呼。

"嘿，早上好！我今天没迟到吧！"陈刚看见正在下车的李勇，大声说道。

"早！早！挺好，今天不是有位新朋友吗？到了吗？"李勇问道。

"还没看见他的车，来，咱先冒个烟。"陈刚边说边拿出烟，递给李勇一支，两人聊着天，抽着烟，等着新朋友的到来。

不一会儿，一辆黑色加长大奔开进了球场，派头十足。车停下后，从车里走出来一位穿着淡粉色T恤，浅灰色西裤，一双白色高尔夫球鞋，戴着一副黑色墨镜，梳着大背头，大腹便便的中年人。"早啊！陈总。"一边打招呼，一边走了过来。

"早！张总好！来来来，介绍一下，这位是李总，跟你说过多次。"陈刚一边与走过来的人打招呼，一边赶紧介绍李勇。

"您好！鄙人姓张，名孝焕，张孝焕。"来人似乎有意表现出儒雅的样子，做着自我介绍，然后彬彬有礼地与李勇握手。

"你好！张总，陈总多次提到你，今天总算是见到真人了。"李勇说道。

"很早也听说过您，干大事的人，幸会呀。您看我们如何合作啊？"这位张总，辛城口音，似乎总要表现出一种特别的尊重语气，每次说到"你"时，都要特别表现地说出"您"，而说"你们"时，也一定要强调用"您们"。但是，两只飘忽不定的眼神不时地四处转悠，一看就是一个六神无主、心术不正的人。

三人一边寒暄，一边慢慢地朝球场方向走去，很快交谈进入了实质性的商业项目合作了。

晚上，李勇兴奋地回到家，吹着口哨，一副开心得意的样子："我回来了！"一眼看到了一桌做好的饭菜时说，"真好，我饿死了！"

王玲从厨房出来，端着两碗米饭说："赶紧先洗手去，今天打球见谁了？"显然王玲还是惦记着今天李勇见什么人这事。

"陈刚介绍我认识了一大老板，很有实力，今天我们基本高效谈成了一大买卖，你就等好吧，做好数钱的准备。"李勇得意地说。

"你就吹吧，别张口闭口大买卖的，做点能做的项目就行了，千万别出事。"王玲叮嘱说。

"放心吧。"李勇得意地说。

"唉，我还真不放心你，转业至今，你就是混，懂经商吗，这么多年过去了，我都懒得说你，只要平安就行。"王玲说。

"又来了，那怎么办？不找项目还能干什么？"李勇说。

"你就好自为之吧，吃饭。"王玲说。

"行，你就是小看人，等着吧。"李勇刚说完，环视了一下，想起了儿子，问道，"欢欢呢？还没回来？"

"跟你一样，不知干吗去了，都一天了。"王玲说。

"哦，大小伙子了，需要有自己的空间了。"李勇笑着说。

"现在外出也不说一声去哪儿、干吗。唉，真是管不了！"王玲说。

"不用管了，放飞自由发展吧！"李勇自信地说。

说时迟那时快，儿子欢欢一头伸进屋来："我回来了！"

"真是'说曹操曹操到啊'，我们正在说你呢，今天干吗去了，以后外出还是必须向你妈报告一下，连我外出都需要报告，你就更必须了。"李勇淘气地对儿子说，而且还不断地使着眼色。

"好了，好了，赶紧洗手吃饭了。"王玲对儿子说。

"好嘞，我饿死了。"儿子说道。

"一个个都像饿死鬼，进门就都是'饿死了'，看来不饿不知道回家啊。"王玲说。

"欢欢，老妈说得好，这就是'家'的意义所在，你说是不是啊？"李勇开着玩笑说。

"对对对，你们都是对的。"欢欢边说边端起一碗米饭，大口吃起来。

王玲看着儿子说："慢点！"

季冰的日子越来越温馨幸福，身体也基本康复了。只是平时越来越喜欢看《动物世界》这个电视节目，对"动物大迁徙"一集印象深刻，对非洲那块神秘的土地产生了强烈的兴趣。

晚上，王飞陪季冰散步，季冰饶有兴趣地说起《动物世界》："我最近看了'动物大迁徙'，非洲真神奇！"

王飞说："是，现在人们都到欧美旅游，实际上非洲才更有意思。"

季冰笑着说："你说要不我们找时间去非洲看看，怎么样啊？"

王飞很是吃惊地问道："什么？你说什么？你想去非洲？真的假的，我可是从来没听你说过任何需要花钱的事啊。"

季冰打了一下王飞说："讨厌，你也学着她们的样起哄。过去，咱们没这个可能和条件，现在不一样了，女儿也上大学了，有条件可以考虑了。这些天，我一直在看《动物世界》，越看越觉得神奇！真希望有生之年，能够踏上那片土地，感受大自然的辽阔与神奇。"

"如果你真有这个念想，那咱们开始像年轻人一样，先做攻略，看看怎么走，如何走，怎么样？"王飞看季冰是真有此意，马上积极鼓励。

自从季冰手术后，王飞完全换了个人，特别珍惜与季冰的每一天，而且精心呵护季冰，似乎希望将流逝的那些岁月完全找回来。

季冰温情地看着王飞说了一句："谢谢你！"

季冰越来越觉得自己是世界上最幸福的人。她常常说，很多人总在问"什么是幸福?"也有不少人在问"我的幸福在哪里?"其实啊,幸福就是平平淡淡,平平安安,简简单单,你知足,它就触手可及,如同清晨一句温馨问候,生日时一个暖暖祝福,取得成绩时一个真诚庆贺,分别多年后的一次聚会,伤感时的一个劝慰……这就是季冰,以简简单单的心,做简简单单的人,幸福就会天天来敲你的门。

王飞与季冰开始精心计划着非洲之旅,王飞第一次真切感到了:"季冰这次是真想去非洲。"

季冰平时非常节俭,毕竟是靠工资生存的人,加上女儿上大学,所以家里一直没有什么结余。如果不是一种特别愿望的驱动,王飞相信季冰是不会提出这个想法的,即便是其他人提出来,季冰也会找各种理由不参加。但这一次,不仅是自己提出来,而且还这么上心,王飞心里暗暗告诉自己:"一定要成全她这个愿望!"

经过半年多时间的精心策划,女儿圆圆也加入进来,提供了很多有用的旅行攻略信息,大大增强了王飞和季冰成行的信心。

周末,一家三口在大餐桌上,摆满了各种关于非洲的历史、文化、自然书籍和大大小小的地图。

"我先说一下,经过广泛撒网调查研究,现在我们可以聚焦了,我想从实际出发,这次就去肯尼亚,一是要赶上今年七月的动物大迁徙,这是这个动议的核心点;二是不能请太长时间假,影响工作,前一段手术后已经休养了很久,所以最多一周时间;这第三呢,毕竟费用挺高的,咱们还是本着节约的原则,经济地考虑住和行的问题。你们说呢?"季冰来了个开场白。

王飞听完季冰的三点,发表自己的观点说:"费用和时间,这次都不需要考虑,毕竟一辈子第一次请假,没问题,再说我们当时连个婚礼都没有办,这次就算是补婚假了,单位那边我去说,没问题。这次呀,我们就是一条,放开来,好好补一次婚礼和婚假。"

圆圆高兴地赞许道:"对对对,爸爸说得真好,就是,当年你们也够赶我们现在的时髦了,是'裸婚'还是'闪婚'了一把,对吧,所以呀,这次我就不去当你们的'电灯泡'了,也可以节省出一份 cost,

对吧，妈妈，你说呢？这次你就放开自己，什么都不要想，特别是钱，一切都由老爸负责，不仅他是应该的，也是他必须承担的。就这么着，我替你们决定了。老爸，没意见吧？"

王飞笑着说："没意见，双手赞成！"

实际上，季冰根本不知道，当她第一次提出想去非洲看看动物大迁徙时，王飞就想到了要将这次旅行办成"补婚礼"的想法，只是自己偷偷做攻略时，被聪明的女儿看了出来，而且对爸爸这个想法大加赞赏。因此，俩人常常是一方面表现出积极配合支持季冰各种建议和想法，但私下他们正在不断完善一个"宏大的婚礼计划"，女儿常常为这个计划兴奋激动，而且情不自禁地跟爸爸说："老爸，好浪漫了！妈妈到时候一定会热泪盈眶的……"

所以，当季冰提出自己的三点意见时，自然立刻就被否决了。

季冰仍然强调说："不论怎样，我还是想说'节俭'是必需的，我们一定要有预算概念。"

圆圆淘气地说："妈妈，我现在越来越理解为什么大家都爱说你是'九毛九'了，真是西山人啊。"说完给爸爸做了一个鬼脸。

王飞则笑着说："虽然是，但圆圆你不能这么说妈妈哦。"

圆圆装作可怜的样子说："知道，就是高兴开个玩笑。不过，老爸，你现在是处处维护妈妈，我好孤独啊。"

"好了，好了，看来都是我这次提议惹的祸，要不一切不就很简单，也相安无事了吗。"季冰话还没说完，就将女儿一把搂在怀里。圆圆撒娇地说："妈妈真好！"季冰搂着女儿，看着忙碌的丈夫，一种说不出的兴奋感，自言自语地小声说："幸福啊，其实就是平平淡淡，平平安安，简简单单，触手可及的那份烟火与温馨。"

王飞和季冰要出发了，王玲和圆圆一起到机场送行。

王玲看着哥哥和自己的好朋友、现在的嫂子如此甜蜜的样子，特别开心，高兴地说："祝你们这趟旅行开心快乐！"随后，将一个信封塞进了哥哥的手里，小声说道："这次一定要潇洒。"王飞毫不客气地说："没问题，我们有你这个大企业家做靠山，有啥好担心的啊，放开来潇洒了！"边说边将信封放进了背包里。季冰笑着说："这哥哥当的，还真好意思。"

"都是一家人，没关系的。"圆圆一手拉着妈妈，一手拉着姑姑笑着说。王玲看着圆圆笑着说："就是，就是，一家人！"

大家相互叮嘱，拥抱道别！

圆圆拉着姑姑的手，向爸爸妈妈挥手"再见"！

王玲看着哥哥和嫂子相亲相爱的背影，十分感慨，情不自禁地说："真好！这才是应该的样子！"

周玉梅回国后，没有给家里和任何朋友去电话。这一次，她希望完全将时间和空间交给自己，认真发出了各种求职函。对周玉梅来说，一切都浓缩成十六个字："全力以赴，严谨慎始；蓄势以待，厚积薄发。"

一周后，周玉梅准备专程拜访陈教授。首先发出了一封信，希望拜访，汇报自己的心路历程。这些年来，周玉梅一直没有告诉陈教授自己的情况，很纠结，很无奈，有一种无言面对老师的感觉。

信发出一周过去了，三周过去了，一个月过去了……周玉梅没有收到任何回复。求职也没有任何乐观的消息，时间在一天天流逝，周玉梅心里开始越来越没有谱了。"难道一切真的就这样全部无情地彻底地归零了吗？我还可能有机会从头再来吗？"

王玲在京华大学EMBA总裁班的学习期间，结交了很多企业界朋友，平时经常一起交流拓展新业务领域时遇到的各种问题，特别是与约翰先生如火如荼进行的污水处理项目，让很多一起学习的企业家对王玲的企业社会责任深感敬佩，而且对她大胆涉足这个需要更多政府支持的公共产品项目由衷赞美。

星期六，阳光明媚，秋高气爽。王玲邀请约翰先生与EMBA同学们餐叙交流。约翰先生一身深灰色西装，彬彬有礼，在王玲的介绍下，与大家一一握手："很高兴一下认识这么多年轻优秀的中国企业家，太高兴。"

大家也纷纷表示很荣幸认识约翰先生，王玲的那位"蓝颜知己"

对约翰先生说："约翰先生，听王玲介绍，您是一位非常成功的学者型企业家和投资家，我们都非常想知道您为什么选择投资污水处理项目？目前您在中国与王玲合作的项目，与您的预期吻合吗？有什么好的建议？"

约翰先生听到这个问题，一下子兴奋起来，赞美道："这里，我想首先说的是这位王女士，很有魄力，我非常敬佩她和她的团队，我们的合作进行得非常顺利。"约翰先生看了一眼王玲，竖起了大拇指，然后开始发表演讲：

"你们知道吗，为什么我非常敬佩王女士吗？你们看，今年中国很多城市大面积干旱，这是一个非常严肃的问题。大家知道，以色列是一个极度缺水的国家。按照国际标准，人均水资源低于3000立方米为轻度缺水；人均水资源低于2000立方米为中度缺水；人均水资源低于1000立方米为重度缺水；人均水资源低于500立方米为极度缺水。以色列境内只有一条约旦河和一个加利利淡水湖，很少淡水资源，而且分布不平衡，人均淡水资源每年仅有400立方米。相比较，中国是极度缺水的国家，但人均水资源依然有2100立方米，即便人均水资源最匮乏的宁夏回族自治区，只有634立方米，但比以色列还是要丰富。所以，以色列决定从土耳其进口水，土耳其将使用特制的水箱并经水路将淡水运到以色列。我为什么要说这个？你们知道吗？中国人均淡水占有量仅为世界人均占有量的28%，600多个城市中有400个城市不同程度缺水，水资源不足将会严重制约社会经济的发展。你们看，现在多么严重的干旱情况，很多水库的水位已经下降到警戒线以下了。加上江河湖库淡水普遍受到严重污染，这将使本来的严重缺水雪上加霜。这个问题必须引起政府的高度重视，当然作为企业家也应该肩负起企业社会责任，探讨一条治理污水的商业运作模式，尽可能最大限度提高污水再利用。这里有一个与以色列非常不一样的情况，那就是，中国不可能进口水，因为中国人口太多，所以如果现在不重视水资源和污水再利用的问题，未来中国水比石油昂贵不是笑话。现在的大范围严重干旱情况就是在发出警示。你们都是年轻有为的企业家，一定要有更大的情怀，站位高，格局大，只有这样，才会，也一定会成为商界成功人士。"

约翰先生曾是大学教授，进入商场后依旧保持着教授的风范，常常介绍一个项目，会从理论到实践，从中国到世界，然后再从世界到中国，而且说好是40分钟的演讲，他一定会翻倍时间，最后还总会来一句："这只是我想讲的很小的一部分。下次吧，下次接着讲。"

约翰先生的演讲非常鼓舞在场的企业家，王玲更是感到选择投资污水处理项目，利国利民利企业，为自己找到了未来发展的方向感到自豪和欣慰！

大家一边交流，一边用餐。"蓝颜知己"听完约翰先生的演讲后，夸奖王玲说："你真棒！敢为人先，有担当，有责任感，佩服！"

王玲笑着说："过去天天想着挣快钱，买大房子，别墅，豪车，唉，静下心来想想，挺低级，实际上，钱就是一个数字，没有不行，谁让我们赶上了好时代，也应该享受生活，所以必须挣钱。但再大的房子，也就只需要一张床；再多的山珍海味，最后还弄得'三高'，不得不减肥。所以在考察期间认识了约翰先生，他让我明白了很多道理，这也是我想做些有意义的项目，于公于私，都有好处，就这么简单，没什么值得佩服的。"

"蓝颜知己"点点头说："完全同意！如需要融资时，记住算我一份。"

王玲笑着说："好啊，一起干，一个好汉三个帮嘛，说话可要算话哦。"

"蓝颜知己"也笑着说："必须的！"

王玲似乎感到，"蓝颜知己"，实际上就是可以没有更多顾虑聊天的男人，郁闷的时候聊一聊，难过的时候能借肩膀靠一靠，比友情可能多一点，但比爱情少一些，是那种不会影响彼此生活的良师益友。你倾诉的时候，他会认真地听；你哭的时候，他会给你安慰；你笑的时候，他能懂你。不论何时何地，你转身时，他都会在那里。

季冰与王飞完全沉浸在广袤的非洲之旅的幸福之中。美丽的夕阳洒满内罗毕乡村酒店的草坪，一场动人的、特殊的、迟到的但最炫丽的婚礼正在举行中……

酒店的总经理弗朗西斯先生，一位友好、友善的黑人企业家。当他知道季冰和王飞的故事，特别是知道他们要在非洲大地上举办一场迟到的"婚礼"时，发自内心感谢这对中国朋友的选择，也非常敬佩这对中国人的爱情故事，决定用心为远道而来的中国朋友办好这场"迟到的特殊婚礼"。

酒店按照最高规格，在绿色的草坪上搭建了一道布满白色玫瑰的拱形长廊，而且白色玫瑰环绕着整个中央舞台。婚礼现场仅由三种颜色组成——蓝色的天空、绿色的大地、白色的玫瑰，高雅、庄严、隆重！

弗朗西斯由酒店发出隆重的邀请，自己很多好朋友接到这份特别的邀请后，都盛装出席。一时间，整个城市传颂着一对中国爱人，专门选择在非洲大地举办迟到婚礼的故事和消息。弗朗西斯还专门挑选安排了两个非洲小孩，一个男孩，一个女孩，作为"花童"。

一切就绪了，《婚礼进行曲》响起……

身穿一身深灰色中山装的王飞手挽着身着圆圆给妈妈特别挑选的白色婚纱裙的季冰，在音乐声中缓缓通过白玫瑰组成的拱形长廊，两个小"花童"跟在季冰和王飞身后，一边向周围的来宾挥撒着鲜花，一边手拉着长长的白纱裙角，好美的画面啊！

弗朗西斯向这一对特殊的新郎和新娘送上了最美好的祝福！那些素不相识但热情友善的非洲朋友，也都纷纷以他们的传统方式，祝贺新郎和新娘！

弗朗西斯还安排了一个特别惊喜，那就是婚礼结束后，来自中国的这对新郎和新娘将由弗朗西斯亲自送上自己的私人飞机，直抵观看动物大迁徙的最佳地点，完成新娘的愿望——观看非洲马赛马拉的动物大迁徙，而且一切按照当地传统风格，包括下榻在具有非洲特色并可零距离与动物和谐相处的酒店。

王飞和季冰完全不相信这一切……

当弗朗西斯的私人飞机缓缓降落在草坪上时，所有在场的、热情的非洲朋友都高呼起来："Go! Go! Go!"

在弗朗西斯和非洲朋友们的热情簇拥下，王飞抱起季冰登上了小飞机，他们向友善热情的弗朗西斯和其他非洲朋友挥手致谢……

飞机缓缓上升，追赶着晚霞，向远方飞去……

王飞和季冰在非洲特色的酒店度过了最美好的"新婚之夜"，王飞看着眼前美丽无瑕的妻子，深情地说："我爱你！"季冰已经饱含幸福的热泪，柔情地说："我要爱你，很爱，一辈子！"

王飞和季冰满怀一路的喜悦和激动，结束了非洲难忘之旅！

离开内罗毕时，王飞和季冰感谢弗朗西斯的全部安排，让他们终生难忘。弗朗西斯笑着说："你们来到我们国家，就是我们的朋友！你们选择肯尼亚举办你们'迟到的婚礼'，更是对我们最大的友好和信任。见到了我，就见到了肯尼亚，从现在起，我们就是好朋友了！"

王飞也激动地说："对，中非人民过去，今天，明天，永远都是好朋友！谢谢您，谢谢您帮助我们圆了我们一辈子的爱情梦！"季冰更是激动万分，拉着弗朗西斯的手说："谢谢您，您是我们的贵人，谢谢您！欢迎您到中国我们家做客！ Welcome to China!"

王飞与弗朗西斯紧紧拥抱！

弗朗西斯更是热情伸开双臂，给了季冰一个大大的拥抱！

王飞和季冰顺利回国，他们有太多感受要与朋友们分享。圆圆完全理解妈妈的心思，决定依旧按照妈妈和好朋友的约定，在"古隆中"为爸爸妈妈举办一个特别的派对，请王玲姑姑、玉梅阿姨和小溪阿姨一起，再次成就妈妈她们的"古隆中相聚"。

初秋季节来到"古隆中"，让大家感到凉爽舒适，一致表扬圆圆的选择。

小溪说："这个季节来这儿，真好！"

王玲笑着说："是，古隆中是我们当年约定聚会的地方，只有经过春夏秋冬，方知人间不同滋味的幸福。我们呀，冬天、春天、夏天都来过这里聚会，秋天还没来过，所以这次的选择，必须给圆圆打满分。"

季冰开心地表扬女儿说:"我觉得圆圆选择这儿,还有一个原因,那就是文化。圆圆知道我们在非洲度过了一段美好难忘的时光,希望我们在自己国家,文化底蕴最深厚的地方,畅谈一下人生感悟,对不对,圆圆?"

圆圆正在为大家准备来自肯尼亚的咖啡,一阵纯正的咖啡飘香,一杯一杯地递给阿姨们,笑着说:"你们这代人啊,太矫情,选个地方聚聚,也要有这么多解读,累不累啊,我反正没有你们那么深刻,只是想找个凉快的地方就好。"说完,朝妈妈吐了一下舌头。

周玉梅看着圆圆,点了点头说道:"圆圆,淳朴真实的孩子,我喜欢。"

"是,我也喜欢。"田小溪说完,看着季冰笑了。

王玲说:"好了,好了,品尝来自非洲的咖啡。嗯,真好喝!季冰,我们每人会有一盒吗?"说完向玉梅和小溪做了一个怪脸,大家都明白,因为季冰是西山人,抠门!

田小溪笑着说:"对,季冰,有吗?我真的觉得这个咖啡太好喝了,给我们准备了吗?"

季冰给圆圆做了一个手势说:"没有,我呀,抠门,哪舍得花钱给你们买呀,这个还是人家弗朗西斯送给我的礼物呢,我本来都不想拿出来,谁知忘记告诉圆圆了,这不就让你们都得了便宜了,喝上了这么好的咖啡,但是呢,还堵不上你们的嘴。"没说完自己就笑了。

圆圆将早已准备好的咖啡礼物拿上来了,向阿姨们说道:"各位阿姨、姑姑,你们就别再笑话西山人了,好吗?要知道,我妈是西山二代,所以呢,三代的基因就更少了,看,我未经二代允许,擅自给各位阿姨和姑姑带过来了咖啡,每人一大包。"说完,看了一下季冰:"老妈,西山二代,没问题吧。"

大家都笑了。季冰笑着说:"唉,我这女儿不知道现在姓什么了。"说完,搂抱住了圆圆。

王飞安排好餐厅后,走了进来,将"结婚照"影集递给季冰,神秘地说:"你给大家好好分享一下,这感觉一定是特别好的,赶紧跟她们说说，让她们都羡慕你。"

季冰接过影集，大家都纷纷抢着翻看，好不热闹，大家完全没有想到，王飞给季冰补上了这么一个"迟到婚礼"的大礼包，羡慕极了。

季冰正式开始绘声绘色的讲述："肯尼亚的动物世界——马赛马拉野生动物自然保护区，实在是太壮观了，当我们第一眼看见那浩大的动物世界，我们都不相信自己的眼睛了，场面太震撼了！"

季冰停顿了一下，喝了一小口咖啡，接着说："你们知道吗，马赛人对我们这些游人说'来到这里，你们不是看客，而是回家'，听到这句话时，我好感动，你们真的无法想象马赛人说这句话时的神情！真的，我们这些现代人，只有在那里，才几乎完全可以忘记名利、金钱、烦恼，完全融入那奇妙的大自然怀抱，感受回家那种特殊的感觉！我们总觉得比动物高一等，主宰着动物的生与死，其实，我们也是动物，我们也是动物世界的一员！在那儿，我不知为什么，自然就有一种回家的感觉，踏实，放松，回归！"大家听着季冰神奇的讲述，完全都被她的情绪深深感染……

田小溪深情地说："必须承认，这趟非洲之行，季冰完全可称得上哲学家这个称号了，了不起了！"王玲和周玉梅没有说话，只是默默地点头、思索……

王飞在一旁，自始至终眼睛就没有离开过自己的妻子，突然觉得妻子是那么美丽、优雅、动人……

季冰告诉大家，自己这些年一路走来，对幸福的认识和感觉就像林徽因说的那样，等待一场姹紫嫣红的花事，是幸福；在阳光下和喜欢的人一起筑梦，是幸福；守着一段冷暖交织的光阴慢慢变老，亦是幸福。背上行囊，人都是过客；放下包袱，人就到家了。人生没有绝对的安稳，既然是过客，就应该携一颗从容淡泊的心，走过山重水复的流年，笑对风尘起落的人间。

周玉梅和王玲送走朋友们后，两人沉默对视着。王玲说："你去哪儿？你现在怎么变得这么深沉了？要不咱们去酒吧坐坐，怎么样？"

周玉梅苦笑着答道:"好啊,反正你我现在都是自由人。"

王玲问道:"什么自由人?我还真想自由呢!走,上车。"

周玉梅坐进王玲白色BMW,两人边说边笑,来到了一个颇有品位的酒吧。

王玲说:"这是我过去常和EMBA那帮同学来的地方,你还真别说,有时候来这里,放松放松,感觉特别好。我们好久没聊天了,好好聊聊,你这也是国际友人啊,必须到符合身份的地方才行。"两人找了一个安静的地方坐了下来,王玲要了一瓶红酒,两人轻松地品着红酒,聊着天……

周玉梅沉默了一会儿,也好像是自言自语说:"羡慕季冰,看上去简简单单,平平淡淡,没有什么奋斗啊,追求啊,一直坚守着当兵时的那份简单直接的初心,那么满足穿上四个兜带来的一切,对各种潮流、诱惑、变化一点不摇摆、不动摇,你说这样是好还是不好?一辈子就在一个单位里待着,日日、月月、年年看到的都是同样的人,从年轻看到老,做的也都是同样的事,既没轰轰烈烈,也不惊天动地,是不是挺冤枉人这一辈子呢?"说着说着,看了一眼王玲,然后接着说,"不过,最让人羡慕的,现在是季冰,不是吗?这也是一种活法,挺好,你说呢?"

王玲听这一席话,有些不解地问道:"玉梅,我看出你这次回来有心事,一直闷闷不乐,工作怎么样了?我也不敢问,只是觉得吧,你这次回来,怎么好像是要长住酒店了?你婆婆不会不知道你回来吧,发生什么事了吗?"

周玉梅仍然接着自己的思绪说:"唉,王玲,你说,我们俩都是不甘寂寞的人,说好听点,当年都是有梦想的人,你不顾一切下海创业,进入一个完全陌生的商场打拼,我呢,不顾一切走出国门,现在想起来,也觉得当年哪里来的那股冲劲呀。可是,一路奋斗,我不顾一切读学位,在很多人眼里,好像也成了佼佼者,但幸福吗?你知道吗,几年前,我大出血,差点过去了,就在生与死那一刻,还是异国他乡,你知道我的临终留言是什么吗?你可能都无法想象。"玉梅越说越有些激动了。

王玲笑着说："什么，不会是'这是我最后一次的党费，请一定交给组织'。"王玲自己还没说完，就笑了起来，因为这是当年许多电影用过的经典台词。

玉梅也笑着说："你真讨厌！要是那样就好了……可我不是。"

王玲十分好奇地问道："那是什么？"

"当时我肚子痛得要死，鲜血哗哗地流，我抓着他的手说：'一定帮助我完成博士学业！'"周玉梅说到这儿，仿佛回到了当年那生与死的一刻。王玲听到这里，真有些感动地说："玉梅，说真的，你一直是一个很拼的人，为了梦想，那么努力，我们都挺佩服你的。"

周玉梅苦笑道："是啊，外人看我挺光鲜亮丽的，但到今天，我觉得自己好像一地鸡毛，一无所有。"

王玲知道，周玉梅一直是一个非常要强的人，现在工作梦想和儿子问题，一定是背负太重，但是，王玲根本不知道，周玉梅已经离婚了，一切的一切完全"清零"了，只是她将这一切都深深压在心底，很委屈，很苦恼，很失落，很无奈……周玉梅苦笑了一下，没有说什么。

王玲轻轻地拍了拍玉梅的肩膀，接着说："人这一辈子，有各种各样的活法，关键找到自己喜欢的，可能比什么都重要。在一个单位一辈子，这是一种活法；走南闯北一辈子，看遍大千世界，这也是一种活法；跌跌撞撞一辈子，最后一无所有，这也是一种活法……我呀，可能就是那个跌跌撞撞一辈子的人，真的，不知为什么，我总觉得别人看我现在是个所谓的'女强人'，这些年也确实挣了不少钱，要什么有什么，大别墅，豪华车，全家人浑身上下都是名牌，包括家里的各种用具都是世界顶级品牌，我自己一个中学生也上了顶级的EMBA，真可谓实现了美国人的梦，西方式的现代化，但不知为什么，总觉得不踏实，总有一种幻觉，那就是，实际上我是很脆弱的，空虚的，可能会有一天，瞬间变得一无所有，你说怪不怪？"周玉梅认真地听到这里，没有反驳，只是默默地听。

酒店外下起了瓢泼大雨,电闪雷鸣,王玲和周玉梅对视一笑,王玲说:"人这一辈子,就像天气一样,说变就变,前两天我那位污水项目合作公司的董事长,给我们EMBA同学们讲中国与以色列水资源问题,特别提到这一段时间,全国大范围严重干旱的情况……"

"丁零,丁零",王玲拿起手机:"喂,您好,约翰!"电话里是约翰,显然带着一种十分感慨又愉悦的心情说,"下大雨了,上帝啊,我们才谈严重的干旱问题,现在就大雨瓢泼。难怪人们常说上帝总在帮助中国。"王玲笑着说:"是的,您说得对,不过我想说的是中国人民的勤劳智慧总是感动上帝,所以上帝也总是帮助中国,哈哈……无论怎么,我们都要保护水资源,继续做好污水处理项目。"约翰高兴地说:"必须的,我们将持续做好这方面的事,这是一个很重要也是很有意义的事业。"

挂了电话后,王玲高兴地告诉玉梅关于约翰的故事和他的幽默感,俩人越聊越开心,忘记了刚才的所有烦恼……

第十九章

　　李勇在商场越"战"越"勇"，结交了不少所谓生意上的"大佬"，特别是认识了那位看上去潇洒的张总后，被"忽悠"得完全找不着北，更加沉不住气了，认为总算找到了挣大钱的目标，要与王玲一拼高下的想法愈加强烈，因此也就越来越趾高气扬，常常无法掩饰自己距离"巨大成功"就一步之遥的喜悦与兴奋，口头语都变成了："等着吧，咱不干是不干，要干就是一票大的，瞧好吧！"王玲对此越来越有一种不好的感觉，越来越担心害怕。

　　李勇频繁飞滨海，经常出入各大酒店，进行所谓的"商务谈判"，实际全是"空手套白狼"的事。

　　滨海处于最疯狂时期，一个穷光蛋通过击鼓传花，一夜就能变成百万富翁，甚至亿万富翁。特别对京城下海的人，滨海常常另眼相看，好像只要是京城下海的，个个都有背景，更不用说能指名道姓的人了。

　　清晨，一辆黑色大奔开到了家门口，李勇整理了一下西装，得意地又要飞滨海了。

　　李勇在机场见到已在等候他的张总，俩人一起在机场特别安排下，直接通过贵宾通道，走进头等舱，又从京城启程出发了。

　　按照张总的安排，李勇又"斗胆"借了上千万元的人民币，虽然内心还是压力山大，但表面强装潇洒。张总操着一口浓重的辛城口音笑着说："这就是点小钱，买不了地，但足以让您拥有大片的滨海地产权，然后转眼就现金满满，市场经济嘛。"对张总说的一切，李勇半信半疑，但"露一手，彻底打个翻身仗"的强烈愿望驱使他相信这一切都会如愿以偿。

来到滨海，李勇跟着张总，马不停蹄地首先去了车行，瞬间出手购买了一辆奔驰。

晚上，当地听说"京城来人"，百忙中抽出时间招待吃饭、娱乐、卡拉 OK 全套服务，应有尽有。

餐桌上，张总一脸横肉，假装热情地向在场来宾隆重介绍李勇，并神秘地说："这可是具有深厚背景的京城下海人，老朋友，党校同学。"李勇听到这里，一脸茫然，不明白这位张总为什么说假话，他们也就刚认识，更不是什么党校同学。就在李勇目瞪口呆时，张总在李勇背后狠狠地"掐"了一下，意思是"别说话"。紧接着，五瓶茅台酒下肚，小姑娘们的陪喝、跳舞……李勇很快忘记了一切，按照张总的话"这是市场经济"，"要学习市场经济"，"要领会市场经济的要义"，"要尽快进入角色了"……没几天，张总将拿到的土地"批文"呈现在了李勇面前，得意地说："怎么样？您很快就成为亿万富翁了。"李勇异常惊喜地看着这纸"批文"，不解地问道："这'批文'怎么能变成现金呢？"

张总神秘地笑着说："您不要着急嘛，很快，市场经济嘛。"

没几天，张总拿出手上"批文"中土地的一部分，瞬间做了一个转手，结果真的是摇身一变，大赚一笔！李勇这一次，感觉自己是大开眼界了，知道什么是"市场经济"了，拿着瞬间挣到的一大笔钱，开始了下一个更大手笔的买卖：走私汽车。

又是一个大饭局，满汉全席。李勇摇身一变，穿上了洋气的西装白色背带裤，配上淡黄色的衬衣，咖色与白色相间的皮鞋，实在是一副大商人、洋商人的打扮，当然，更是京城下海、有大背景的人。

张总则是身穿黑色宽松的丝绸裤，上身则是白色的唐装，袖口翻出绿色的宽边，披着一件黑色的外套，一双圆口布鞋，全是当时大款们的时尚装扮。

两人在张总一群助理和随从的前呼后拥下，走进了一个大包间。

早已恭候的各路大仙们，一一"冲"上前来，自我介绍，握手问好。一阵寒暄后，各自落座。三轮敬酒后，开始进入相互寒暄、吹捧，这就是谈生意。

"张总，今天您能够来，还介绍我们认识京城的李总，幸会，幸会，全场都蓬荜生辉啊。"

"是的，张总、李总，蓬荜生辉！"

"张总、李总，我们一起再敬您二位。"

"李总，您看，咱们下一步，是不是再干点大的？我们可都仰仗您发大财呢。"

"好啊，咱们一起干，来，再干一杯。"

张总看着在座的都已经认识了，便拿出"大哥大"的样子说："我说，你们哥几个，一定要好好抓住这个李总，京城大背景人物，大财源哦。李总，您说我说得对不对啊？来，咱俩走一个。"张总与李勇碰杯干了。

李勇在这个张总的忽悠和吹捧下，越来越表现出"京城来人"的气势说："你们给我讲讲，咱们怎么做车的买卖？"这话早就是在座几位等不及的话题了。

"李总啊，现在这个进口汽车，是很多人的梦想，虽说这个走私进口车是犯法行为，但是有很多空子，可以通过一些途径把这些风险给规避掉。您想想看，这买卖，第一是客户需求量太大了，我们中国讲面子啊，现在挣大钱的人，谁不想有一辆进口好车呀，这可是身份地位的象征和名片。第二呢，纯进口好车太贵，而走私车在价格上几乎便宜一半，所以，我们挣大钱也就在这块了。第三呢，进口车无论在配置和外观上，都有绝对优势，只要解决好了相关合法手续，这就是一本万利的买卖。李总，这些事在您那儿啊，那儿就不是个事。"其中一位说道。

张总十分清楚李勇的价值和心态，便开始给李勇戴"高帽"说："就是啊，李总，您的人脉，那可就是钱，加上您再通过关系搞一些套牌，那可就是利上加利了。"李勇感觉有些不妥地说道："张总，各位老总，走私？我想是不是不妥？咱们还是做点正经生意，怎么样？"

张总哈哈大笑地说："李总啊，您可是连靠批文倒卖土地的买卖都做了，这个算什么呢？什么是改革开放？什么是市场经济？您需要跟上时代的大潮啊，小脚女人可是要被淘汰的。"

"就是，现在早就有不少人做这个买卖，成了大款了，别墅、高级车，什么都有了，咱可不能再犹豫了。误了这班车，可能我们就要被时代抛弃了。"另一人附和着说。

张总身边的一名随从接着对李勇有一些阴阳怪气地说道："李总啊，您跟着张总，已经得了大实惠，这么短的时间就成了千万富翁，想必这是您做梦都不敢想的事吧，怎么，现在开始说要做正经生意了，是不是有点不仗义啊，我们张总可一直做的都是正经生意哦。"

就这样，李勇不断被反复洗脑，软硬兼施，似乎有些"不能自拔"，加上"一定要做出点名堂"心态的强烈驱使，胆子也就越来越大，跟着张总开始各种活动，甚至四处公开打出老丈人的名义，通过各种关系网络，制造假公文，为一次次走私车"成功变身"，并通过高价卖出，赚取了丰厚的利润。

王玲发现李勇身上的现金越来越多，数目越来越大，而且各种名牌"武装"全身，出手异常大方，每次回家都带回各种高档奢侈品，一块手表上百万……王玲越来越害怕。

晚上，李勇又喝得醉醺醺地回来了。

王玲坐在沙发上，等着李勇回来，看见李勇这个样子，没好气地说："怎么，今天又有什么大买卖了？喝成这样，和什么人一起？你看看你现在都成什么样子了。"王玲见李勇醉醺醺的样子，就没好气。

李勇一边脱去外衣，一边笑着说："你呀，我想在部队好好干，你认为'两点一线'没意思，要下海闯人生！我紧跟着你的步伐，也想挑战一下自己，下海了，成功了，你又认为我没有当年军人的样子了……有意思，真有意思！这不是改革开放？市场经济吗？我挣大钱有错吗？你我现在都是商人了，就不要再想那些没用的了，OK？"面对李勇这一通胡言乱语，王玲一时不知道应该如何反驳。

李勇有些醉意，指挥着王玲说："赶紧给我倒杯水来，嗓子眼冒烟了。"

王玲没好气地说："自己去倒，别想指挥我伺候你。"

李勇突然大吼起来说道："你没有必要总是端着干部子女的架子，OK？我早就受够了，倒水去。"

王玲吃惊地看着自己好像都不认识的李勇说："你吼什么？"

李勇站在王玲面前，耍起了威风大声说："我就是对你吼，怎么的，给老子倒水去。"

王玲吃惊地说："你今天吃错药了吧？"

李勇大声说："我吃错药？是，我一直都吃错药了，今天我就要来点大丈夫的威风，倒水！"

王玲非常气愤地说："你想干吗？还大丈夫威风？无聊至极！"说完站起来就往卧室方向走。李勇抢上前一步，不依不饶地说："倒水！今天这水老子还就要你倒。"

"老子？谁的老子？滚开！"王玲一把甩开李勇，走进卧室，"砰！"将门使劲关上。

周玉梅一直没有收到陈教授的回信，加上求职方面也没有任何让她兴奋的消息，一切都在无法形容的煎熬、等待、苦盼中……周玉梅非常渴望见到陈教授，把自己遇到的一切向他倾诉，希望得到老师的指导，重新确定行动的方向，开始新的奋斗旅程……周玉梅实在不想这么下去了，更不想在分岔的路上越来越迷失方向，于是，决定专程回母校拜访陈教授。

自从李勇耍酒疯后，王玲基本不理睬李勇。

李勇又穿上一套高档西装，坐上了黑色加长大奔走了。

王玲在办公室召开高管会议，分析研究污水处理项目进展情况，秘书有些紧张地走到王玲身边，耳语了几句。王玲显出吃惊的表情，立刻镇定下来，示意让秘书先出去。

王玲很快结束自己的讲话，让身边一位副总接着开会，告诉他自己有急事需要马上外出一趟。说完，站起身来匆匆走出了会议室。

秘书接到了王玲家的电话，告知家里有急事，让马上回家。王玲从来没有遇到这种情况，担心是不是父母谁身体出了什么状况，匆匆离开办公室，开上车往家赶。

刚进家门，看见爸爸妈妈和妹妹都在，表情异常严肃。妹妹看见姐姐走进家门，站起来："姐，你可回来了。"

王玲首先一眼就看到爸爸妈妈都在，悬着的心放了下来说："吓死我了，我还以为你们怎么了，你们没事就好。"说完，放下手提包，开始换鞋。

妈妈对王玲说："来，坐，有话跟你说。"

王玲看着妈妈一脸严肃的样子问道："发生什么事了吗？你们今天怎么了？"

妈妈说："来，坐下。"

妹妹小红主动给姐姐端上来一杯柠檬水，小声说："喝点水。"

王玲左看看，右看看，问道："怎么了？发生什么事了？看你们一个个严肃的样子，还真不习惯呢。"王玲继续开着玩笑，在王玲心里，只要爸爸妈妈安好，其他就都不是什么事。

王玲爸爸很严肃地说："小玲呀，有一个事，我们需要很认真地跟你讲，这对我们全家来说，都是一个非常不好的事情。"听到爸爸这句话，看着爸爸从来没有过的严肃表情，王玲觉得有大事。

王玲爸爸接着说："我叫你哥哥也回来了，他在路上，我们等等他，回来后一起说。"

大门开了，王飞匆匆回来了，还没进屋，就急着问："小玲回来了吗？"

王玲爸爸说："回来了，就等你了。"王飞进来后，按照爸爸的示意坐下。

王玲爸爸严肃地说："今天临时把大家都叫回来，主要是咱们家出事了，不好的事，丢人的事，给我脸上，给我们这个家脸上抹黑呀。"

王玲小声问道："什么事啊？爸爸。"

王玲爸爸看着王玲妈妈说："唉，丢人啊！你说吧。"

王玲突然意识到，赶紧问道："是不是李勇？妈妈，你快说，是不是李勇干了什么出格的事？"妈妈叹了一口气说："唉，要是出格还好，被抓了。"

"什么？被抓了？什么时候？为什么？"王玲虽然有思想准备，但真的听到妈妈说出来是李勇出事，还是非常吃惊。

王飞看父母都很难过，便说："妈，我来说吧。小玲，你要做好思想准备，李勇走私车，在滨海被抓了，现在已经在里面了，人货证据俱全。与李勇一起的一个姓张的，就是个大骗子，专门通过各种途径，寻找一些有关系或有背景的人，这次找到了李勇，挖了一个大坑，设计了一个圈套，把李勇推到坑里，造成李勇不干也得干的局面，而且每次与李勇见面都录音，并且有意诱惑李勇上当，各种饭局和卡拉OK也都给李勇设局录像，得手后拿走全部利益，转身骗用他人名字举报李勇，就是一个流氓骗子！你这个李勇呀，看上去聪明，实际上真蠢，怎么可以与这种下三烂为伍呢！真是给我们家丢人啊！"

王玲听到这里，明白了，气愤地说："我就知道他早晚会有事，一天到晚嘚瑟，不知天高地厚，活该！对了，你们怎么知道的？"

王飞气愤地说："他在当地把爸爸也抬出来了，人家怕是骗子，直接电话过来调查，真丢人。"爸爸叹着气对王玲说："小玲，你要做好思想准备，这次不是小事，情节很严重，最少也要判八至十年。"

一听爸爸说可能最少要判八至十年，王玲突然觉得好害怕，对一直爱面子，维护父母和家人面子的王玲，这将意味着什么？对儿子的今天和未来意味着什么？对自己又意味着什么？王玲眼泪夺眶而出……妈妈抱着女儿说："事情已经发生了，看看能够怎么办吧，光急没有用，光骂也没有用，先不要给欢欢讲，如果问，就说他爸出差了，一段时间不回来。"王玲撕心裂肺地大哭起来，妈妈示意大家都不要再说了。

回到大别墅，王玲将所有储蓄卡和房产证都拿了出来，她做了一个决定：将这一切身外之物，房子、车子、票子都拿去补偿李勇的罪过。

站在空空的大别墅门口，一阵无比的空虚感扑面而来……王玲没有任何犹豫，没有任何纠结，没有任何困惑，坚定地走出了大别墅，使劲地关上了庭院的大门，头也没有回，离开了。

王玲聘请了律师，一起直飞滨海。

由于认罪悔改表现好，在追捕那个要犯张总方面，积极提供线索，立了大功，加上王玲补上了大部分偷逃的应缴税额，李勇被减刑，最后宣判结果："判处有期徒刑五年零八个月。"

周玉梅回到阔别已久的母校，看到校园里的一草一木，现代化的阶梯教室、风华正茂、发奋读书的学弟学妹，面貌一新的现代化图书馆，留下了自己青春足迹的运动场……静静地在一条长椅上坐了下来，看着来来往往的人群，回忆着自己在这里的青春岁月，感慨万千……过了好一会儿，来到外语系办公室，但值班老师告诉了她一个非常不好的消息：陈教授一个半月前住进了医院，肺癌，手术后，情况不是特别好。周玉梅听到这里，赶紧询问医院地址，匆匆向医院赶去。

来到医院，来到陈教授的病房门口，通过窗口，周玉梅看到了半躺在病床上的陈教授，瘦弱、安详、宁静……病床边坐着陈教授的夫人，朴实、端庄、苍老，将手中的苹果一片一片，慢慢地递到陈教授的嘴里……

不一会儿，陈教授挥了挥手，夫人将手中的苹果放到了桌子上的小盘子里，示意陈教授休息一会儿……

周玉梅轻轻地敲门，然后推门进来，陈教授一下子看到了周玉梅，眼睛突然睁大，微弱地挥了挥手，夫人扭过头来，站起身问道："您是……"

"师母，我是周玉梅，陈教授的学生，刚从美国回来。"周玉梅说。

"哦，知道你，陈老师提起过你，刚从美国回来呀，谢谢你来看陈老师。"夫人轻声说道。

"我刚去系里听说的，就马上赶来了，陈老师现在的情况怎么样？"周玉梅小声关心地问道。

"还好，还好，希望好起来，陈老师就是太拼了！"夫人难过地说道。

这时，陈教授用微弱的气力说："回来了，来，坐下，说说你的情况，有什么可以帮助你的。"夫人移动过来椅子，请周玉梅在陈教授床边坐下。

周玉梅赶紧说："谢谢师母！"然后在陈教授床边坐下，关心地问道："陈老师，您还好吧，我来看您了！"

陈教授用微弱的声音说："好，好，谢谢你来看我。你怎么样？事业顺利吗？"

周玉梅看着陈教授，眼泪一下子夺眶而出，哽咽地说："挺好的。"

陈教授似乎意识到了点什么，轻声说："哦，好！"然后看着夫人说："让她再坐近一点，我有一些话想对她说。"夫人赶紧对周玉梅说："你靠陈老师再近一点，他有话想对你说。"周玉梅赶紧将椅子又向陈教授床边挪近了一些。

陈教授鼓足力气，深情地说："人啊，这一辈子，哪能不碰到沟沟坎坎呢。追梦的过程，本身就一定会遇到各种曲折坎坷，很多人一辈子都在曲折与坎坷中苦苦追求。没关系，不要轻言放弃。一个人可以什么都失去，但不能失去从头再来的勇气。人生最重要的是追梦的过程，结果如何，按照我们中国一句老话，'谋事在人，成事在天。'"说到这里，陈教授长长地喘了一口气，紧紧盯着周玉梅，接着说，"刚回国，一定会有一些不适应的地方，包括与人交往啊、谈吐啊，还有就是说话常常不由自主带几句洋腔洋调啊，这些都会被一些人误解。没关系，慢慢来，遇到问题，就解决问题，不要灰心，无论如何，要坚信，我们这些'游子'，只有，而且必须回到祖国的怀抱，才是我们圆梦的真正归属。"说到这里，陈教授紧紧地握住周玉梅的手，此时的周玉梅已经泪流满面，泣不成声："谢谢您，陈教授，谢谢您！"

周玉梅登上了回京城的飞机，从机窗看着那片熟悉又有些陌生的大地，飞机慢慢升空，越来越高，看着窗外碧蓝的天空，翻滚的白云，周玉梅思绪万千……

"小时候，幸福是一件东西，拥有就幸福；长大了，幸福是一个目标，达到了就幸福；成熟了，幸福是一种心态，感悟了就幸福。"

一路上，周玉梅流着悲痛、苦涩的眼泪，望着窗外千变万化的云彩，反复回想着季冰生动的描述："马赛人告诉游人，你们来这里不是看客，而是回家！"

"回家？我的家在哪儿呢？我的事业在哪儿？"周玉梅茫然了……

下了飞机，周玉梅孤独地拉着行李箱，似乎远远依稀可见当年追梦开始的"古隆中"出发地……但此刻没有目标、没有方向、身心疲惫，一个人走在大街上，仰望万家灯火，不知自己该往哪里走。看着大街两旁的路灯亮了起来，看着远处一栋栋高楼大厦，回想着："马赛人告诉游人，你们来这里不是看客，而是回家！"

"回家？我有家吗？我的家在哪儿呢？我一直追逐的梦想在哪儿？我的爱在哪儿？我的幸福在哪儿？"苦涩的泪水止不住地往下流……

"妈咪，妈咪！"

"好熟悉的声音！"周玉梅本能地向背后传来声音的方向望去，路边停着一辆小车，从车里跑出来一个男孩，一边朝自己使劲挥手，一边自己擦着口水，兴奋地跑过来……周玉梅完全不敢相信这一切，"儿子？"儿子快步跑上前来，一头扑进了周玉梅的怀抱，"妈咪，妈咪，I miss you so much！"儿子撒娇地说。

"Me too！"周玉梅动情地回答道，完全无法相信这一切。儿子擦了一下口水，看着妈咪说："妈咪，爸爸决定回国工作，他说和你一起回国干事业，永远在一起！"周玉梅抬头看着走过来的钟南，他，远远地、默默地、憨厚地、认真地、微笑地点了点头，说不清楚为什么，周玉梅失声痛哭起来……

钟南走上来，深情地、紧紧地拥抱住周玉梅与儿子，轻声说："走，咱们回家！"

小车在大街上飞驰，车内不时传出愉悦的笑声。

"妈咪，大卫妈妈给他生了个小妹妹，爸爸带我去看了，可好玩了。妈咪，你也给我生个小妹妹，好吗？"儿子天真地对周玉梅说，周玉梅十分不好意思地抚摸着儿子的头，没有说话。

"妈咪，好不好嘛？"儿子擦了一下流出来的口水撒娇地说。

开车的钟南从后视镜中看着周玉梅，深情而自信地说："儿子，妈咪一定会给你生个小妹妹的，对吧，妈咪？"

周玉梅没有回答，只是默默地甚至有些羞涩地通过后视镜看着钟南，情不自禁地点了点头。

"儿子，妈咪同意了！噢！"钟南兴奋地叫了起来，儿子也跟着欢呼起来。

周玉梅无限深情地看着后视镜里的钟南，露出了灿烂的微笑，车内传出悠扬的《致爱丽丝》，在夜幕中，缓缓远去……

周玉梅在日记中写道："我越来越喜欢下午的阳光，它告诉我们这个世界上任何事情都有可能转机，相信命运的宽厚与美好。我们终归要长大，带着一种无怨的心情悄悄地长大。成长是一种幸福。

"一路走来，经历了当兵潮、高考潮、留学潮、下海潮、回国潮，初心不变、梦想仍在、追梦继续，不同的生活磨砺和追求幸福的坎坷，我们慢慢明白幸福的真谛，那就是'家'的温馨、'情'的纽带、'烟火'的温度、'日子'的味道……"

-终-

2024 年 1 月 15 日

北京朝阳区百子湾

图书在版编目（CIP）数据

中国式幸福 / 李新玉著. -- 北京：作家出版社，2024.10. -- ISBN 978-7-5212-2984-4

Ⅰ. I247.5

中国国家版本馆 CIP 数据核字第 20245PH124 号

中国式幸福

作　　者：李新玉
责任编辑：翟婧婧
装帧设计：百丰艺术
出版发行：作家出版社有限公司
社　　址：北京农展馆南里 10 号　　邮　　编：100125
电话传真：86-10-65067186（发行中心）
　　　　　86-10-65004079（总编室）
E-mail:zuojia @ zuojia.net.cn
http://www.zuojiachubanshe.com
印　　刷：三河市北燕印装有限公司
成品尺寸：152×230
字　　数：330 千
印　　张：24.25
版　　次：2024 年 10 月第 1 版
印　　次：2024 年 10 月第 1 次印刷
ISBN 978-7-5212-2984-4
定　　价：60.00 元

作家版图书，版权所有，侵权必究。
作家版图书，印装错误可随时退换。